LSJ EDITIONS

Eloïra

Tome 5

LSJ EDITIONS
La saga des enfants des dieux

Linda Saint Jalmes

Eloïra
Tome 5

LSJ EDITIONS
La saga des enfants des dieux
Roman

~ Les romans de l'auteur disponibles chez LSJ Éditions ~
(Brochés, numériques et audios en cours)

La saga des enfants des dieux (fantastique, aventure, pour adultes) :

1 – Terrible Awena (disponible en audio)
2 – Sophie-Élisa (disponible en audio)
3 – Cameron
4 – Diane
5 – Eloïra

La Saga des Croz (fantastique, aventure, pour adultes) :

1 – La malédiction de Kalaan
2 – Le collier ensorcelé
3 – Val' Aka

Passion Flora (mini-roman érotique, pour adultes)

Les bêtises de Lili (tout public, humour, anecdotes)

The Curse of Kalaan (traduction en anglais US du tome 1 des Croz)
Romances Fantastiques : Nouvelles – édition 1
    Trois nouvelles : Second Souffle, Le Naohïm de Noël, Le prix d'un nouveau monde.

La saga Bhampair (fantastique, dark)

    Bhampair : 1 - Aaron Dorsey
    Bhampair : 2 – Lune Noire *(en cours de préparation)*

LSJ EDITIONS

Le Code de la propriété intellectuelle et artistique n'autorisant, aux termes des alinéas 2 et 3 de l'article L.122-5, d'une part, que les « copies ou reproductions strictement réservées à l'usage privé du copiste et non destinées à une utilisation collective » et, d'autre part, que les analyses et les courtes citations dans un but d'exemple et d'illustration, « toute représentation ou reproduction intégrale, ou partielle, faite sans le consentement de l'auteur ou de ses ayants droit ou ayants cause, est illicite » (alinéa 1 er de l'article L. 122-4). « Cette représentation ou reproduction, par quelque procédé que ce soit, constituerait donc une contrefaçon sanctionnée par les articles 425 et suivants du Code pénal. » Pour les publications destinées à la jeunesse, la Loi n°49-956 du 16 juillet 1949, est appliquée.

© Linda Saint Jalmes
© Illustration de couverture : LSJ.
ISBN : 9782490940332
Dépôt légal : avril 2019

LSJ Éditions
22 rue du Pourquoi-Pas
29200 Brest

Site officiel auteur et boutique :
www.lindasaintjalmesauteur.com

~ **Les liens pour suivre Linda Saint Jalmes** ~

Site officiel et boutique :
https://www.lindasaintjalmesauteur.com/
(Dans la boutique du site : Parfum *Awena*)

Facebook :
https://www.facebook.com/LSJauteur
Instagram :
https://www.instagram.com/linda_saintjalmes/
Pinterest :
https://www.pinterest.fr/lindasaintjalmes/
Tik Rok :
https://www.tiktok.com/@linda.saintjalmes_auteur?lang=fr

*À mon mari,
mon âme sœur.*

Prologue

1423, Les Sidhes, quelques instants après le sauvetage d'Eloïra

Le dieu Lug n'en revenait pas ! Il était tourmenté par un sentiment qui, s'il avait été un humain, se serait certainement apparenté à de l'ahurissement. Il avait cru se débarrasser de cet état troublant en retournant dans les Sidhes et en laissant Eloïra aux bons soins de sa famille, mais non, rien n'y faisait. Ce qu'il avait vu dans le regard bleu nuit de l'enfant, si identique à celui de son père Darren, et dans celui du maître-guerrier de la Mort, l'avait comme marqué au fer rouge. Un passé ancestral était en un instant revenu à ses « bons souvenirs ».

Introspectivement, il revécut les événements de cette folle journée écoulée.

Dès le lever du soleil, Cameron Saint Clare avait décidé d'affronter la Mort pour sauver sa plus jeune sœur, Eloïra, des griffes de celui que beaucoup appelaient commodément : le Faucheur.

Lug avait d'abord assisté de loin à ce qu'il considérait être un défi perdu d'avance. Cependant, au fur et à mesure que le temps s'écoulait et que chaque action du Faucheur parvenait à être déjouée, Lug s'était rapproché d'Eloïra... comme magnétisé par la fillette.

Aucune créature vivante, au grand jamais, n'avait réussi à échapper à celui dont le nom se pensait, mais ne se prononçait pas, de peur de trépasser dans l'heure : l'Ankou[1] !

---

1 *L'Ankou : Dit aussi an Ankoù, est un personnage revenant très souvent dans*

Il était le maître-guerrier suprême de la Mort, celui qui cueillait les âmes. Les plus vulnérables étaient menées au *Chant*[2], quant aux plus sombres, malveillantes... il les pourchassait et s'en nourrissait.

Eloïra Saint Clare, du haut de ses six ans révolus, avait sans conteste une psyché lumineuse, pure, et certainement fragile pour que le *Chant* ait réclamé à l'Ankou de la conduire vers lui. Il n'y avait là rien de cruel, ni de détestable. Le *Chant* protégeait les esprits sans défense en les appelant pour certains dès leur naissance, et pour d'autres, précocement au détour de leur existence en usant de la maladie, de la guerre, ou d'un accident.

Le monde des hommes, si brut, si violent, pouvait détruire ces belles âmes, les entraîner dans un puits de désespoir et de noirceur si intenses, que si cela advenait, l'aura perdrait tout éclat et la conscience serait égarée pour toujours sur des chemins errants, entre les Sidhes et celui des vivants. Même la Mort, alors, ne pourrait les atteindre. Ces âmes ne seraient plus que de simples gémissements plaintifs dans le vent, damnées à tout jamais.

Lug savait qu'Eloïra faisait partie de ces êtres particuliers. Son aura était si rayonnante qu'elle en était presque tangible et aussi fragile que le cristal le plus fin, prêt à se briser. C'est en tous les cas ce que le monde des hommes allait faire d'elle, la « briser », et le désespoir de la fillette bientôt femme serait tel que le *Chant* se retrouverait déstabilisé. Lug, dès lors, était au fait que l'Ankou ferait tout pour ne pas échouer. Son but absolu : cueillir Eloïra.

C'est ce que le Faucheur tenta à maintes reprises d'accomplir. Il avait jusqu'au coucher du dernier rayon de soleil pour y parvenir, et il avait failli réussir... sans

---

les contes bretons. Il est la personnification de la mort. Il ne représente pas la Mort en elle-même, mais son serviteur.

2 *Le Chant : Là où se retrouvent toutes les âmes des défunts et des créatures. Chacune d'elles forme des notes et mises ensemble, elles deviennent un chant, premier lien entre les mondes des hommes et des Dieux, celui qui assure l'harmonie et la vie.*

l'intervention de Lug.

Le dieu se disait, avec le recul, qu'il avait agi en souvenir d'une promesse faite à Cameron : *ne plus laisser les enfants mourir*. Non... Lug se mentait à lui-même. Il y avait bien plus que cet engagement et c'était... Eloïra.

Quand la crevasse s'était formée sous les pieds de l'enfant, que la terre l'eut aspirée, Lug s'était téléporté à son secours et l'avait saisie dans ses bras, à la barbe et au nez du Faucheur. Le dieu et le maître-guerrier de la Mort s'étaient trouvés l'un en face de l'autre, tandis qu'Eloïra plongeait son regard bleu nuit dans celui, d'un noir d'ébène, de l'Ankou.

À cet instant précis, une étonnante remémoration avait fait resurgir des images lointaines dans l'esprit de Lug. Ce guerrier, celui que certains Celtes, des Bretons, avaient baptisé l'Ankou... il avait souvenance de lui ! Fait incroyable, la petite aussi !

Lug en était certain, Eloïra avait vu l'homme qu'il avait été avant de devenir le maître-guerrier de la Mort. Elle savait, et avait tendu la main à ce dernier, comme si elle l'appelait à elle par le biais de ce geste tendre.

Comment était-ce concevable ? Ses pouvoirs étaient-ils si développés qu'elle ait pu lire dans les pensées de Lug ? Qu'elle ait eu la faculté de voir les projections du passé ? Ou... ?

Non, non, non... Trop de siècles séparaient Eloïra de l'époque où était « né » le Faucheur.

Perdu dans la vague houleuse de ses pensées, Lug n'avait pas tout de suite réalisé que le soleil s'était définitivement couché. L'astre rougeoyant avait fait place à la nuit, ce qui impliquait ipso facto qu'Eloïra était sauvée... pour cette fois. L'Ankou s'était tenu à distance respectable de l'enfant, étrangement calme dans la défaite, et n'avait pas lâché Eloïra de son sombre regard. Un bref instant, Lug avait cru y lire un éclat de vie, avant que le maître-guerrier ne se fonde dans les profondeurs de la terre et ne disparaisse à nouveau du monde des vivants.

Le dieu s'était élevé vers la surface, avait déposé la petite dans les bras de ses parents, et avait alors pris conscience de cet ahurissement qui, depuis, ne le quittait plus.

Maintenant, Lug était de retour dans les Sidhes. Le nouveau destin d'Eloïra était désormais tracé et il savait que sans son aide, elle ne parviendrait jamais à trouver son chemin. Tout était clair pour Lug : les souvenirs, le Faucheur, Eloïra. Naguère, une erreur avait été commise et celle-ci allait très bientôt peser sur le déroulement du monde si elle n'était pas corrigée.

La fillette était la clef, celle qui rectifierait ce qui n'aurait jamais dû être. Et Lug serait à ses côtés, car il ne comptait pas faire défection à un autre enfant des dieux. Pas cette fois-ci !

L'avenir d'Eloïra allait dépendre de lui, de sa famille, mais également d'un des premiers fils des déités et des hommes que ce monde ait connu, bien avant que cet enfant ne devienne l'Ankou.

Partie 1
~ Les Highlands ~

Chapitre I
Je n'ai pas fait ça !

Cascade des Faës, Highlands, l'an 1435

— Je suis morte, vous dis-je, soupira Eloïra dans un souffle ténu tout en se prenant la tête entre les mains.

La jeune femme de dix-neuf ans, vénusté[3] rousse au regard bleu nuit, était assise sur l'herbe tendre, non loin du bassin de la Cascade des Faës.

À ses côtés, vêtues d'accortes robes de velours vert, ses deux nièces, Iona et Rowan – des jumelles de deux ans ses cadettes – la dévisageaient d'un air profondément dépité, un rien accusateur.

— Mais ! Tu viens de nous dire à l'instant, de nous jurer plutôt, que tu n'étais en rien fautive de ce qui est arrivé à Larkin et Barabal ! glapit Iona en martelant ses mots. Nous aurais-tu menti ?

— Non ! Bien sûr que non ! s'exclama aussitôt Eloïra d'une voix claire, chargée d'émotion. Cependant, père et mère ne voudront jamais me croire, et la communauté druidique n'attendait qu'un événement de ce genre pour me clouer au pilori ! Je vous le répète, je suis morte !

Iona, petite brunette aux yeux bleus constamment rieurs, ne put s'empêcher de pouffer derrière sa main et allongea ses jambes sur l'herbe, sans rabattre le lourd tissu

---

3 *Vénuste : (vieux/soutenu) d'une beauté gracieuse.*

de sa robe sur sa peau. Elle n'avait que faire des convenances et, ici, à la Cascade des Faës, il faisait toujours trop chaud.

— Tu sais, je les comprends tous un peu, lança-t-elle d'un air mutin. Tu nous en fais voir de belles depuis des années, alors… transformer Larkin et Barabal en trousse-pets[4] de quatre ans. Qui cela pourrait-il encore étonner ? Tu as bien fait en sorte que les gens du clan, nos familles, ne vieillissent plus.

— Iona ! Je n'avais que six ans quand j'ai fait ce vœu. C'était après que… Enfin, tu sais quoi et parce que, par la suite, j'ai eu peur de perdre les gens que j'aimais.

Ce fut Rowan qui répondit en grimaçant :

— Parce que le méchant Faucheur a voulu t'attraper. Bouuuuuhhhh ! fit-elle encore en mimant de ses doigts recourbés les griffes de celui qui représentait la Mort.

— Tu ne devrais pas t'amuser avec ça, gronda Iona en jetant des coups d'œil apeurés aux alentours. Ce qu'Eloïra a vécu à ce moment-là, je ne le souhaiterais à personne, même pas à mon pire ennemi. Et l'on ne parle pas de *lui* ! Surtout en ce début de journée de *Samhuinn*[5], alors que les portes du monde des vivants, des morts, et des Sidhes sont toutes ouvertes.

— Quelle peureuse tu fais ! se moqua Rowan, en dardant un regard hautain sur son parfait sosie.

À quelques points près, car Iona, contrairement à elle, avait les cheveux un peu plus clairs et son nez, comme ses pommettes, étaient couverts d'éphélides.

— Elle a raison de craindre ce jour, marmonna Eloïra, sa voix presque étouffée par le tissu épais de sa robe qu'elle

---

4 *Trousse-pet : (vieux/familier) petit enfant.*
5 *Samhuinn (gaélique écossais) : Samain, fête religieuse celtique, célébrée le 1er novembre, et qui marque le début de la période sombre (automne et hiver). Pour les Celtes, l'année était composée de deux saisons : une saison sombre et une saison claire (printemps et été).*

passait par-dessus sa tête, en gesticulant comme une anguille.

Ses deux nièces en restèrent coites un instant.

— Mais… que fais-tu ? bredouilla Rowan, déconcertée par l'attitude de sa tante.

Eloïra poussa un lourd soupir de bien-être en jetant sa somptueuse robe d'un ton rouge écarlate – sa couleur fétiche – sur un tas de capes, bas de laine, et bottes dont les trois jeunes femmes s'étaient délestées en arrivant dans le lieu sacré.

— J'ai trop chaud ! Et ne me regardez pas comme si j'étais nue, j'ai encore ma chemise de corps après tout !

— Eloïra, nous devons nous rhabiller et retourner au château, intima Iona d'un ton inquiet. Ce n'est pas en restant ici que tu te disculperas et nous devons tous être présents pour la célébration de *Samhuinn*.

— Puisque je vous dis qu'ils croient tous que c'est moi la fautive, alors, à choisir, je préfère rester ici, le temps que l'orage passe. Après tout, puisque ce n'est pas moi qui ai lancé un sort de… je ne sais même pas comment on peut appeler ça, euh… « rapetissement » ?

— Non, ils n'ont pas rapetissé, ils ont rajeuni… beaucoup, dit Iona, Rowan acquiesçant vivement à ces mots.

— Oui, voilà, un sort de jouvence alors ! Eh bien, j'en suis incapable, je le sais, et non, cela n'a rien à voir avec le sort jeté sur le clan il y a douze ans. Donc, en résumé, je reste ici ! Dites à qui vous le demandera, que j'ai disparu de la terre.

— Tête de mule ! gronda Rowan en se levant et en passant sèchement les mains sur le tissu de sa robe pour le défroisser. Darren saura où te trouver, et Awena aussi. Tu ne pourras pas leur fausser compagnie bien longtemps. Iona, appela-t-elle en direction de sa sœur jumelle, allons-y !

Le temps de remettre leurs bas, d'enfiler bottes et capes, et les deux nièces sortirent du champ de vision d'Eloïra.

Voilà, elle était seule…

Elle allait pouvoir réfléchir en paix et essayer de comprendre si oui ou non, elle avait quelque chose à voir avec les événements qui avaient conduit à trouver Larkin et Barabal dans la peau de deux enfantelets.

Allait-elle y parvenir ? Tout ce qui se passait dans ce clan, au sein de sa famille, n'avait déjà rien, en soi, de normal.

La magie était partout, ils vivaient en autarcie par rapport au reste du monde, communiquaient avec les dieux, avec les MacTulkien, un autre clan de magiciens, un dragon blanc, et les Éléments. Et comme si cela ne suffisait pas, Eloïra était la tante de sept membres Saint Clare qui avaient pour les uns, le même âge qu'elle, et pour les autres, deux à trois ans de moins.

Bon, sur ce point-là, Eloïra exagérait un peu. Après tout, sa mère Awena n'avait que quarante-cinq ans quand elle l'avait eue. Elle était encore assez jeune pour donner la vie.

Eloïra avait vu le jour la même année – en 1416 – que Dàrda et Dagon, les premiers jumeaux de Logan et Sophie-Élisa. L'année suivante arriva Liam, le fils aîné de Cameron et Elenwë. La famille s'agrandit encore quelques mois plus tard avec la venue des jumelles Iona et Rowan, toujours chez Logan et Sophie-Élisa.

Et cela ne s'arrêta pas là !

Cameron et Elenwë eurent en 1418 une petite fille qu'ils prénommèrent Viviana et en 1423, naquit la benjamine, Aerin.

Quand Eloïra songeait à cette dernière, une jolie poupée de douze ans, aux cheveux ébène et aux yeux améthyste, un tendre sourire venait fleurir ses lèvres. Elle était la plus douce et la plus sage d'eux tous. Du haut de son jeune âge, elle ne jugeait jamais personne et marchait constamment dans les pas d'Eloïra, tandis que ses autres neveux et nièces s'étaient peu à peu détachés d'elle. Aerin lui avait soufflé un jour : « Tu leur fais peur, mais… pas à moi. Je t'aime fort, Eloïra ».

À ce souvenir, quelques larmes d'émotion brouillèrent un moment sa vue. Oui, Eloïra générait peur. Cela faisait des années qu'elle s'en était rendu compte. Mais pourquoi ?

Parce qu'elle avait échappé à la mort ? Parce qu'elle s'habillait constamment de rouge et refusait de porter une tout autre couleur ? Parce que ses émotions – larmes et rires – fusionnaient avec les Éléments et faisaient la pluie et le beau temps sur les terres du clan ? Parce que ses pouvoirs surpassaient, et de loin, ceux du plus puissant des enfants des dieux connu ?

Petite, elle avait été le chef de la tribu des nouveaux Saint Clare. Maintenant, elle était seule. Trop souvent. Même si ses parents l'entouraient de leur amour, tout comme Sophie-Élisa et Cameron, ils l'étouffaient presque à trop vouloir créer un cocon chaleureux autour d'elle. Eloïra désirait juste qu'on l'aime pour ce qu'elle était : une jeune femme comme les autres, tout du moins dans ce clan, et que la peur, qu'elle distillait dans les pensées des autres, s'efface.

Aujourd'hui, Iona et Rowan l'avaient rejointe à la Cascade des Faës, mais seulement par curiosité. Elles avaient bravé leur appréhension pour être les premières à savoir, et rapporter par la suite, ce qu'Eloïra avait encore fait.

— Faire rajeunir Larkin et Barabal ! lança-t-elle à voix haute, un rictus de dédain s'affichant sur les traits fins de son beau visage. Je n'en vois pas l'intérêt.

Sans manières, la chemise de corps en coton rouge remontant très haut sur ses jambes fines, Eloïra s'allongea de tout son long sur l'herbe tendre. Elle cueillit ensuite un coquelicot qui la narguait de sa couleur carminée et le glissa derrière son oreille, avant de croiser les bras sous sa nuque.

Là, les yeux levés au firmament, elle plongea dans ses pensées tourmentées en se laissant bercer par le kaléidoscope de lumières qui jouait à cache-cache entre les branches des arbres les plus hautes et leurs vertes feuilles.

Je n'ai pas fait ça ! J'en suis certaine ! songea-t-elle en repensant à Larkin et Barabal.

On avait trouvé deux jeunes enfants, errant non loin du pont-levis du château, aux toutes premières heures de cette journée du 1er novembre (au calendrier grégorien). En fait, ce furent leurs cris qui avaient attiré du monde, car les deux petits se disputaient en se griffant, se mordant, et se donnant des coups de bâtons... ces derniers étant identiques à ceux des deux vieux magiciens du clan. Inimitables... De plus, la fillette et le garçon étaient vêtus des habits – bien trop grands – de Larkin et Barabal, sans compter que la petite blonde édentée babillait comme la *Seanmhair*.

Le doute n'était plus permis, et après inspection des demeures de ces derniers, il était devenu incontestable que les enfantelets étaient bel et bien le vieux grand-druide et la *bana-bhuidseach* suprême du clan.

Bien sûr... tout le monde, la communauté druidique en premier, avait pointé du doigt Eloïra, l'incriminant devant ses parents ébahis, d'avoir jeté un sort de « jouvence » sur les deux magiciens.

— Mais pourquoi aurais-je fomenté cet acte ? s'offusqua Eloïra en revenant au présent, la voix chargée de reproches en songeant aux visages tendus et hargneux des druides.

Seuls le piaillement joyeux des oiseaux et le son cristallin de l'eau chutant dans le bassin de la cascade lui répondirent. Eloïra se dit aussi qu'elle était injuste, car non, « tout le monde » ne l'avait pas incriminée. Ses parents, sa sœur et son frère, épaulés de leurs conjoints, avaient fait barrage de leurs corps entre elle et la horde des prêtres celtes en colère. Ils l'aimaient, la protégeaient... mais, la croyaient-ils innocente pour autant ?

Il était vrai que ce n'était pas la première fois qu'elle utilisait sa puissante magie. La plupart du temps, pour aider, même si cela tournait souvent à la catastrophe. Mais le sort le plus troublant, la cause de l'animosité des druides à son égard, était celui qu'elle avait jeté sur ses proches après avoir échappé au Faucheur. Bon sang ! Elle n'était qu'une enfant, et apeurée qui plus est ! Que pouvait-on reprocher à une toute petite fille traumatisée par ce qu'elle venait de vivre ? D'avoir figé le temps au profit de ceux qu'elle aimait ? D'avoir fait en sorte qu'ils ne vieillissent plus jamais ?

Pour elle, dans son jeune esprit, les cheveux gris ou blancs, les rides et le tassement des corps, tout cela correspondait à la mort, et elle ne voulait pas que le Faucheur vienne un jour prendre l'un des siens, comme il avait failli le faire avec elle. Ses parents, sa famille, ceux qu'elle chérissait n'avanceraient plus en âge. Les enfants continueraient de grandir, cependant, une fois adultes, ils conserveraient leur aspect physique jusqu'à la fin. S'il y en avait une, vu que leurs corps se régénéraient sans cesse. Et c'est ce qui s'était passé. Plus personne n'avait pris une ride depuis douze ans.

Eloïra sortit des songes où elle s'était à nouveau retranchée, en soupirant misérablement.

— Soit ! Les druides ont peut-être raison. Je ne suis pas une déesse, je n'avais pas le droit d'interférer ainsi dans la vie des miens. Je ne sais même pas comment j'ai fait ça. Néanmoins, il est hors de question que j'essaye d'inverser le sort. Iain et Diane tomberaient en poussière, et papa et maman, à soixante-douze et soixante-quatre ans, pourraient eux aussi trépasser dans la seconde. Quant à Larkin et Barabal...

Fronçant ses charmants sourcils, Eloïra se mit à chercher dans son esprit si oui ou non, elle aurait pu être l'instigatrice de cet étrange charme. Elle chercha si bien qu'elle s'endormit.

Un rêve, le même que d'habitude, vint la cueillir à l'orée de sa conscience. « *Il* » lui tendait la main... et elle le suivait.

Chapitre 2

L'Ankou

Tapi derrière le voile d'eau mouvante de la cascade, l'Ankou attendait son heure. Celle où Eloïra serait seule, celle où la porte d'entre les mondes s'ouvrirait. Depuis le temps qu'il espérait une occasion telle que celle-ci.

Le *Chant* n'avait pas réclamé la jeune femme, et lui n'était pas là en tant que Faucheur. Non...

L'Ankou désirait simplement être au plus près d'Eloïra. La regarder et respirer son souffle, tout en bridant son envie de la toucher – geste qui causerait assurément le trépas de l'humaine.

Eloïra l'attirait comme un aimant et durant des années, il avait réussi à occulter ce fait. Cependant, aujourd'hui plus que jamais, se tenir loin d'elle lui devenait proprement impossible. Il ne pouvait plus réfréner son besoin de franchir la porte, alors qu'il aurait dû rester à sa place, dans l'antre de la Mort.

En ce jour de *Samhuinn*, il découvrirait ce qui l'obsédait tant en cette sang-mêlé, mi-humaine mi-déité. Pourquoi faisait-elle naître en lui des visions chaudes et dorées ? Pourquoi son parfum lui évoquait-il des senteurs qu'il croyait connaître ? C'était comme si un pan entier de sa mémoire, d'une partie de lui, était sur le point de tomber, et sans elle rien ne se ferait.

Il retint son souffle froid et avança d'un pas.

À son approche, le voile d'eau s'écarta et se stabilisa

aussitôt en milliers de cristaux de glace, tout comme le fit la surface du bassin sous chacune de ses foulées inaudibles. Sur un rayon de trois mètres autour de lui, les ténèbres absorbèrent la clarté céleste du lieu sacré, les oiseaux se turent, et l'herbe se figea en pics blancs et pointus. En un instant, l'Ombre et la Lumière se firent face dans une sorte de duel silencieux.

Se tenant à quelques pas du corps alangui sur la verdure non givrée par son aura froide, l'Ankou laissa glisser ses iris ébène sur les courbes sensuelles, toutes féminines, d'Eloïra. Elle n'était vêtue de rien, ou enfin, de si peu. Elle n'aurait d'ailleurs point eu besoin de ce bout de tissu carmin qui la couvrait des épaules au haut des cuisses, tant sa peau veloutée et pâle était en soi une étoffe des plus précieuses.

L'Ankou s'étonna un instant de s'être fait une telle remarque, lui qui ne s'était jamais attardé sur l'aspect charnel des êtres vivants. Hommes ou femmes, jeunes ou vieux, à l'approche de la mort, ils se ressemblaient tous. Peu lui importait leur apparence, tandis qu'il venait cueillir leur âme avant que l'un de ses disciples ne les conduise vers le *Chant*.

Alors, pourquoi était-il en ce moment précis, à s'abreuver de la vision d'un corps féminin ? Il se faisait l'effet d'être à l'instar d'un assoiffé dans le désert qui contemplerait avec convoitise les reflets bleutés et argentés d'une oasis source de vie.

La vie…

Quelle ironie de penser cela, lui, l'Ankou, qui était à l'opposé de tout ce que ce mot pouvait signifier. Il était le maître-guerrier de la Mort, le Faucheur, celui qui décidait qui resterait à ses côtés pour rentrer dans les rangs de sa sombre armée et ce, pour un an, et qui partirait de suite rejoindre le *Chant*. C'était ainsi, de vie à trépas, le parchemin des destins était écrit, bouclé et inaliénable.

Il l'était également pour Eloïra, enfant…

Cependant, le courage d'une famille épaulée par le dieu de toutes les déités, Lug, avait fait que l'humaine vive un avenir désormais incertain.

L'Ankou se souvenait d'elle, petite fille aux joues roses et rebondies, sa longue chevelure de feu coiffée d'une natte lui barrant le front – comme en ce moment – et rattachée sur les tempes par des liens de lierre. Elle avait gardé son nez en trompette, ses lèvres délicatement ourlées et pulpeuses, son menton volontaire qui prouvait un fort caractère. Néanmoins, elle avait changé, elle avait grandi. Eloïra était une jeune femme à la beauté rare, douce et en même temps sauvage.

Là encore, l'Ankou se secoua mentalement, son esprit dérivant vers des pensées dont il n'était pas coutumier.

Presque malgré lui, il s'avança encore d'un pas sur la surface gelée du bassin, le givre se répandant dans la même mesure en cristallisant l'herbe... à toucher l'être assoupi.

Elle bougea dans son sommeil, la fleur de coquelicot caressant de ses pétales rouges les joues pâles saupoudrées d'éphélides, et l'Ankou figea son souffle froid. Il ne voulait pas qu'elle s'éveille, qu'elle pose les yeux sur lui...

Pourtant, c'est ce qu'elle fit, en papillonnant des paupières tout en fronçant ses sourcils fins et dorés. Elle poussa comme un soupir contrarié et fixa sur lui son regard bleu nuit avant que son être ne se tétanise à sa vue.

Eloïra s'était assoupie en réfléchissant au considérable problème « Barabal-Larkin ». Rien d'étonnant à cela, au vu du manque d'un sommeil toujours fuyant – qui ne la ravissait, tout au plus, que cinq heures par nuitée –, point récurrent depuis ses plus tendres années. En fait, depuis le jour où elle avait failli mourir...

Et à chaque fois que Morphée l'emportait, c'est à ce moment-là précis que ses songes la conduisaient :

« *Eloïra courait. Elle entendait dans son dos les appels apeurés de sa famille et puis, en un instant... le monde se dérobait sous ses pieds. Elle criait et criait encore, ses hurlements rythmant sa chute vertigineuse qui semblait ne jamais prendre fin.*

Invariablement, les bras du dieu Lug la rattrapaient in extremis, et son regard enfantin se posait sur son visage éthéré, puis sur les parois terreuses, tout illuminées par le halo bleuté et luminescent qu'il émettait. Elle se souvenait également que Lug ne la contemplait pas, mais qu'il fixait un point en contrebas de leur emplacement.

Ils n'étaient pas seuls !

Non loin en dessous d'eux une forme sombre et sinistre se tenait statique, comme aux aguets. Une enveloppe d'une aura menaçante qui avait encore le don, malgré toutes les frayeurs qu'avait déjà subies la petite, de la paralyser d'effroi alors qu'elle se savait en sécurité tout contre la déité.

Pourtant, comme ce jour-là, et après, dans tous ses rêves, la réalité cauchemardesque changeait, évoluait, et devenait presque… humaine. Le sentiment d'horreur d'Eloïra disparaissait instantanément et une étrange chaleur venait étreindre son cœur, tandis que son corps se détendait et s'alanguissait.

Elle découvrait un guerrier, son anatomie et son visage partiellement masqués par un voile mouvant et épais de ténèbres. Il avait la peau pâle, presque blanche, des traits indéfinis et des iris… noirs. Un regard où Eloïra décelait de fugaces étincelles de vie.

La noirceur des yeux de la créature laissait peu à peu transparaître une autre teinte, d'un vert profond, apaisant, identique à celui qu'acquéraient les feuilles des chênes à l'approche de la période sombre.

Toujours dans ses rêves-souvenirs, Eloïra voyait s'épanouir un sourire sur les lèvres du guerrier, et sans qu'elle comprenne pourquoi, elle lui tendait la main… son corps répondant au souffle de son instinct. Mais Lug en décidait différemment et la propulsait en direction de la surface, loin de l'être dont la bouche émettait un appel muet, déchirant par son silence. Puis il disparaissait, comme englouti dans les profondeurs de la terre, avant que la crevasse ne se referme.

La Terre guérissait sa plaie, cependant que le cœur d'Eloïra en subissait une à son tour : elle avait la déchirante impression qu'on venait de lui arracher un être cher... »

Depuis, invariablement, et à chaque fois que le rêve-souvenir se terminait, elle tendait la main dans l'espoir qu'*Il* revienne.

Eloïra se réveilla, ou crut le faire, car son regard se posa sur celui qui peuplait ses songes. Elle se figea en retenant son souffle. Était-elle bel et bien sortie de son assoupissement ? Une chose était certaine : les images que son esprit recevait étaient en totale contradiction avec la logique de sa conscience, et donc, penchaient résolument vers l'abstrait.

Le guerrier était là, néanmoins, il n'était plus dans les entrailles de la Terre, mais dans une sorte de clairière opalescente et givrée. Et elle, où se trouvait-elle ?

Se redressant sur un coude, tremblant et jetant un rapide coup d'œil aux alentours, Eloïra réalisa qu'elle était toujours à la Cascade des Faës. Cependant, le lieu sacré était scindé en deux parties : l'une – celle où elle était – baignée de chaleur et de verdure comme à son habitude, l'autre, comprenant les rives, le plan et la chute d'eau totalement figée sous une blancheur hivernale, glaciale.

Le guerrier se tenait non loin d'elle, un genou posé sur la surface du bassin gelé, et Eloïra, malgré les trémolos de son cœur apeuré, se força à le contempler. Sa vision de femme – aux antipodes de celle de l'enfant qu'elle avait été – lui révéla de nouveaux détails plus que troublants, aidés du fait que l'être était en pleine lumière. Elle retint son souffle, réellement impressionnée par l'incroyable charisme que dégageait... quoi, qui ?

Il avait des traits sensiblement humains, mais n'en était vraisemblablement pas un. Les différences étaient apparentes de par ses oreilles pointues, visibles sous sa capuche noire, par ses yeux très étirés en forme d'amandes, par l'opalescence de sa peau infiniment lisse et son visage allongé, au menton sensiblement pointu. Mais ce qui troublait d'autant plus la jeune femme, c'était ce que le tout faisait ressortir : une fulgurante beauté – si l'on pouvait employer ce qualificatif pour un… mâle.

Debout, il devait être grand, immense plutôt, et était vêtu d'une armure composée d'un cuir épais et d'un assemblage d'écailles de dragon opaques. Un dragon noir ? Eloïra n'avait aucune souvenance d'en avoir entendu parler un jour, même si elle côtoyait très souvent le dragon blanc des Éléments. Elle repoussa cette pensée pour revenir au guerrier.

Il avait les pieds chaussés du même cuir sombre que le reste de son armure, le devant et l'arrière de ses bottes se prolongeant par une sorte de dard acéré. Eloïra se fit dans l'instant l'incongrue réflexion qu'elle n'aimerait pas se faire botter les fesses par ce ténébreux personnage. Ce qui la poussa à sourire inopinément et provoqua un premier geste chez le visiteur.

Il pencha doucement la tête sur le côté, paraissant étudier le mouvement de ses lèvres en posant ses iris sombres sur les courbes rosées de sa bouche. La capuche vaporeuse noire qu'il portait sur le haut du crâne glissa un peu plus, révélant ainsi sa longue chevelure toute de jais et d'argent. Une somptueuse tignasse de lion gris, maintenue sur son large front par une demi-couronne, également constituée d'écailles de dragon.

Leurs regards se croisèrent… pour ne plus se séparer. Un tourbillon énergétique s'éleva au même moment autour d'eux, la poussière de glace, emportée par le mouvement centrifuge, se faisant piques givrées sur l'Ankou et pluie fine et tiède sur Eloïra. Là encore, le phénomène étrange que la jeune femme avait déjà vu il y a douze ans de cela, réapparut : l'ébène des iris du guerrier changea et se mélangea à une teinte vert foncé.

Il se mit à sourire lui aussi, en une mimique plus crispée, comme s'il n'avait pas l'habitude d'un tel exercice, et avant qu'elle ne se rende compte de ce qu'elle faisait… elle lui tendit à nouveau la main.

— Non… ne me touchez pas ! renauda l'être en reculant légèrement sur sa position, toujours à demi accroupi.

Eloïra retint son mouvement en frissonnant de la tête aux pieds. Jamais elle n'avait entendu une telle tessiture dans la voix d'une créature vivante. Si intensément basse, qu'elle aurait pu se confondre avec le grondement de galets roulant les uns contre les autres.

— Pourquoi ? réussit-elle à prononcer dans un souffle ténu.

— Vous en mourriez…

— N'est-ce pas ce à quoi je suis promise, étant donné que vous êtes là, devant moi ?

L'être ne répondit pas, faisant simplement un signe négatif de la tête, ses lèvres s'incurvant en un rictus contrarié.

— N'êtes-vous pas le Faucheur ? Le cueilleur d'âmes ? insista Eloïra.

— Je suis celui dont on ne prononce pas le nom, vous l'avez deviné, le maître-guerrier de la Mort. Mais… je ne suis pas là pour vous emporter.

— Non ? Alors, pourquoi êtes-vous venu ?

— Pour comprendre.

Il émit ces derniers mots dans une sorte de ronronnement rocailleux qui fit battre le cœur d'Eloïra et provoqua un tel émoi en elle, qu'elle crut que de la lave avait remplacé son sang.

— J'aimerais également m'expliquer pourquoi l'Ankou se montre à moi aujourd'hui, jour de *Samhuinn*, si ce n'est pour que je meure une bonne fois pour toutes.

Quand Eloïra était troublée, qu'elle n'arrivait pas à

contrôler ses sens, le seul moyen pour elle de reprendre pied était de passer à l'attaque. Cependant là, à peine avait-elle lancé sa répartie qu'elle s'en serait mordu les doigts.

Elle avait prononcé *son* nom !

Son sort était désormais entre les mains de l'Ankou…

Chapitre 3

Qui êtes-vous ?

— Vous avez prononcé mon nom, gronda sourdement l'Ankou, la spirale infernale de dards glacés et de pluie tiède tournoyant et redoublant d'énergie autour d'eux.

Eloïra était à mille lieues d'en tenir compte, elle avait laissé tomber ses bras de part et d'autre de son corps, pour ensuite baisser piteusement la tête. Une fois de plus, son caractère impétueux et sulfureux avait décidé de son sort.

— Avant que vous ne m'emportiez… je ne sais où, pourrais-je faire mes adieux à mes proches ? supplia-t-elle dans un filet de voix, sans oser espérer que l'Ankou lui octroie ce souhait.

— Vous le leur direz vous-même, quand votre heure aura sonné, ce qui n'est pas à l'ordre de ce jour ou des suivants.

Le maître-guerrier de la Mort avait parlé si sourdement qu'Eloïra eut bien du mal à croire ce qu'elle venait d'entendre. Pour être convaincue des paroles de l'Ankou, elle releva la tête, écarta les longues mèches détrempées de son visage, et plongea une fois encore son regard dans celui du Faucheur.

Il s'était redressé, tout comme elle l'avait fait d'un bond, après avoir prononcé son nom, et oui… il était immense, elle ne s'était pas trompée. Tous deux se tenaient l'un en face de l'autre, l'une campée au soleil, l'autre en plein cœur de l'hiver.

— Je n'ose ajouter foi en ce que vous proférez, j'ai prononcé votre…

— Je suis au fait de ce que vous avez fait ! la coupa-t-il en levant une main gantée de noir. Sachez seulement que vous êtes, de toute évidence, immunisée du sort funeste lié à mon nom, et c'est cela qui me pousse vers vous aujourd'hui. Je veux comprendre… pourquoi.

Eloïra écarquilla les yeux. Le « scorpion » demandait à sa « victime » la raison pour laquelle cette dernière survivait à ses attaques ? Voilà qui était risible et amusant à la fois.

— Je suis peut-être devenue une immortelle, comme mon frère Cameron l'a été durant quelques siècles ? susurra-t-elle mielleusement dans un sourire frondeur.

L'Ankou parut étudier sa question, tourna la tête vers un chêne figé dans le givre à sa gauche, et fit un geste de la main en sa direction.

Une minuscule stalactite de glace se décrocha d'une branche et se propulsa vers Eloïra, pour l'atteindre au niveau de l'épaule et lui infliger une cuisante douleur.

— Aïe ! ne put-elle s'empêcher de hurler en même temps qu'elle posait sa main sur la piqûre.

L'instant suivant, elle contemplait avec ahurissement quelques gouttes de sang qui coulaient sur ses doigts.

— Mais, vous êtes un fol ? lança-t-elle férocement, après l'avoir fusillé des yeux, tandis que lui semblait à son tour s'amuser.

Ce que vint confirmer sa réplique un poil sarcastique :

— Non, je suis juste… la Mort.

Et là, avait-elle bien vu son clin d'œil sournois ?

Le maître-guerrier badinait-il avec elle ? La situation lui parut si burlesque qu'Eloïra se mit à pouffer et grimacer à la fois, en reposant ses doigts sur son épaule. Là encore, l'Ankou l'ébahit en imitant son rire, toujours de cette tessiture extrêmement basse et envoûtante qui fit pulser son sang plus rapidement dans ses veines. N'y avait-il que ce son qui la grisait autant ? Non, car elle était tout pareillement subjuguée par la métamorphose qui s'était opérée sur son lisse et pâle visage auparavant si austère.

Il était beau, de cela, elle s'en était déjà rendu compte, cependant là, ses traits étaient tout simplement sublimés par la manifestation de gaieté. Ses yeux, sertis de longs cils sombres, pétillaient, et leurs iris étaient intégralement verts. Ses lèvres charnues, bien que très pâles, affichaient un plaisir d'une telle sensualité qu'Eloïra dut prendre sur elle pour ne pas avancer et le toucher du bout des doigts.

L'Ankou vit-il, ou ressentit-il, le changement qui s'était opéré en la jeune femme ? Ou bien s'étonna-t-il de son propre comportement ? Peut-être les deux à la fois, car lorsqu'il prit conscience de ce qui se déroulait, son rire profond se mua en un grognement si intense que la glace sous ses pieds se fendilla, et que le givre qui emprisonnait branches, feuilles et herbes éclata en mille projectiles scintillants.

Eloïra eut l'instinct de se protéger sous une bulle intense d'énergie brute et ferma les paupières en entendant les dards de givre cingler le bouclier. S'ensuivit ensuite un silence pesant qui la poussa à jeter un timide coup d'œil vers la paroi protectrice. Ébahie, elle suivit la danse des lignes d'eau qui sillonnaient la bulle magique, à l'instar de ce qu'auraient fait des gouttes de pluie inoffensives glissant sur les vitraux de sa chambre.

L'Ankou lui-même paraissait être dans un état proche de l'ahurissement mais, apparemment, pour un tout autre fait. Il avait les yeux écarquillés et palpait sa bouche du bout de ses doigts gantés.

— Quel charme m'avez-vous lancé ? souffla-t-il après un long silence.

— Aucun ! s'écria Eloïra, indignée qu'il ne s'inquiète pas plus de son sort à elle, en songeant que le millier d'infimes dagues de glace auraient pu la mettre en charpie.

— Alors, que m'est-il arrivé ? gronda-t-il en fronçant

les sourcils, ses yeux à nouveau sombres braqués sur elle, menaçants, tandis que sa cape semblait prendre vie et se mouvoir autour de lui à l'identique de gros nuages noirs.

— Vous n'en avez réellement pas conscience ? s'étonna Eloïra. Vous venez de rire… Cela vous paraît-il si inhabituel qu'il en faille créer un tel cataclysme autour de vous, au risque d'en causer mon trépas, alors que vous m'avez assuré que mon temps n'était pas encore venu ?

— Rire… ce mot évoque en moi comme un écho…, bafouilla l'Ankou, sans tenir compte des paroles d'Eloïra, sans s'excuser qui plus est. Cela m'est déjà arrivé… mais uniquement en votre présence, ajouta-t-il en la pointant d'un doigt accusateur et en faisant crisser la glace sous ses pas rageurs, tandis qu'il allait et venait sans but et sans la quitter des yeux.

Le maître-guerrier était visiblement dépassé par ce qu'il venait de vivre, son attitude devenait nettement belliqueuse.

— Et en quoi serais-je fautive ? C'est vous qui avez commencé à plaisanter, je n'ai fait que répondre en gloussant accortement ! répondit-elle en poussant sa bravade jusqu'à faire disparaître son bouclier énergétique.

L'Ankou se figea dans ses allées et venues nerveuses et posa sur elle un regard à nouveau muant, dans lequel la jeune femme put lire un semblant d'éclat admiratif. Et le voilà qui souriait derechef ! Cet être était dangereux quand il affichait des mimiques de joie, elle le préférait nettement quand il exhibait un air grognon.

Un sourire qui se fit nettement gourmand alors que le regard ébène et vert descendait vers le buste et la taille d'Eloïra. Suivant la direction de ses yeux, elle découvrit que le tissu mouillé de sa chemise rouge collait comme une deuxième peau à son corps. Il révélait, plus qu'il ne cachait, la courbe ronde de sa poitrine, ses tétons érigés par le chaud et le froid, son ventre plat, et le triangle duveteux à la jointure de ses cuisses…

D'un geste nerveux, la jeune femme rabattit sa lourde

chevelure sur le devant de son corps et en fit un rempart contre les yeux inquisiteurs et… curieux ?

— Vous êtes l'Ankou ! Alors ayez la décence de ne point afficher de concupiscence à mon égard, ce n'est pas… euh… ce n'est pas digne d'un mort !

— Ahhh, mais je ne suis pas un trépassé ! lança du tac au tac le charismatique guerrier.

— Alors, qu'êtes-vous donc ? répartit à son tour Eloïra.

— C'est justement la réponse que je suis venu chercher auprès de vous, confia presque malgré lui l'Ankou, dérouté de mettre enfin le doigt sur la question fuyante qui le hantait depuis sa première rencontre avec l'humaine.

— Vous... n'en savez rien ? bredouilla à son tour Eloïra.

L'Ankou… secoua la tête négativement.

— Que nenni, mais je viens d'avoir la confirmation que vous êtes bien celle qui m'aidera à trouver la réponse à cela.

— Oh misère ! Je ne vois pas comment, au vu des risques que je prends face à vos dangereuses poussées de colère, et ce, dès que vous prenez conscience d'une partie de vos actions qui sont d'ailleurs… typiquement humaines, lança-t-elle en dernier recours, dans ce qu'elle pensait être une insulte au Faucheur.

Loin de le mettre hors de lui – chose qu'elle ne désirait pas vraiment –, ses dernières paroles parurent encore plus le déstabiliser.

— Humaine ? grommela la voix caverneuse en faisant sonner les vaillantes et ultimes stalactites restées accrochées aux arbres.

— C'est bien ce que je disais ! vitupéra Eloïra en lui montrant le poing. Si je dois être assassinée à chaque parole proférée, je préfère vous laisser à vos réflexions.

— Et c'est ce que tu vas faire, mon enfant ! Tu en as déjà assez dit et fait ! claqua la voix du dieu Lug, se joignant au couple en passant sous le rideau gelé de la Cascade des Faës.

— Il était certainement écrit que nous serions

assidûment un trio à chacune de nos rencontres, maugréa l'Ankou, visiblement contrarié par l'apparition de la silhouette éthérée.

De son côté, Eloïra assista à l'arrivée du nouveau venu, partagée par la fascination et l'envie de rire... encore. Mais comment ne pas être amusée ?

L'aura de la déité était si puissante qu'elle avait redonné vie à la Cascade des Faës. Libérée de sa gangue de givre, l'eau de la chute s'était remise à couler furieusement et, au fur et à mesure que Lug évoluait vers la jeune femme, la glace du bassin reprenait sa consistance liquide d'origine, ce qui eut pour conséquence directe de réduire considérablement l'espace « froid » du maître-guerrier de la Mort.

Pour garder son équilibre sur un tout petit bout de banquise, le voilà qui était forcé de danser une sorte de gigue grotesque. Où était passée la digne terreur des Ténèbres ? À présent, le charismatique Ankou ressemblait bien plus à un pantin de cirque.

Cependant, l'amusement d'Eloïra disparut peu à peu, alors que son esprit prenait conscience des derniers mots de Lug. Qu'avait-elle : *assez dit et fait ?*

À part de tenir tête au Faucheur... elle n'avait commis aucune bévue. Elle aurait voulu poser la question au dieu, si le bruit crissant de la glace et le souffle furieux d'une tempête ne l'en avaient empêchée.

L'Ankou avait à nouveau transformé le noyau du lieu sacré en un antre marmoréen et transi de froid. Sa cape de nuages opaques, ainsi que son interminable crinière noire et argentée, s'étaient déployées tout autour de son enténébrée stature. De son visage lisse aux traits parfaits, seuls ressortaient les iris de ses yeux... d'un rouge luminescent. Tout dans son apparence provoquait désormais l'épouvante, jusqu'à ses oreilles pointues, aussi fines et longues que des lames acérées de dagues. L'Ankou n'avait plus rien d'humain, mais tout d'un monstre.

Comment Eloïra avait-elle pu lui attribuer des facettes qu'il ne possédait aucunement ? L'avait-il envoûtée pour qu'elle voie en lui une sorte d'homme, et puisse l'approcher plus facilement par la suite ?

Eloïra ressentit une peur viscérale, un effroi incontrôlable, et son cœur se mit à palpiter furieusement, à lui faire mal, comme s'il allait s'échapper de sa cage thoracique.

— Cessez donc cela, Ankou ! gronda Lug d'une voix chargée de mille échos, son être rayonnant de la puissance infernale de l'astre solaire. Nulle réponse en ces lieux vous trouverez, et cette femme n'a pas les solutions que vous cherchez. Retournez d'où vous venez et partez cueillir les âmes en danger de damnation. Tel est votre but, telle est votre existence ! Allez, le *Chant* vous appelle ! ordonna encore Lug, tandis qu'Eloïra se bouchait les oreilles de ses mains, les lèvres ouvertes sur un cri douloureux et silencieux.

Elle avait l'horrible impression que son corps allait se déchirer, qu'elle était sur le point d'être démembrée. Elle n'était rien de plus qu'un jouet pris entre les doigts du dieu et les griffes de l'Ankou. Elle aurait tout donné pour que cela s'arrête.

Vœu qui se concrétisa en un instant, en la saisissant de court, tant et si bien qu'elle chuta à terre, et s'allongea de tout son long sur l'herbe tendre à nouveau verte. Levant peu à peu les yeux sur son environnement, tremblant de tous ses membres, Eloïra constata que la Cascade des Faës était redevenue un antre de paix et de chaleur, tandis que l'Ankou avait disparu.

— Petite folle ! Vous êtes totalement malavisée du danger encouru, murmura Lug en la surplombant de sa céleste corpulence. Que se serait-il passé si je n'étais pas intervenu ?

— Il... n'avait... pas... l'intention de me faire... du mal, réussit à dire laborieusement Eloïra, alors que ses dents s'entrechoquaient nerveusement.

— Certes, j'en ai conscience, pourtant, involontairement, c'est ce qu'il aurait fait. Il est l'Ankou et vous… *toi*, mon enfant, tu es humaine. Vous ne pouvez vous retrouver sans que tu en payes le prix fort.

— Je suis… immunisée…

— De son nom, peut-être, mais nullement de sa présence. Elle t'aurait mortellement empoisonnée. Pour preuve, cette blessure à ton épaule.

Eloïra porta les yeux sur la piqûre et fut horrifiée en apercevant les nombreuses marbrures mauves et noires qui partaient de la plaie désormais infectée, et sillonnaient sa peau comme une toile d'araignée distordue.

Lug apposa sa main éthérée sur la chair tuméfiée et, aussitôt, la jeune femme ressentit une forte chaleur se répandre dans son être. Ses muscles se détendirent, les tremblements disparurent, et son cœur reprit un rythme normal et lent.

— Encore quelques instants, et il aurait pu cueillir ton âme.

— Le savait-il ? s'enquit vivement Eloïra et attendant ensuite la réponse de Lug avec fébrilité, chose qui la troubla quand elle en prit acte.

— Non.

Eloïra ne se comprenait plus. L'Ankou l'avait trompée en magnifiant son apparence, l'avait émue, agacée, effrayée et empoisonnée. Cependant, elle était « *rassurée* » d'apprendre qu'il ne l'avait pas fait intentionnellement. Oh ! Elle avait oublié quelque chose… elle s'était sentie dangereusement attirée par lui.

Les siens avaient raison, enfin, ceux qui disaient qu'elle était nuisible. Elle devait être mauvaise, corrompue, pour éprouver de telles appétences pour le guerrier suprême de la Mort.

— Tes pensées sont faussées, Eloïra. Tu es pure et estimable. Il est temps que tu saches qui tu es exactement.

Le jour est venu de montrer au monde ce dont tu es capable. Allons rejoindre tes proches.

Eloïra avait les larmes aux yeux, les mots de la déité l'avaient touchée en plein cœur. Lug était la sapience, la sagesse, le tout... Il ne pouvait mentir.

Rassérénée, Eloïra se remit debout et commença à suivre Lug vers le chemin qui les mènerait hors du lieu sacré, quand...

— N'oublie pas de te vêtir, je n'aimerais pas perdre mon temps en explications si d'aventure tes parents te voyaient te promener en petite tenue avec moi, même si je ne suis plus qu'un dieu sans appétence depuis des siècles.

En un tour de passe-passe magique, Eloïra retrouva l'honorable allure d'une dame habillée de pied en cap, et se figea brusquement.

— Qu'est-ce que je dois montrer au monde ? Et pourquoi avez-vous dit qu'il est temps que je sache qui je suis ? Lug ! Attendez ! Pourquoi ?

Quelques dizaines de pas devant la jeune femme qui piaillait à faire s'envoler oiseaux, écureuils, et pauvres créatures épargnées par le givre et l'Ankou, Lug se mit à marmonner peu dignement pour un dieu :

— Les humains, tous les mêmes... *pourquoi, pourquoi, pourquoi.*

Chapitre 4

Je n'y arriverai pas !

— Tais-toi et donne-moi la main ! tonna Lug, en s'arrêtant d'avancer au bout de quelques longueurs sur le sentier boisé, et se trouvant étonnamment courroucé par l'assaut fourni des questions d'Eloïra.

— Je vous ennuie peut-être avec toutes mes implorations, mais j'aimerais savoir...

— C'est le propre de l'humanité, coupa Lug dans un soupir abyssal, toi et les tiens êtes des enfants trop curieux et non, tu ne m'ennuies pas, tu omets qu'en tant que dieu, je ne ressens aucune émotion.

— Je suis bien certaine que c'est faux, la preuve, vous êtes sérieusement fébrile en cet instant. Et vous avez simplement oublié *« vous »* ce qu'elles sont... ces émotions, ajouta Eloïra avec une clairvoyance dérangeante.

Elle avait du répondant, cette petite ! Et Lug était enchanté de pouvoir le constater car, là où elle devait se rendre, elle aurait besoin de cette indéniable qualité. Avait-il *« oublié »* les sentiments ? Voilà qu'elle avait encore une fois semé le trouble dans son esprit. Était-il *« troublé »* ?

Ohhhh... que cela devenait difficile d'être le dieu de toutes les déités, s'il se mettait également, et de plus, à se poser des questions !

— Donne-moi la main, répéta-t-il sur un ton plus

doux et engageant.

— Pourquoi ?

— Encore une demande, une seule, et je transfère dans ta tête l'épistémè[6] de mes millénaires d'existence.

— Et aurais-je, ainsi, toutes les réponses souhaitées ?

— À nouveau, une interrogation, marmonna Lug, oui, si cela peut permettre de faire en sorte que tu te taises et que tu exécutes ce que je t'enjoins de faire ! Ta main !

Eloïra pouffa, heureuse d'avoir poussé à bout le dieu Lug, et obéit joyeusement à son injonction, sans plus se poser de questions. Elle aurait dû… pour cette fois. Du style : *« Pourquoi voulez-vous que je vous donne la main ? »*

Au moment où elle accéda à la volonté du dieu, l'univers et tous deux parurent se désagréger dans un kaléidoscope lumineux et extrêmement mouvant, cela ne dura que l'instant d'un battement de cils, mais ce fut suffisant pour rendre malade Eloïra.

Ils se rematérialisèrent d'un coup sur le pont-levis du château, la jeune femme oubliant sa nausée au profit d'une forte et fulgurante douleur au visage.

— Vous avez osé me gifler ? cria-t-elle à l'attention de Lug, en se massant rageusement la mâchoire, et ce, sans prendre conscience de ce qui les entourait.

Lug ne répondit pas, et Eloïra se figea, la main burlesquement collée sur sa joue, en même temps qu'elle écarquillait les yeux et découvrait son environnement.

C'était… incroyable ! Mais pas tant que cela car, après tout, elle était en compagnie du dieu Lug, et celui-ci venait de les transporter dans un passé proche : celui où les druides l'invectivaient et l'accusaient d'avoir jeté un sort sur Barabal et Larkin.

Ah oui, les deux enfants étaient là, mais ils restaient

---

6 *Épistémè : Ensemble des connaissances permettant les diverses formes de sciences à une époque donnée.*

muets, comme frappés par la foudre lors de leur arrivée fracassante, tout comme l'étaient les prêtres celtes, les *bana-bhuidseach*, les villageois... et sa famille.

— Nous avons remonté le temps ? couina Eloïra, outrée. Je vais devoir revivre leurs reproches et ce qui s'est produit avec l'Ankou à la Cascade des Faës ? Et pourquoi m'avez-vous soufflet ée ?

— Toujours et encore des questions, soupira théâtralement Lug. Je daigne répondre à la dernière : non, je ne t'ai pas touchée, c'est ton double du passé qui a fusionné avec toi à l'instant. Cela n'a pas dû être aussi douloureux que ça, voyons...

— Qu'avez-vous fait à ma sœur ? Et que voulez-vous insinuer tous les deux en parlant de remonter le temps ? gronda sourdement la voix grave, par trop reconnaissable, de Cameron, manifestement peu enchanté de revoir Lug et paraissant très en colère.

— *Aye !* Parlez !

Ah ! Et si en plus le fier laird Darren Saint Clare s'y mettait également, ainsi que sa tendre épouse...

— Par les Dieux, Eloïra, ne prononce plus jamais le nom du Faucheur ! supplia Awena en faisant un pas vers sa fille et avant de s'écrier : Que veux-tu dire par « *ce qui s'est produit avec...* » ?

— Maman ! coupa Eloïra alors que sa mère allait prononcer le nom fatidique. Ne dis plus rien, tu n'es pas immunisée contre lui !

La dame du clan, reine des bévues, écarquilla ses beaux yeux en se rendant compte de sa dangereuse inadvertance, et posa une main tremblante sur sa bouche.

Eloïra secoua la tête en poussant un soupir contrit, sa mère n'en manquait pas une. L'instant suivant, elle hoquetait en se bouchant les oreilles comme une formidable cacophonie de voix et de cris – ceux de Barabal et Larkin enfants – s'élevait là où aurait dû se trouver un silence respectueux.

Que diable, ces hommes, femmes, et mômignards étaient en présence du dieu Lug ! s'offusqua mentalement la jeune femme.

Est-ce que quelqu'un dans ce clan se rendait compte de l'honneur que la déité leur faisait en se présentant à eux ? Apparemment, il semblait évident que tous s'en moquaient éperdument. Comme d'habitude !

Seuls les druides se tenaient en retrait, se contentant de dévisager révérencieusement la céleste enveloppe éthérée.

— Père ! haussa d'un ton Elenwë, sa fille devenue humaine. Tu m'avais promis de ne plus intervenir dans la vie de mes proches. Qu'as-tu encore comme idée derrière la tête ?

Si Lug avait eu un doute quant au fait que son enfant se soit bel et bien changée en une créature de chair et de sang, le fait qu'elle se mette également à poser des questions le lui ôta définitivement.

— *Och !* Les petits, arrêtez de vous mordre et de vous griffer ! gronda Sophie-Élisa en direction de Larkin et de Barabal, dont les jeunes dents étaient plantées dans la chair tendre du poignet de son compagnon de toujours.

— Tiens-la le temps que j'éloigne Larkin, proposa Logan, en saisissant ce dernier par la peau du cou, tandis que Sophie-Élisa attrapait Barabal de son côté.

Mais rien à faire, la *Seanmhair* était arrimée à Larkin aussi sûrement qu'un navire sur un rocher.

— CESSEZ ! gronda Lug, sa voix se propageant comme un furieux vrombissement d'orage.

Et pour une fois, tous obéirent, à l'exception du garçonnet et de la fillette qui, d'effroi, se mirent à pleurer à chaudes larmes en émettant des cris insupportablement aigus.

— Tu leur as fait peur ! vitupéra Elenwë, en foudroyant son père des yeux et en prenant les petits dans ses bras protecteurs.

— Cela passera, proféra Lug d'un ton parfaitement indifférent. Tout comme le temps des accusations ! ajouta-t-il en se tournant vers une poignée de druides. Qui vous octroie le droit de vous comporter en juges et en justiciers ? Qui vous donne toute liberté d'accuser à tort cette jeune enfant (en désignant Eloïra) d'actes qu'elle n'a pas commis ? Vous êtes des magiciens, des prêtres celtes censés représenter la sapience des dieux. Mais vous pensez et agissez en tant qu'hommes de peu de foi. À se demander si vous êtes réellement des prêtres celtes !

Si la dizaine d'incriminés se tassa visiblement sur elle-même, il n'échappa point à Lug que les autres prêtres celtes, dont le grand-druide Ned, ainsi que les *bana-bhuidseach* conduites par Aigneas et les membres du clan Saint Clare, parurent se revigorer à la suite de son plaidoyer. Il était clair comme de l'eau de roche, que les récriminations de cette poignée d'hommes en toges blanches ne trouvaient point écho dans le reste du clan. Lug venait de remonter hautement dans l'estime de ces fiers Highlanders en défendant ouvertement une des leurs.

— Oh dieu de tous les dieux, osa s'interposer un des vieux prêtres souffletés, vous omettez que cette enfant a déjà commis le méfait d'employer sa phénoménale magie, de sorte que ses proches ne se décatissent jamais.

— Goundal de Bol, ne sais-tu donc pas que je suis au fait de tout ce qui se déroule en ce monde ? Et toi, aurais-tu oublié que ces guerriers exceptionnels, enfants des dieux, ont eux aussi eu recours à des charmes puissants pour te soustraire à un danger mortel et te conduire à l'abri sur leurs terres ? Y vois-tu une quelconque différence avec le sort qu'Eloïra a employé il y a de cela des années ? Pour ma part, il n'en existe pas ! Ces enchantements ont été utilisés à bon escient, pour des causes justes. Pour te sauver la vie, Goundal, et dans l'esprit de la fillette d'alors, le but était exactement le même, garder près d'elle les gens aimés en faisant que leurs corps se régénèrent immuablement. Les déités n'ont vu là qu'un geste d'une grandeur d'âme absolue. Quant à ce que vous lui reprochez aujourd'hui…

— *Och !* Elle a changé nos magiciens en enfantelets ! osa encore couper Goundal (qui portait très bien son nom, et aurait mérité une petite modification comme « *Pas* » de Bol), car à peine eut-il proféré ces mots, que Lug le musela en le privant de sa voix.

— Dorénavant, tu apprendras à réfléchir avant de parler, scanda le dieu.

Goundal parut se liquéfier de peur sur place et jeta un regard sur son laird. Avait-il eu l'espoir que celui-ci prenne sa défense ?

Il en fut rapidement détrompé et se tassa d'autant plus : Darren l'écrasait de son regard sombre, en affichant un mince sourire de contentement. Avec ses longs cheveux noirs dansant dans le vent froid de novembre, ses bras croisés sur son large torse, son impressionnante stature de guerrier, et même avec une mimique enjouée sur le visage, le laird arrivait à en statufier plus d'un. À ses côtés, la belle et farouche Awena, enroulée dans sa cape terre-de-Sienne, en imposait tout autant que son mari.

Le silence enfin revenu, le fat remis à sa place, Lug reprit la parole :

— Eloïra, ici présente (en désignant la jeune femme qui se tenait en retrait), n'est absolument pas fautive des torts qu'on lui reproche. Car… Barabal et Larkin ne sont pas ceux que vous croyez. Tous les six cents ans, une malédiction s'abat sur eux, et tous les six cents ans, les deux vieillards qu'ils sont retournent en enfance. C'est un cycle, une malédiction, et celle-ci doit maintenant être levée. Celle que j'ai désignée pour remédier à cela se trouve parmi nous : Eloïra !

— *Mouah* ? couina l'intéressée, son joli visage

affichant clairement sa stupéfaction, le menton tombant brusquement, comme prêt à se décrocher.

— Oui… toi, acquiesça simplement Lug.

L'annonce du dieu n'avait pas seulement dérouté Eloïra, en fait, elle avait agi comme un assommoir sur l'ensemble du clan. Courageusement, la jeune femme prit sur elle en se disant que s'il fallait créer un charme pour briser une malédiction, le tour serait assez facilement réalisable. D'autant plus qu'elle n'était pas seule, sa famille l'aiderait certainement, tout comme la déité. Mais quel choc !

Barabal et Larkin… pourquoi les avait-on maudits ? Qui avait fait cela ? Voilà que les questions revenaient au triple galop.

Eloïra posa un regard troublé sur les deux petits, et une vague de tendresse incommensurable lui traversa le corps en songeant à tous les chers souvenirs qui la liaient à ces êtres. Larkin et l'incorrigible Barabal… elle leur devait tant ! Le savoir, la patience, les rires, et ces nombreux moments passés à concocter d'épouvantables potions avec sa « Baba » comme elle aimait surnommer la *Seanmhair*. Aujourd'hui, c'était à son tour de les choyer, de les aider, et elle réussirait !

— Donnez-moi l'incantation, lança-t-elle à l'attention de Lug, je mettrai en œuvre tous mes pouvoirs pour qu'ils redeviennent comme avant.

— Cela n'est pas aussi aisé, mon enfant, murmura la déité, tandis que les Saint Clare s'approchaient et formaient un cercle autour d'eux, avides d'en apprendre plus. Cette malédiction ne peut être déjouée par une simple mélopée enchantée.

Eloïra accrocha le regard améthyste d'Elenwë et crut déceler un reflet angoissé dans ses yeux. La femme de Cameron avait perdu énormément de souvenirs en devenant humaine, cependant, elle avait par moments des flashs, et Eloïra subodorait qu'elle venait d'en avoir un.

Très nerveuse tout d'un coup, elle déglutit péniblement et redressa son visage vers Lug.

— Que dois-je faire ? s'enquit-elle en agrippant de ses mains moites le tissu de sa cape rouge.

— Cette malédiction est extrêmement ancienne, commença Lug. Il faudra que tu remontes le temps pour chercher la clef qui libérera ces deux êtres.

Eloïra fut prise d'un vertige, état qui ne put se voir, masqué par l'intervention de son père Darren et de son frère Cameron qui se campèrent de part et d'autre de son corps, en la soutenant par leur présence physique.

Les cris de Barabal et Larkin qui se disputaient derechef, détournèrent un instant l'attention sur eux, et étrangement... les bambins piaillaient en *gàidhlig*[7] ancien. Apparemment, Barabal pleurnichait parce que Larkin lui aurait volé une pierre.

Qu'elle ait quatre ans, ou encore six cents ans – puisque le cycle de la malédiction revenait au point de départ à ce chiffre –, la *Seanmhair* restait toujours la même : une pinailleuse !

Le laird décida de couper court à tout cela en essayant de faire sa loi :

— *Bi sàmhach* (Sois sage) ! gronda-t-il en direction de Barabal. *Càite 'n do chuir thu e* (Où l'as-tu mis) ? reprit-il pour Larkin.

— *Dabaidh* (Papa) ? s'écria le garçon avec un trémolo d'espoir dans la voix, sans répondre à la question et en écarquillant ses yeux noirs et larmoyants.

— *Gu dearbh cha* (Certainement pas) ! s'offusqua trop brusquement Darren en faisant pleurer de plus belle les petits.

— Non, non, non, s'agaça Awena, ses sourcils roux joliment froncés. Vous savez bien que je ne comprends rien quand vous parlez ainsi !

---

7   *Gàidhlig* : Gaélique écossais.

— *Mo chridhe* (Mon cœur), au lieu de te plaindre, aide-moi plutôt à calmer ces bébés ! s'énerva à son tour le puissant Darren.

— Laisse, maman, coupa Eloïra, je m'en occupe.

Et sous le regard ébahi de ses parents, la jeune femme se mit à genoux devant les enfants et leur parla doucement dans un vieux *gàidhlig* parfait, méthode qui sembla effectivement agir : les larmes cessèrent de couler et des sourires timides s'affichèrent sur les minuscules visages potelés.

— *Thalla a chluiche le Barabal* (Va jouer avec Barabal), finit-elle de susurrer en donnant une tendre petite tape sur le postérieur de Larkin.

Si un jour on lui avait dit qu'elle oserait un tel geste envers le grand-druide, jamais elle ne l'aurait cru.

— Ils sont adorables, ils se disputaient pour une drôle de pierre, je n'ai pas bien compris son nom, Limba, Limou...

— La pierre de *Lïmbuée*, souffla Logan, en cherchant les regards de Darren et Awena, tandis que Sophie-Élisa se statufiait à ses côtés.

Eux savaient apparemment de quoi il s'agissait.

— Elle est la clef de la malédiction, annonça Lug.

— Mais je croyais qu'il n'en existait plus, nous avons utilisé les pouvoirs de la dernière pierre de ce monde, intervint Sophie-Élisa.

— C'est exact, concéda le dieu. C'est pour cela qu'Eloïra doit remonter le temps, pour retourner à l'époque où ces pierres tapissaient en abondance les gorges de la Montagne des Brumes, et où la magie était quasi omniprésente.

— À combien d'années se situe cette période ? marmonna Cameron, le visage crispé par l'appréhension.

Eloïra retint son souffle, tandis que Lug hésitait visiblement pour répondre. Elle avait un mauvais pressentiment...

— À plus de treize mille ans avant l'an zéro. Juste avant que nous, les déités, ne fassions notre Élévation[8]. Une époque où elle côtoiera les descendants directs des premières puissantes lignées d'enfants des dieux.

Tandis qu'une nouvelle monstrueuse cacophonie éclatait à ses oreilles, suite à la révélation incroyable de Lug, Eloïra se sentit soudainement détachée de son corps et vidée de toute énergie. Ce que lui demandait la déité était impossible à réaliser, c'était tout bonnement au-dessus de ses forces…

Ses pouvoirs étaient immenses, de cela, il n'y avait pas à douter et, chaque jour, Eloïra en découvrait de nouveaux, encore plus puissants que les précédents. Néanmoins, lui permettraient-ils de voyager sur une aussi longue distance temporelle ?

— Je n'y arriverai pas, se mit-elle à murmurer en litanie, personne ne se rendant compte de son trouble profond.

À part peut-être Lug.

---

8 *Élévation : Moment où les divinités ont quitté leurs corps terrestres pour rejoindre le monde des Sidhes.*

Chapitre 5

La puissance d'Eloïra

— Bien sûr que si, tu y parviendras, Eloïra, la rassura Lug, et je serai près de toi.
— *Och*, tu pourras aussi compter sur moi, *mo caileag* (ma fille) ! lança farouchement Darren d'une voix forte.
— Et sur moi ! gronda Cameron.
— Plus un ! ajouta Logan en hochant vivement de la tête et en emboîtant le pas des deux fiers Highlanders qui se dirigeaient déjà vers la cour intérieure du château.

Leur but était clair, ils allaient préparer leurs paquetages.

— Pas cette fois ! les coupa Lug dans leur élan. Le temps de vos aventures est révolu. Ce qui doit être accompli aujourd'hui le sera uniquement par Eloïra.

Darren, plus ténébreux que jamais, revint sur ses pas et se tint nez à nez avec la déité.

— Songez-vous réellement que je vais laisser la chair de ma chair en proie à tous les dangers d'un monde inconnu ? Croyez-vous, après tout ce qui a eu cours par le passé, que vous ayez retrouvé suffisamment de ma confiance pour que je vous la livre, tel un agneau sans défense ? Permettez-moi de vous détromper ! Mon enfant ne partira pas sans moi pour l'épauler.

— Et pourtant, c'est ce qu'elle fera, contra Lug impassible. Néanmoins, une personne l'accompagnera en sus de ma présence. Une connaissance qui ne tardera plus à arriver… d'ailleurs, elle est déjà parmi nous.

Des murmures s'élevaient de part et d'autre dans la foule amassée en arc de cercle face au pont-levis et aux douves. Les gens se poussèrent et, peu à peu, une silhouette féminine trouva son chemin pour venir se poster près d'Eloïra.

— Viviane ! s'écria cette dernière, émue et heureuse de retrouver la grande *bana-bhuidseach* du clan des MacTulkien.

Viviane était une magnifique femme dans la cinquantaine, aux longs cheveux châtains à peine striés de fils blancs et aux iris d'un vert profond. Son visage portait quelques rides mais, parcimonieusement, en quelques touches au coin de ses yeux et de sa bouche souriante.

Elle n'avait que peu changé depuis qu'Eloïra la connaissait.

— Merzhin[9] vous accompagne-t-il ? s'enquit-elle en jetant un regard par-dessus l'épaule de Viviane.

— Non, ma douce, mais il m'a confié cela pour toi, répondit la magicienne en sortant de sous sa cape épaisse une sorte de sacoche de cuir ornée de subtils motifs celtiques. Cette offrande te servira à transporter la pierre de *Lïmbuée*, ainsi, elle conservera toute sa puissance lors de notre voyage de retour.

— Vous savez donc pour…

— Je suis au fait de toute l'histoire, acquiesça Viviane en posant ses doigts fins sur le poignet d'Eloïra. Tout comme l'est Merzhin. Notre dieu Lug est venu nous trouver ce matin, et a sollicité ma présence pour t'épauler.

— Ce matin ? s'étonna Eloïra en tournant son regard vers Lug. Mais… quand ?

— Le temps où tu étais à la Cascade des Faës, mon enfant, lui apprit-il. Viviane et Merzhin ont les connaissances suffisantes pour que tu puisses mener à bien tes recherches. D'autant plus qu'ils ont également été

---

9   *Merzhin : Merlin en breton.*

victimes d'une malédiction, et sauront découvrir comment contrer celle qui enferme Larkin et Barabal dans le cycle infernal où ils sont retenus prisonniers.

— Mais, Merzhin n'est point ici, s'inquiéta Eloïra.

— Il ne voyagera pas avec nous, mais il rejoindra ta famille pour lier ses forces aux leurs. Ils seront comme un fanal dans la nuit, celui qui nous guidera pour notre retour.

Eloïra s'esclaffa nerveusement.

— Nous n'aurons pas besoin des nôtres pour revenir, puisque Lug sera avec nous.

— Que nenni, mon enfant, soupira Viviane en portant son regard sur la déité.

— Viviane dit vrai. Une fois que nous parviendrons sur les terres reculées, je fusionnerai avec mon corps charnel et mon esprit d'antan. Cela m'empêchera, dès que votre mission sera achevée, de vous reconduire au présent par la suite. Tant que je n'aurai pas fait l'Élévation, mon enveloppe astrale restera prisonnière de cette ère ancienne. Cependant, nous nous retrouverons tous ici, à la même date, jour de *Samhuinn*, dans un an exactement.

— Un an ? s'exclama Eloïra.

— N'oublie pas, jeune fille, que le temps dans les lieux dits « sacrés » s'écoule six fois moins rapidement que dans les autres terres. L'ère où nous avons côtoyé les premiers hommes est à l'instar de la Cascade des Faës : soixante jours vécus dans l'un de ces endroits compteront pour trois cent soixante-cinq jours de temps réel. Tu ne resteras donc que deux mois dans le passé. Estimes-tu toujours, de ce fait, que cela soit trop long ? Soixante jours pour te rendre dans le cœur de la Montagne des Brumes, y recueillir une pierre de *Lïmbuée*, et revenir sur tes pas pour retourner à ton époque, me paraît assez juste.

— Et pour nous tous, cela prendra la forme d'une éternité, fit Awena en cachant malhabilement son angoisse. Mais que vous arrive-t-il, Viviane ? Vous avez l'air... ailleurs.

Effectivement, la *bana-bhuidseach* des MacTulkien semblait comme brusquement détachée de la conversation. Son regard était sombre et son visage, d'habitude si avenant, affichait clairement une animosité qui ne lui ressemblait guère.

— Le mal s'est infiltré parmi vos gens, marmonna-t-elle entre ses dents. Le secret commun aux clans Saint Clare et aux MacTulkien est en passe d'être révélé à la face du monde.

— Que vois-tu ? gronda Darren en se postant à ses côtés et en fixant la foule d'un œil d'aigle.

— Des traîtres ! cracha Viviane en adoptant une position de combat.

Eloïra, suite à ces paroles, sentit la magie s'emparer de son être et la laissa gagner son esprit. Les Éléments désiraient la guider vers quelque chose ou... quelqu'un. Non, pas « une », mais plusieurs personnes.

Les images perçues par Eloïra baignaient dans une sorte de brume écarlate. Des points scintillants opalescents représentaient les hommes, femmes et enfants du clan. Un halo, plus imposant, aux filaments bleutés, déterminait les contours du corps céleste de Lug et ses proches se détachaient des autres, leurs auras réverbérant une intense lueur luminescente à la fois blanche et céruléenne.

Restait une dizaine d'enveloppes ternes et sombres...

Eloïra affina sa vision pour se focaliser sur ces dernières et perçut, par son ouïe affûtée, les battements sourds de plusieurs cœurs affolés qui s'essoufflaient à pulser furieusement le sang.

Ces gens avaient peur !

Ces gens... n'étaient pas des leurs !

Pour la première fois de sa vie – un nouveau don venant de naître –, elle arriva à forcer le barrage des pensées de l'une des personnes sondées et Eloïra découvrit l'horreur qui se tramait dans la tête de Goundal de Bol !

Le vieux druide n'était pas un prêtre celte, ne l'avait

jamais été. Il était en mission, comme neuf de ses compagnons, pour le compte de l'Inquisition[10]. Leur objectif était de trouver le lieu d'asile où ceux qu'ils considéraient comme « hérétiques » se cachaient.

Ces espions savaient tout désormais, et bien plus encore. Ils avaient absorbé l'élixir du souvenir, voyaient la magie, et pouvaient dès lors quitter les terres protégées pour tout relater à leurs supérieurs.

La suite serait d'une facilité déconcertante, ils allaient reproduire et utiliser cette même potion dont ils avaient appris la formule, et la feraient boire à une armée qui marcherait vers le *Loch of Yarrows*, pour anéantir les païens.

Pour tuer, massacrer, éradiquer la vermine !

Nonnnnnnnnnnnn..., fut le cri silencieux d'Eloïra, alors qu'elle portait les mains à son propre cœur et se courbait en avant, comme mortellement blessée.

Elle perçut la voix de sa mère, loin, très loin, jusqu'à ce que le son soit brouillé par un grondement féroce dans ses oreilles. Identique à celui du rugissement d'une bête sauvage.

Le goût du sang envahit sa bouche, l'ensorcelant plus que ne la dégoûtant. Un instinct primitif s'empara de son être et alors, la douleur fut d'une violence inouïe, tandis que ses os paraissaient se broyer et se ressouder d'eux-mêmes et que son corps entier se contorsionnait au rythme des spasmes nerveux qui le secouaient.

L'esprit d'Eloïra était-il toujours présent quand elle se métamorphosa en une gigantesque louve au poil rouge et soyeux ? Y avait-il encore une once de la fille des dieux derrière le regard jaune ambré de l'immense canidé, aux crocs blancs saillants et aux babines retroussées ?

Nombreux furent ceux qui se posèrent ces questions, juste avant que la bête ne s'élance vers la foule effrayée,

---

10 *L'Inquisition : Juridiction ecclésiastique active du XIIIe au XVIe siècle et ayant pour but la répression, dans toute la chrétienté, des crimes d'hérésie et d'apostasie, des faits de sorcellerie, etc.*

désorientée, et ne saute à la gorge de son premier ennemi. Dans le même élan, Viviane faisait apparaître son arc et décochait une flèche meurtrière à un second espion.

Pour une fois, les fiers guerriers highlanders furent dépassés par les événements et ne purent qu'aider les gens du clan à trouver refuge dans la cour intérieure du château. Ce que chercha à faire une des enveloppes sombres perçues par la louve qui lui sauta dans le dos pour la propulser au sol et lui briser la nuque de ses crocs ensanglantés.

Là, Darren, claymore au poing, croisa le regard de l'imposante créature, essaya de sonder son âme à la recherche de sa *caileag*[11], et la trouva... à l'abri dans un cocon formé par les Éléments qui la guidaient dans sa chasse vengeresse.

Son enfant venait de passer un autre cap, celui de la magie métamorphe, un charme ancestral et, d'après les légendes, uniquement dévolu aux Dieux quand ils étaient encore de chair et de sang d'or, ainsi qu'aux enfants des toutes premières lignées.

— Vois et comprends maintenant, pourquoi Eloïra doit mener sa quête à son tour, murmura Lug à ses côtés. Ta fille n'est qu'au commencement de son parcours initiatique, elle aura besoin de mentors qu'elle ne rencontrera nullement en cette époque. Son voyage lui apprendra beaucoup.

— Lui apprendra-t-il à ne pas dévorer ses ennemis ? essaya de plaisanter amèrement Darren, serrant les dents pour s'empêcher de détourner les yeux de la vision de carnage qui se déroulait à quelque distance de lui.

— Il semblerait que nous ayons trouvé une aide ! cria Viviane en décochant une nouvelle flèche, avant de pointer du doigt l'endroit où un traître venait d'être aspiré par une crevasse.

Un autre subit le même sort funeste, et le dernier des dix hommes, Goundal « pas » de Bol, en réchappa de peu... pour finir égorgé, en faisant volte-face, par la louve écarlate.

---

11 *Caileag : Fille en gaélique écossais.*

L'espace d'un instant avant de mourir, son visage avait affiché un sourire de soulagement, celui d'avoir survécu à la chute vers les abysses, et c'est toujours avec ce rictus confiant qu'il s'écroula à terre, les yeux déjà vitreux et ouverts vers l'empyrée.

De son côté, la louve s'avança vers la crevasse, jappa plusieurs fois en s'allongeant tout au bord, puis posa sa tête sur ses pattes avant. Elle semblait guetter ou voir quelque chose. L'homme tombé là était-il encore en vie et se retenait-il à l'une des racines sinueuses d'un proche chêne ?

Lug fut le premier à s'élancer en flottant au-dessus du sol, il allait avec célérité, comme si la bête courait à son tour un danger.

— Ne la touche pas ! gronda-t-il de sa voix tonitruante tandis que l'Ankou, sous sa forme la plus séduisante et entouré de son aura de glace, faisait son apparition près du canidé.

— Elle est à moi ! vociféra le guerrier suprême de la Mort. Elle ne trépassera pas, je la veux vivante pour qu'elle me livre le secret de mon existence.

— Eloïra ne peut t'apprendre ce qu'elle ne connaît pas. Encore une fois, retourne dans ton monde ! Tu ne l'auras pas ! martela Lug d'une voix de plus en plus forte à chaque syllabe énoncée.

Là encore, l'Ankou se transforma en monstre aux yeux rouges, hésita un instant en faisant un geste vers le canidé, et s'en alla pour disparaître dans les profondeurs de la terre.

La belle louve jappa, éternua, et frotta ses pattes avant sur le bout de son museau blanchi par le givre.

— La pauvre, s'écria Viviane en s'agenouillant près d'elle et en lui passant un linge tiède sur la truffe, elle en sera quitte pour un bon rhume ou de petites engelures. Un tour de guérison magique, et tout rentrera dans l'ordre.

— Est-ce… vraiment ma fille ? balbutia Awena en s'approchant d'un pas chancelant, bouleversée par la métamorphose de son enfant, avant de lever un regard troublé vers Lug. Et… contre qui hurliez-vous ? Était-ce le Faucheur ?

— Oui, consentit-il à dire.

La louve jappa encore et lécha la paume de la main d'Awena. Déjà, les yeux jaune ambré du canidé changeaient de couleur, revenaient au bleu nuit.

Eloïra s'évanouit de douleur en reprenant forme humaine et Viviane comme Awena se dépêchèrent de se défaire de leurs capes pour les jeter sur son corps dénudé allongé sur la neige souillée.

— Installons-la dans la salle d'apparat, près de la cheminée, la chaleur du feu lui fera le plus grand bien, ordonna Awena, reprenant ses esprits pour secourir sa fille, et caressant maternellement ses cheveux roux tachés de liquide rouge et poisseux. Oh Dieux ! Tout ce sang sur elle ! hoqueta-t-elle néanmoins, les larmes aux yeux.

— Ce n'est pas le sien, murmura Viviane en effleurant gentiment de ses doigts, et au travers du tissu de sa robe, le bras d'Awena. Ta fille s'est battue vaillamment pour sauver son peuple. C'est une guerrière en sus d'être une exceptionnelle enchanteresse. Ces traîtres nous auraient tous décimés, elle a fait le bon choix, comme je l'ai fait également quand nous avons perçu leurs pensées. Car oui, désormais, Eloïra est une télépathe. Les dons de ton enfant sont considérables…

— Oui, acquiesça amèrement Awena qui aurait préféré que la magie soit un peu moins présente dans la vie des siens. Allons au château, elle tremble de froid.

Cameron, qui avait lui aussi accouru et trépignait de se tenir à l'écart des femmes, s'approcha et souleva délicatement sa sœur dans ses bras pour l'emporter vers la forteresse. Non sans lancer, dans le même temps, un regard assassin au dieu Lug.

Un peu plus loin, Darren, Logan, Aigneas, Ned, Sophie-Élisa et Elenwë s'attelaient à la tâche de révéler au peuple que les hommes pris en chasse par la louve et

Viviane n'étaient pas des druides, mais des traîtres. Ils évoquèrent le nouveau don métamorphe qu'Eloïra avait employé pour les démasquer, en les rassurant sur ses intentions, et effacèrent les visions du carnage de l'esprit des plus jeunes.

En ce qui concernait l'Ankou... Il n'avait été visible que par Lug, la louve Eloïra, et bien évidemment les traîtres trépassés. Personne d'autre ne mourrait, le Faucheur avait miraculeusement épargné le peuple.

Awena marchait derrière Cameron, quand la voix de la déité s'éleva dans son dos. Pour une fois, elle aurait apprécié le silence.

— C'est un bon choix, que de nous réunir dans la grande salle. Car dès qu'Eloïra aura repris des forces, et avant que nous ne partions, certaines choses devront être narrées.

— Mais bien sûr, et l'on parlera tranquillement de tout cela autour de petits fours, tout en sirotant une bonne bière de bruyère ! marmonna Awena, sans se retourner vers la déité qu'elle rêvait de transformer en cendres.

Avait-elle déjà dit que les dieux lui cassaient les pieds ? Qu'ils empoisonnaient son oxygène ? Que la vie serait certainement meilleure sans leurs erreurs à réparer ?

Non...

Mais un jour, elle le ferait !

Chapitre 6

Les repentirs d'un dieu

Awena, épaulée par sa meilleure amie Eileen – venue au château pour la célébration de *Samhuinn* –, ainsi que d'Aigneas, Viviane, Elenwë et Sophie-Élisa, réalisèrent des prodiges en très peu de temps.

Elles préparèrent pour Eloïra un bain à l'eau chaude et savonneuse, le disposèrent non loin de l'imposante cheminée de la grande salle, et montèrent de hauts paravents pour la dissimuler aux regards indiscrets.

La jeune femme resta inconsciente tandis que les dames faisaient sa toilette, idem quand elle fut installée sur une litière, et par la suite quand arriva le moment de la rhabiller en frictionnant ses muscles crispés. Durant tout ce laps de temps, l'inquiétude put se lire sur les visages, personne n'osant émettre un mot, tant les pensées et les gestes de toutes avaient été tournés en priorité sur le bien-être d'Eloïra.

Il avait fallu d'abord agir et remettre à plus tard le temps de la parole. En espérant que Lug leur laisserait cette opportunité.

Les femmes étaient maintenant soit agenouillées, soit assises sur des tabourets autour de la couche où reposait Eloïra.

— Sa peau se réchauffe enfin, souffla Awena en fermant brièvement les yeux de soulagement, tout en continuant de masser les mollets de sa fille.

La dame du clan, en s'exprimant la première, venait de

rompre l'accord tacite de silence qui s'était instauré.

Aigneas en profita pour s'adresser à Viviane :

— Son pouls est régulier, tout comme sa respiration. Elle semble dormir et non comater. Est-ce un état normal après une transformation en… louve ?

— Je ne sais, fit Viviane d'un ton dubitatif. Merzhin et moi-même avons beau avoir vécu des siècles, nous n'avons jamais rencontré un enfant des dieux possédant le pouvoir de métamorphe. Cependant, Lug ou Elenwë, si elle en a souvenance, pourraient nous renseigner.

Tous les regards convergèrent vers cette dernière.

— Malheureusement non, soupira-t-elle en finissant de démêler la chevelure d'Eloïra, et en suspendant son geste d'un air contrarié. Mes connaissances se sont fortement amenuisées lorsque je suis devenue humaine. Seul père est à même de nous en dire plus.

— Ce que j'attends de faire, dès que vous enlèverez ces paravents inutiles. Que de pudeur vous habite mes enfants. Vous êtes tous faits de la même manière !

Pour Awena, ce fut la goutte d'eau qui fit déborder le vase :

— De quoi je me mêle ! gronda-t-elle sourdement en terminant d'enfiler des bas de laine sur les jambes fuselées de sa fille. Et d'abord, vous vous trompez, nous ne sommes pas tous égaux.

— Si le temps ne nous était pas compté, je vous demanderais certainement en quoi, lança Lug du tac au tac.

— Il y a des fluets et des gros, des petits et des grands, des beaux et des laids, et il y a surtout des gens bons et d'autres, plus divins, qui manquent considérablement d'altruisme. Vous en faut-il plus ? gronda Awena en se levant de son tabouret, les mains sur les hanches, tout en invectivant les paravents.

Toutes hoquetèrent de stupeur quand les panneaux articulés disparurent, la déité et Awena se retrouvant nez à nez dans une sorte de duel mimétique.

— Pour répondre à la question d'Aigneas, dit enfin Lug, non, ce n'est pas la première fois qu'un enfant des dieux prend l'apparence d'une autre espèce. Les premières lignées, tout comme les déités, possédaient ce pouvoir. Awena…, fit-il alors, dans un chuchotement blessé, je ressens votre aigreur vis-à-vis de moi, mais je ne la comprends pas.

La dame du clan parut suffoquer sur place, et des larmes amères voilèrent ses yeux.

— Vous… ne comprenez pas ? Avant que je ne quitte le futur pour remonter le temps, je m'imaginais que tout ce qui touchait au divin était sacré et bonté. Je savais qu'il y avait quelque chose au-dessus de nous et peu importait le nom que les croyants lui donnaient : Dieu, Yahvé, Allah, Bouddha… J'avais foi, même si mes pensées étaient plus tournées vers un ange que vers une divinité. Mais maintenant, j'ai peur ! Dès que vous êtes dans les parages, je tremble en me demandant ce qui va encore arriver à ceux que j'aime. Vous représentez l'incertitude et le danger à mes yeux, et vous avez voulu tuer ma Sophie-Élisa pour réparer « vos » erreurs. Alors, dites-moi pourquoi je devrais me prosterner à vos pieds, sourire jusqu'aux oreilles, et vous livrer ma dernière fille en toute quiétude ? Ah ça non, jamais !

Darren s'était rapproché d'Awena et l'avait enlacée d'un bras protecteur avant de fixer Lug d'un regard sombre.

— Les seules fois où vous nous avez prêté assistance, c'était lors de la bataille finale contre le roi démon, et quand vous avez secouru Eloïra de sa chute mortelle, énonça-t-il à son tour. Le premier geste n'était nullement désintéressé puisque si nous avions échoué, vous ne seriez plus là en ce moment. Quant au deuxième, le sauvetage de ma petite dernière, je ne puis qu'être du même avis qu'Awena. Il y a anguille sous roche. Elle a survécu, et quelques années plus tard, vous venez la chercher pour contrer une soudaine malédiction qui toucherait Barabal et Larkin ? Tout cela n'est point rassurant, et *aye*, nous pousse à davantage de méfiance !

— La seule déesse qui nous a réellement assistés, à maintes reprises, et qui l'a payé de son immortalité, est votre propre fille, lança encore Awena d'un ton méprisant. Si Cameron n'avait pas fait le vœu de la retrouver en revenant sur nos terres, vous l'auriez laissée mourir.

Le son des cornemuses appelant le laird et le grand-druide à la cérémonie de *Samhuinn* résonnèrent à l'extérieur des murs du château. Darren se figea et un muscle nerveux battit sur sa mâchoire. Il était évident qu'il était déchiré entre son devoir seigneurial et celui de père. Rejoindre ses gens, ou rester près de sa fille.

— Laissez votre peuple célébrer *Samhuinn*, avança Lug. Vos grands magiciens, Aigneas et Ned, vous seconderont fort bien.

— Sans compter que Iain et Diane ne devraient plus tarder, ils te représenteront auprès du clan, lança Cameron qui s'était rapproché d'Elenwë et de la couche d'Eloïra, signifiant par cette attitude qu'il n'avait aucunement l'intention de les quitter.

— Ils n'arriveront pas à temps, les informa Lug qui pouvait voir à distance. La tempête s'est levée sur les côtes et une importante congère de neige et de glace barre la route qui mène sur vos terres. D'ici peu, ils seront contraints « de » rebrousser chemin pour se réfugier au chaud dans leur château de *Caistealmuir*. Quand ils pourront à nouveau envisager le voyage, il sera trop tard, nous serons partis.

— Cornes de bouc ! s'exclama Darren en utilisant le juron favori de Iain. Ils auraient dû nous écouter et nous retrouver ici plus tôt. Iain est une tête de bois !

— Tel grand-père, tel petit-fils, ne put s'empêcher de lancer Awena avant de se serrer tendrement contre le torse puissant de son Highlander.

Plusieurs personnes s'étaient approchées d'eux et Aigneas prit la parole :

— Nous allons nous occuper de tout, ma sœur, n'aie

crainte. Prends soin de ma filleule, dit-elle encore en l'embrassant sur la joue et en entraînant vers la sortie son mari et le grand-druide Ned, les enfants des couples Saint Clare, ainsi que les servantes et les gardes.

— Merci, souffla Awena, très émue de l'aide apportée par Aigneas.

— *Athair* (Père) ? interrogèrent de concert Rowan et Iona, les jumelles de Logan et Sophie-Élisa qui, visiblement, rechignaient à s'en aller.

— Suivez votre tante, leur enjoignit tendrement Sophie-Élisa, Logan acquiesçant de la tête pour appuyer l'injonction de sa femme.

Eileen et son colosse de Clyde approchèrent à leur tour, tenant par la main les mini Barabal et Larkin.

— Nous conduisons les petits à la cuisine, pour les faire manger et enfin… vous laisser en famille.

— Merci, murmura à nouveau Awena.

Dans la grande salle, ne restèrent plus que Darren et Awena, leurs jumeaux ainsi que leurs conjoints, Logan et Elenwë, sans oublier Viviane et Eloïra.

— Vous avez raison, reprit alors Lug. Nous avons beau être des entités, cela ne nous a pas empêchés de commettre des erreurs, que vous avez chèrement payées à notre place, tout comme toi, ma fille bien-aimée, souffla-t-il encore en direction d'Elenwë. Nous sommes inexcusables. Je peux vous parler des *Origines* et vous montrer l'endroit où se rendront Viviane et Eloïra. Je peux tout vous révéler pour que vous puissiez nous pardonner et que vous laissiez partir votre enfant sans crainte. Le voulez-vous ?

Était-ce une nouvelle ruse de la part de Lug pour regagner leur confiance ? Était-il sincère pour une fois ? se dit Awena, suspicieuse.

— *Aye !* Vous pouvez toujours *tenter* de nous amadouer, répondit Darren sans se départir de sa sombre attitude.

— Bien… Votre fille, Eloïra, revient à elle. Je vais

pouvoir tout vous raconter, en sa présence.

Awena s'écarta de Darren pour rejoindre son enfant tout en lançant un regard soupçonneux sur la déité. Lug avait intérêt à ne rien leur cacher, car s'il ne réussissait pas à les rassurer quant au sort d'Eloïra, jamais ils ne la lui confieraient.

Eloïra sortit des brumes où son esprit s'était retranché, pourtant, elle n'osait pas ouvrir les yeux et se faisait l'effet d'une lâche.

Bon sang ! Elle s'était transformée en louve et, comble de l'horreur, elle avait tué, avait déchiqueté des hommes de ses crocs, et s'était presque régalée de leur sang. Tout cela devant son clan et sa famille. Un dégoût profond la fit hoqueter tandis que de la bile acide affluait dans sa gorge.

Les traîtres, le sang, la mort, l'Ankou, la louve… tout tourbillonnait dans sa tête en une série de visions fractionnées qu'Eloïra ne pouvait absolument pas contrôler. En écho à sa tension intérieure, le grondement sourd d'un violent orage, à l'extérieur du château, se répercuta sous les hautes voûtes de la salle. Elle s'assit sur la couche et ne put retenir le cri qui la rongeait. Par la suite, elle laissa fuser les mots qui lui blessaient l'âme :

— Je suis un monstre ! Je suis… je ne sais plus !

Là, elle se rendit compte de l'endroit où elle se trouvait et que ses plus proches parents l'entouraient, tout comme Lug, alors qu'elle était alitée sur une couche. Elle finit par gémir :

— Une femme qui se transforme en louve géante pour anéantir les hommes ! Depuis le début, ceux qui me craignent avaient raison, je suis un danger pour vous tous, je suis néfaste…

— Tu n'es rien de tout cela, lui assura la voix de Lug. Tu es la descendante d'une très grande lignée d'enfants des dieux et tes pouvoirs sont d'autant plus phénoménaux que tu as échappé au maître-guerrier de la Mort à tes six ans. Ton destin était de rejoindre le *Chant*, tel n'a pas été le cas. Ton être, dès lors, s'est converti en un réceptacle de magie. Les Éléments t'ont reconnue comme faisant intégralement partie d'eux. Chaque jour, tu découvres et découvriras encore de nouveaux dons, et celui de devenir un métamorphe, même si cela tient de l'horreur pour toi, était écrit dans tes gènes.

— Une louve… une meurtrière oui !

— Tout doux mon rayon de soleil, murmura Awena présente à ses côtés. Regarde-moi, écoute mes mots, tu es ma fille aimée…

— Comment pouvez-vous toujours m'aimer ? s'étonna amèrement Eloïra, butée et refusant de croiser les yeux de sa mère. J'ai tué de sang-froid ces hommes. Tout traîtres qu'ils étaient, je ne leur ai accordé aucun jugement pour qu'ils puissent préserver leur vie, aucun choix, sauf celui de trépasser.

— Tu as fait ce qui était juste, intervint Darren. C'étaient eux ou ton peuple. Si j'avais su plus tôt qui ils étaient en réalité, c'est de ma lame qu'ils seraient tombés. Je suis fier de ma *caileag* (fille), et mon amour pour toi est encore plus fort en cet instant qu'il ne l'a jamais été. Accepte tes dons, la louve a sauvé son clan.

Petit à petit, Eloïra reprit le contrôle de ses pensées, força la tempête hors des murs de pierre à se calmer, puis s'enjoignit à respirer longuement et profondément.

— *Athair* (Père), ne put-elle que souffler en se redressant de sa couche et en se mettant debout sur ses jambes tremblantes, émue au plus haut point par les paroles de Darren.

— Je suis jaloux, fit Cameron d'un ton qui signifiait le contraire. J'aurais moi aussi aimé me retrouver dans la peau d'un canidé, juste une fois, et j'aurais agi comme toi. Tu étais une magnifique louve, toute de puissance et de fluidité. Ma petite sœur poilue… ajouta-t-il taquin en la prenant tendrement dans ses bras. Il serait bien, également, que tu retrouves le sourire. N'oublie pas que notre peuple célèbre

Samhuinn au-dehors, et que les Éléments se calment sur tes humeurs. Tu ne voudrais pas transformer nos gens en bonshommes de glace à cause d'une tempête de neige, si ?

L'air de rien, tout en badinant, Cameron lui soutenait le bras pour qu'elle garde l'équilibre.

Sa touche d'humour officia, Eloïra sourit faiblement, et les rayons du soleil inondèrent la salle par le biais de ses embrasures vitrées.

— Et la lumière fut, la taquina encore Cameron en lui jetant un clin d'œil.

— Maintenant, père, vas-tu tenir ta parole ? s'enquit Elenwë. Rassureras-tu mes proches et Eloïra ?

— Oui. Installez-vous tous près de la cheminée, mettez-vous à votre aise, et laissez-moi vous livrer ce dont nul humain jusqu'à ce jour n'a eu connaissance : les Origines. Te concernant, Elenwë, certains souvenirs reviendront à ta mémoire au fur et à mesure de ma narration, encore que tu saches déjà bien plus de choses que ta famille ici réunie.

Les Saint Clare, dans une fébrilité à peine masquée et sans même se concerter, s'installèrent en demi-cercle autour de Lug, les uns sur des fauteuils, d'autres sur des tabourets, ou encore un petit banc. Le dieu attendit patiemment que tous soient à son écoute. C'était le cas de la plupart des personnes réunies, cependant deux Highlanders faisaient nettement fronde : Darren et Cameron.

Ils se tenaient assis, le dos très droit, leur claymore entre les genoux avec les pointes fichées dans la pierre du sol, tandis que leurs mains étaient crispées sur les pommeaux de leurs armes. Ils lui donnaient l'impression d'attendre un faux pas de sa part pour lui sauter à la gorge – enfin, façon de parler puisque Lug n'avait pas de cou au sens propre du terme. Lug ne pouvait leur en vouloir, car ces hommes avaient failli tout perdre plus d'une fois par sa faute.

Qu'importe...

D'ici peu, la stupeur de ce qu'ils apprendraient ferait

qu'ils en oublieraient toute velléité à son égard, et au final, Darren, Cameron et Awena auraient une tout autre vision de Lug et de leur monde.

Il croisa le regard d'Eloïra, ses yeux bleu nuit exprimant son trouble profond, mais également son courage. Contrairement aux autres, elle lui faisait encore confiance, et Lug en éprouva du remords dans la mesure où il devrait – malgré sa promesse faite au clan – cacher certaines réalités.

Chapitre 7
Origines

Eloïra ne savait pas à quoi s'attendre quant à ce que Lug avait à leur apprendre, ni sur la manière dont il le ferait. Et ce fut ce dernier point qui posa un réel et monstrueux problème.

Pour leur parler de ce qu'il appelait les « Origines », il utilisa une forme de télépathie très… envahissante. Un voile opaque se développa dans l'esprit de la jeune femme, contre sa volonté, tandis que la voix transformée de Lug y retentissait comme dans une caisse de résonance :

— Nous vînmes du Néant…

Le premier à réagir vivement contre ce qu'il considérait être une agression fut Darren. Il s'ébroua comme un chien fou, échappa à l'emprise de Lug, et s'élança pour le mettre en garde de la pointe acérée de sa claymore.

— **Sortez de ma tête !** vociféra-t-il.

Eloïra, tout comme sa famille, ne put que plussoyer bruyamment en passant les doigts sur ses tempes douloureuses. Seules Elenwë et Viviane se tinrent bouche bée devant leur comportement, car les deux femmes savaient qu'il était de coutume divine de se transmettre les « événements » par télépathie.

— Crois-tu réellement, grand laird, que tu puisses me menacer avec ce bout de métal insignifiant ? s'amusa presque Lug.

— N'ayez crainte, j'ai plus d'un tour dans mon sac, et

Cameron a en sa possession *Gradzounoul'*, l'épée céleste qui a décapité le roi Liche. Vous en souvenez-vous ?

— Elle ne me fera pas plus de mal que ça, je ne suis qu'une enveloppe immatérielle se mouvant devant vos yeux et qui reprend consistance uniquement lorsque le besoin s'impose. Pouvons-nous poursuivre ?

— Poursuivre quoi, d'abord ? intervint Awena en passant une main crispée sur son front.

— Il est temps que vous appreniez qui je suis – qui sont les déités, reprit Lug. D'où vous venez… vos origines. C'est tout cela qui va vous être révélé maintenant. Mon cadeau pour une confiance retrouvée.

— Oh ! souffla Awena, avant de tirer sur le dos de la tunique de son homme qui se tenait toujours debout entre Lug et elle. Darren, viens t'asseoir s'il te plaît !

— Dieu de tous les dieux, intervint à son tour Viviane avec plus de cérémonie, serait-il possible de nous apprendre les Origines, mais par un distinct procédé ?

— Bien entendu.

— Darren ! marmonna Awena vers sa tête de mule de mari qui n'avait pas bougé d'un poil.

Eloïra gémit intérieurement, même si la situation lui donnait plus envie de sourire en songeant que pour ses fiers Highlanders de père et de frère, tout était bon à chamaillerie, et avec tout le monde, y compris Lug !

Il fallut un moment pour que tous réadoptent une conduite quelque peu disciplinée, à l'écoute de la déité dont la silhouette bleutée flottait non loin de Darren, indubitablement pour le narguer.

Eloïra n'en revenait pas du comportement de Lug ! C'était comme brandir un os à moelle sous le nez d'un chien affamé ! Et après cela, il se vantait encore d'être soi-disant impartial ?

Heureusement que sa mère, Awena, avait plus d'un tour dans son sac pour dompter « Le loup noir des Highlands ». Une fois Darren assis, elle saisit de ses mains douces son visage et l'embrassa langoureusement. L'opération « distraction » s'avérant être un franc succès, elle agita ensuite les doigts en direction du dieu, lui signifiant par ce geste de profiter de cet instant de paix.

Ce qu'il fit en utilisant une autre méthode de transmission : il matérialisa une gigantesque masse d'énergie vaporeuse face à son auditoire, dans laquelle apparut, en trois dimensions, une large tache sombre à l'instar d'un puits sans fond.

— Génial, on se dirait dans un des complexes d'animation du parc du Futuroscope[12], ne manque plus que le pop-corn, grommela Cameron avant qu'Elenwë ne lui donne un sévère coup de coude.

— Qu'est-ce donc... le *Fu-tu-ros-cope ?* s'étonna Viviane en se tournant vers Logan qui, enthousiaste, se mit à le lui expliquer.

— Excellente idée mon fils ! lançait Awena dans le même temps. Quelqu'un veut du pop-corn ? C'est fait en deux secondes en utilisant la magie, mais c'est meilleur concocté dans un chaudron fermé, avec du beurre et...

— Mère, pas maintenant, intervint gentiment Eloïra. Laissons notre dieu nous raconter les Origines et, Logan, s'il te plaît, tu nous apprendras une autre fois à Viviane et à moi, ce qu'est ce parc du Futur... euh... cope !

Le silence revint et tous se retrouvèrent à contempler la tache noire, comme de « sages » écoliers devant le tableau de classe. Lug reprit complaisamment :

— Nous vînmes du *Néant*, ce que les hommes de science du futur appelleront le big-bang...

Au fur et à mesure que Lug parlait, la masse énergétique s'animait, toujours en trois dimensions, et la tache noire s'élargissait tout en se remplissant d'abondants points scintillants tels d'innombrables étoiles en mouvement. C'étaient les déités à l'instant où elles avaient vu le jour,

---

12 *Le parc du Futuroscope : département de la Vienne, région Poitou-Charentes, France.*

c'était également la naissance de l'Univers.

Tous furent instantanément captivés, et dans la grande salle, ne résonna plus que la voix de Lug qui continuait :

« Cela s'est passé il y a treize milliards d'années terrestres. Nous n'étions alors que des points lumineux brutalement éjectés d'un vortex de noirceur et le silence, jadis souverain, fut renversé par la charge de nos cris aigus. De ces sons anarchiques vint le *Chaos*. La diffusion d'une immense énergie concentrée en un point, d'où nos formes photogènes[13] – toujours plus nombreuses, se dispersèrent de façon désorganisée en prenant de l'ampleur, en se dilatant, et en s'entrechoquant dans de violentes explosions, pour finalement émettre des gaz ionisés, et des poussières interstellaires : l'énergie se transformant alors en matière. »

— C'est la loi d'Einstein, elle est définie par $E=mc^2$! s'exclama Logan, subjugué par ce qu'il voyait et apprenait. Et sa théorie remonte à 1905 ! Fascinant.

Lug hocha sa céleste tête et continua sa narration, laissant Logan quelque peu sur sa faim, tant son esprit venait d'être porté à ébullition.

« Peu à peu, un changement notoire s'opéra dans nos comportements : nous nous déplaçâmes en émettant des sons qui trouvèrent un accord sans défaut, dans le but de composer une unique mélodie. Guidés par la justesse de cette dernière, nous nous disciplinâmes pour nous réunir en une seule et même masse et formâmes une interminable enfilade lumineuse. Le trait de la Création, la racine de toute existence… le *Chant,* venait de s'établir. Il dompta les ultimes soubresauts du *Chaos* qui évolua en *Harmonie*, pierre angulaire d'un équilibre parfait. À la suite de quoi, s'étalant sur quelques milliards d'années tout de même, les gaz ionisés et les poussières interstellaires fusionnèrent pour devenir des nébuleuses qui, pour certaines, façonnèrent à leur tour des systèmes solaires dits aussi : galaxies. »

Un gros soupir, suivi de la douce voix plaintive

---

13 *Photogène : (vieux) Luisant.*

d'Awena, vint une nouvelle fois interrompre le récit de Lug :

— Oh misère, je comprends enfin ce que pouvait ressentir Penny en écoutant parler Sheldon Cooper dans une de mes séries préférées « The Big Bang Theory »…

— Mes paroles sont-elles par trop compliquées ? s'étonna Lug.

— Du tout, grimaça Darren en jetant un coup d'œil rieur à Viviane qui fronçait ses sourcils dans une attitude des plus concentrées, manifestement dépassée par ce qu'elle apprenait et néanmoins émerveillée par la beauté des fastueuses nébuleuses qui s'animaient et semblaient s'avancer vers elle.

— Puis-je poursuivre ?

— Nous vous en prions, lança Logan sans masquer son impatience, ce qui fit rire Eloïra.

« Plus *Harmonie* se faisait, plus le vide se remplissait, tandis que le cordon de la vie grandissait encore et toujours par l'arrivée de multiples autres formes photogènes. Nous devînmes, seulement alors, des entités. Certaines restèrent liées au *Chant*, le nourrissant de leurs pouvoirs innés, tandis que d'autres, y compris moi, partîmes sillonner le cosmos qui continuait de s'animer de flashs éblouissants, de constellations, et de galaxies réparties sur des milliards d'années-lumière. »

Sous les yeux effarés du groupe, et d'autant plus en ce qui concernait Viviane, Eloïra et Darren, le cosmos prenait vie.

— Dans la série de « Star Trek », ne put s'empêcher de souffler Darren, les petites visions de ton ordinateur, ajouta-t-il encore en penchant la tête vers Awena, j'ai déjà vu ça ! Tes films disaient vrai !

— Oui et non Darren. L'univers reste l'univers, néanmoins la série était fictive tout comme celle où s'exprime Sheldon.

— Les Klingons n'existent réellement pas ?

— Non Darren.

— Tu en es sûre ?

— Oui mon amour.

— Hum hum ! toussota bruyamment Logan pour les faire taire.

Une nouvelle fois, Lug, patient (il pouvait bien l'être puisque c'était un dieu !), reprit son histoire :

« En tant qu'entités, nous évoluâmes tout d'abord sans but, toujours en harmonie. Puis nous nous mîmes à chercher un point d'attache avec une frénésie sans cesse renouvelée. Nous savions enfin quel était notre objectif, et nous nous y accrochâmes avec obsession : nous devions trouver un endroit propice pour parachever notre transformation, et ne plus être que des essences. Comprenez par-là que nous n'étions alors qu'à l'état de chrysalides. Nous avions besoin... d'un monde pour parachever notre mutation. Il y a de cela cinq milliards d'années, nous fûmes attirés par les naissances successives d'une étoile – un astre solaire pour être plus précis –, et de neuf fougueuses planètes. Elles évoluaient au sein d'une galaxie qui, bien plus tard, serait baptisée *Voie lactée*. Nous portâmes tout de suite notre dévolu sur l'une d'elles, la Terre. Cependant, la Belle Bleue était loin d'être aussi accueillante que de nos jours. Elle ressemblait à une boule en fusion, enveloppée d'un vaste océan de lave, et aurait pu rester ainsi. Cependant, nous fîmes en sorte de modifier sa destinée. »

Lug s'était tu et laissa le film des Origines défiler. Eloïra, pour sa part, découvrait tout sans se rendre compte qu'elle retenait sa respiration.

C'était donc de cela qu'étaient faits le ciel et son monde ?

Les visions du dieu montraient la jeune Terre sous l'apparence d'une gigantesque sphère rougeoyante qui subissait une pluie continuelle de météorites, et de comètes venues de l'espace. La planète saignait, hurlait sa douleur en souffles obscurs, et n'était que boursouflures embrasées, plaies et feu.

Tous sursautèrent violemment quand un corps céleste géant, mille fois plus imposant que les autres, entra en collision avec elle. Les scènes étaient si réelles qu'ils avaient tous eu la sensation d'être eux-mêmes percutés par cette colossale roche. Il leur sembla également ressentir l'onde de choc dans un léger tremblement du sol.

Eloïra sut instinctivement que ses émotions à fleur de peau venaient de commander aux Éléments, et que ceux-ci, en réponse avaient déclenché un séisme de faible intensité.

— Contrôle-toi, *mo beag piuthar* (ma petite sœur), souffla tendrement Cameron en prenant la main d'Eloïra par-dessus les genoux d'Awena, assise entre eux. Respire… doucement… voilà, c'est parfait.

La jeune femme serra fort les doigts de Cameron et le remercia d'un hochement de tête, puis d'un sourire ténu. Elle reporta ensuite son attention sur l'évolution de la planète et déglutit face aux images de magma et de feu qui semblaient presque jaillir de la masse d'énergie qui renvoyait les visions.

La Terre souffrait, à tel point qu'Eloïra sentit une nouvelle vague d'empathie la saisir, et se hâta de la maîtriser. C'était le passé qu'elle voyait, la planète se portait bien maintenant.

Tout allait bien, se répéta la jeune femme en litanie.

Là, le film changea encore. L'explosion résultant de la collision de la Terre avec la météorite rejeta des poussières dans l'espace qui se regroupèrent en anneau autour de la planète, se compactèrent, et créèrent… la Lune. Tellement plus proche qu'actuellement, comme si les deux astres allaient s'effleurer.

La Terre et la Lune perdirent progressivement leur rougeoiement. Elles se refroidirent visiblement, et le magma se transforma alors en roche noire striée de veines de lave.

— En quelques phrases, nous voilà transportés à l'éon Hadéen[14], il y a de cela 4,5 milliards d'années par rapport à

---

14 *L'Hadéen correspond au premier éon géologique de l'histoire de la Terre et*

notre époque. Vraiment... fascinant ! chuchota Logan, tandis que Darren souriait, un brin moqueur pour masquer sa propre stupeur.

— On dirait Spok. *Fascinant*, imita-t-il encore dans un rire de gorge.

Il était clair que Logan était animé d'une passion pour l'histoire de la création et qu'il était très connaisseur du sujet. Il ne s'offusqua en aucun cas du trait d'humour de Darren, car il ne l'entendait pas. Son regard reflétait son plaisir inné et toute son attention était dirigée vers les scènes.

Lug reprit alors sa narration :

« Pour que la Belle Bleue devienne un monde fertile, nous nous mîmes à orbiter autour d'elle, tout en lui insufflant notre énergie, mère de toutes magies et des Éléments : le *Lïmbuée*. Par la suite, nous chargeâmes les déferlements de roches stellaires en approche avec l'élément Eau. Elles s'écrasèrent sur la Terre, mais ne l'enflammèrent guère. Les cratères formés par les impacts se remplirent lentement de l'eau, source de vie, et une pluie d'une centaine de millions d'années créa les océans qui recouvrirent la quasi-totalité du globe. Plus tard, il y a 3,9 milliards d'années, la plus grande tempête de tous les âges prit fin, et comme vous le montrent les visions, la planète commença à ressembler à celle que nous connaissons aujourd'hui, avec une température tout aussi clémente. Ce qui ne dura guère, car nous eûmes derechef recours à la magie du Feu pour pousser le magma du cœur de la Terre vers sa surface. L'objectif, alors, était de former des îles volcaniques : vos futurs continents. Il y a de cela 3, 8 milliards d'années, nous arrêtâmes enfin de graviter autour de l'astre prometteur, et nous choisîmes de nous installer dans l'élément Eau. Nous y plongeâmes sous la forme de boules enflammées, et nous mîmes à disperser la vie dans la noirceur des profondeurs océanes. C'est donc en ce lieu que tout commença... Ce que vous allez découvrir maintenant s'est déroulé sur les millions d'années qui

---

débute avec la formation de cette dernière il y a 4,5 milliards d'années.

succédèrent à notre arrivée, je vais simplement accélérer les visions pour avancer dans le temps. »

Sous les yeux d'Eloïra, les boules de feu qu'étaient les entités se désagrégèrent et donnèrent naissance à des centaines de lucioles des mers. Elles s'amusèrent pendant un temps à jouer dans les longues et épaisses fumerolles noires. Celles-ci étaient crachées par des sortes de cheminées accrochées aux fonds marins, puis les lucioles lumineuses muèrent, encore et encore, prirent corps, et subirent de nouvelles transformations. Jusqu'à prendre l'apparence de… sirènes !

Eloïra les reconnut facilement pour avoir vu les dessins de sa mère quand, âgée de cinq ans, elle lui contait les aventures de « La petite ondine ».

Tout ce que frôlaient les entités-poissons, mâles et femelles, s'animait. De leur souffle magique, que Lug appelait le *Lïmbuée*, naquirent les premières vies sous forme d'étranges choses que Logan nomma des organismes unicellulaires. Apparurent par la suite, toujours sur les fonds marins – mais bien plus proches de la surface – des milliers de monticules sombres et d'aspect rocheux. Avant que les eaux ne rougissent, comme ensanglantées.

— Pourquoi l'océan se pare-t-il de cette teinte vermillon ? s'étonna Viviane en ouvrant de grands yeux.

Ce fut encore Logan, en digne lettré, qui lui répondit volontiers :

— Ces monticules que vous avez vus tout à l'heure, dans le futur nous les appellerons des Stromatolites. Ce sont, en quelque sorte, des maisons construites par des bactéries. Ces dernières se nourrissaient des bienfaits de la lumière solaire et rejetaient leurs déchets, l'oxygène, dans l'eau qui au contact du fer, très présent dans les mers, la faisait rouiller.

— Vraiment ? chuchota à son tour Eloïra qui connaissait, grâce à Awena, les termes cités par Logan.

— C'est tout à fait cela, opina Lug. L'une de nos

premières œuvres, que Logan nomme bactérie, a parfaitement officié dans son rôle à créer l'équilibre entre les Éléments. Car, à cette époque, l'Air était en souffrance et bien trop effacé par rapport au Feu, à l'Eau et à la Terre. Nous devions l'aider à prendre des forces, pour devenir aussi puissant que ces derniers, et pour qu'il soit en mesure de poser le berceau de la vie sur les continents arides. Il eut fort à faire pendant des millions d'années, tandis que la Terre se déchirait, et que le Feu faisait à nouveau naître des volcans qui crachèrent leurs cendres dans l'atmosphère en engendrant la plus longue période froide des premiers âges. Nous fûmes alors, avec nos minuscules créatures aquatiques, emprisonnés sous les glaces et les neiges qui recouvrirent la totalité de la planète.

— La glaciation Varanger, souffla à son tour Cameron, pris au jeu des connaissances. Si je ne me trompe pas, c'était il y a plus de sept cent cinquante millions d'années… Mais, vous dites que vous étiez captifs, cela signifierait-il que les Éléments n'en faisaient qu'à leur tête ? Comme nous ? s'amusa-t-il à ajouter.

— Eux, vous, comme nous… n'étions et ne sommes toujours pas omniscients. Nous avons fait des erreurs, mais nous avons invariablement tout mis en œuvre pour les réparer. Nous avons fusionné et avons apporté au Feu toute notre énergie pour qu'il nous libère, ce qu'il a fait, en perçant la glace par la puissance du magma contenu dans le cœur de la planète. Les volcans jaillirent, la chaleur revint, et les neiges se liquéfièrent.

Un silence religieux s'installa, et les visions poursuivirent leur avancée dans le temps en zoomant arrière sur l'impressionnante boule uniformément immaculée que fut la Terre à cette période-là, avant que les cratères rougeoyants ne crèvent la coquille blanche, et que ne fondent les glaces. Puis l'auditoire plongea à nouveau dans les eaux salines.

Progressivement, les océans recouvrèrent une couleur

marine et lumineuse. D'immenses feuilles aquatiques apparurent, tout comme une vaste diversité d'algues bleues et vertes, des coraux, des éponges, et d'interminables tubes creux accrochés aux fonds à la fois rocailleux, sablonneux, et boueux.

Eloïra sut qu'elle faisait la grimace, quand se déplacèrent inopinément – et presque sous son nez – des limaces à carapace, des bestioles qui ressemblaient à de gros cloportes avec de longues cornes fines sur ce qui devait être leur tête, ainsi que d'étranges mille-pattes, de grands vers, et des méduses de taille qui frisait l'inimaginable.

D'ailleurs, tout paraissait soudainement démesuré, et les espèces aquatiques devinrent à proprement parler monstrueuses ! À l'instar de cet immense scorpion des mers de plus de trois mètres, qui semblait se heurter à une paroi invisible... une sorte de dôme en fait. Puis le film stoppa brusquement sa course sur la vision floue d'une cité sous-marine.

— Fantas...

— Tique ! *Aye*, nous savons ! fit Darren en coupant la parole à Logan qui restait figé dans une mimique ébahie. Il s'était exprimé par taquinerie, mais aussi pour masquer son propre trouble.

Le même que sa femme manifesta à voix haute :

— Ce n'est presque pas concevable ! Vous... vous... d'abord vous étiez des sirènes, et vous viviez dans les océans, et maintenant cette... cité ? J'ai l'impression, en une seconde, d'avoir été transportée dans une autre dimension, et d'être dans l'incapacité totale d'assimiler ce que je vois !

— Nous avons été beaucoup de choses, lui répondit Lug. N'oubliez pas, Awena, que les légendes ont toujours eu une part de véracité. Vous en avez la preuve sous les yeux. De plus, nous étions déjà des métamorphes, sous l'eau, et n'étions pas retournés à la surface depuis notre évolution première, sauf par la force de nos pensées.

— Mais... des sirènes, et une ville sous-marine !

s'obstina encore Awena, interdite.

De son côté, et depuis qu'elle était devenue une louve, plus rien n'étonnait Eloïra. Elle pouffa nerveusement en prenant note de l'air faussement blasé de son frère – digne copie de Darren. Puis elle changea d'attitude quand la vision se remit en mouvement pour venir au plus près de la cité.

— Je vous présente Altanaé... notre première cité mère.

— L'Atlantide ! N'est-ce pas ? s'exclama Logan qui se tenait à présent debout, comme presque toutes les personnes qui l'entouraient, et qui ne quittait plus des yeux la majestueuse agglomération qui se rapprochait, comme sous l'effet d'un zoom.

— Certainement pas ! Il doit s'agir de la ville d'Ys ! se récria Awena en digne Bretonne, puisqu'elle avait grandi à Brest.

Lug n'avait plus qu'à continuer son récit...

Chapitre 8
Des océans à la terre

— Ne m'as-tu pas appris, mère, que ces légendes parlent d'une ville qui aurait été engloutie après s'être trouvée sur terre, ou me tromperais-je ? Là, ce n'est pas le cas et... mais, ne serait-ce pas un cercle de pierres levées ?

Awena était sur le point de répondre à Eloïra, quand sa dernière question la fit virevolter vers la vision de la cité.

Elle était d'apparence pyramidale, pouvant assurément accueillir tout un peuple, et constituée de paliers de roche presque noire. Ils étaient montés les uns sur les autres, soutenus par de hautes et majestueuses arches, et chacun d'eux allait en s'amenuisant de surface, jusqu'à l'ultime plate-forme qui avait l'aspect d'une humble terrasse.

À n'en pas douter, tout au bas de la première volée de marches de la cité, se trouvait un imposant cromlech. Pas aussi fastueux que celui de Stonehenge, mais tout de même bien plus important que celui qui résidait sur les terres du clan. L'ensemble paraissait être vivant, les pierres levées étaient sillonnées de veines scintillantes qui couraient le long de symboles d'apparence étrangement celtique.

Même Darren semblait en perdre son *gàidhlig*, tout comme Logan qui ouvrait la bouche et la refermait, à l'instar d'un poisson hors de l'eau.

— Je vois qu'il vous faut plus d'explications, d'ailleurs, nous n'étions pas arrivés au bout de mon récit, dit Lug dont la voix fit sursauter l'assemblée réunie, tant l'attention de tous était captivée par la dernière découverte.

— Un cercle des dieux, une cité, avec des marches alors que vous aviez une queue... de sardine, marmonna Cameron, tout aussi perplexe que les autres.

— Bien, regardez, leur enjoignit Lug.

Apparurent à nouveau quelques sirènes, mâles et femelles, qui nageaient avec célérité pour échapper à une sorte de pieuvre dont la tête aurait été emboutie dans un cône long et géant. La créature aquatique faisait bien cinq mètres de diamètre en comptant son... chapeau, en fait une coquille de nacre pointue.

— Un nautiloïde ! s'écria Logan au comble de l'excitation. Nous nous situons donc à la période du cambrien, il y a plus de cinq cents millions d'années !

— Un... quoi ? bafouilla Eloïra.

— Peu importe, trancha Darren. Disons un gros crustacé très certainement gluant et mutant. Et ? Que vouliez-vous nous montrer ?

Lug ne réagit pas oralement et se contenta de leur indiquer la vision en trois dimensions : les sirènes étaient sur le point d'être rattrapées par le monstre, franchirent le dôme où ce dernier s'écrasa, firent un roulé-boulé et se retrouvèrent à courir sur des... jambes.

— Ce dôme officiait à l'instar d'un bouclier protecteur et il renfermait de l'air ? C'est bien ça ? s'enquit à son tour Viviane, très perspicace.

— Oui, approuva Lug. Maintenant, si vous le voulez bien, et avant de poursuivre, je vais répondre à vos différentes questions. J'ai bien conscience, sinon, que vos esprits ne se concentreront plus sur la suite du récit. L'Atlantide, tout comme la ville d'Ys, pareillement celle de Yonaguni[15], et je ne vous citerai pas le nom des centaines d'autres cités, ont effectivement existé. Cependant, Altanaé

---

15 *Yonaguni : vestiges d'une cité ancienne et engloutie au large de l'île Yonaguni, près des côtes japonaises.*

n'est pas l'une d'entre elles. Ces constructions sont plus jeunes et ont été réalisées à un âge où les océans étaient encore bas, avant des réchauffements climatiques qui ont entraîné la montée des eaux et leur submersion. Encore une fois, vos légendes sont basées sur des faits authentiques. Quant à notre cercle, il a été érigé en même temps qu'Altanaé, il y a effectivement cinq cents millions d'années, et ce, dans un but précis : créer un lien énergétique et vital entre nous et le *Chant*. Sa fonction première a donc été celle d'un vecteur pour nous communiquer la puissance magique des autres entités restées dans le cosmos.

— Un... quoi ? s'enquit Eloïra, qui répétait cette question balbutiante pour la deuxième fois en à peine cinq minutes, et qui avait un mal fou à saisir le sens des mots inconnus de Lug.

— Pour faire court, une sorte de cordon ombilical, l'informa Cameron, avant de focaliser son attention sur Lug.

Quant à Logan, il paraissait perturbé par ce qu'il apprenait. Il secouait la tête négativement et fronçait furieusement les sourcils. N'y tenant plus, il s'écria :

— Loin de mettre votre parole en doute, dieu de tous les dieux, ce que vous avancez quant aux pierres levées est tout bonnement impossible ! Nos scientifiques du futur ont daté leur existence à moins cinq mille ans avant le point zéro du calendrier grégorien et ces motifs... apparentés aux Celtes...

— Vos savants ont uniquement connaissance de ce que nous voulons qu'ils apprennent. Nombre de mystères se dressant sur leur route et leurs esprits, bien trop cartésiens, les empêcheront encore longtemps d'ouvrir leurs pensées vers ce qui est et a toujours été. Les pierres étaient animées par le *Lïmbuée*, voyez les sillons lumineux à leur surface. Tant que notre souffle courait en elles, elles vivaient. La datation de vos hommes de science part du moment où le *Lïmbuée* s'est tari, où les pierres ont commencé à vieillir réellement, tout en conservant leur puissance... grâce à vous, enfants des dieux. Quant aux motifs, d'où croyez-vous que proviennent ceux des Celtes ? Ils découlent de la *Langue Originelle*, celle qui s'est établie entre les premières lignées et nous, tout comme les Oghams, les Pictogrammes, le Futhark[16] et bien d'autres encore. Il faut admettre, à la décharge de vos ancêtres, qu'ils ne manquaient certes pas d'imagination. Les symboles et les runes ont été créés pour que la connaissance se transforme en paroles, mais également pour guider et canaliser la magie.

Alors que Lug argumentait avec sa famille et Viviane, Eloïra se laissa entraîner par le flux constant et mouvant des visions qui continuait sa course. Tout se déroulait dans les fonds marins, et les nautiloïdes – comme les appelait Logan –, disparurent petit à petit tandis que des poissons qui portaient des sortes de cuirasses, venaient à leur tour rôder à la périphérie du dôme et d'Altanaé. Ils grandirent, toujours et encore, jusqu'à atteindre des tailles phénoménales.

— Oh la la, souffla brusquement Eloïra en reculant sur son siège, comme un de ces gigantesques poissons se dirigeait vers elle d'un coup de nageoire caudale, et ouvrait sa monstrueuse mâchoire dans le but de la croquer.

— **Bouh !** lui hurla Cameron aux oreilles, la faisant méchamment sursauter sur place.

La main sur son cœur palpitant, Eloïra se tourna vers lui prête à mordre, et sentit monter en elle le long grognement de la louve.

— Du calme *beag piuthar* (petite sœur), chuchota son grand frère en un demi-sourire penaud. C'était une très mauvaise plaisanterie de ma part, je l'admets.

— Très… et ces… poissons ont l'air si… réels.

— Mais ils le sont, ou plutôt, l'ont été ! intervint Lug.

— Tout ce liquide me donne envie de piss… aoutche ! gronda Darren en se frottant le biceps qu'Awena venait de pincer. *Mo chridhe* (Mon cœur), c'est parce que je t'aime que

---

16 *Futhark :* *La plus lointaine forme d'alphabet runique utilisée par les anciens peuples germaniques.*

je ne te rendrai pas la pareille, pourtant c'est bien vrai, si cela continue je vais…

— Te noyer ? coupa Eloïra en souriant ingénument à son père. Lug, quand verrons-nous la surface de la planète ?

— Nous sommes restés sous les mers, d'une part parce que nous avons longtemps été prisonniers des glaces, et d'autre part, car nous attendions que les créatures que nous protégions en priorité aient assez évolué pour poursuivre leur mutation hors des océans.

— De quelles créatures parlez-vous ? s'enquit vivement Awena.

— Infernales questions qui tenaillent votre espèce depuis qu'elle a le pouvoir d'articuler des mots, marmonna Lug. Pour vous répondre, Awena, je parle de celles qui ont conduit à l'avènement des hominidés… les hommes ! ajouta-t-il devant les mines perplexes de Viviane, Eloïra et Sophie-Élisa. Nous nous sommes transformés en une poussière de temps, mais tel n'a pas été le cas de nos enfants créés de notre souffle, de la fusion des Éléments, et de la Terre d'accueil. Nous avons patienté dans l'eau saline interminablement avant que vos ancêtres ne daignent enfin pointer leurs… mandibules hors des océans. Cela se compte en quelques milliards d'années. Et à l'époque des visions, il y a quatre cents millions d'années, vos aïeux ressemblaient à ce petit poisson cuirassé d'une vingtaine de centimètres de long. Oui, celui qui vient d'échapper à cette autre espèce trois fois plus imposante, et qui n'aurait fait qu'une bouchée de lui.

— *Aon iasg* (Un poisson) ? Vous vous moquez de nous ? s'offusqua Darren en se redressant sur ses jambes et en bombant son large torse.

— Je suis un dieu, je n'ai pas l'esprit porté à la gouaillerie, voyons ! Et avant cela, je peux même affirmer que vous ressembliez à une anguille sans mâchoire, à la queue aplatie, et qui suçait le plancton sur les algues pour s'alimenter. Et plus avant cette étape, à une sorte de minuscule limace rampant sur le limon marin, et...

— *Sguir* (Stop) ! gronda Darren qui fumait littéralement du nez. Signifiez-nous plutôt ce que nous avons été après... ça !

Et allez ! La petite guéguerre reprenait entre le fier Highlander, laird de son clan, et le grand Lug, dieu de tous les dieux ! Tout aussi indécrottables l'un que l'autre, soit dit en passant.

Eloïra en rit intérieurement, avant de le faire ouvertement, au fur et à mesure que Lug s'appliquait à montrer à son père les métamorphoses successives de ses lointains ancêtres. Et ce, jusqu'au moment où ils allaient pouvoir sortir de l'eau. Cela commença donc par un autre poisson, plus gros, avec des membres et une colonne vertébrale, qui évolua encore jusqu'à ressembler à une sorte de poisson-lézard, avec des pattes palmées et une longue langue agile et rose.

Des éclats de rire retentirent dans la grande salle devant l'air faussement féroce et offensé de Darren, qui finit par joindre son propre amusement à celui de ses proches. Lug, lui-même, parut se détendre et s'exclama :

— Toutes les espèces n'ont pas eu la même chance que vos ancêtres, car toutes n'ont pas réussi à muer pour remonter à la lumière ! Voyez...

Les visions quittèrent le brave... poisson-lézard et s'attardèrent sur un autre nautiloïde, qui ne se différenciait plus de son aïeul que par le seul changement d'aspect de sa coquille : la pointe conique s'était simplement enroulée sur elle-même et ressemblait à celle d'une vulgaire conque.

— Alors que tout un monde proliférait dans les mers, les Éléments et le *Lïmbuée* fusionnaient à la surface de la planète pour que la vie s'y développe également. Cela a commencé par des mousses, puis des plantes, et la venue d'insectes. Il y a trois cent cinquante millions d'années, nous sommes sortis des eaux avec vos ancêtres. Nous devions les protéger, car ils étaient très fragiles et bien loin d'atteindre leur mutation finale. De grands dangers planaient sur leur destin, comme sur le nôtre. Dès leur première évolution, nous étions déjà liés. Si l'un de nous venait à disparaître, l'autre le suivrait irrémédiablement dans le Néant. Cela était valable par le passé, comme maintenant.

— C'est magnifique et... surprenant ! s'exclama Viviane en contemplant les terres de grès rouge qui s'offraient enfin aux regards de tous.

Eloïra n'aurait pu mieux dire. Ses ancêtres, les reptiles, évoluaient sur une plaine sanglante à la fois aride et riche près des points d'eau, où une flore variée et mystérieuse s'épanouissait en vastes étendues à l'instar de forêts. Rien ne ressemblait à quoi que ce soit qu'Eloïra ne connaisse, mis à part, peut-être, ce qui s'apparentait à des fougères. De nombreux insectes pullulaient, des araignées aux libellules, et puis soudain, Lug reprit la parole :

— Nous voici arrivés à la veille d'une énième extinction massive que nous n'avons pu endiguer. Pourtant, à l'époque, nous avions tout mis en œuvre pour sauver nos créations. Nous avions cru trouver la solution en érigeant d'autres cercles de pouvoirs : plus d'une vingtaine, espacés sur les différents continents qui commençaient à se regrouper pour n'en former qu'un. C'est là, grâce à la force de ces liens, que nous apprîmes qu'un déluge de pierres stellaires allait derechef s'abattre sur nous. La magie a été une nouvelle fois utilisée, le *Lïmbuée* et les Éléments ont fusionné pour lever des dômes – ou boucliers, au-dessus de chaque cromlech, et nous y avons abrité vos ancêtres comme nombre d'autres espèces. Les sachant en sécurité, nous sommes repartis à Altanaé pour nous mettre également à l'abri. En ce temps-là, le climat était extrêmement chaud, les créatures s'étaient adaptées à ces températures élevées, mais pas à ce qui allait survenir.

Les visions montrèrent l'arrivée de multiples boules de feu dans le ciel, avant qu'elles ne s'abattent en pluie ardente dans les mers et sur les terres des continents.

Eloïra ferma fortement les paupières pour ne pas assister au trépas des milliers d'espèces qui n'avaient pu trouver refuge au sein des cromlechs, et se boucha les oreilles en croyant percevoir leurs cris d'agonie, chose impossible, puisque les images mobiles ne véhiculaient aucun son.

— Quand nous sommes revenus à la surface, reprit Lug, sa voix laissant poindre une souffrance tangible, plus des trois quarts des créatures avaient été anéanties et d'autres, qui avaient survécu aux impacts, moururent dans les années qui suivirent, de maladie, ou parce qu'elles se trouvaient dans l'incapacité de subsister dans leur nouvel environnement. Car le climat chaud avait fait place à une température extrêmement basse et froide. Plusieurs dômes s'étaient effondrés et des cercles furent détruits. Néanmoins, la flore ne disparut pas en totalité et elle se remit à proliférer, alimentée par le tapis sombre et riche de ceux qui n'étaient plus. Et le plus important... vos ancêtres furent sauvés, tout ne fut pas perdu. Tout restait à faire !

Eloïra répéta dans sa tête les quatre derniers mots de Lug et oui, lui et les déités avaient eu tant de choses à faire... comme de protéger et de veiller encore une fois sur l'espèce dont elle était la descendante. Ces créatures étranges qui de reptiles muèrent en mammifères, adoptant l'apparence vague d'un mélange de lézard et de rat, et se transformèrent à nouveau pour se débarrasser totalement de leur côté rampant.

Ils devinrent de petits animaux à pelage, museaux et oreilles, marchant vivement à quatre pattes, se nourrissant d'insectes et de ce qui s'apparentait à des fruits.

Des océans à la terre, l'ancêtre de l'homme avait fait un pas de géant sous la protection des dieux. Et tout cela était loin d'être fini.

— Il y a deux cents millions d'années, tous les continents s'étaient agglomérés. Oui, c'est exact Logan, je parle de la Pangée, lança Lug au moment où le Highlander ouvrait la bouche pour s'exprimer. Nous avions pris le temps d'ériger de nombreux autres alignements et cromlechs, toujours dans le but de créer des liens avec le *Chant*, et de puiser la magie nécessaire à la survie des espèces et l'équilibre de ce monde en perpétuelle évolution. Nous appelions les zones où se situaient les pierres levées, les *Marches*, ajouta Lug. Beaucoup ont disparu, détruites par la dernière attaque stellaire qui allait une nouvelle fois survenir, d'autres ont été scindées lors de la séparation des continents, et d'autres encore, bien plus tard, ont été réduites à néant par des hommes ignorants du mal qu'ils faisaient. Au final et de nos jours, huit sont restées intactes.

— Les Marches des Éléments en font partie, y compris les terres Saint Clare, et celles des MacTulkien, murmura Cameron qui posait sur Lug un regard neuf.

Le dieu hocha la tête affirmativement et avança les visions.

— Les continents donc, et à ce moment-là, ne faisaient qu'un. Notre cité Altanaé se situait dans l'unique mer intérieure de la Pangée. Juste à la droite de la frontière de ce que les hommes du futur appelleront l'Amérique du Nord et l'Amérique du Sud. Mais voyez plutôt cette carte, cela permettra à certains d'entre vous de mieux se repérer.

La carte apparut avec un point scintillant qui représentait la cité des dieux, et les visions changèrent encore. Les continents se séparèrent et s'écartèrent de plus en plus rapidement, pour au final former un monde qui ressemblait plus aux plans finement dessinés qu'Eloïra avait aperçus dans le cabinet de travail de son père.

— Alors ça ! Altanaé se trouverait actuellement... sous le Triangle des Bermudes ? fit Logan, totalement ahuri.

Cameron siffla d'admiration et de stupeur.

— Cela ne m'étonne pas, chuchota-t-il. Et cela explique nombre de choses par rapport aux disparitions mystérieuses qui se sont passées en cette vaste zone maritime. Je suppose que la cause en est attribuée au redoutable magnétisme du dôme, conjugué à celui d'Altanaé et de son cercle, n'est-il pas ?

— C'est exact, confirma Lug, et nous ne pouvons rien y changer, à part détruire un des derniers et puissants liens qui nous relie au *Chant*. Ce qui est hors de question. Continuons-nous ?

Eloïra écoutait le récit de Lug tout en absorbant les images mouvantes que la masse énergétique lui renvoyait. Elle vit des oiseaux, immenses et dangereux, et des reptiles qui prirent des dimensions inconcevables. Certains se nourrissaient de feuilles et d'herbes quand d'autres, aux dents longues et pointues, n'auraient fait qu'une bouchée de ses minuscules ancêtres. Tous évoluaient dans des jungles denses, ou des déserts arides.

— Que sont ces... ces horreurs ? s'étouffa presque Viviane quand un tyrannosaure, attaquant un autre petit dinosaure, apparut brusquement.

Eloïra était tout aussi suffoquée que son amie. Jamais elle n'aurait imaginé voir un tel monstre ! Il semblait immense, féroce et extrêmement cruel.

— Ce sont des créatures d'un ancien temps, leur répondit enfin Lug en figeant le film de ses souvenirs sur les crocs ensanglantés du tyrannosaure, ce qui fit grimacer de dégoût la plupart des personnes qui étaient présentes.

— De gros reptiles ayant cessé d'exister, ajouta

Cameron dans le but de tranquilliser son entourage.

— Trouverai-je ces monstres là où... je dois me rendre ? bafouilla Eloïra, en tremblant de tous ses membres rien qu'à imaginer devoir affronter une telle créature.

— Non.

— Ohhh..., ne put-elle que souffler, peu rassurée par les propos de Lug qui reprenait comme si de rien n'était.

— Il y a de cela soixante-dix millions d'années, nous avons définitivement quitté Altanaé et nous sommes sortis des océans sous la forme de femmes et d'hommes.

Tous se mirent à rire bruyamment et incongrûment, car Awena venait de poser sa paume sur les paupières d'Eloïra qui se tortillait pour se libérer de son emprise.

— Ne regarde pas ! Ce n'est pas de ton âge ! grondait Awena.

Eloïra finit par se défaire de sa prise, les joues rouges d'avoir dû batailler ferme, et s'empourpra plus encore quand ses yeux se fixèrent sur... les dieux, aussi nus que des vers ! Seules leurs longues chevelures masquaient quelques parties de leur parfaite anatomie, et c'était tout.

— Mère, je ne suis plus une petite fille ! Je suis une femme maintenant !

Lug, une nouvelle fois, parut s'amuser :

— Les Origines ne montrent que la vérité, et comme vous pouvez le constater, nous ne nous cachions pas derrière des feuilles de vigne !

— Hum... pourriez-vous en rajouter, juste pour le film ? lui demanda Awena, plus sur le ton d'un ordre que sur celui de l'affabilité.

Ce que fit bien volontiers Lug, tout en marmonnant sur la pudibonderie excessive des hommes. Les déités apparurent portant voiles transparents pour les femmes et pagnes plissés très courts, à la mode égyptienne – ou inversement puisque les dieux étaient apparus en premier –, pour les superbes spécimens masculins. Puis Lug poursuivit avant qu'Awena n'émette une nouvelle protestation :

— Comme les visions vous le montrent, l'environnement d'alors était hautement hostile et nuisible, même pour nous, car nous étions faits de chair et de sang d'or. Mais un plus terrible danger se profilait à l'horizon. Nous savions qu'une gigantesque comète allait percuter la Terre et, une fois de plus, détruire une grande partie de la faune et de la flore de ce monde. Nous ne pouvions plus protéger vos ancêtres en restant à Altanaé, nous avons donc érigé notre seconde cité mère à la surface de la planète, elle s'appelait : Galéa. Vos aïeux et d'autres espèces y trouvèrent refuge, comme sous les dômes des cercles répartis sur les continents, avant que le déluge de flammes et de cendres ne s'abatte sur eux. De cet ultime cataclysme survenu il y a soixante-cinq millions d'années, seules les plus petites créatures survécurent…

Le film du passé ébranla une nouvelle fois Eloïra, des larmes coulèrent sur ses joues sans qu'elle puisse trouver la force de les essuyer. En un instant, le monde avait à nouveau basculé dans l'horreur, le feu et la mort, et pour reprendre pied et ne pas laisser sa tristesse la submerger, la jeune femme se raccrocha à ces infimes parties de vie qui avaient pu être sauvées.

Et puis soudain, les images se mirent à s'enchaîner rapidement. De l'apocalypse rougeoyante à la lumière bleutée d'une énième résurrection, le temps avança sa course en un rythme effréné.

Sur un tapis noir de cendres poussèrent des fougères, des conifères, tout comme une flore dense et riche. Tandis que de minuscules animaux poilus se métamorphosaient, grandissaient, grimpaient dans les branches de ces arbres nouveau-nés, ou évoluaient sur terre pour adopter peu à peu l'apparence de singes ou… d'hommes.

La respiration d'Eloïra se bloqua brusquement et son cœur se mit à palpiter furieusement. Les visions venaient de se figer sur la forme floue d'une vaste agglomération opalescente.

Était-ce la seconde cité mère des dieux ?

À nouveau, le film reprit sa mouvance, plus lentement. Nulle mystérieuse ville n'était plus visible, et sous le regard interrogatif d'Eloïra, n'apparaissait plus qu'un ciel merveilleusement azuré sans aucun nuage. Mais soudain, elle ne put contenir une exclamation de stupeur, quand au milieu de ce bleu intense, s'élevèrent des dragons en plein vol.

Ils planaient haut dans l'empyrée, si majestueux et si puissants. Puis ils survolèrent une grande chaîne de montagnes aux pics enneigés, avant de descendre en spirales souples juste au-dessus d'une cité pyramidale blanche, bien plus fastueuse et féérique qu'Altanaé.

— Galéa… murmura Eloïra, la louve en elle semblant ronronner de plaisir, tandis que Lug reprenait la parole.

— Vos savants du futur sont loin d'être au fait de ce que je vais vous annoncer maintenant : un Âge inconnu d'eux a existé. Nous l'appelions, dans la Langue Originelle : l'ère *Céleïniale*. C'était le berceau des dragons, des êtres qui peuplent encore vos légendes, et celle avec la naissance de vos ancêtres, les hominidés. Elle se situait en parallèle de la dernière période du cénozoïque – le tertiaire, et a perduré jusqu'au début de l'holocène, il y a treize mille ans. Elle s'est effacée pour laisser place au monde des enfants des dieux, lors de notre Élévation. À notre départ, toutes les espèces dites fantasmagoriques nous ont suivis dans une autre dimension : les Sidhes. Toutes… à part le Gardien des Éléments, votre dragon blanc. Nous voici presque arrivés au terme de mon long récit…

Chapitre 9

Galéa

Eloïra ne se rendit pas compte qu'elle tendait une main tremblante vers la masse énergétique des visions. Elle était hypnotisée par la splendeur de la demeure des dieux.

Comme Altanaé, Galéa était effectivement de forme pyramidale, cependant, plus somptueuse et plus féérique que la première. Elle resplendissait de luminosité sous les rayonnements du soleil qui se réverbéraient sur son blanc marbre lisse. Dans son dos, la cité se nichait à toucher les flancs d'une très haute montagne, et de face, elle semblait surgir des eaux argentées d'un lac par une série de volées de marches qui aboutissaient sur une vaste place ouverte.

Il y avait des fleurs, des arbres, et des plantes partout. Comme de nombreuses poteries, statues, amphores, et… un Cercle des dieux. Il n'était pas composé des pierres grises que connaissait Eloïra, mais de gigantesques roches de quartz opalescent aux veinures dorées et scintillantes.

— Voici le cœur de Galéa, annonça Lug en désignant le cromlech, sa voix comme venue de très loin, perçant les songes de la jeune femme.

Elle crut également entendre le doux clapotis de l'eau dansant dans les diverses fontaines communicantes, qui partaient du sommet de la demeure des dieux et descendaient, palier par palier, jusqu'à toucher le lac.

— Elle est… ! Je ne trouve pas les mots, chuchota Eloïra qui laissa à nouveau dériver son regard vers la cité.

Elle compta plus d'une dizaine de plateaux, allant s'amenuisant, supportés par de majestueuses arches et de nombreuses alcôves où ondoyaient de légers voiles en guise de tentures. Puis soudainement, son attention fut attirée par une forme mouvante au point culminant de l'imposante demeure, à l'endroit exact où venait de se jucher un impressionnant dragon rouge.

Quelque chose d'étrange se produisit alors, car Eloïra devint le dragon et vit à travers ses yeux reptiliens. De là où elle était perchée, elle put à nouveau contempler la ville, mais sous un angle différent et avec une acuité confondante. Elle percevait toute une palette de couleurs inconnues d'elle jusqu'à présent. Pour exemple, ces teintes ignorées de vert semblant jaillir des jardins luxuriants, ou encore ces tonalités vives et intenses sur les plumes des oiseaux volant autour d'elle.

De haut en bas de la cité, d'innombrables balcons étaient disposés, permettant ainsi à la chaude lumière du soleil de pénétrer à flots à l'intérieur de l'imposant édifice. Et enfin, elle s'enivra des différentes nuances argentées du lac où elle put se rendre compte de la présence d'un large pont à arches. Il reliait Galéa aux berges opposées, grouillantes de monde et d'habitations en pierres… une ville antique.

La jeune femme réintégra son corps, comme si elle avait été brusquement expulsée de celui du dragon, et tremblante d'émotion, elle reporta son attention sur les souvenirs de Lug. Ces derniers avançaient en zoom avant, également sur le pont en direction des centaines de maisons, et Eloïra sursauta de surprise quand elle perçut distinctement le rire cristallin d'un enfant qui paraissait courir vers elle et poursuivait de facétieux papillons. Il était uniquement vêtu d'un pagne en lin clair finement plissé à la mode égyptienne, entrecroisé sur le devant, le tout maintenu à la taille par une large ceinture de cuir, et chaussé de simples sandalettes tressées.

— Je peux l'entendre ! s'écria Eloïra en s'attirant les

regards étonnés des siens, tout comme le vif intérêt de Lug.

— Il n'y a là que mes souvenirs… et nullement des sons !

— Pourtant, je perçois le rire de ce garçonnet aux cheveux longs et bruns !

Il resplendissait d'insouciance et de joie, et Eloïra fut prise d'une envie euphorique de le rejoindre pour s'amuser avec lui.

Celle qui devait être la mère du petit, tant elle lui ressemblait, apparut également. Toute de beauté dans ses voiles, et auréolée de sa somptueuse crinière ébène. L'instant d'après, Eloïra l'entendait clairement parler à l'enfant, et répéta à haute voix, mot pour mot, les paroles de la femme :

— Nat roüs dét ep feïss, nonnie sëyrain[17] !

Pour le coup, Lug figea derechef le film du passé sur le visage du garçon et s'approcha vivement d'Eloïra.

— Que… que vient de dire ma fille ? s'enquit Awena dans un souffle ahuri.

Lug mit un instant à répondre, sans quitter Eloïra de son regard céleste.

— Elle s'est exprimée dans la langue Originelle, et ses mots signifient : « *Ne cours pas si vite, petit prince.* »

Voilà que ça recommençait ! Toute la famille d'Eloïra la dévisageait comme si elle était une anomalie. Qu'y pouvait-elle si elle avait pu percevoir les voix de ces êtres surgis du passé ?

— Ce garçon se prénomme Cirth, de la lignée des Fëanturi qui, avec les Kadwan et les Muiredach, peuplera toute l'Europe et ses îles côtières. Vous, les Saint Clare, descendez des Kadwan, quant au clan des MacTulkien, le vôtre Viviane, c'est très particulier. Il a été fondé par le dieu Tulkas, sa femme humaine, et tous les gens qui les ont suivis sur vos terres de Dôr Luthien.

— Donc, mis à part les MacTulkien, il existait sept phratries aux origines ? s'enquit Darren en venant prendre sa

---

17 *Langue Originelle : inventée pour les besoins du roman.*

fille dans ses bras, lui réchauffant le cœur par ce geste de tendresse.

Non, les siens ne la rejetaient pas. Elle les avait une nouvelle fois désorientés par ses pouvoirs innés. Car là était l'explication : sa magie puissante lui avait permis de percevoir les sons du passé ! Il ne pouvait en être autrement.

— Oui, il y avait bien sept grandes familles, lignées ou clans, je vous laisse le choix des mots. Je vais donc finir mon histoire sur les Origines pour que nous puissions partir. Le temps presse, la journée est sur le point de s'achever, et nous devons absolument voyager avant le coucher du soleil.

Lug fit apparaître une immense carte du monde, avec le nom de pays que certains Saint Clare ne connaissaient pas, et pour cause, ils ne seraient employés que dans le futur. Là, il reprit la parole tout en indiquant de son doigt éthéré toutes les zones qu'il avait citées dans son récit :

« Au début de l'ère *Céleïniale*, vos lointains ancêtres à quatre pattes étaient bien trop nombreux pour que nous puissions les garder à Galéa, ou encore sous la protection des autres dômes disséminés de par le monde (Lug désigna les continents épars). Nous choisîmes donc de tous les transférer, par la voie des cercles qui servirent de portes, ici... (le dieu pointa une direction sur la carte), dans les contrées fertiles du sud-est de l'Afrique. C'est en ce lieu, composé à l'époque de luxuriantes savanes, que durant plusieurs millions d'années ils évoluèrent et donnèrent naissance à différentes grandes familles comme celle des singes et des gorilles, celle des hominidés, et d'autres qui ne survécurent guère aux divers processus de mutation. Vos plus proches aïeuls sont ceux que l'on nommera les homo sapiens et qui forment la dernière branche de la famille des hominidés. Ils étaient ceux que nous attendions de tout temps et les seuls qui possédaient la capacité de percevoir nos appels. Voilà soixante-dix mille ans, ils se mirent en route pour nous retrouver. Ils quittèrent la pointe sud-est africaine, longèrent les côtes de l'Arabie face à l'océan

Indien, et profitèrent du bas niveau des mers de cette époque pour passer d'un continent à un autre. Lors de leur migration, ils purent se désaltérer aux nombreuses sources d'eau que nous avions fait jaillir pour eux. Ils bifurquèrent ensuite vers le nord, ici, au niveau du golfe Persique, traversèrent des plaines, des vallées, et des montagnes. Ils marchèrent interminablement et laissèrent derrière eux les chaleurs étouffantes de l'Afrique pour se heurter au froid et aux neiges des hautes terres. Les plus hardis se raccrochèrent au besoin de nous rejoindre, tandis que les autres abandonnèrent et s'arrêtèrent en chemin pour peupler les continents d'Asie, d'Eurasie et du sud de l'Europe. Au final, il y a trente mille ans, seule une centaine de leurs descendants arriva à Galéa qui se situait là, au pied de cette chaîne de montagnes nommée Grand Balkan, non loin de la mer Noire. De nos retrouvailles sont nées les lignées et la phénoménale magie qui put enfin protéger ce monde. Après cela, et sur une très longue période, l'équilibre dont nous rêvions tous s'instaura. Nous pûmes dévier les trajectoires des météorites, les Éléments fusionnèrent pour que les neiges et les glaces fondent, et la terre cessa de souffrir. Notre puissance était telle que les bienfaits du *Chant* enveloppaient la planète tout entière et résonnaient dans le cosmos ».

— Pourquoi dites-vous : *sur une longue période* ? interrogea Darren, fine mouche, et ayant détecté une légère fêlure dans la voix de Lug.

Ce dernier dématérialisa vivement la carte et se tourna vers le laird.

— Nous avons appris que les hommes pouvaient receler une profonde part de monstruosité en eux. L'idyllique coexistence prit fin il y a quinze mille ans quand les lignées se livrèrent de grandes batailles entre elles, certaines pour le pouvoir et pour nous renverser, les autres pour nous défendre. Nous dûmes intervenir et nous expédiâmes les plus virulentes, les Moïas, les Méno's, les Chom's et les

Egapp sur des continents éloignés. Nous ne pouvions les priver de la magie qui coulait dans leur sang, ni les anéantir, car contrairement à eux, nous vénérions la vie en toute chose. Nous pensions que si elles étaient séparées les unes des autres, ainsi que de nous, les lignées reviendraient à de meilleurs sentiments, qu'elles se calmeraient... Tel n'en a pas été le cas. Ils s'affranchirent de nous, détruisirent les cercles sacrés, et construisirent leurs propres édifices sur les ruines des pierres blessées. Ils se firent passer pour des dieux et modifièrent les croyances originelles à leur convenance, pour ensuite créer leurs civilisations. Les Sumériens, les Mayas, les Égyptiens, ou encore les Hellènes[18] et les Étrusques, furent leurs descendants directs.

Logan poussa une exclamation étranglée.

— Mais... ce sont pourtant d'exceptionnelles civilisations !

— Certes, pour vous, les hommes ignorants des Origines. Du reste, leurs connaissances étaient extrêmement supérieures aux peuples d'alors. Ils leur ont transmis le savoir du feu, du fer et du bronze, tout comme ceux des langues et des signes. Cependant, ils ont bâti leurs empires sur des mensonges qui les ont conduits au déclin. De plus, comment fermer les yeux sur toutes leurs exactions, sur les sacrifices et l'esclavagisme, sur les différences de castes qu'ils ont mises au point ? Le pouvoir les a toujours guidés, rongés, et c'est en lui qu'ils se sont noyés. Que subsiste-t-il d'eux actuellement ? Des ruines d'anciennes et fastueuses cités, des connaissances certes très avancées, mais néanmoins incomprises, à leur tour détournées ou tombées dans le néant. Ils ne sont plus que des murmures plaintifs dans le vent, des corps retournés à la poussière, et des ombres tourmentées : des âmes damnées. Ce sont les Fëanturi, les Kadwan et les Muiredach, restés à nos côtés, qui nous ont tous sauvés. Grâce à eux, les liens avec le

---

18 *Hellènes : Anciens Grecs habitants ou originaires du Hellas (Grèce antique)*

Chant – bien qu'amoindris, nous ont permis de continuer à protéger ce monde. Vous, Highlanders, avez leur vaillance, leur droiture et leur bonté dans le sang. Vous êtes notre fierté et les déités vous doivent tout. Dès lors, soyez assurés que je veillerai sur votre fille au péril de mon immortalité s'il le faut.

Le récit des Origines prenait fin et Eloïra fut saisie d'une vive émotion à l'évocation des patronymes de ces vertueuses lignées. Il lui tardait de faire leur connaissance dans la réalité et, désormais, elle n'éprouvait plus aucune appréhension quant à son voyage.

La jeune femme voulait remonter le temps pour les rejoindre et, peut-être, aurait-elle la chance de croiser le chemin du petit prince des visions. Celui que Lug avait nommé Cirth.

— S'il vous plaît, Lug, avant que vous ne partiez et n'emportiez ma fille et Viviane, pourrais-je revoir une dernière fois Galéa ? demanda Awena d'une voix douce.

Le moment de faire la paix avec les dieux était arrivé. Ceux-ci avaient certes eu des torts, mais jamais intentionnellement, et toujours dans le but de bien faire. Trop… peut-être.

La masse énergétique réapparut et le passé s'anima. Le film survola les hautes montagnes enneigées et tous purent prendre conscience d'un autre fait. Galéa, le lac et la ville antique, de même qu'une vaste surface terrestre les entourant, évoluaient à la saison chaude et lumineuse. Néanmoins, sorti de ce large périmètre, il n'y avait plus que glace, neige, congères et froidure, et ce, au plus loin que pouvaient porter les regards.

— C'est le dôme invisible, couvrant des centaines de lieues à la ronde, qui nous permettait de vivre sous une température des plus clémentes et de faire en sorte que les autres hommes du passé ne puissent prendre conscience de notre existence. Nous ne devions en aucun cas interférer dans leurs vies comme l'avaient fait les bannis. Leur destin leur appartenait et nous n'en faisions pas partie.

— Cela a peut-être été un tort de vous dissimuler, intervint Eloïra. Comme nous le faisons également. Si nous nous montrions aux autres peuples…

— Nous serions exterminés, coupa froidement Darren.

— Sans aucun doute, confirma Lug. Et si nous nous étions fait connaître de ces populations primitives, tout aurait recommencé comme avec les bannis, et au final, les hommes de bien se seraient fait écraser par les hommes de pouvoir. Mais un jour viendra où tout sera enfin possible.

— Vous le croyez vraiment ? grommela Cameron, dubitatif.

— J'en suis certain !

Lug avait répondu d'un ton clair et sans temps mort. Était-il à même de voir un distant avenir pour pouvoir affirmer que les hommes s'affranchiraient de la part sombre qui était en eux ? Eloïra était au fait que sa belle-sœur Elenwë, en tant que déesse, avait eu la capacité de voyager dans le temps, du passé au futur et inversement. Lug possédait-il également ce genre de pouvoir ?

Songeuse, la jeune femme reporta son attention sur les ultimes visions. Ces dernières se rapprochèrent de la séparation jouxtant les terres chaudes baignées de magie et les autres, au-delà de la barrière du dôme, qui ne montraient que plaines et montagnes enneigées, toute désolation, et ce, à l'infini.

Et pourtant, là-bas, peu à peu, d'étranges et immenses ombres apparurent. D'abord floues, pour prendre contour au fur et à mesure qu'elles avançaient en dodelinant lentement.

Eloïra écarquilla les yeux et se boucha brusquement les oreilles quand le cri aigu d'un enfant lui vrilla les tympans :

— Mouma ! Mouma ! Mouma !

Non, ce n'était pas un son venu du passé, mais la voix de mini Barabal de quatre ans ! Elle s'était faufilée devant eux, à leur insu, et hurlait en sautillant en face des formes mouvantes. Larkin se tenait également à ses côtés, plus sage dans sa belle toge propre, ses cheveux châtains mi-longs bien coiffés en arrière, tandis que le petit monstre blond continuait de s'agiter en secouant son minuscule poing armé d'un reste de cuisse de poulet.

— Des mammouths ! Nom de nom ! Eloïra, tu vas voir des mammouths ! s'écria Logan en vrillant son regard ambré dans le sien tandis que les visions disparaissaient pour de bon.

Oui ? Et alors ? C'était quoi ces… animaux ? Ils étaient énormes, tout poilus, avec d'immenses défenses recourbées de part et d'autre d'une longue trompe. Et ils étaient montés par des hommes emmitouflés dans des fourrures.

— Quelqu'un peut faire taire Barabal avant que je ne l'étripe ? gronda Darren entre ses dents, ne supportant plus les cris aigus de la fillette.

À force de gigoter et de sautiller sur place comme elle l'avait fait, Barabal fut soudainement prise de fortes crampes d'estomac, et en un instant, le vœu du laird se réalisa : la petite se tut… avant de hoqueter et de vomir copieusement sur le tout propret Larkin.

— Pardonnez-moi ! s'écria Eileen en apparaissant essoufflée, les joues rouges et les cheveux en bataille. Les enfants m'ont échappé. Je n'ai pas pu les rattraper. *Och !* Par les Dieux… il va falloir à nouveau les laver.

Tous étaient au fait du combat qu'il fallait livrer pour donner un bain à Barabal, et compatirent vivement avec la pauvre Eileen.

— Non, nous n'avons plus le temps. Nous devons partir, et les enfants viennent avec nous, intervint Lug.

— *Quouuuaaahh ?* ne put s'empêcher de glapir Eloïra. Je ne pourrai pas m'occuper d'eux ! Ils vont me ralentir plus qu'autre chose ! Lug, vous vous moquez de moi ? N'est-ce pas, que vous badinez ? tenta-t-elle encore dans un sourire tremblant.

— Ils sont du voyage ! trancha-t-il sur un ton qui ne souffrait aucune réplique. Et nous prenons la route dès à présent.

Eloïra sut que c'était peine perdue. Elle pouvait bien chercher toutes les bonnes raisons du monde pour ne pas emmener les petits, Lug ne céderait pas. Et cela semblait beaucoup amuser son frère Cameron à qui la jeune femme tira allègrement la langue.

D'accord, elle partirait avec les enfants, et une fois sur place, elle trouverait certainement quelqu'un à qui les confier.

Ce fut forte de cette idée qu'Eloïra se prépara à dire au revoir aux siens.

Chapitre 10

Loin de toi, Ankou

— Vous partez tout de suite ? s'écria Awena en pâlissant visiblement. Oui, je comprends... mais, avant que nous ne vous accompagnions au Cercle des dieux, donnez-moi un instant pour préparer quelques vivres et un paquetage léger.

Lug s'approcha d'Awena de sa manière éthérée et sembla vouloir la rasséréner en adoptant un ton calme et serein.

— N'ayez aucune crainte. Eloïra, Viviane et les enfants n'auront aucunement l'utilité de tout cela. Ils trouveront ce dont ils auront besoin sur place, et bien plus encore. Du reste, nous partirons d'ici, car le cercle sacré n'est aucunement nécessaire en ma présence, et aucun d'eux ne souffrira d'un mal quelconque à l'arrivée. J'y veillerai.

Leur attention fut momentanément détournée par un chahut grandissant. Dans son coin et abrité par les imposantes carrures des hommes du clan, Larkin pleurnichait tandis qu'Eileen le changeait rapidement, et que Barabal gloussait en montrant une partie de l'anatomie du petit garçon.

— Arrête de te moquer de lui, tu vas le traumatiser ! grondait Eileen. Ça ne se fait pas de rire de ces choses-là !

Eloïra soupira de lassitude, et dire que d'ici peu, c'était à elle qu'incomberait le rôle de la « maman ». Elle tenta un dernier regard suppliant vers Lug... qu'il ignora royalement.

Quelques instants plus tard, un silence pesant s'instaura, à peine troublé par les reniflements du pauvre Larkin.

— Puisque c'est ainsi, mettons-nous en route ! lança Eloïra en haussant la tête et en carrant les épaules.

Elle s'en irait en digne fille des Highlands, fière et courageuse pour faire honneur à ses proches et à son clan. Elle trouverait la pierre de *Lïmbuée* et rentrerait pour lever la malédiction touchant Barabal et Larkin. Ce ne serait qu'un petit voyage de rien du tout, sans danger…

Pourtant, le regard d'Eloïra se fixa avec envie sur la claymore céleste de Cameron : *Gradzounoul'*. Son frère l'avait négligemment posée sur son siège avant de s'éloigner pour faire ses adieux à Viviane.

Si seulement Eloïra pouvait posséder cette arme, elle se sentirait plus forte et en sécurité.

— Je ne peux te la confier, murmura Cameron qui se tenait maintenant à ses côtés, alors qu'elle s'était retranchée dans ses pensées. Je l'aurais fait de bon cœur, mais elle m'a élu comme maître. Elle se transforme en pierre aussi lourde que du plomb dans toute main, autre que la mienne, et peut devenir très dangereuse. Iain a failli en perdre le bras !

La jeune femme hocha la tête puis, comme poussée par une impulsion subite, s'approcha vivement de la claymore et se saisit hardiment du pommeau scintillant.

— *Naye !* cria de peur Cameron, sans avoir le temps de retenir le geste de sa sœur qui allait être blessée, et ce, peut-être mortellement.

Rien de cela ne se produisit, bien au contraire. Eloïra brandit vaillamment *Gradzounoul'* qui, en retour, se mit à siffler un chant de contentement.

À la stupeur de tous, la lame venait de se choisir un nouveau maître ! Eloïra ressentit la phénoménale énergie de la claymore magique fusionner avec son sang, sa chair et son âme, et la seconde suivante, son regard croisa celui d'Elenwë… L'ancienne déesse paraissait ébranlée.

En quelques pas, Eloïra fut près d'elle, et chuchota des

mots que seule sa belle-sœur put percevoir :

— Tu te souviens de tout, n'est-ce pas ?

— Pas au début, mais maintenant, oui.

Les yeux améthyste d'Elenwë se dirigèrent vers Barabal qui s'amusait encore à torturer Larkin, et son expression se fit plus songeuse, intense.

— Oui, reprit-elle dans un souffle. J'ai souvenance de nombre de choses, bien que des points qui me paraissent cruciaux, se dérobent, m'échappent. Il est bien que l'épée céleste t'ait choisie. Porte-la toujours sur toi ! Et Eloïra, quand tu seras à Galéa, attelle-toi à la tâche, primordiale, de faire semblant de ne pas me reconnaître. N'éveille en aucun cas ma curiosité et ne m'appelle jamais par mon *Nom Véritable*... cela te tuerait. Je serai pour toi la *Dernière Née*. Tu m'as bien comprise ?

— Oui... oui, bafouilla Eloïra très troublée et anxieuse à l'idée qu'elle puisse commettre des impairs dans le passé.

— Et surtout, ne te sépare jamais des enfants ! Promets-le-moi !

Elenwë paraissait soudainement très tendue et avait saisi la jeune femme aux bras. Les doigts de l'ancienne déesse tremblaient. Jamais Eloïra ne l'avait vue dans un tel état de nervosité. Non, elle se mentait, il y avait eu une autre fois : le jour de ses six ans, quand l'Ankou était venu la chercher.

— Je... ils ne me quitteront pas, je t'en fais serment.

— Bien, murmura Elenwë en souriant faiblement et en desserrant l'étau de ses doigts. L'instant suivant elle la prenait tout contre son cœur en ajoutant : Tout se passera bien ma douce, je te souhaite un bon voyage.

Sur ce, elle l'embrassa tendrement sur le front et s'effaça pour que la famille puisse elle aussi faire ses adieux.

Ce fut un des moments les plus éprouvants de la vie d'Eloïra. Ils se disaient au revoir comme s'ils n'allaient jamais se retrouver.

— J'ai quelques petites informations à te transmettre

avant de partir, fit Lug en la guidant à l'écart de tous. Viviane est déjà au fait de tout ce que je vais te signifier. C'est important, alors retiens bien mes mots. Tu ne devras en aucun cas appeler Elenwë par son *Nom Véritable*...

— Oui Lug, je suis courant de tout cela, coupa Eloïra sans vouloir être impolie, avant que le dieu ne lève vivement la tête en direction de sa fille.

Il avait brusquement l'air très crispé, puis il retourna son attention sur Eloïra.

— Bien, je savais que des réminiscences reviendraient... en partie. Je ferai également en sorte que Barabal et Larkin n'aient aucun souvenir d'elle.

— Pourrai-je toujours vous nommer Lug ?

— C'était déjà le patronyme que tes lointains aïeuls m'avaient donné, donc oui. Ne t'étonne pas non plus de mon apparence, je redeviendrai un être de chair dès que nous serons à Galéa. Une fois là-bas, j'informerai les autres dieux du but de ta mission qui est de chercher une pierre de *Lïmbuée* pour lever une malédiction. On s'en tiendra uniquement à cela et nous ne parlerons que succinctement de la malédiction qui touche les enfants. Tu ne seras guère importunée par mes pairs ou les lignées, ils ne te poseront aucune question quant au futur de peur de différer les événements du temps, et se dépêcheront de te porter assistance pour que tu rentres chez toi au plus vite.

— Comme c'est serviable, se moqua gentiment Eloïra. Je suis, ainsi, assurée de nous voir revenir à la maison.

Lug ignora superbement sa douce raillerie.

— Tu ne devras jamais te séparer des enfants ! Oui, je constate à ton expression qu'Elenwë t'en a brièvement touché mot. Tu dois protéger ces petits jusqu'à ce que la malédiction soit levée, martela Lug. Tu découvriras bien vite que même dans la cité des dieux, des dangers peuvent rôder. Et enfin... ne sors jamais du dôme sans une personne aguerrie à tes côtés.

Eloïra songea aux étendues blanches et glacées, aux

montagnes aux pics acérés, hautement inhospitalières, et ne chercha plus à contrarier Lug avec ses questions. De toute manière, jamais elle n'irait flâner par là.

La déité était sur le point de s'éloigner d'elle, quand une dernière pensée sauta aux lèvres d'Eloïra :

— Sera-t-il également... dans le passé ?

Lug parut se figer sur place et se tourna à nouveau vers la jeune femme.

— L'Ankou... non. Tu ne le croiseras plus. En tous les cas, pas avant un bon moment.

Eloïra aurait dû ressentir de l'apaisement, un soulagement certain. Mais tel ne fut pas le cas, et cela la troubla profondément. Elle était chagrinée, nerveuse, et quelque peu irritée à la pensée qu'elle ne le reverrait plus.

Ce guerrier de la Mort et elle... c'était comme si un lien puissant les unissait, et Eloïra se promit d'élucider ce mystère à son retour du passé. Car elle reviendrait, elle n'allait pas au danger, après tout, elle n'avait qu'une pierre de *Lïmbuée* à ramener, et le tour serait joué !

— D'ici peu, tu l'oublieras, souffla Lug avec certitude avant de s'éloigner.

— Je ne crois pas pouvoir effacer son souvenir de ma mémoire, marmonna-t-elle, sûre de n'être entendue de personne, et faisant ensuite quelques pas vers la grande cheminée pour saisir son épaisse cape rouge.

Non loin d'eux, totalement invisible aux regards des hommes, des dames et enfants, et de la déité, l'Ankou assistait avec une impuissance intolérable au départ de la femme dont il avait désespérément besoin.

Il avait tout écouté et avait vu les scènes du passé qui avaient déclenché en lui un tumulte d'émotions qu'il ne comprenait pas. Il avait d'ailleurs failli se faire prendre quand ces dernières l'avaient submergé et interloqué, au point qu'il en avait presque oublié son charme de dissimulation. Ces visions ne lui étaient aucunement étrangères et cela le troublait plus que de mesure.

Maintenant, la colère le rongeait. La haine également, pour ce dieu qui croyait détenir le pouvoir de lui arracher Eloïra. Là encore, il manqua de peu de se montrer. S'il devait agir, l'Ankou serait contraint de le faire immédiatement, car – et il avait beau réfléchir frénétiquement – pour lui, il n'existait aucun chemin du temps qui le mènerait à cette maudite cité lumineuse.

Il pouvait se saisir de l'humaine au nez et à la barbe de tous. Cela serait si facile ! Lug qui se croyait tout puissant ne pourrait pas l'en empêcher. Cependant, quelque chose de plus viscéral le retenait d'accomplir cet acte. Quelque chose… que là encore, il ne comprenait pas, mais que son instinct le sommait d'écouter.

Il allait donc devoir patienter un an de plus. Attendre le retour de la jeune femme, néanmoins, avait-il l'assurance qu'elle reviendrait ?

Très certainement, car elle et lui étaient liés. Et si jamais elle ne répondait pas à son appel, alors il casserait les murs du temps, détruirait tous les obstacles sur sa route, et il la retrouverait ! Eloïra était sa possession.

Elle évoluait si proche de lui, sa voix le caressant à chaque mot. Par la Mort ! Que les Ténèbres lui donnent la volonté de la laisser partir !

Les paroles de l'étrange fillette captèrent son attention et l'Ankou se focalisa sur elle pour ne pas céder à la forte tentation d'agir.

— Pourquoi, si petit l'asticot de lui être ? chantonnait-elle.

— Elle n'est pas petite ma zigounette ! s'époumona Larkin avant de fondre en larmes.

— Et toi ? Pourquoi ta langue est-elle toujours aussi sifflante ? répondit du tac au tac Eileen en masquant son propre amusement.

Et à Barabal d'émettre justement un son aigu, digne d'un gardien de troupeau, avant de se tordre de rire.

L'Ankou ne résista guère longtemps à l'attrait d'Eloïra et reporta son regard perçant sur elle. Elle se tenait désormais près de son père et de sa mère.

— Sois prudente *mo caileag* (ma fille), chuchota Darren.

— Aerin m'a donné son bracelet porte-bonheur, elle te le confie jusqu'à ce que tu rentres, souffla Awena

L'Ankou lut sur les traits de la jeune femme que ce simple geste de la petite dernière de Cameron la touchait profondément. Comment, avec un bracelet tressé, pouvait-elle ressentir tant d'émotion ? Là encore, il restait pantois et rageait de ne pas comprendre.

— Tu lui diras que je la remercie du fond du cœur et que je ne le quitterai jamais, chuchota Eloïra.

— À dans un an, dit encore Awena en posant un dernier baiser sur la joue de sa fille aimée.

La jeune femme hocha la tête, retint ses larmes, et sourit malicieusement. Un sourire qui toucha profondément l'Ankou. Il aurait voulu qu'il lui soit adressé ! Puis il se laissa à nouveau caresser par sa voix :

— Non, à dans deux mois, en ce qui me concerne ! Nous serons à ce moment-là réunis, je vous en fais la promesse.

Viviane et Eloïra se dirigèrent ensuite vers Lug, la première tenant la main de Larkin, tandis que la deuxième prenait celle, poisseuse, de Barabal.

— Lâche la cuisse de poulet, Baba, demanda gentiment Eloïra à la petite blondinette.

— *Naye !*

— Si !

— Han-han ! Humpf !

— Garde-la alors ! s'exclama la jeune femme, visiblement à bout de patience.

L'Ankou perçut distinctement ses pensées et faillit encore se trahir en émettant ce son qu'il commençait à connaître : le rire.

Dans la tête d'Eloïra, les mots disaient : « *Après tout, peu m'en coûte que Baba arrive à la cité des dieux armée d'un os de volaille !* »

Elle adressa un dernier regard ému à sa famille, sans avoir la possibilité de faire un geste de salut, car ses mains étaient retenues de part et d'autre par celles de Barabal et de Lug.

Puis soudain... ce fut lui qu'elle dévisagea en écarquillant les yeux. L'Ankou avait pourtant la certitude qu'il était toujours invisible. Néanmoins, la jeune femme le voyait.

Et avant que le vortex lumineux ne l'emporte, il lui murmura quelques paroles... sa promesse :

— Dans un an, tu seras à moi !

Puis Eloïra bascula derrière les portes du temps et disparut. L'Ankou se téléporta dans sa forteresse noire, érigée dans le monde de la Mort, et hurla, encore et encore. La souffrance qu'il éprouvait à la perte de la jeune femme semblait enfler en lui pour ne jamais se tarir.

— Eloïra... reviens, souffla-t-il enfin de sa voix rocailleuse, presque brisée, et il se mit derechef à rugir à en faire vibrer l'univers.

Partie 2
~ L'ère Céleïniale ~

Chapitre II

Gentils... monstres !

Il était là ! L'Ankou était dans la grande salle du château Saint Clare à l'insu de tous ! Et c'est son regard vert et noir, tout comme sa voix rocailleuse dans son esprit, qu'Eloïra emporta avec elle en basculant sur les chemins du temps.
Dans un an... tu seras à moi ! avait-il dit.
Ses paroles semblaient tourbillonner inlassablement sous le crâne d'Eloïra tandis que le sol se dérobait sous ses pieds et qu'elle tombait dans une sorte de puits énergétique de lumière irradiante.
Heureusement qu'une force salvatrice et hors du commun, qui ne lui appartenait pas, l'empêcha de se séparer des mains de Lug et de Barabal. Sans cette force et déstabilisée comme elle l'avait été par l'Ankou, la jeune femme se serait à coup sûr dissociée du groupe et ne serait jamais parvenue à destination.
S'ils arrivaient un jour !
Un vent terrible lui giflait le visage, plaquait ses cheveux sur sa bouche et son nez en entravant sa respiration, et pour protéger ses yeux des cinglements du souffle, Eloïra dut fortement fermer les paupières.
Le voyage temporel ne dura guère et tout s'arrêta aussi soudainement que cela avait commencé. Un sol se matérialisa sous ses bottes et Eloïra eut la désagréable impression que son corps, auparavant léger comme une

plume, se faisait brusquement de plomb.

La main de Barabal, toujours dans la sienne, était pareillement poisseuse qu'au départ, mais celle de Lug avait changé : elle était désormais vigoureuse et chaude !

Eloïra ouvrit les paupières, et se rendit compte qu'elle était à demi agenouillée sur des dalles de marbre opale. Elle bascula posément la tête en arrière pour se défaire de la capuche rouge de sa cape qui lui masquait la vue et leva les yeux sur Lug.

Elle émit alors un cri étranglé tant sa surprise fut grande : débarrassé de son enveloppe éthérée, à nouveau homme de chair et de sang, le dieu était d'une beauté saisissante, quasi irréelle et dérangeante de par un « trop » de perfection.

Il possédait désormais un corps athlétique aux muscles saillants, juste vêtu d'un pagne plissé de lin blanc qui lui arrivait au-dessus des genoux, d'une large ceinture au fermoir doré, et de sandales tressées en cuir souple. Il avait un visage aux traits excessivement raffinés, cependant sans conteste masculins, des oreilles légèrement pointues, et des cheveux d'un blond cendré très longs. Ces derniers descendaient bien au-deçà de la taille. De plus, il portait une sorte de fine barbe nattée qui naissait au bas de son menton et se terminait entre ses pectoraux. Eloïra ne put s'empêcher de pouffer devant le côté hautement burlesque et inattendu de cet « artifice poilu ».

Cela lui donnait un air… pas très divin ! Sans compter son regard améthyste, identique à celui de sa fille Elenwë, qui la dévisageait sans masquer une lueur amusée. Il haussa un sourcil, ses lèvres s'ourlèrent d'un grand sourire, et il s'exclama après une profonde inspiration :

— Bienvenue à Galéa !

Dans le même temps, il lâcha les mains d'Eloïra et de Viviane – qui par miracle se tenait debout, elle –, et leva les bras au ciel, comme s'il s'étirait à la suite d'un interminable sommeil. Eloïra se redressa, et les deux femmes restèrent à le contempler deux secondes, avant de se dévisager mutuellement en souriant à leur tour. Cet instant de grâce ne dura pas, car soudain, elles se figèrent comme lors de l'attaque des traîtres du clan. Autre fait troublant, Barabal et Larkin s'étaient vivement cachés derrière la silhouette de Lug, et l'on ne voyait plus dépasser que le bout de leur nez.

Quelque chose les avait effrayés et avait mis en alerte les sens des deux magiciennes. D'ailleurs, la louve en Eloïra grognait et cherchait à prendre le dessus sur ses sens pour la pousser à se métamorphoser. Luttant contre elle de toutes ses forces, la jeune femme se détourna lentement de Lug et reporta son attention sur ce qui leur faisait face.

Son sang se figea dans ses veines et un froid intense la saisit quand elle aperçut les monstres qui se tenaient à quelques pas d'eux, tandis que se profilait la fastueuse demeure des dieux en fond de décor.

Où étaient passées les déités ?

Il n'y avait sur cette place que le magnifique cromlech de roches de quartz dans le dos d'Eloïra et devant elle... d'immenses félins à dents de sabre à la fourrure orange et noire, des ours gris gigantesques aux babines relevées sur des crocs acérés, de grands oiseaux hauts sur pattes, ayant une vague ressemblance avec des paons, et aux longs becs pourvus de dents pointues[19], et là-haut, dans le ciel bleu, planait une nuée de dragons de différentes couleurs. Loin d'être à l'instar du Gardien des Éléments, ceux-ci paraissaient féroces et prêts à cracher glace et feu sur eux !

Tout compte fait, si Eloïra devait se battre, alors elle laisserait la louve écarlate prendre le dessus sur elle et se

---

19 *Oiseau avec des dents : Référence à l'Archaeoptéryx, genre de dinosaure à plumes disparu.*

charger du combat. Son instinct animal saurait trouver les points faibles de ses ennemis bien mieux que ne le ferait une simple magicienne.

— C'est comme cela que vous nous souhaitez la bienvenue ? fit Lug qui paraissait toujours amusé et prodigieusement heureux d'être revenu à Galéa.

Eloïra se saisit brusquement la tête à deux mains et la louve en elle hurla de douleur. En un instant, des milliers de voix semblèrent vouloir prendre possession de son esprit et fouailler ses pensées. C'était à proprement parler, un véritable calvaire !

Viviane était également là, sous son crâne. Elle essayait de lui venir en aide et la guidait par sa douceur et ses paroles apaisantes :

— Ferme les portes de ton esprit. Tu es la maîtresse de ton corps et de tes pensées. Une à une les voix cesseront, dès que tu leur interdiras de pénétrer en toi. Tu peux le faire… une à une Eloïra, voilà, c'est bien…

La télépathie !

Ces monstres s'efforçaient d'entrer en elle par ce moyen-là ! Petit à petit, les portes se refermèrent sur les voix. Eloïra leur barra le passage en puisant ses forces dans la sourde colère qui enflait en elle au gré du rugissement de la louve. Oh oui, elle allait la libérer, et elle transformerait ces créatures en charpie !

— Oui Ogma, je t'expliquerai toute l'histoire dès que nous serons dans la salle du conseil. Non, Bride, mon aimée, il n'y a aucun danger, ces quatre personnes ne sont pas des *bannis*. S'il vous plaît, reprenez vos apparences normales, sinon Eloïra et Viviane n'hésiteront pas à montrer les crocs pour l'une, et faire pleuvoir les flèches sur vous pour l'autre.

Lentement, devant le regard ahuri d'Eloïra, les monstres se métamorphosèrent, perdirent leurs poils, tout comme leurs griffes ou leurs ailes, pour devenir des femmes et des hommes à la beauté tout aussi pure et exceptionnelle que Lug. Les dragons avaient également disparu, tandis qu'Eloïra, debout sur des jambes tremblantes, fixait son attention hébétée sur les déités.

Les monstres n'en étaient pas... tous étaient des métamorphes célestes.

Soudainement, la jeune femme lâcha un rire nerveux, incoercible, et eut une forte pensée pour sa mère, Awena : *Si tu les voyais, maman... ils sont tous nus comme des vers !*

Eloïra ne sut comment Lug s'y prit, certainement toujours par télépathie, mais tous les hommes et toutes les femmes se vêtirent de pagnes de lin plissé et de robes en voiles, le tout, en un clignement de paupières.

Ils avaient également tous recouvré apparence humaine, sauf une femme, qui avait attiré l'attention de Barabal, et devant laquelle la petite s'était figée en émettant un ricanement digne de la vieille Seanmhair. La déesse paraissait en très mauvaise posture. Elle se métamorphosait immuablement sans jamais se stabiliser plus de trois secondes en femme. La seule chose que pouvait assurer Eloïra était qu'elle était dotée d'une interminable chevelure rouge ! Un coup elle était là, l'instant d'après elle était une chouette, un gros félin, un serpent, trois corneilles, puis à nouveau une femme... Et le manège continuait, pour le plus grand plaisir de l'enfant.

— De quoi souffre Tulatah ? s'inquiéta Bride, la conjointe de Lug et la mère d'Elenwë, d'ailleurs, elle lui ressemblait beaucoup.

— D'une trop vive émotion provoquée par l'arrivée de lointains descendants ? suggéra Lug avant de se tourner vers Eloïra et Viviane.

Des émotions ? Ainsi donc, à l'ère Céleïniale, les dieux en possédaient ? se dit Eloïra avec joie, car cela validait ses convictions. Elle avait toujours eu la certitude que les dieux ressentaient comme les hommes !

— Appelez la petite et gardez-la près de vous, ajouta-t-il à l'attention des deux femmes.

Eloïra obéit sagement, très intimidée par tous ces regards améthyste braqués sur elle. Mais elle eut beau exhorter Barabal à les rejoindre, celle-ci l'ignora et continua de s'amuser. Eloïra dut se fâcher et alla capturer l'infernale blondinette dans ses bras avant de l'écarter de la déesse.

Comme par magie, Tulatah cessa de se métamorphoser et reprit son apparence de femme, très très en colère. Elle fulminait en pointant le doigt sur Barabal.

— Que cette maudite créature ne s'approche plus de moi ! Je ne sais quel virus elle véhicule, mais il m'affecte et me rend malade ! Moi, une déesse ! Une immortelle ! La plus puissante des…

— Des riens du tout Tulatah, coupa Lug. Que Cirth Fëanturi s'avance, j'aimerais le présenter à nos invités, fit encore le dieu en s'adressant à la foule.

— Cirth ? couina la superbe, mais visiblement jalouse Tulatah. Pourquoi ? Que lui veux-tu ?

— Cela ne concerne que moi pour le moment. Si je désirais t'en informer, je l'aurais fait séance tenante. Ce qui n'est pas le cas.

— Hum, c'est… une excellente idée, avança Eloïra sans attendre qu'on lui offre le droit de parler et qui cherchait à alléger l'atmosphère tendue, désorientée de voir des dieux se chamailler comme des mortels. Cirth pourra s'amuser avec les enfants, leur montrer ses jouets, s'il en a… euh… ils pourront gambader dans les jardins.

Tulatah fut saisie d'un gloussement hautement crispant et visiblement moqueur. Déjà, Eloïra pressentait qu'elle la détesterait. Un je-ne-sais-quoi chez cette déité ne lui plaisait pas du tout. Sans compter qu'Eloïra éprouvait la pression de Tulatah qui essayait de forcer la porte de ses pensées.

— Elle parle de lui comme si elle le connaissait ! cracha Tulatah. Cirth, jouer avec des enfantelets, c'est à mourir de rire... si je le pouvais. Mais non, je suis immortelle, pas comme vous.

Là, Eloïra sentit clairement une menace poindre au travers des mots de Tulatah et la louve se rappela à son souvenir en grognant férocement.

La déesse plissa les paupières et détailla plus attentivement Eloïra.

— Une métamorphe... une louve écarlate de plus. Surprenant...

— Je ne vois pas en quoi, car elle est une enfant des dieux ! Cirth ? aboya presque Lug qui semblait plus qu'impatient de voir apparaître ce dernier.

Bon sang, quelle mauvaise manière d'appeler un enfant ! Il va effrayer le petit prince Fëanturi à se comporter ainsi ! se dit vivement Eloïra en fronçant les sourcils, agacée par le comportement despotique de Lug.

Un mouvement se fit dans la foule réunie autour des nouveaux arrivés. Petit à petit, un passage s'ouvrit devant la haute silhouette d'un homme à la longue chevelure brune aux mèches dorées par le soleil. D'étonnement Eloïra reposa l'anguille Barabal au sol pour ne plus quitter des yeux l'être qui marchait tranquillement vers eux.

Ce n'était pas un enfant, mais un homme. D'une grande prestance et d'une beauté charismatique, pourtant bien moins prononcée que celle des déités. Son visage était plus rude, ses traits moins parfaits, ce qui lui conférait cependant plus de virilité.

Il était également et simplement vêtu d'un pagne et de sandales en cuir. Néanmoins, à la différence des déités, la peau tannée et tendue de son torse musclé, comme de ses biceps, était sillonnée d'étranges tatouages.

Eloïra comprit rapidement que la personne qui

s'avançait de sa démarche souple et féline devait être un enfant des dieux comme elle. Un homme né de l'union des hommes et des déités. Un de ses aïeux ?

Mais… où était le petit prince ?

Toutes les questions d'Eloïra s'envolèrent en fumée dès que le regard vert de l'inconnu rencontra le sien, et la jeune femme hoqueta de surprise alors qu'une certitude jaillissait dans ses pensées. Pourtant, cela ne se pouvait, il était bien trop… grand !

— Cirth ! roucoula Tulatah en se jetant littéralement dans les bras du nouveau venu. **MON** Cirth, appuya-t-elle encore en lançant un regard incendiaire sur Eloïra. Tu ne devineras jamais ce que cette petite impertinente a osé proférer… elle demande à ce que tu joues avec ses enfants ! Toi, un puissant Fëanturi !

Eloïra sentit le sang déserter son visage. Quelle bévue venait-elle encore de commettre ! Bien sûr que cet homme lui disait quelque chose. Il était effectivement le garçonnet des visions de Lug, celui qu'elle avait entendu rire, celui avec lequel elle aurait aimé jouer… seulement, il était à présent un adulte d'une trentaine d'années et un homme éminemment viril. Et s'il l'avait entendue parler à Lug, il devait dès à présent la prendre pour une demeurée.

Carrant les épaules et redressant la tête, Eloïra se força à adopter une attitude digne avant que Cirth Fëanturi ne se tienne devant elle. Ce dernier se délesta agilement de l'encombrante Tulatah qui venait de se plaquer langoureusement contre lui pour ensuite marcher droit sur Eloïra. Un sourire, un brin moqueur, ourlait ses lèvres au dessin sensuel.

— Cirth, j'ai failli attendre, ironisa Lug.

— Je revenais d'une patrouille dans les terres gelées quand vous êtes tous apparus dans le cœur sacré. Qui sont donc nos… invités ? répondit Cirth d'une voix nonchalante et rauque, à la tonalité extrêmement basse, le tout, sans quitter Eloïra de son regard inquisiteur.

Un instant il détailla Viviane et les enfants, mais revint rapidement sur Eloïra, puis son attention se reporta dans le dos de la jeune femme. Là, il cilla en apercevant le pommeau scintillant de *Gradzounoul'* qui dépassait de son fourreau.

— L'épée chantante ! Cela ne se peut !

— Et pourtant, tel est le cas. La lame céleste s'est choisi un maître, fit Lug en haussant la voix pour être entendu de tous. Voici Eloïra Saint Clare, fille de Darren Saint Clare puissant seigneur des Highlands, et digne descendante des enfants des dieux. Elle est accompagnée de la grande magicienne Viviane MacTulkien et des enfants Barabal et Larkin. Ils viennent du futur et demandent notre aide, ce que je leur accorde volontiers. Je vous en dirai plus lors de la réunion du conseil. Cirth, fit encore Lug en se tournant posément vers le seigneur des Fëanturi, Eloïra est dès à présent ta protégée ! Comme le veulent nos coutumes, tu as le droit de refuser... une seule fois.

Eloïra ne comprenait pas du tout ce que voulait dire Lug, et fut décontenancée quand le Fëanturi la détailla derechef en faisant glisser le vert de ses yeux sur son corps, comme s'il l'évaluait. Alors, là ! Il allait y avoir problème !

En même temps qu'elle s'offusquait intérieurement de la conduite de Cirth, elle nota l'éclat possessif et gourmand qui passa dans son regard, et son cœur se mit à palpiter furieusement tandis que le sang montait à ses joues.

— Devant les dieux, j'accepte, dit-il enfin en posant son poing sur le cœur tout en courbant le buste pour saluer Lug, tandis que loin dans son dos, Tulatah vociférait et criait de rage. Eloïra sera ma protégée.

— Lug, appela Eloïra tandis que le dieu marchait déjà vers la première volée de marches de Galéa, sa bien-aimée Bride à son bras. Que voulez-vous dire ? Que sommes-nous censés faire ?

Lug ne se retourna pas, l'ignora totalement, et ce fut Cirth qui répondit à sa place :

— Me suivre, Eloïra. Je vous conduis… chez moi.

— Viviane et les enfants ne doivent en aucun cas me quitter ! s'exclama-t-elle un peu piteusement, se servant de cette excuse comme d'une sorte de bouclier.

Il était hors de question qu'ils soient séparés, et elle avait besoin de leur présence pour que Cirth se tienne à l'écart.

Cirth sourit plus encore, aucunement dupe du stratagème d'Eloïra, et reporta son attention sur ses compagnons de voyage. Son regard s'attarda un moment sur Larkin qui ne le quittait pas des yeux. L'enfant paraissait subjugué par lui. Puis sur Barabal, un peu plus loin, bien trop près de Tulatah, avant de revenir sur Eloïra.

— Vous êtes tous les bienvenus. Gidon, mon père, ainsi que les Fëanturi de ma demeure se feront un devoir de vous accueillir comme… des dieux, lança-t-il par-dessus son épaule, clairement en direction de Tulatah.

Celle-ci s'apprêta à répondre vertement, mais Barabal se posta à ses pieds, et la déesse repartit pour plusieurs tours de mutation génétique endiablés.

Cirth bascula la tête en arrière et rit aux éclats, d'un son éminemment rauque et viril. Eloïra en perçut les vibrations dans tout son corps et son cœur palpita un peu plus rapidement encore.

Elle devait avoir un sérieux problème. Sans doute n'avait-elle pas eu assez d'amourettes par le passé, peut-être souffrait-elle de manque… car, voilà qu'après l'Ankou, elle se sentait irrésistiblement attirée par un second spécimen de mâle ténébreux en puissance… Cirth. Il fallait croire que les mauvais garçons – encore restait-il à savoir qui était exactement l'Ankou – avaient le pouvoir d'ensorceler Eloïra.

Une potion à la Barabal, pour cloisonner son cœur contre le charme de ces êtres, lui aurait été du plus grand secours. Il aurait suffi de la boire, sans demander à la *Seanmhair* ce qu'elle avait utilisé comme ingrédients pour la concocter. Oui mais voilà, Barabal n'était plus là, enfin plus vraiment, une petite blondinette l'avait remplacée.

— Venez ! ordonna Cirth, en constatant qu'Eloïra restait figée près du Cercle sacré, perdue dans ses pensées, sans avoir pris conscience que les siens s'étaient mis en marche, sauf Barabal qui s'amusait toujours avec la déesse.

Que faire d'autre que de suivre Cirth ? Lug les avait pour ainsi dire abandonnés sur la grande place, et la foule des déités s'égaillait sans plus faire attention à eux.

— N'oubliez pas l'enfant, lança encore Cirth toujours sur un ton de commandement qui mit les nerfs d'Eloïra à vif.

Cette quête dans le passé débutait merveilleusement… bien.

Chapitre 12
Quand l'invisible se montre

Viviane alla vivement se saisir de Barabal et l'emporta dans ses bras, loin d'une Tulatah redevenue femme qui fulminait de n'avoir pu maîtriser ses phases de mutation. Elle était immensément belle dans sa rage, auréolée de sa chevelure rouge, comme des voiles vaporeux blancs qui la vêtaient et se mouvaient autour d'elle au gré d'un vent surgissant.

Eloïra comprit tout de suite que la déesse appelait les Éléments à elle, car elle ressentait leur puissante énergie dans chaque pore de sa peau. Tout comme Tulatah, Eloïra ne faisait qu'un avec eux, et elle les exhorta mentalement à se calmer. Le vent disparut aussi soudainement qu'il était apparu, répondant à sa demande plutôt qu'à l'appel de la déesse, qui la regarda avec une grande surprise avant d'afficher une haine farouche.

Mais enfin, qu'avait-elle contre Eloïra et ses compagnons ? Tout compte fait, la jeune femme songea qu'elle préférait nettement les dieux dépourvus de leurs émotions !

— Tulatah ! claqua la voix de Lug, comme surgie de nulle part et de partout à la fois. Nous t'attendons à la salle du conseil !

Eloïra virevolta sur elle-même à la recherche de la haute silhouette de Lug, mais ne le vit pas. La déesse poussa un cri discordant et aigu avant de se métamorphoser en trois corneilles, et de s'envoler vers le point culminant de Galéa.

Viviane, tenant toujours Barabal dans ses bras, s'approcha d'Eloïra et de Cirth que Larkin suivait telle une ombre. Le seigneur Fëanturi posa sa grande main sur la tête du garçonnet et lui sourit gentiment, comme pour le rassurer. Cette douceur soudaine, de la part du grand guerrier, ébranla la jeune femme.

— Tu n'as rien à craindre de Tulatah, vous non plus d'ailleurs, ajouta-t-il en tournant son beau visage vers Eloïra et Viviane. Elle a très souvent mauvais caractère, mais jamais elle ne ferait de mal à un humain.

— Jouer avec elle, encore je veux ! s'écria Barabal en tapant dans ses mains et en se contorsionnant dans tous les sens pour que Viviane la pose à terre.

Cirth parut très amusé par la petite blondinette et rit d'un son riche et rauque à la fois. Eloïra en frémit intérieurement, et pour la première fois depuis leur arrivée, se sentit en nage sous sa lourde cape rouge doublée de fourrure.

Non, ce n'était pas Cirth qui la mettait dans tous ses états… il faisait simplement très chaud à Galéa.

— Vous devriez vous défaire de vos habits, murmura Cirth en se rapprochant de la jeune femme alors que Viviane s'était déjà débarrassée de sa pelisse pour la draper sur son bras.

Eloïra mourait littéralement de chaleur, son sang bouillonnait dans ses veines ! Lui avait-il vraiment suggéré de se dévêtir ?

— Juste votre cape, pour commencer.

Ces quelques paroles, suivies par un clin d'œil coquin… Eloïra se demanda in petto si le Fëanturi ne lisait pas dans ses pensées malgré le fait qu'elle ait barricadé son esprit !

La jeune femme préféra se détourner de son regard vert hautement troublant et focalisa son attention sur la grande place de Galéa. Comme tout était étrange en ce vaste lieu ! Il y avait là nombre de déités, pourtant, pas une seule voix ne s'élevait, on ne percevait que le chant d'oiseaux et le murmure d'une brise printanière chargée d'un parfum floral.

— Ces dieux... ils nous entourent, nous dévisagent, mais n'émettent aucun son.

Cirth parut interloqué par la réflexion d'Eloïra.

— Vous ne les entendez pas ?

— Non.

— Vous avez fermé votre esprit. Près de la demeure des dieux, exception faite depuis votre arrivée, tout le monde communique par la pensée. En règle générale, nous n'utilisons la *Langue Originelle* que de l'autre côté du lac argenté, dans la ville.

— Nous... nous ne parlons pas en *gàidhlig*[20], en ce moment ? balbutia Eloïra en écarquillant les yeux.

— Qu'est-ce que cette langue ? s'étonna Cirth.

— Celle de notre futur, répondit Viviane.

Eloïra songea à Awena et à Diane. Mais oui ! Elles aussi avaient fait part de ce fait étrange. La première parlait à la base le français, l'autre l'anglais, néanmoins, dès qu'elles étaient arrivées sur les terres Saint Clare, toutes deux avaient communiqué dans la langue gaélique écossaise ! Pour Diane, cela avait été un peu plus compliqué, car dans les premiers temps, elle ne pouvait s'exprimer en gàidhlig que si Iain se trouvait en sa présence.

— Pourtant, souffla Eloïra, j'ai entendu votre mère discuter avec vous non loin de la cité, et je vous ai également entendus rire tous les deux.

Cirth se figea à ses côtés et les traits virils de son visage se durcirent. Il la regardait de haut, et ses yeux n'affichaient plus aucune chaleur.

— Où avez-vous aperçu ma mère ? gronda-t-il

---

20 *Gàidhlig : Gaélique écossais*

sourdement.

— Dans... dans les visions de Lug. Vous n'étiez alors qu'un enfant et... excusez-moi ! Je n'aurais pas dû vous faire part de cela.

Un muscle nerveux battait sur la mâchoire de Cirth et Eloïra se maudit d'avoir parlé sans réfléchir. À l'évidence, ce doux souvenir de la jeune femme n'en était pas un pour le seigneur Fëanturi.

— Vous m'en direz plus après que vous vous serez installés, lâcha enfin Cirth en prenant visiblement sur lui pour se détendre. Sachez que ma mère est morte, il y a longtemps de cela. Maintenant, veuillez me suivre.

Il fit volte-face et marcha rapidement en direction du pont à arches qui menait sur l'autre rive du lac argenté. Eloïra ne s'étonna même pas du fait qu'ils n'aillent pas vers la demeure des dieux, tant elle se sentait mal d'avoir involontairement blessé Cirth.

— Tu ne pouvais pas être au courant de cela, chuchota Viviane en lui saisissant le coude avec prévenance pour ensuite la pousser à talonner Cirth. Il faudra seulement, à l'avenir, faire un peu plus attention à tes paroles.

Larkin collait aux pas du seigneur Fëanturi, même s'il devait courir pour cela, tandis que Barabal chantonnait en se dandinant clopin-clopant devant Eloïra et Viviane. Toutes deux se perdirent dans leurs pensées et marchèrent de concert sans plus tarder.

Pour se défaire de son malaise, Eloïra reporta son intérêt devant elle et fut instantanément captivée par une quarantaine d'immenses statues qui représentaient sans conteste des guerriers. Elles étaient postées, à intervalles réguliers, tout le long du côté droit du pont.

— Qu'est-ce ? souffla-t-elle très impressionnée.

— Les sentinelles, lui expliqua Cirth de sa voix de baryton. Ni hommes, ni dieux, des êtres qui nous ressemblent, mais qui n'existent que par la magie. Elles ont été créées pour défendre la cité il y a de cela bien longtemps et depuis, elles la protègent d'un retour éventuel des bannis ou de tout autre invasion. Elles s'animent au moindre danger ou encore pour nous accompagner lors de nos patrouilles sur les terres gelées.

Eloïra laissa Cirth les devancer de quelques foulées énergiques et se tourna vers Viviane pour lui chuchoter :

— Ces sentinelles n'étaient aucunement visibles dans les visions de Lug, n'est-ce pas étrange ?

— Tout ici nous paraîtra curieux, ma douce. Ces statues ne te rappellent rien ? Pourtant, le cabinet de travail de ton père recèle des livres d'histoire les évoquant. Les descendants des bannis, les Grecs en particulier, les ont fait revivre dans leur mythologie en tant que divinités primordiales d'avant les dieux de l'Olympe et les ont nommées les Titans.

Eloïra se figea sur place et contempla sous un autre jour toutes ces statues ayant chacune plus de quatre mètres de hauteur. Des Titans ! Les livres de Diane et de sa mère y faisaient effectivement référence.

Ainsi donc, même si quatre lignées avaient tourné le dos à leurs origines, leurs cultures restaient sans conteste basées sur la réalité ! Comme l'avait dit Lug, elles avaient simplement détourné la vérité pour le compte de leurs nouvelles civilisations.

Les sentinelles avaient l'aspect d'immenses guerriers assoupis. Leurs corps sculpturaux et musclés étaient façonnés dans un marbre d'un bleu très pâle que sillonnaient de fines veinures dorées. Ils étaient représentés également vêtus à l'instar des déités et des hommes qui vivaient à Galéa, de pagnes plissés et entrecroisés sur l'avant, et leurs pieds chaussés de sandales.

Il y avait pourtant quelques différences notoires, car les statues portaient toutes une semi-cotte de mailles argentée et scintillante qui partait de leurs larges épaules pour se terminer au niveau de la taille. Un carquois garni de flèches était sanglé sur leur dos et un grand arc de peuplier blanc reposait fièrement sur leur côté gauche. Leurs gracieux visages aux paupières fermées étaient partiellement dissimulés par la visière d'un casque conique, entourant les yeux, et masquant leur nez. Le casque était constitué du même métal brillant que la cotte de mailles et laissait échapper dans leur dos de longues mèches de cheveux d'un blond cendré. Enfin, à leur taille, on pouvait apercevoir le relief d'une large ceinture qui maintenait un fourreau contenant une épée… à la lame translucide.

— Quelles étranges lames ! fit Eloïra. On dirait qu'elles sont faites de… verre ou de glace !

Cirth s'amusa de son ébahissement.

— De diamant. Elles ont été façonnées à la *Montagne des Brumes* par le souffle des dragons blancs. Ces lames sont, avec votre propre épée créée quant à elle à la *Forge des Dieux*, les seules capables de tuer les *Dorka's*.

Là encore, Eloïra eut la désagréable impression de passer pour une idiote. Elle contemplait Cirth avec de grands yeux fixes et ses lèvres pulpeuses étaient entrouvertes sur une question qu'elle ne parvenait pas à émettre, pourtant si simple : *qui sont donc les Dorka's ?*

— Vous n'avez aucune idée de ce à quoi je fais allusion, chuchota Cirth soudainement effaré et parlant comme pour lui-même. Tout le monde sait qui sont les *Dorka's* !

— Très certainement ! intervint Viviane.

Ah oui ? s'exclama intérieurement Eloïra en rivant son attention sur la *bana-bhuidseach* du clan MacTulkien.

— Ce sont les âmes damnées, ajouta Viviane, calme et sûre d'elle.

Cirth acquiesça après un moment de silence.

— C'est exact et nous les nommons encore *dé läy's*

dorka's.

Le jeune seigneur Fëanturi redressa la tête et porta son regard vers les plaines et montagnes gelées, au-delà des parois du bouclier magique qui protégeait les terres de Galéa.

— Ce sont les âmes des bannis trépassés lors de leur fuite vers d'autres continents, ou celles de nos défunts et des êtres qui se refusent à trouver le repos. Elles sont malveillantes, dangereuses, et s'emparent des corps de nos patrouilleurs ou des animaux sauvages qui vivent hors des protections célestes. Ne vous approchez jamais des terres gelées, gronda encore Cirth en faisant volte-face pour marcher vers la ville.

Il était à nouveau sombre et tendu.

— Comment savais-tu pour les *Dorka's* ? s'enquit Eloïra alors qu'elles reprenaient également leur chemin.

— Lug m'en a touché un mot quand il est venu à Dôr Lùthien, éluda-t-elle avec un geste vague de la main. Pressons-nous, car la nuit ne va plus tarder à tomber.

Et alors ? Ce n'est qu'un coucher de soleil parmi tant d'autres, non ? se dit Eloïra qui pressentait que Viviane en savait beaucoup plus qu'elle ne le laissait entendre.

Barabal s'était figée à quelques pas devant les deux femmes et s'amusait à donner des coups de pied bottés dans le gros orteil d'une des statues. L'infernale petite blondinette faisait de son mieux pour écraser le marbre bleuté, mais à continuer ainsi, ce serait son propre pied qu'elle allait casser !

— Baba ! Arrête ça tout de suite ! gronda Eloïra en saisissant le bras fluet de l'enfant.

Un léger bruit, comme le souffle d'une profonde respiration, poussa Eloïra à lever la tête vers le visage de la sentinelle. Cette dernière avait ouvert les paupières et dévisageait la jeune femme, comme Barabal, de ses iris de diamant.

De surprise, Eloïra hoqueta et recula de plusieurs pas. Là encore, Cirth fut sur elle en un instant et la plaqua contre son large torse pour l'empêcher d'aller plus en arrière.

— Que ? couina peu gracieusement Eloïra en essayant de se défaire de la prise troublante du Fëanturi.

Un simple contact de sa part, et elle se transformait en une torche ardente, ses reins se contractaient, son cœur s'emballait… Il fallait s'écarter de lui au plus vite ! Si seulement il daignait vouloir la lâcher !

— Ne marchez pas à gauche ! ordonna-t-il sévèrement tout en retenant Eloïra par le bras. Où avez-vous donc la tête ?

Devant l'attitude interloquée de la jeune femme, Cirth cilla et afficha derechef son profond étonnement.

— Comment est-ce possible ? murmura-t-il pour lui-même. Vous ne semblez pas être au fait de ce qu'il se passe ici. Les voyez-vous ? lui demanda-t-il vivement, alors que Viviane portait son regard sur la gauche, paraissant suivre un mouvement invisible pour Eloïra.

— Quoi ? souffla-t-elle, interdite.

— *Dé läy's gwendeïs !*

Allons bon ! Qu'est-ce que c'étaient que ces choses-là ! s'énerva-t-elle in petto.

Cirth, inopinément, émit un rire de gorge en se rapprochant encore plus d'elle, et pencha le buste pour se retrouver presque nez à nez avec la jeune femme. Il tendit imprévisiblement les doigts vers son visage, remonta comiquement sa mèche nattée qui était tombée et lui barrait le front en lui cachant l'œil droit, et l'instant suivant, il la nouait à nouveau au-dessus de son oreille à l'aide de son peigne.

— Vous avez ouvert une porte dans votre esprit, susurra-t-il, ses lèvres effleurant ses cheveux, son souffle la caressant, comme s'il humait son parfum pour le faire sien. Contrairement à votre amie, et pour une raison que je ne m'explique pas, vous ne savez rien. *Dé lays gwendeïs* sont les âmes blanches. Des âmes pures et normalement inoffensives, celles des créatures ou des humains trépassés qui errent à la nuit tombée. Nous leur laissons le passage de gauche sur toutes les routes sillonnant notre monde. Il ne faut pas les attirer à nous en rompant leur marche, sinon… elles s'accrocheraient à nos esprits et nous rendraient fous par leurs plaintes lancinantes. Avez-vous compris ? Ne jamais marcher sur la gauche des sentiers, de jour comme de nuit !

Cirth la secoua sans brusquerie en martelant ses derniers mots.

— Oui, oui, oui ! fit Eloïra en cherchant à se dégager de la poigne troublante qui la retenait, avant de hoqueter comme le manteau nocturne s'étendait, et que son regard percevait enfin des formes floues, scintillantes et mouvantes, qui la frôlaient presque.

C'étaient des enveloppes éthérées à l'image de femmes, d'enfants, d'hommes, et d'animaux ! Des fantômes pour être plus juste, par centaines, par milliers qui déambulaient le long des sentiers, des rives, des terres, et du pont menant à la demeure des dieux. Ils semblaient surgir de partout à la fois, se dirigeaient vers le cercle sacré, tournaient autour, et revenaient sur les chemins, marchant inlassablement en poussant des soupirs et des gémissements à fendre le cœur.

— Il nous faut rentrer, vite ! enjoignit Cirth avec force en saisissant la main d'Eloïra.

Pour cette fois, personne n'osa contredire le seigneur Fëanturi, pas même Barabal qui se fit un devoir de se taire et de galoper derrière eux.

Quand l'invisible devenait palpable, il était plus que temps de prendre la poudre d'escampette ! Et ce n'étaient certainement pas les sentinelles qui allaient les défendre, car… elles avaient disparu.

Chapitre 13

Première nuit agitée à Galéa

Eloïra vivait un cauchemar où seule la main chaude et puissante de Cirth la retenait à la réalité. Il lui semblait qu'ils couraient depuis un temps infini tandis que les fantômes, toujours plus nombreux, s'approchaient et s'agglutinaient autour d'eux.

Barabal tomba à la sortie du pont en butant sur les pavés de la route et Eloïra se fit la réflexion inopinée que c'était certainement de la petite que provenait l'expression « hurler à la mort ». Car, c'est bel et bien ce que fit la blondinette, et à pleins poumons qui plus est !

Les *läy's gwendeïs* se dirigèrent toutes vers Barabal, ce qui poussa la jeune femme à traverser leurs enveloppes éthérées, pas si inconsistantes que ça, pour venir à son secours. La seconde suivante, Eloïra emportait dans ses bras protecteurs l'infernale Barabal qui braillait à tue-tête en montrant ses genoux à peine écorchés.

Par les dieux, ce qu'elle est lourde ! songea Eloïra en peinant à reprendre son élan sous le poids de l'enfant.

Elle était à bout de forces et un douloureux point de côté lui taraudait le ventre. Brusquement, elle n'aspirait plus qu'à une chose : s'écrouler par terre, et tant pis si les âmes blanches venaient s'accrocher à elle pour lui vriller les oreilles de leurs plaintes agonisantes.

— Donnez-moi la fillette !

Cirth captura Barabal d'un bras autour de sa petite taille et de sa main libre, il agrippa énergiquement le bustier de la robe rouge d'Eloïra en la propulsant vers l'avant. Le tissu émit un bruit typique de déchirure, mais ne céda pas, et Eloïra ne put faire autrement que de le suivre.

— Nous y sommes presque ! Courez droit vers la lumière ! cria Cirth.

— La vache ! La vache ! s'époumona Eloïra dans le même temps, tandis que le Fëanturi l'obligeait à traverser le fantôme dense et étrangement poisseux de l'animal.

— Ce n'est pas une vache, s'esclaffa Viviane qui l'avait déjà dépassée, mais un bison !

Peu importait, Eloïra se sentit toute chose l'espace d'un instant, comme si son corps évoluait brusquement au ralenti, et peina à avancer vers la magicienne hilare. D'ailleurs, sans la poigne de fer de Cirth, la jeune femme serait, à n'en pas douter, restée coincée dans le bison.

Les silhouettes de Viviane et Larkin se dessinaient sous la flamme orangée d'un flambeau accroché à l'entrée d'un porche. Dans leurs dos, une grande porte blanche venait de s'ouvrir à la volée.

— Attrapez-la ! ordonna Cirth en direction de Viviane, en lui lançant une Barabal hurlante et toutes griffes dehors à l'instar d'un chat effrayé tombant d'une toiture.

Souplement, il fit ensuite volte-face, et se saisit d'Eloïra qui avait l'étrange impression d'être attirée en arrière. Et pour cause ! Les fantômes s'agrippaient à sa cape et à sa longue chevelure de leurs doigts, de leurs griffes, en fait… de tout ce qui était possible pour la garder à eux.

L'espace d'un « ouf » sonore et elle était pliée en deux, juchée sur l'épaule de Cirth, tête en bas, et yeux braqués sur son fessier moulé dans le lin de son pagne. À son tour, il courut vers la porte du porche, sans se soucier de secouer son précieux fardeau dans sa cavalcade !

— Iiiils… ooonnnt… desss doiiiigts ! essaya-t-elle de crier en perdant le souffle comme son ventre tressautait sur l'épaule de Cirth qui, apparemment, n'avait cure de ce qu'elle disait.

— Ferme !

Une femme de la maison ne se le fit pas répéter deux fois et claqua le lourd panneau de bois blanc sur le museau fantomatique du bison.

— Kleyda, conduis cette magicienne et les enfants à la salle d'eau. La fillette s'est blessée et il faut la soigner.

— Oui *sëyrain* (prince), opina la jeune femme d'une voix langoureuse avant de se tourner vers Viviane, Larkin et Barabal. Veuillez me suivre, s'il vous plaît.

Kleyda avait ses cheveux blonds coiffés en un dense chignon sur la nuque et était vêtue d'une ample tunique en lin, sans manches, maintenue gracieusement sur sa taille fine par une ceinture de cuir tressé. Elle posa ses yeux marron sur Cirth, chargés d'un message ardent non déguisé, et l'espace d'un instant, Eloïra, toujours tête en bas, éprouva un stupide et aigu sentiment de jalousie.

Le groupe s'éloigna en silence tandis qu'une autre personne approchait du couple. Hors de question, pour Eloïra, qu'on l'aperçoive plus longtemps dans la posture d'un sac de patates sur l'épaule du Fëanturi !

— Vous pouvez me poser par terre maintenant !

Cirth obtempéra en la prenant avec possessivité par la taille et en la faisant lentement glisser sur son corps aux muscles d'airain.

Quelle outrecuidance ! Il se permettait des gestes par trop intimes alors qu'ils ne se connaissaient guère ! Eloïra, une fois les pieds au sol, l'aurait fusillé des yeux si ceux-ci n'avaient pas été masqués par sa natte frontale, car cette dernière était à nouveau tombée sur ses paupières. Cirth s'en amusa grandement et remit sa coiffure en place, pour la deuxième fois depuis qu'ils s'étaient rencontrés.

— Quelle singulière manière d'attacher vos cheveux ! Nos femmes les nouent en chignon, c'est bien plus pratique.

— Et c'est tout à leur honneur, coupa Eloïra en

employant un ton agacé pour masquer son trouble de se tenir aussi proche du ténébreux et attirant Cirth. Cependant, je doute qu'elles soient souvent juchées, comme moi, sur l'épaule de leurs hommes !

Cirth allait répondre avec humour, ses lèvres s'ourlant d'un sourire canaille, quand la personne qu'avait aperçue Eloïra se présenta à leurs côtés. C'était un homme assez âgé, à l'aspect étrangement druidique avec son ample toge blanche et sa chevelure longue cendrée. Il salua Cirth en penchant légèrement le buste en avant et redressa la tête pour plonger son regard gris dans le sien.

— *Sëyrain*, votre père est malade, souffla-t-il. Je ne peux rien faire, car son affection m'est inconnue. Cela dépasse mes humbles compétences. Peut-être devrions-nous faire appel aux dieux, ils nous ouvriraient peut-être la porte de l'antre des dragons ?

Le visage de Cirth se ferma et son attitude se fit dure.

— Tu sais très bien, Aldec, qu'ils ne bougeront pas d'un pouce et nous obligeront à conduire Gidon à l'entre-deux terres. Où est-il ?

— Dans sa chambre.

Et pourquoi les déités n'aideraient pas les Fëanturi ? Et qu'étaient l'antre des dragons comme l'entre-deux terres ? s'étonna Eloïra avant de s'élancer à la suite de Cirth sans oublier de saluer poliment le dénommé Aldec.

Après tout, pourquoi rester en arrière alors qu'elle pourrait être utile au père de Cirth ? Ses dons étaient grands et elle détenait celui de la guérison.

Ils passèrent le porche et se retrouvèrent dans une sorte de cour intérieure rectangulaire. Elle était entourée d'un portique à colonnettes, agréablement pourvue d'une végétation harmonieuse et odorante qu'éclairaient des torches, et en son centre, se trouvait une charmante fontaine à l'eau claire. Eloïra resta interdite et s'émerveilla devant tant de beauté regroupée en un espace si restreint. Il semblait que l'intégralité de la demeure de Cirth ait été érigée autour et en fonction de ce lieu enchanteur.

La haute silhouette athlétique de Cirth disparaissait en haut d'un escalier qui partait de la cour vers un corridor à l'étage. Eloïra sortit de sa torpeur et grimpa les marches avant d'emprunter le couloir en bois ouvert côté cour, et fermé sur trois grandes pièces côté intérieur.

Cirth venait de passer la porte la plus éloignée et Aldec se posta près d'Eloïra avant de lui faire signe d'avancer.

— Vous êtes la protégée de Cirth. Le murmure des pensées de Lug est parvenu jusqu'à nous. Cette maison est vôtre désormais et Gidon sera heureux de faire votre connaissance à son réveil, si... si...

La voix d'Aldec se brisa sur ces derniers mots. Le pauvre était visiblement très attristé par ce qui arrivait au père de Cirth.

— Je me nomme Eloïra, et si je peux vous aider, j'en serai très honorée.

— Merci.

Aldec la devança et s'arrêta sur le pas de la porte des appartements de Gidon, là encore, il pencha le buste et l'invita à entrer.

La chambre était vivement éclairée par de nombreuses lampes à huile. Les murs de pierres étaient recouverts d'une sorte de torchis beige et une seule minuscule ouverture rectangulaire, sans verre ni volet, telle une meurtrière, faisait office de fenêtre. Une couche était posée sur une estrade touchant le mur opposé à celui où se tenait Eloïra et des voiles, suspendus aux poutres du toit, entouraient le lit à l'identique de ce qu'auraient fait les rideaux d'un baldaquin.

Là encore, les dessins des livres d'histoire de sa famille lui revinrent à la mémoire. Eloïra avait devant elle le même décor que celui entrevu sur les illustrations des maisons de la Grèce Antique.

En quelques pas, elle rejoignit Aldec et Cirth qui parlaient à voix basse, non loin du corps alité d'un homme d'apparence endormie. Il était recouvert par un drap de lin blanc et l'on ne distinguait que le haut de son buste et de sa tête aux cheveux mi-longs, plus argentés que poivre et sel. Son visage, détendu dans le repos, possédait de nombreuses similitudes avec celui de son fils, mis à part cette étrange barbe tressée, identique à celle de Lug, qui tombait de son menton carré sur son torse.

Eloïra laissa la magie s'emparer de son être et put ainsi voir l'aura du vieil homme. Elle était dorée et vive, nullement effacée comme c'était le cas quand le corps était contaminé par un virus ou blessé par une arme. Cependant... elle crépitait par moments en diffusant des décharges bleutées qui, par la suite, étaient absorbées par les tatouages sillonnant la peau de Gidon.

Eloïra se pencha un peu plus pour apercevoir les motifs finement dessinés, de toute évidence protecteurs, mais fut détournée de sa curiosité par la voix de celle qui s'appelait Kleyda. Eloïra jeta un coup d'œil vers la porte, juste à temps pour la voir apparaître, tout comme Viviane... sans les enfants.

— C'est ici, *mëidy* (dame), fit Kleyda en s'effaçant pour laisser passer la *bana-bhuidseach* MacTulkien.

— Bien, merci Kleyda, murmura cette dernière en avançant à son tour sans que Cirth l'ait invitée.

Un instant plus tard, Viviane se tenait au chevet de Gidon et posait sa fine main sur son front.

— Ne l'approchez pas, gronda Cirth. D'après Aldec, mon père est dans cet état depuis votre arrivée dans le cercle sacré. Qui sait quelle maladie ou quelle malédiction est venue avec vous !

Eloïra cilla et recula à toucher les voiles dans son dos, mais Viviane se redressa et fit face au sombre Fëanturi.

— Aldec ne se trompe pas vraiment, son mal a effectivement débuté lors de notre arrivée. Cependant, ce n'est pas nous, mais les ondes du choc des courbes du temps qui l'ont plongé dans un sommeil agité. Je suis à Galéa pour votre père et je vais m'occuper de lui dès à présent.

Eloïra sursauta et ne put s'empêcher de pousser un hoquet de surprise.

— De quoi parles-tu, Viviane ? Tu ne serais donc pas ici pour m'accompagner ?

— Nos quêtes ne sont pas identiques, ma douce, elles ne l'ont jamais été d'ailleurs. Et tant que tu n'auras pas mené la tienne à son terme, je me dois de rester auprès de Gidon. Telle est la volonté de Lug.

Eloïra n'y comprenait plus rien !

— Qui me dit que vos intentions sont bonnes ? intervint la voix rauque et tendue de Cirth.

— *Sëyrain* (Prince), je vous ouvre mon esprit. Vous pourrez y lire la preuve de ma sincérité.

C'est ce que fit Cirth avant de se détendre visiblement et de hocher gravement la tête.

— Faut-il réellement que mon père et vous soyez emmurés dans ce puissant sort ?

Quel sort ? s'interrogea Eloïra.

— Oui. Car, il est bien trop sensible au croisement des ondes du futur et du présent, et sans l'existence de ce charme, il pourrait être mortellement blessé. Gidon dormira et je serai là pour veiller sur lui, mais vous ne pourrez plus nous approcher dès lors que la magie nous aura enveloppés. Le temps figera sa course et Lug nous libérera dès qu'Eloïra et les enfants se présenteront au cercle sacré, pour notre voyage de retour. Après notre départ, tout rentrera dans l'ordre et vous retrouverez votre père.

Que signifie tout cela ? se dit intérieurement Eloïra.

Mais en même temps que la jeune femme s'interrogeait, quelque chose se fit jour en elle.

— Vous et Lug m'avez dissimulé des informations ! s'écria-t-elle avec une pointe d'amertume. Viviane, vous en saviez beaucoup plus que moi avant de voyager dans le passé ! Je comprends maintenant que ni les sentinelles, ni la mention des âmes vagabondes, lumineuses ou damnées, ne vous aient guère étonnée. Vous vous êtes également amusée des fantômes ! Vous étiez au fait de leur présence en ces lieux ! Et vous allez vous murer avec Gidon en invoquant le même charme qui a maintenu en vie Merzhin durant des siècles, n'est-ce pas ? Pourquoi ne m'avoir rien révélé ?

Viviane fit un pas vers Eloïra, mais la jeune femme recula d'autant, car elle ne voulait pas que la magicienne la touche. Elle se sentait trahie, abandonnée, perdue.

— Ainsi donc, c'est seule que j'irai quérir la pierre de *Lïmbuée*. Seule, car je l'ai toujours été... n'est-ce pas Viviane ? Non ! Ne m'approchez pas et ne posez pas vos doigts sur moi ! Pour vous comme pour Lug, je ne suis qu'un pion !

Viviane redressa la tête en faisant une douloureuse grimace. Elle paraissait blessée par le comportement d'Eloïra et laissa tomber les mains qu'elle avait tendues vers elle. Tout cela était si bête, elles étaient amies depuis sa naissance. Viviane aurait dû lui faire confiance, et tout lui raconter !

— Tu n'es pas seule, ma douce. Bien au contraire, tu es plus entourée aujourd'hui que tu ne l'étais hier, assura gravement Viviane, et tu auras Barabal et Larkin auprès de toi. Pour le reste... je ne peux t'en révéler plus, mais à la fin, tu saisiras le sens de tout cela et ta rancœur s'effacera.

— Une pierre de *Lïmbuée* ? marmonna Cirth. Comment Lug peut-il envisager de vous envoyer en quérir une à la Montagne des Brumes et, si j'ai bien tout compris, en compagnie des enfants ?

Un éclair de lucidité passa dans ses yeux verts avant qu'il ne reprenne la parole :

— Non... pas seule. Ce vieux filou de Lug a fait de vous ma protégée, ce que j'ai accepté. C'est donc moi qui vous conduirai en ce lieu maudit. Je l'aurais de toute façon fait, pour vous, et ce, sans la sourde manigance du dieu. Mais les enfants demeureront ici !

— Non, coupa Viviane. Ils doivent vous accompagner !

— Certainement pas ! gronda Cirth. Ce voyage est bien

trop dangereux pour que nous les amenions avec nous !

— Pourtant, vous le ferez ! insista Viviane. Ils ne doivent en aucun cas quitter Eloïra. Ils sont… liés.

Cirth resta dubitatif et sombre un moment, mais finit par capituler en hochant la tête. Il se tenait si près d'Eloïra qu'elle pouvait humer l'odeur subtile et virile de sa peau. Malgré son état d'esprit agité, dû à ce qu'elle considérait être une trahison de la part de Viviane et de Lug, son corps réagissait à un tout autre appel : celui des sens. Son sang battait plus sourdement à ses oreilles et elle devait lutter contre elle-même pour ne pas se réfugier contre le torse puissant de Cirth.

Toutes ces émotions étaient de trop et Eloïra préféra fuir. Elle devait réfléchir, loin de Cirth et de ce qu'il lui faisait éprouver, et encore plus loin de Viviane et de ses fourberies. Plus jamais elle ne serait sa douce, ni son amie ! Quant à Lug, il ne tarderait pas à affronter son courroux !

Elle quitta la pièce sans un regard aux personnes qui s'y trouvaient.

Tu as besoin de Cirth, souffla une petite voix dans son esprit.

Non ! Elle ne voulait pas de lui ! Il la déstabilisait, l'intimidait… et oui, l'attirait tout à la fois. Eloïra avait déjà ressenti ce mélange d'émotions puissantes et incontrôlables pour l'Ankou. Et il avait failli la tuer !

Cirth, en tant qu'homme et non guerrier suprême de la Mort, ne la conduirait pas au trépas, mais très certainement sur des sentiers qu'Eloïra ne désirait aucunement connaître. Elle avait une quête à accomplir, une malédiction à lever, et Cirth ne faisait pas partie de ses projets ! Elle trouverait le moyen de partir sans lui.

Eloïra, toute à ses pensées, sursauta quand elle se retrouva nez à nez avec Kleyda qui semblait l'attendre dans le corridor.

— Les enfants ont mangé et dorment dans votre chambre. Je vous conduis au séjour où un repas et une boisson vous seront servis.

Se sustenter ? Non, vraiment, Eloïra se sentait soudainement trop lasse pour cela.

— Je préférerais rejoindre les petits, répondit-elle gentiment en retour de la prévenance de Kleyda. Je n'aspire plus qu'au repos et à être près d'eux.

Elle n'eut pas loin à marcher, car sa chambre jouxtait celle de Gidon. Elle remercia Kleyda et referma la porte doucement. Faisant volte-face, Eloïra posa le regard sur Barabal et Larkin, endormis sur une minuscule couche et couverts d'un drap léger de lin. Une tête brune et une blonde, deux visages potelés, attendrissants, si paisibles dans le sommeil.

La gorge d'Eloïra se serra sous le coup de l'émotion et elle déglutit difficilement.

— Par les Dieux, murmura-t-elle à haute voix et les larmes aux yeux, dans quelle aventure vais-je vous entraîner... et vers quoi, vous-mêmes, allez-vous me conduire ?

Sur la pointe des pieds pour ne pas faire de bruit, Eloïra se dirigea vers son propre lit installé sur une estrade comme celui de Gidon, et entouré de voiles que la jeune femme écarta d'une main tremblante. Là, elle se dévêtit et disposa cape, robe, bas de laine, bottes et épée en tas au bord du gigantesque et épais matelas. Ce dernier aurait pu facilement accueillir trois colosses de Highlanders tant il était grand et large.

Elle garda uniquement sa chemise de corps rouge et chercha du regard une quelconque vasque et un broc d'eau pour faire sa toilette. N'en trouvant pas, elle se résigna à se coucher ainsi. Il faisait si chaud à Galéa, qu'Eloïra aurait tout donné pour une goutte d'eau fraîche sur sa peau.

Elle natta sa longue chevelure rousse et se glissa sous le drap avant de poser la tête sur l'oreiller de plumes.

— Emporte-moi loin d'ici, Morphée, et fais-moi tout oublier, murmura-t-elle, une larme brûlante coulant sur sa joue satinée, et caressant du bout des doigts le fin bracelet d'Aerin autour de son poignet.

Son vœu fut exaucé et le sommeil la captura dans l'instant.

Chapitre 14

De plumes et de crocs

Eloïra rêvait, et pour la première fois depuis ses six ans, cela ne fut pas de l'Ankou.

Elle volait, battait rapidement des ailes, elle était un oiseau.

La nuit enveloppait toujours Galéa, car tel était le décor qu'avaient choisi ses songes, et elle apercevait la demeure de Cirth à l'orée de la ville antique, de plus en plus loin au fur et à mesure qu'elle prenait de la hauteur.

Les fantômes étaient partout et formaient à présent une sorte de brume compacte qui englobait presque tout, où seuls la surface du lac, les toits surélevés en pierres plates des maisons, et la cité des dieux restaient épargnés.

Ce fut vers cette dernière que se dirigea l'oiseau, tandis que derrière elle se profilait l'ombre majestueuse de la chaîne du Grand Balkan. Quelque part là, Eloïra devinait que se trouvait la Montagne des Brumes qui détenait en son cœur la pierre de *Lïmbuée* tant désirée.

Était-ce vers cet endroit que ses rêves la guidaient ?

L'oiseau virevolta agilement et piqua en descente pour éviter le fantôme envahissant d'un dragon.

Par les Dieux ! Le ciel était semblablement rempli par les âmes blanches de ces créatures, comme celles de nombreuses autres espèces volantes trépassées.

Mais, pourquoi ces âmes restaient-elles sur terre ? L'Ankou ne semblait pas accomplir sa tâche de passeur en ces lieux. Un échange entre elle et Lug, juste avant son départ, frappa soudainement son esprit de plein fouet :

« Eloïra disait :

— Sera-t-il également à Galéa ?

Et Lug répondait :

— L'Ankou… non. Tu ne le croiseras plus, en tout cas, pas avant un bon moment. »

Des milliers de créatures éthérées en errance ! Tout cela parce qu'il n'y avait pas d'Ankou !

Le choc de cette révélation affecta tant Eloïra que son corps d'oiseau chuta comme une pierre. Elle tombait à une vitesse vertigineuse et en ressentait l'effet dans tout son être, tandis que la brume fantomatique se rapprochait d'elle inexorablement. Dans un instinct de survie, elle se mit à battre furieusement des ailes.

Ses efforts payèrent, car elle se stabilisa et reprit de l'altitude comme elle remontait à toute vitesse le long de la façade opalescente de la demeure des dieux.

Haut… encore plus haut, et Eloïra arriva aux terrasses de l'avant-dernier palier où des voix attirèrent son attention. L'oiseau se dirigea vers les sons, avant de se poser sur une rambarde en marbre blanc qui se situait devant l'ouverture, archée et éclairée de mille feux, d'une vaste et fastueuse pièce à l'ameublement riche et raffiné.

— Apprends-moi de quelle manière tu as pu voyager dans le temps, susurrait langoureusement Tulatah, ses cheveux rouges noués en plusieurs nattes et rehaussés d'épingles chapeautées de perles et de diamants.

Elle portait une tunique d'un voile couleur chair et audacieusement transparent.

— Non, s'amusa Lug en apparaissant dans le champ de vision d'Eloïra.

— Mais enfin ! Entre nous, nul secret ne doit exister !

Parlaient-ils vraiment ? Ou l'oiseau pouvait-il lire dans leurs pensées ? La réponse se trouvait de toute évidence dans la deuxième question, car les lèvres des dieux ne bougeaient pas tandis qu'ils discutaient.

— Pourquoi sont-ils céans ? s'entêta Tulatah en tournant autour de Lug, ses ongles glissant sur la peau lisse de son dos musclé.

Le dieu rit et alla se saisir d'un hanap d'or qu'il porta lentement à sa bouche.

— Tu le sais déjà, néanmoins, je vais me faire un devoir de te le répéter : les femmes sont ici pour lever une malédiction qui touche les enfants. Pour cela, elles ont besoin d'une pierre de *Lïmbuée*, qui n'existe plus dans l'avenir.

Eloïra reporta son attention sur Tulatah qui attendait visiblement d'en apprendre plus, en vain. Du coup, cette dernière changea de tactique et se fit à nouveau mielleuse.

— Comment est-ce, le futur ?

— Différent, lâcha Lug en lui tournant le dos pour reposer son breuvage et cueillir un grain de raisin pulpeux sur une grappe disposée dans une corbeille.

Tulatah laissa apparaître des signes d'agacement et les lèvres rouges de son joli visage se pincèrent de dureté.

— Peuh ! Garde tes secrets ! Néanmoins, je persiste à penser que tu as fait une grossière erreur d'autoriser ces humains à remonter le temps, ne serait-ce que pour secourir ces… hideuses choses.

— Des enfants.

— La petite blondinette n'en vaut pas la peine, fit-elle méprisante sans tenir compte de la réponse de Lug. Elle m'est insupportable !

— C'est bien ce que j'ai cru remarquer, elle t'exaspère tant que tu n'en es plus toi-même ! ironisa Lug en faisant directement allusion à son incapacité à maîtriser ses phases de mutation quand Barabal était à ses côtés.

— Quant à la rouquine, cracha cette fois

méchamment Tulatah, étais-tu obligé de l'amener ici et d'en faire la protégée de mon Cirth ?

Eloïra, de courroux, battit des ailes et attira l'attention des déités sur elle. Zut ! Elle allait se faire prendre !

Et puis quoi alors ? Après tout, elle n'avait rien à craindre puisqu'elle rêvait, ou plutôt cauchemardait, avec la présence haineuse de Tulatah.

— Qui est là ? s'écria cette dernière. Je sens une aura… magique.

Tulatah fit mine de s'approcher de l'endroit où était perché l'oiseau, quand Lug se plaça sur son passage, dos à Eloïra, et saisit la déesse à bout de bras. Bien joué ! Ainsi, Eloïra était masquée à la vue de la céleste furie par la haute carrure athlétique de Lug. Ingénieux stratagème, néanmoins futile, puisqu'il s'agissait d'un songe.

— Non, je n'étais en rien obligé, c'est la providence qui a décidé de la venue d'Eloïra Saint Clare à Galéa. Et celle-ci fait très bien les choses, car il est clair que Cirth et la jeune femme devaient se rencontrer. Le destin des âmes sœurs m'a toujours fasciné, fit encore Lug alors que le son de sa voix se faisait murmure dans la tête d'Eloïra.

— *Cui ?* pépia l'oiseau en battant derechef des ailes.

— Quoi ? vociféra dans le même temps Tulatah.

— N'as-tu pas aperçu, tout comme moi et certainement l'ensemble des nôtres, les fils de leurs auras qui se liaient ? insista Lug. Ils sont faits l'un pour l'autre, et ne se seraient jamais trouvés si Eloïra n'était pas venue à Galéa.

— Non ! gronda Tulatah en mentant effrontément, car oui, elle avait vu ce magnifique phénomène de fusion des auras que seuls les êtres prédestinés pouvaient créer, et cela l'avait poussée à haïr Eloïra sur le champ. Qu'as-tu manigancé pour me prendre mon Cirth ?

— Il ne t'appartient pas, il n'est pas ta chose ! Comme ne l'était pas Gidon, son père, avant lui ! Ces hommes ont refusé de devenir tes protégés et cela te ronge, t'empoisonne l'esprit ! Tu as changé, Tulatah, et cela a commencé quand Shona s'est unie à Gidon...

— Celle qui était pour moi comme une sœur, renifla méchamment la déesse, ne voulait pas de Gidon, elle ne l'aimait pas ! Elle n'a agi ainsi que pour me défier !

— Tu mens encore, mais cela t'arrange de te voiler la face. Shona ressentait pour Gidon ce que les hommes nomment « amour ».

— Ne me pousse pas à bout, Lug. Regarde où cela l'a menée de me prendre ce qui m'appartenait ! Elle, une immortelle... en a payé le prix de sa vie !

Ainsi donc, la mère de Cirth avait été une déesse ? songea Eloïra avec effarement.

— Que veux-tu dire ? gronda Lug en resserrant l'étau de ses doigts sur les bras de Tulatah.

— Rien, sinon que cette rouquine ne sera pas à Cirth ! Non, ça, jamais !

Trop, c'était trop pour Eloïra ! Elle s'envola à tir d'ailes, ignorant la nuit, la beauté de Galéa assoupie, et la présence des milliers de fantômes.

Elle ne sut comment, mais elle retrouva son chemin vers la demeure de Cirth, et l'instant d'après, sortant de son rêve, ses yeux s'ouvrirent sur les voiles qui entouraient sa couche.

De toute évidence, c'était bel et bien d'un songe qu'elle s'éveillait. Pourtant, ce dernier avait paru si réel, et les mots empoisonnés de Tulatah résonnaient encore dans son esprit.

— Vil Morphée, où m'as-tu conduite ? marmonna-t-elle amèrement avant de sombrer dans un profond sommeil. Je te déteste tout autant que Lug.

Eloïra se réveilla, battit des paupières, et s'aperçut avec étonnement que le jour s'était déjà levé. Et depuis un bon moment à en juger par la chaude couleur des rayons du soleil qui passaient par la petite fenêtre. Ils inondaient littéralement la chambre de leur clarté et animaient le lustre du spartiate, mais néanmoins douillet, ameublement.

Eloïra avait pourtant la dérangeante impression de n'avoir guère dormi longtemps et son corps gémissait sous le joug de traîtresses courbatures. Elle tira le drap léger sur sa tête et poussa un profond soupir, prête à replonger dans l'oubli, puis elle se morigéna pour son manque de volonté, et se força à s'asseoir sur le bord du matelas. Il était plus que l'heure de se lever, de s'habiller, et de partir à la recherche de Lug ! Rêve ou pas, elle avait des questions à lui poser, et cette fois-ci, il ne pourrait pas lui mentir ou lui cacher quoi que ce soit !

Un regard sur la couche des enfants lui apprit qu'ils avaient déjà pris la poudre d'escampette en profitant de son lourd sommeil. Ce qui la poussa d'autant plus à se dépêcher et à se vêtir uniquement de sa cape et de ses bottes en sus de sa chemise de corps. Il fallait qu'elle parte le plus rapidement possible à leur recherche. Maintenant que Viviane était occupée ailleurs, plus personne ne pourrait veiller sur eux en l'absence d'Eloïra, et les dieux seuls savaient dans quoi Barabal allait encore entraîner Larkin !

La jeune femme était sur le point de soulever les voiles qui touchaient presque son lit quand un reflet coloré attira son attention sur l'oreiller. Sa respiration se bloqua dans sa poitrine, tandis que son cœur se mettait à battre la chamade. Là, sur la blancheur du lin de la taie, reposait une belle et fine plume d'un rouge sang.

— Ce n'est pas possible, souffla-t-elle ébahie, avant de tendre les doigts pour saisir la douce tige duveteuse.

Une fois de plus, Eloïra ne pouvait réfuter la véracité que véhiculait cette délicate chose : elle n'avait pas rêvé, elle avait bel et bien été un oiseau ! Cette plume en faisait foi.

Ce qui expliquait son importante fatigue et la douleur qui vrillait ses muscles. Ainsi donc, en sus de la louve écarlate, elle pouvait également se métamorphoser en oiseau ! Et donc... tout ce qu'elle avait entendu cette nuit était vrai.

Dans un état second, Eloïra quitta la chambre, et fit quelques pas sur le plancher à larges lattes de bois du corridor, pour ensuite s'appuyer à la rampe donnant sur la cour. Là encore, le soleil à mi-course dans le ciel caressait de ses rayons la somptueuse végétation, et faisait miroiter l'eau vive de la fontaine. Tout en ce lieu était paisible, aux antipodes du tumulte intérieur qui agitait Eloïra.

La maison, constituée d'un rez-de-chaussée sur trois côtés de la cour, et d'un étage supplémentaire là où elle se trouvait, faisait face au lac argenté comme à la blanche demeure des dieux. Des gens allaient sur le pont, les rues, comme au loin, sur la grande place de la cité. Il n'y avait plus de sentinelles et plus de fantômes. Pourtant, en ce qui concernait les seconds, Eloïra n'en doutait pas, ils étaient toujours présents, simplement invisibles sous le couvert de la lumière diurne.

Elle se redressa, serra la cape tout contre elle malgré la chaleur environnante, et porta son regard vers la porte de la chambre de Gidon. Cette dernière avait disparu, ne restait plus que le prolongement impeccable d'un mur de torchis. C'était comme si cette pièce n'avait jamais existé. Le charme puissant que Viviane avait utilisé agissait à l'instar d'un sortilège d'occultation, en plus de figer les personnes qu'il entourait dans une bulle du temps. Néanmoins, Eloïra espéra que Viviane pouvait l'entendre :

— Vous auriez dû tout me dire, murmura-t-elle simplement dans un triste soupir.

Des cris d'enfants détournèrent ses pensées de Viviane. Là en bas, dans la cour, venaient d'apparaître Larkin et Barabal. Tout le monde aurait pu croire qu'ils jouaient. Sauf que Larkin paraissait plus apeuré qu'autre chose et que Barabal le suivait en poussant des geignements de mort vivant, les doigts tendus devant elle et recourbés comme des griffes.

Qu'avait-elle encore inventé pour terroriser le garçon ?

Eloïra s'élança le long du corridor et descendit l'escalier la menant à la cour.

— Baba, Larkin ! Venez ici ! leur ordonna-t-elle en faisant la grosse voix.

Le petit bonhomme fonça sur elle et se cacha d'emblée sous sa cape, alors que l'infernale fillette approchait en agitant ses mains et en gémissant de plus belle toujours aussi lugubrement.

Eloïra écarquilla les yeux. Nom d'une pipe ! De la bave verdâtre coulait de la commissure de ses lèvres jusqu'à son menton. Si cela n'avait été la lueur amusée dans le regard noir de Barabal, Eloïra se serait sérieusement inquiétée.

— Elle me fait *pôr*, pleurnicha Larkin de sous le tissu de la lourde cape, avant que sa frimousse n'en sorte et se lève vers Eloïra.

— À moi aussi, grogna sourdement la jeune femme, tellement doucement que Larkin ne put l'entendre.

— Baba ! Qu'as-tu dans la bouche ? s'enquit-elle encore.

La blondinette de quatre ans s'arrêta à quelques pas d'Eloïra et de Larkin et haussa les épaules, l'air de dire : je ne sais pas.

— Ouvre !

Quel bonheur de voir l'enfant enfin obtempérer à un ordre et... oh misère ! Eloïra aurait mieux fait de s'abstenir de lui demander cela.

Elle hoqueta de dégoût, car là, sur le bout de la langue rose de la petite, rampait un escargot de la taille d'une noix.

— Tu vas t'étouffer ! Sors-le de ta bouche tout de suite !

— Han han ! fit négativement Barabal, en repinçant les lèvres et en piégeant derechef le pauvre mollusque.

De la bave coula de plus belle sur son menton. Quoi d'étonnant à cela ? L'escargot devait transpirer à mourir dans la moiteur de la bouche de Barabal.

La Seanmhair, au summum de sa crasse, faisait son grand retour.

— Elle joue au monstre, mais moi, z'aime pas quand elle fait ça, fit Larkin en se réfugiant de nouveau sous la cape.

Barabal fit les yeux noirs, posa les mains sur ses hanches, et cracha peu gracieusement le mollusque qui fit son baptême de l'air avant d'atterrir dans un « poc » sur du lierre grimpant.

— Pas vrai, être ! Le porter je faisais ! Fatigué était le cargote.

Oh… la migraine n'était pas loin, Eloïra en sentait les prémices douloureuses sous son crâne.

— L'escargot, corrigea-t-elle machinalement en passant ses doigts sur son front.

— Puis-je vous aider *mëidy* (dame) ? s'enquit alors Kleyda en faisant sursauter de surprise Eloïra.

Elle ne l'avait pas entendue arriver, et voilà qu'elle se tenait devant eux, aussi belle et fraîche qu'une rose matinale, tandis qu'Eloïra savait qu'elle-même devait plus ressembler à un épouvantail débraillé qu'à une lady.

— Bonjour, et oui, pouvez-vous emmener Barabal faire une petite toilette ?

Alors ça, c'est vicieux de ma part ! se dit Eloïra ayant pertinemment conscience du combat que devrait mener Kleyda pour laver l'enfant.

— Mais bien sûr, sourit la jeune femme. Venez-vous, *mëydina* (demoiselle) ?

— Ouiiii ! s'écria joyeusement Barabal en frappant

des mains et en suivant vivement Kleyda.

Ah ben ça alors ! Personne, à son retour dans le futur, ne croirait Eloïra quand elle raconterait cette histoire ! La vieille *Seanmhair* avait une peur absolue de l'eau !

Oui, la vieille… mais pas l'enfant qu'elle était à présent.

— Tu gargouilles drôlement, gloussa Larkin quand ils se retrouvèrent seuls et alors qu'il avait l'oreille collée sur son ventre.

Eloïra ne put s'empêcher de rire et s'accroupit devant le petit bonhomme.

— C'est parce que j'ai très faim ! Peux-tu me conduire aux cuisines ?

Les yeux d'un brun presque noir de Larkin s'illuminèrent et il sourit jusqu'aux oreilles.

— Oh oui ! Viens, fit-il en lui prenant la main et en l'entraînant à sa suite dans la demeure.

Ils traversèrent une vaste pièce de séjour, se situant sous les chambres, lumineuse de par son ouverture sur la cour, mais aussi par les nombreuses meurtrières sur le côté droit du mur. Là encore, le décor et l'ameublement étrangement similaires à ceux de la Grèce Antique sautèrent aux yeux d'Eloïra, puis Larkin et elle débouchèrent dans les cuisines.

Ici, rien à voir avec celles du château Saint Clare. Il n'y avait pas de cheminée, juste un foyer rectangulaire creusé au milieu de la pièce où gémissaient des braises ardentes. Une astucieuse fente dans le toit avait été conçue pour faire sortir la fumée. Le lieu était également lumineux et aéré, et des étagères longeaient les murs pour ranger les ustensiles et des contenants divers et variés.

Larkin l'attira vers une table où des mets étaient disposés.

— Lait, fruits, pain, miel, poisson, énuméra-t-il studieusement en pointant les aliments cités.

Le lait paraissait épais et jaunâtre. Quant au pain, il ressemblait à une galette aplatie. Kleyda n'était, de toute évidence, pas un fin cordon-bleu.

Elle ne peut pas avoir tous les talents ! se dit Eloïra en souriant en coin et en se fustigeant ensuite de son ironie mal placée.

Après tout, il n'était pas évident du tout de savoir lever une pâte à pain. Eloïra devait-elle se conduire aussi méchamment que Tulatah ? Kleyda ne lui avait rien fait ! Sauf qu'elle la sentait trop proche de Cirth…

Voilà que le Fëanturi faisait son grand retour dans ses pensées. Ah non !

Du coup, pour oublier, Eloïra tira un banc à elle et se mit à mâcher un bout de pain que Larkin lui présenta.

— C'est bon, mange Eloïra, l'encouragea-t-il.

Une vague de tendresse fit battre le cœur de la jeune femme et elle avala de bon appétit tout ce que Larkin lui donna. Le vieux grand druide lui manquait, néanmoins, le petit garçon qu'il était devenu l'émouvait profondément.

Le déjeuner s'avéra réellement délicieux, tout comme l'étrange pain en forme de galette, mis à part le lait au goût hautement prononcé qui la fit grimacer.

— Il doit provenir d'une vache très âgée, chuchota Eloïra en lançant un clin d'œil complice à Larkin.

Il pouffa derrière sa main.

— C'est pas du lait de vache, mais de zibon ! Euh… bi-son, articula-t-il en se reprenant comme Eloïra fronçait ses fins sourcils d'incompréhension.

La jeune femme faillit s'étouffer avec la bouchée de pain au miel qu'elle mâchait, auparavant, avec plaisir.

— Oh ! C'est pas bon ? s'écria le petit bonhomme, soudainement inquiet, en lui tapotant le dos.

— Si, si… très ! toussota Eloïra, en déglutissant difficilement et en masquant son dégoût derrière un faux sourire pour ne pas peiner Larkin.

— Puis-je emmener les enfants se promener au lac ?

intervint Kleyda, faisant une nouvelle fois sursauter de surprise Eloïra.

Elle était apparue dans l'encadrement d'une porte opposée et tenait dans ses bras la toute pimpante Barabal aux joues roses et au regard brillant.

— On peut ? s'écria Larkin avec enthousiasme. On pourra voir les dragons comme ça !

Comment leur refuser cette petite balade ? Après tout se dit Eloïra, les enfants ne seraient pas seuls, Kleyda se trouverait avec eux. Et puis, comment leur gâcher ce plaisir ?

— Mais oui. Allez-y, et surtout, soyez sages !

— Ouiiii ! clamèrent-ils en chœur en faisant rire les deux femmes qui échangèrent un coup d'œil complice, tout aussi attendries l'une que l'autre.

Ils étaient sur le point de partir quand Eloïra interpella gentiment Kleyda.

— J'ai entendu parler d'une salle d'eau…

— Prenez cette porte, répondit Kleyda en pointant l'endroit où elle était apparue avec Barabal, et vous y serez. Une robe et des sandales vous y attendent, je me suis dit que vous auriez moins chaud qu'avec vos… étranges habits.

— Merci, fit Eloïra, très touchée par la prévenance de Kleyda.

La jeune femme rougit, sourit en retour, et entraîna les enfants vers la sortie. Le silence soudain étourdit presque Eloïra, mais qu'il lui fit du bien. Son début de migraine s'évanouit et elle se leva du banc pour ensuite nettoyer sa place à l'aide d'un chiffon humide qu'elle posa près d'un évier où de l'eau coulait en continu d'une sorte de large roseau.

Doucement, elle s'approcha de la porte donnant sur la salle de bain, et une fois dans la pièce, elle ne put que s'extasier sur ce qu'elle y découvrit. L'endroit était entièrement carrelé de pierres lisses, du sol au plafond.

Les murs étaient riches de motifs, de frises, et de dessins représentant des corps dénudés et alanguis dans de l'eau. Au centre de la pièce se tenait un grand bassin rectangulaire, lui aussi intégré dans le sol. Quelques bancs étaient placés le long des panneaux, et Eloïra y vit les effets que Kleyda avait déposés pour elle. Non loin de là, une pile de draps de bain avait également été disposée à son attention. Sur la droite d'Eloïra, une autre petite chambre faisait office de latrines, où elle fit un rapide détour pour se soulager et revenir ensuite sur ses pas.

C'est avec une joie presque enfantine que la jeune femme se défit de sa cape, de sa chemise de corps, et de ses bottes avec lesquelles elle batailla un instant avant de les jeter négligemment dans un coin.

L'eau l'appelait, l'invitait silencieusement à entrer en elle. Eloïra poussa un léger cri d'allégresse et, nue, se dirigea vers les marches qui descendaient dans le bassin.

Ce fut un tout autre son qu'elle émit quand sa peau moite rencontra la surface liquide.

— Corne de bouc ! jura-t-elle à tue-tête. Elle est gelée !

N'y avait-il donc personne pour chauffer l'eau ? D'accord, il aurait fallu des centaines de seaux pour remplir la phénoménale cuve, mais quand même ! Eloïra allait attraper la mort !

Qu'à cela ne tienne, la jeune femme avait trop besoin de faire une bonne toilette. La sueur collait à sa peau et la rendait poisseuse. Eau chaude ou froide, au final, elle ressortirait de là toute pimpante et mieux dans son corps.

Serrant les dents, elle descendit les marches, couinant à chaque fois qu'elle s'enfonçait un peu plus dans le bassin – l'eau lui arrivant bientôt jusqu'à la poitrine –, tout en maudissant la stupidité de l'installation. Ah oui ! C'était un très bel endroit, mais pas aussi fonctionnel et accueillant qu'il le laissait miroiter.

Peu à peu, le corps d'Eloïra s'habitua à la basse

température. Elle se détendit et s'étonna d'éprouver un tel bien-être à nager. En fait, l'eau froide était un miracle ! Eloïra, au bout d'un moment, se rendit compte que toutes ses courbatures avaient disparu, comme sa fatigue. Elle se sentait forte et pleine d'une énergie nouvelle. Cessant de batifoler, elle se redressa, dénoua sa natte, et se dirigea vers un angle du bassin où elle se saisit d'un savon blanc aux subtiles fragrances de plantes.

— Oh !

Elle allait de surprise en surprise, son genou venait de heurter quelque chose qui ressemblait à un banc… mais sous l'eau !

Une marche, une deuxième, et voilà qu'elle pouvait s'asseoir dans le bassin et se savonner la peau et les cheveux en sifflotant une chanson des Highlands.

Les Sidhes, c'était ça ! Ou pas…

— Vous m'avez l'air de très bonne humeur, fit la voix grave de Cirth en faisant écho contre les quatre murs carrelés.

Eloïra arrêta de siffler, couina, laissa échapper son savon des mains à l'instar d'un poisson gluant, et se réfugia sous l'eau.

Mauvaise idée, on ne pouvait pas respirer là-dessous. De plus, elle avait les poumons vides. Ce qui la poussa à revenir à la surface pour découvrir un Cirth hilare à deux pas du bassin.

Il était d'une beauté à couper le souffle, avait ses cheveux bruns nattés de part et d'autre de sa tête, à la manière des Highlanders partant à la guerre. Il portait toujours son pagne plissé, mais sur celui-ci reposait maintenant une sorte de tablier constitué de larges lanières de cuir.

Son visage aux traits virils affichait clairement son amusement et il ne la quittait pas de ses yeux verts tandis qu'il défaisait l'attache de sa ceinture.

Mais… que faisait-il ?

— La salle d'eau est occupée ! lança Eloïra, un peu stupidement car il n'était pas aveugle, et en s'enfonçant dans le bassin jusqu'à ce que le liquide atteigne ses épaules.

— Oui, par vous, concéda Cirth avec un large sourire.

Voilà que le tablier rejoignait la ceinture et qu'il se penchait pour se délester d'une sandale, puis de l'autre. Apparemment, il se dévêtait.

— Vous ne pouvez pas rester, car je suis déjà là ! s'affola Eloïra.

— Je ne demeurerai pas longtemps et il y a bien assez de savon pour deux.

Se moquait-il d'elle ?

— Mais... mais non ! Gardez votre kilt ! Votre pagne, je veux dire ! s'écria Eloïra alors que Cirth allait se défaire du croisé de l'habit.

Il fronça les sourcils en suspendant son geste et parut étonné, et en même temps légèrement agacé, du comportement de la jeune femme.

— Je ne peux prendre un bain avec mon vêtement ! Mais... vous rougissez ? Se pourrait-il que vous n'ayez jamais vu d'homme nu ?

Eloïra se remémora les fêtes du clan et de *l'harpastum*[21] à la fin duquel les Highlanders filaient, nus comme des vers, se baigner dans le *loch of Yarrows*. Mais également les visions de Lug où elle avait aperçu les déités dans le plus simple appareil, tout comme elles l'étaient à son arrivée.

— Si... enfin, non... enfin, bafouilla-t-elle pitoyablement en s'empourprant jusqu'aux oreilles.

— Ne faites donc pas attention à moi ! Plongez pêcher le savon, je vais en avoir besoin pour enlever toute cette boue qui me colle à la peau ! Nous ne serons pas trop de deux pour me décrotter !

---

21 *L'harpastum : Jeu, ancêtre du rugby.*

Oh, oh, oh... Lug avait encore oublié de lui apprendre certaines choses, comme le fait qu'il était à l'évidence de coutume que les gens de Galéa se baignent ensemble, hommes et femmes confondus !

Cirth était sur le point de se défaire définitivement de son pagne quand des cris d'enfants résonnèrent sous le crâne d'Eloïra. La douleur causée par les hurlements de peur réveilla la louve tapie en elle, tandis que de son côté, Cirth bandait ses muscles, tournait le visage vers la sortie, et grondait férocement :

— Un *Dorka* (Damné) !

— Ma tête ! gémit Eloïra, les paupières fermées sous la souffrance, et les mains vainement posées sur les oreilles, puisque les sons étaient dans son esprit.

Elle se mit debout sur une des marches du bassin et attira le regard de Cirth sur son corps dénudé.

Il ne fit pas attention à ses courbes gracieuses, à sa peau veloutée, et ses petits seins ronds qui se tendaient comme sous le coup du désir. Non, ce qu'il vit le fit pâlir d'effroi. Il sentait la bête en elle prendre le dessus, tout comme celle qui était en lui allait le faire, pour répondre aux cris des enfants et leur porter secours.

Cependant, Eloïra n'était pas protégée, à l'inverse de lui, par les tatouages runiques ! Si elle suivait son instinct, elle en mourrait !

— Non ! rugit-il, mais trop tard, quand en une fraction de seconde, la jeune femme se transforma en une magnifique louve rouge pour s'élancer sous son nez.

Le canidé était déjà loin, ouvrant les portes par magie, courant avec célérité, et dans l'esprit de l'animal des images s'animaient en même temps que résonnait le son des cors d'alerte. Elle voyait beaucoup d'enfants comme de femmes près du lac. Ils étaient affolés et se précipitaient dans tous les sens, et là, venant des terres gelées, apparaissait un gigantesque tigre à dents de sabre aux yeux et à la fourrure enténébrés.

La créature néfaste avançait en montrant les crocs, elle avait trouvé ses proies... qui n'étaient autres que Barabal et Larkin ! Ils étaient acculés près d'une courbe du lac, tous deux tenant les mains de Kleyda, tandis que devant eux, une femme de toute beauté faisait front. Elle avait le regard améthyste et était nimbée d'une longue chevelure ébène... Elenwë !

La *Dernière Née*, de son nom connu des hommes, était également accourue au secours des enfants, et la louve rugit de plus belle alors qu'elle arrivait en vue du monstre. Non, cette chose ne toucherait pas aux petits, ni à la déesse, et encore moins à Kleyda !

Eloïra allait s'occuper du tigre noir.

Chapitre 15

L'antre des dragons

Les gens couraient dans tous les sens et hurlaient d'effroi. La louve dut jalonner souplement pour éviter leurs corps en mouvement, dans les rues bondées, comme ici, sur les prés de l'Est qui jouxtaient les terres gelées.

Beaucoup de femmes et d'enfants avaient profité de la belle et chaude matinée pour aller se promener aux abords du lac argenté, et le *Dorka* était arrivé, semant panique et cohue sur son passage.

Les cors émettaient toujours leurs plaintes d'alerte, et plusieurs sentinelles s'étaient animées pour s'élancer, elles aussi, à la poursuite de la créature damnée. Seulement, elles étaient beaucoup trop loin, et malgré leurs grandes statures, elles n'atteindraient jamais le tigre noir avant qu'il n'ait attaqué ses proies.

Enfin, la louve arriva en vue de l'endroit où se trouvaient ceux qu'elle aimait, et son cœur palpita encore plus fort en sus des efforts fournis pour courir à toute allure. Eloïra savait qu'il ne restait plus qu'elle pour sauver les enfants, la déesse, et Kleyda. Cette dernière, sous l'injonction d'Elenwë, avait saisi les petits dans ses bras et était entrée dans l'eau jusqu'à la taille. Cependant, cela ne freinerait que momentanément le monstre, car les tigres étaient d'excellents nageurs.

Le *Dorka* se tenait à présent à quelques pas de la

Dernière Née, drapée dans sa longue chevelure ébène, ses traits affichant une tranquillité absolue face au danger, en même temps qu'elle avait érigé un bouclier magique devant elle. Quelle dérisoire défense, quand on savait que la magie ne pouvait ni tuer, ni stopper les âmes damnées. La louve avait connaissance de ce fait, comme de beaucoup d'autres choses, et l'apprit à Eloïra. Celle que la jeune femme connaissait sous son véritable nom allait se faire écharper !

Non ! Cela ne se produirait pas !

La louve écarlate hurla à la mort sans cesser de courir. Elle attira l'attention du tigre noir qui rugit férocement à son approche. Il faisait deux tailles de plus que le canidé et ses dents de sabre apparaissaient sans conteste plus meurtrières que toutes les armes blanches conçues par les hommes.

Un autre rugissement, plus lointain et provenant de la ville qui se situait dans son dos, arriva aux oreilles de la louve. Mais elle ne lui porta guère plus de considération que cela, car son esprit et son corps se préparaient au combat sanglant qui l'attendait.

Eloïra avait très peu de chances de survivre aux crocs et aux griffes du *Dorka*, mais elle lutterait de toutes ses forces, et procurerait le temps nécessaire aux enfants et aux femmes pour s'enfuir, ainsi qu'aux sentinelles de parvenir jusqu'à eux pour tuer le monstre. Si cela était possible… puisque ce tigre-là était un mort vivant.

Non ! Voilà que le félin se détournait de la louve pour derechef reporter son attention sur Elenwë. Il se mettait en position d'attaque, fléchissant les pattes de son gigantesque corps pour gagner une puissante impulsion et bondir par la suite. Le bouclier ne résisterait pas !

Eloïra puisa en elle l'énergie nécessaire pour parcourir la distance qui la séparait encore du *Dorka*, et alors que celui-ci allait s'élancer, elle bondit dans les airs et retomba sur son dos en lui enfonçant les crocs de part et d'autre de sa large nuque.

Le tigre rugit, plus de colère que de mal, car les dents

de la louve avaient à peine perforé son cuir épais. Il roula sur lui-même pour se libérer du canidé et l'étouffa presque sous son poids, mais Eloïra tint bon et se dégagea agilement, alors que le *Dorka* se ressaisissait et l'attaquait en balançant son immense patte aux griffes aussi longues que des lames.

D'un preste saut, elle l'évita et se mit à trotter autour de lui pour le déstabiliser. La louve avait pour elle la vitesse et la ruse, mais le tigre ne la quittait pas de son regard noir, rugissant sourdement, retroussant les babines, et guettant chacune de ses actions avec une grande acuité.

Encore une fois, le monstre fut distrait par la vision des sentinelles qui ne tarderaient pas à être sur lui, et Eloïra choisit ce moment pour s'élancer.

Elle bondit, se faufila sous la bête plutôt que sur son dos, et l'attaqua à la gorge. Elle planta impitoyablement ses crocs, et réussit, cette fois-ci, à pénétrer assez profondément les chairs, non loin de la carotide. Du sang âcre coula sur sa langue, mais le tigre l'écarta de ses griffes, et la transperça d'une dent de sabre entre les omoplates, d'un seul coup de tête.

La douleur fut foudroyante, irradiante, et la louve en lâcha le monstre en même temps qu'elle jappait un cri aigu d'agonie. Elle sentit la chair de ses pattes et de ses flancs se déchirer sous le coup des griffures, alors que la dent de sabre rouge de son sang sortait de son corps en lui infligeant une seconde et térébrante souffrance.

Ainsi, le *Dorka* allait avoir raison d'elle. Déjà, Eloïra s'effondrait et s'allongeait sur l'herbe ensanglantée en gémissant, tandis qu'un liquide visqueux et épais coulait abondamment sur sa fourrure.

C'est à peine si Eloïra perçut les cris angoissés et déchirants des enfants, de Kleyda, et de la Dernière Née. Ni même ce rugissement si puissant, qui avait quelque chose de redoutable, et était différent de celui du *Dorka*.

Avant de clore les paupières, Eloïra vit surgir un lion à la crinière argentée, tout aussi immense que le tigre qu'il tenait dorénavant sous le joug de ses crocs et de ses griffes. Malgré le son de sa respiration sifflante et laborieuse, Eloïra entendit le craquement sonore de la nuque qui se brisait, et pour finir, vit une sentinelle transpercer le corps du *Dorka* de sa lame de diamant qui devint noire, aussi sombre que les ténèbres qui l'emportaient inexorablement.

De louve, elle était à nouveau humaine. Le lion argenté s'approcha à toucher son visage, la poussa doucement du museau, et plongea son regard vert dans le sien avant que ses yeux ne se ferment définitivement.

Elle était étendue sur quelque chose de délicat, sentait d'impétueux souffles de vent chauds caresser sa peau à intervalles réguliers, et percevait le bruit d'étranges battements, comme ceux qu'émettraient les ailes d'oiseaux de très grande envergure.

Eloïra sortait des ténèbres et luttait maintenant pour ouvrir les yeux. Une partie d'elle voulait rester dans le repos éternel, mais l'autre la taraudait pour qu'elle revienne à la vie.

Où était-elle ? Dans les Sidhes ou perdue dans le monde de la Mort ? Non... cela ne se pouvait, car l'Ankou n'était pas venu la chercher. Alors... était-elle devenue un fantôme, comme toutes ces *läy's gwendeïs* (âmes blanches) qui marchaient sans but, inlassablement, et qui n'apparaissaient que la nuit ?

— Il vous suffit d'ouvrir les paupières pour le savoir, lui répondit la voix rauque de Cirth, si proche de son oreille qu'elle eut un léger sursaut et fit ce qu'il lui suggérait.

Ses yeux bleu nuit rencontrèrent les siens, verts... comme ceux du félin argenté.

— Oui, c'était moi. Vous abritez en votre sein une louve, et moi un lion. Nous sommes, vous et moi, des métamorphes.

Cirth lisait ses pensées ! Malgré les brumes qui envahissaient encore son esprit, cette constatation la toucha de plein fouet.

Il était penché sur elle, si près que le souffle de sa respiration caressait son visage, mais soudain, il se redressa et ses traits si beaux, auparavant avenants, s'assombrirent comme sous le coup d'une sourde colère.

— J'aurais dû visiter vos pensées plus tôt ! Avant que vous ne vous transformiez et que vous ne couriez à votre perte ! Petite folle, vous n'étiez pas protégée par les tatouages runiques ! Vous avez failli mourir !

Mourir… Le *Dorka,* les blessures cruelles qu'il lui avait infligées…

Instinctivement et soudainement frissonnante, Eloïra porta les mains à son buste, pour se rendre compte qu'elle était guérie, nue, et tout exposée à la vue de Cirth ! De son côté, ce dernier ne semblait guère se soucier de ce détail, tout occupé qu'il était à l'invectiver de son courroux. Autant mettre de côté sa pudeur, après tout, ce n'était pas la première fois qu'il posait le regard sur elle.

Redressant le buste et se tenant en appui sur les coudes, Eloïra s'aperçut qu'elle était tout de même vêtue d'un pagne blanc plissé autour des hanches, et qu'elle se trouvait alitée sur une haute couche qui était à l'instar d'une table, mais recouverte d'un tendre matelas immaculé, d'une blancheur qui faisait ressortir la couleur sombre des tatouages qui sillonnaient dorénavant sa peau : de son ventre à ses seins, et de ses poignets à ses épaules !

— Qui a fait ça ? couina-t-elle en s'asseyant vivement pour en éprouver brusquement le tournis et en essayant vainement d'effacer les lignes runiques en frottant impitoyablement sa chair de ses doigts.

— Moi ! Pour vous sauver la vie ! hurla Cirth en levant les bras au ciel.

Oh ! Mais il n'avait pas besoin de crier ! Après tout, elle n'était en rien fautive de ses actes, c'était Lug qui aurait dû être corrigé sévèrement pour lui avoir caché des informations essentielles, comme ces dessins de protection !

Eloïra allait le dire vertement à Cirth, leva les yeux sur lui, et retint brusquement son souffle. Non, il n'y avait pas de ciel, par contre... il y avait un nombre incalculable de dragons qui volaient au-dessus de leurs têtes.

Ils montaient en battant puissamment des ailes, ou piquaient vers le bas en les rabattant sur leur corps reptilien, tout ça en longeant les murs circulaires de l'intérieur d'une vaste tour en marbre blanc. Eloïra s'aperçut également, et avec ébahissement, que Cirth et elle se trouvaient sur une immense terrasse ouverte, à l'instar d'une corniche, accrochée sur une partie des murs de cette même tour.

Elle croisa le regard de Cirth, la colère avait disparu, et un étrange éclat de tendresse faisait briller ses yeux. Il sourit doucement et tendit la main pour l'aider à descendre du lit. Eloïra porta les doigts à sa chevelure pour recouvrir sa poitrine, mais ne le put, car ceux-ci étaient attachés en une lourde natte. Alors, en rougissant, elle prit sa main et se laissa aller lentement sur les dalles marbrées et claires du sol.

Un vertige la saisit et Cirth la retint contre lui pour qu'elle puisse garder l'équilibre. Qu'il était bon d'être là, à toucher sa peau, à sentir la dureté de ses muscles contre ses courbes féminines. Le corps d'Eloïra en fut parcouru de délicieux frissons et son esprit chavira sous une vague de plaisir intense.

— Doucement, chuchota Cirth dans ses cheveux, en se méprenant sur son état, et ses lèvres lui effleurant le front comme s'il l'embrassait légèrement. Vous êtes guérie de vos plaies, le souffle des dragons, comme la magie des éléments en vous, y ont largement contribué. Mais, vous êtes encore très fragile.

— Mon dos... les déchirures sur ma peau...

Eloïra se contorsionna pour toucher la blessure qui devait se situer entre ses omoplates et ne trouva plus qu'une sorte de bourrelet de chairs, une cicatrice, comme celles, longues et fines, qu'elle avait sur le flanc et qui étaient dorénavant pratiquement dissimulées par les tatouages.

Cela ne se pouvait pas ! Le tigre venait de l'attaquer et…

— Depuis combien de temps suis-je ici ? chuchota-t-elle, la joue toujours posée sur le torse de Cirth, et se berçant du fort et régulier battement de son cœur à son oreille.

— Cela fait trente levers de soleil.

Trente jours ? Eloïra en fut prodigieusement effarée et leva son visage vers celui du Fëanturi, penché sur elle.

— Et Cirth ne t'a pas quitté un instant depuis que tu as été blessée.

La voix de Lug ! Le corps d'Eloïra se tendit instinctivement, une sourde colère l'envahissant toute. Elle chercha un instant à localiser le dieu et le trouva debout sous l'arche de la porte qui menait à la terrasse d'un côté, et de l'autre… vers quoi ? Eloïra n'en savait rien.

— Sur Galéa, répondit Lug en parlant réellement et en s'avançant lentement.

Il avait attaché ses cheveux blond cendré sur la nuque, caressait négligemment de ses doigts sa ridicule barbe tressée, et était vêtu à l'identique du jour de leur arrivée en l'ère *Céleïniale*. Pour résumer, il n'avait guère changé.

— Vous ! rugit Eloïra en fermant de moitié les paupières et en serrant les poings tout en se dégageant des bras de Cirth. Menteur, traître, manipulateur, vous ne m'avez rien dit ! Vous et Viviane, vous avez gardé vos secrets ! Mais à la fin, c'est vous qui êtes venu me chercher pour vous aider ! Comment pourrais-je aller au bout de ma quête, et libérer Barabal et Larkin, si vous me cachez des informations essentielles ou vitales ? Comme… ça ! fit-elle encore en pointant les tatouages runiques de son doigt tremblant.

— Cela te sied à ravir, sourit Lug en faisant un détour pour se promener tranquillement, les mains dans le dos.

Il longea la rambarde de marbre qui ceignait la terrasse, s'arrêta, et se pencha pour regarder vers le bas, car la corniche devait se situer à mi-hauteur de la vaste tour et donc, se trouver au-dessus du vide.

— Il se gausse de moi ! vociféra sourdement Eloïra en marchant rageusement sur lui, toutes ses forces retrouvées.

Elle allait le balancer du haut de la corniche ! On verrait bien si les dieux pouvaient voler ! Le rire chaud de Cirth, derrière son dos, la fit encore plus grincer des dents :

Cessez de lire dans mes pensées ! lui lança-t-elle intérieurement.

Il vous suffit de fermer la porte, lui répondit-il de la même manière, un brin moqueur.

« Vlan », là, au vu du bruit, il était certain que le battant était bel et bien clos maintenant. Mais que cela pouvait faire mal !

— Merci, nous sommes tous deux bons pour une fantastique migraine, grommela Cirth à haute voix tout en la suivant jusqu'à parvenir à la hauteur de Lug.

Déjà, Eloïra levait les mains vers son dos athlétique, prête à le pousser dans le vide.

— Le feras-tu réellement ? susurra mielleusement Lug. Tu n'aimes pas le blanc ? lui demanda-t-il encore en faisant volte-face pour lui sourire, tout en désignant son pagne d'un mouvement de sa barbiche.

Eloïra baissa vivement les yeux. Rouge, le vêtement portait sa couleur fétiche ! Elle avait dû changer involontairement la teinture, car elle ne se souvenait pas d'avoir utilisé sa magie, et ne supportait pas de se couvrir d'un tissu d'une autre couleur. De plus, elle fut rassurée de constater qu'elle avait également modifié un minuscule détail à sa tenue : sa poitrine était maintenant emmaillotée par un bandeau de soie écarlate.

Et Lug avait réussi à détourner son attention, le petit malin !

— Ne changez pas de sujet, s'écria-t-elle, pincée, et redressant le menton pour plonger son regard dans le sien.

— Nous en reparlerons plus tard, fit-il avec un geste

vague de la main, avant de se tourner vers les dragons qui continuaient de planer tout autour d'eux. Admire toute cette beauté...

Pour une fois, il disait vrai. Les reptiles volants et le décor étaient fabuleux. L'endroit était magnifique et chargé de magie. Les souffles dégagés par les battements d'ailes des dragons venaient leur caresser la peau. Ils véhiculaient une subtile énergie et Eloïra la sentait suivre les fins tatouages qui couraient sur son corps.

— Ce sont eux, Cirth, et ma fille, la Dernière Née, qui t'ont ramenée à la vie, murmura Lug. Tu es dans l'antre des dragons, au centre de notre demeure. Ils vivent ici, sous notre protection.

Eloïra se tourna doucement vers Cirth et plongea son regard dans le sien. Son cœur se mit à battre la chamade, car il la dévisageait avec un air éminemment possessif en plus d'être tendre. Le mélange des deux était déstabilisant.

Il avait été le lion argenté venant à son secours, il avait tué le *Dorka,* et il l'avait soignée.

— Merci, souffla-t-elle avec une sincérité poignante.

Elle avait envie de courir dans ses bras, de sentir derechef l'enivrante chaleur de son corps contre le sien. Elle avait besoin de sa tendresse, de sa force également. Mais elle se retint. Ils n'étaient que des étrangers l'un pour l'autre, elle devait refouler au plus profond d'elle-même toutes ces déroutantes pulsions.

Pourtant, s'il lui avait tendu la main... Comme l'avait fait l'Ankou.

Eloïra se figea au souvenir de ce dernier et le visage de Cirth s'assombrit. Avait-il lu dans son esprit ? Non, mais il avait senti qu'Eloïra s'éloignait brusquement de lui.

La jeune femme détourna la tête, fit quelque pas, et détailla la terrasse. Il y avait là que le haut lit, trois couchettes aux draps froissés sur le sol, et... un œuf, de très grande taille, placé sur un socle circulaire.

— C'est le dernier dragonneau blanc, lui apprit Cirth.

Sa mère est morte et il n'existe désormais plus aucune autre créature de sa race. De ce fait, et malheureusement, jamais il n'éclora. Néanmoins, sa présence a accéléré votre guérison.

— Ne peut-il pas être couvé par une autre espèce ?

— Non, cela ne fonctionne pas ainsi.

— Un Gardien et Éléments, chuchota Eloïra, triste pour cette petite chose, et étonnée par les paroles de Cirth.

Le dos tourné au Fëanturi et à Lug, elle caressa doucement la surface brune et rugueuse de l'œuf, puis sourit en penchant la tête sur le côté.

Que nenni, tu n'es pas seul, je connais un autre dragon blanc et il vit dans un futur lointain, dit-elle mentalement au bébé reptile prisonnier de sa coquille, comme pour le rassurer.

Oui, chez elle... dans l'avenir, songea encore Eloïra en se retournant vers Lug et Cirth. Elle voulait rentrer !

— Trente et un jours se sont écoulés depuis que nous sommes arrivés. La moitié du temps qui m'est imparti s'est évanouie comme neige au soleil. Jamais je ne pourrai libérer les enfants de leur malédiction. Et vous, Lug, me cachez trop de détails pour que je puisse la mener à bien. Je veux rentrer chez moi, dans les Highlands !

Cirth se fit ténébreux et accusa visiblement très mal ses paroles. Il parut fortement blessé par son choix, tandis que Lug ouvrait des yeux aussi grands que des soucoupes et se trouvait presque bouche bée. Non, impossible ! Eloïra avait réussi à le déstabiliser !

Elle aurait pu jubiler de cette douce revanche, mais non, car son cœur était enserré comme sous l'emprise d'un étau, tandis qu'elle évitait le regard vert et pénétrant de Cirth. Eloïra avait la déchirante impression d'abandonner cet homme fier, et de s'abandonner elle-même.

À son grand étonnement, Cirth ouvrit une sorte de sacoche de cuir maintenue par sa large ceinture – un peu comme le *sporran*[22] des Highlanders –, et tendit deux objets

---

22 *Le sporran : Mot gaélique écossais signifiant sacoche, est un élément du*

très spéciaux à Eloïra.

— Ces choses vous appartiennent, ne les laissez pas après vous ! gronda-t-il en lui jetant presque la plume rouge et le bracelet porte-bonheur d'Aerin. Plus vite vous serez partie, plus rapidement je retrouverai mon père !

Sur ce, Cirth quitta la terrasse de sa démarche féline, et Eloïra éprouva l'amère et incongrue sensation d'avoir le cœur brisé.

Normal, puisqu'il est ton âme sœur ! se moqua une voix dans son esprit, pas celle de Lug, mais celle de sa conscience.

Par les Dieux, que venait-elle de faire ?

---

costume traditionnel masculin des Highlands.

Chapitre 16
L'éveil à l'amour

Eloïra, perdue dans ses songes tumultueux concernant Cirth, avait totalement occulté la présence de Lug et, avec des doigts tremblants, faisait coulisser sur son fin poignet le bracelet d'Aerin. Elle avait besoin de se raccrocher à ce porte-bonheur, encore plus aujourd'hui qu'hier, et de se rapprocher par la pensée de ceux qu'elle aimait. Mais Lug se fit un devoir de la faire revenir au moment présent :

— Ainsi donc, tu étais l'oiseau rouge. Ta puissance est incommensurable Eloïra. D'habitude, seuls les dieux peuvent muer en plusieurs créatures. Les humains n'en ont qu'une. Un lion, un tigre, un ours, un cheval… une louve. Toi, tu es porteuse de plusieurs races. Je m'en doutais. Tu as donc entendu la conversation qui a eu lieu entre Tulatah et moi. Tu as connaissance, dès à présent, de qui est Cirth pour toi : ton âme sœur.

Eloïra aurait voulu rester digne devant Lug, mais elle se mit à frissonner et à trembler de la tête aux pieds, et chercha une présence amie en s'approchant de l'œuf pour le caresser à nouveau.

Oui, elle savait que le Fëanturi était son promis. Il était l'écho de ses pensées, la deuxième moitié de son cœur, celui qui ferait qu'elle ne serait plus jamais seule et se sentirait aimée éternellement. À l'instar de l'amour et des liens uniques qui unissaient Awena et Darren, Sophie-Élisa et

Logan, Diane et Iain, et Elenwë et Cameron.

— Vous le saviez, n'est-ce pas ?

Lug fit un geste vague de la main.

— Nous ne pouvons voir les fils des auras se lier que quand les promis sont en présence l'un de l'autre, fit-il en éludant la question. Tu ne vas pas repartir en laissant Barabal et Larkin prisonniers de leur malédiction ?

Encore une manière d'esquiver un sujet brûlant ? Lug était maintenant si proche d'Eloïra, qu'elle put lire de l'inquiétude dans son regard améthyste. D'ailleurs, tout son céleste corps de chair et de sang d'or paraissait tendu dans l'attente de sa réponse.

— Vous ne m'avez pas préparée à tout ce que j'ai vu et affronté. Sans Cirth et les sentinelles qui ont tué le *Dorka* je serais morte à l'heure qu'il est. Et je ne vous raconte pas ce que je ressens en pensant à Viviane, emmurée avec Gidon dans une bulle du temps. Pourquoi ?

Son dernier mot résonna comme une note de détresse et Lug se détourna d'elle avant de faire les cent pas sur la corniche.

— Je ne peux pas tout te révéler, cela jouerait en ta défaveur. Cependant, je conviens avoir fait des erreurs, encore. J'aurais dû te parler des *läy's dorka's* comme des *läy's gwendeïs*. Des sentinelles également, comme de la maladie qui frapperait Gidon. C'est un des plus grands magiciens de la cité. Le connaissant, j'étais au fait, bien avant notre départ, qu'il réagirait violemment au choc des ondes du temps, et j'avais demandé à Viviane de le préserver par un charme. Tu pensais qu'elle t'accompagnerait tout au long de ta quête, d'une certaine manière c'est ce qu'elle fait, mais il y a eu un petit quiproquo. Quant aux tatouages runiques protégeant les métamorphes des *dorka's,* j'avoue n'y avoir point songé. Et tu as failli en payer le prix fort. Pardonne-moi Eloïra.

Il paraissait si penaud, que la jeune femme s'attendrit en partie. En partie seulement, car elle pressentait que le dieu lui cachait encore nombre de choses essentielles. Après cela, comment s'étonner que quatre lignées se soient détournées de lui et de ses pairs ?

— Ne pars pas, tu as le temps d'accomplir ta quête et tu seras escortée d'un puissant guerrier et magicien... Cirth. Des sentinelles vous suivront, des hommes d'armes également. Maintenant, il y a un point important que tu dois connaître si tu décides de rester. Lug attendit un acquiescement de la part d'Eloïra et respira plus aisément quand elle donna son assentiment d'un hochement de tête. Bien. la Montagne des Brumes, où se trouve le dernier gisement de Lïmbuée, est habitée par un *Dorka* d'une malfaisance phénoménale et pour cause, c'est un ancien dragon blanc, la mère de l'œuf ici présent. Elle a été tuée par des humains primitifs qui l'ont piégée, bien trop facilement. Plusieurs âmes damnées se sont réfugiées dans son corps et depuis, elle sème terreur et trépas sur son passage. Seule *Gradzounoul'*, l'épée qui t'a élue comme maîtresse, aura raison d'elle.

Eloïra attendit que Lug lui en dise plus, mais visiblement, il n'avait plus rien à lui apprendre. Alors seulement, elle osa lui poser la question qui la taraudait depuis la nuit où elle avait été un oiseau :

— Où est l'Ankou, pourquoi n'est-il pas là à s'employer aux tâches qui sont siennes, celles de conduire les âmes blanches vers le *Chant* et d'éliminer les damnés ?

— Parce que son heure n'est pas venue. Néanmoins, il sera présent d'ici peu de temps, il fera son avènement quelques jours avant que nous, les déités, ne fassions notre propre Élévation. C'est d'ailleurs grâce à lui que nous pourrons quitter ce monde et créer les Sidhes. Ce sera chose possible dès qu'il conduira les âmes au *Chant* et pourchassera les *Dorka's*. Ainsi, les liens entre les entités du cosmos et nous se renforceront, et les Sidhes apparaîtront. Nous, déités, sommes arrivées à un point de rupture. Nos corps se meurent et ne supporteront plus longtemps de contenir notre phénoménale énergie. L'Ankou sera la base d'un nouvel équilibre et la Mort sera son royaume. Trois mondes... Eloïra, ceux que tu connais dans le futur, pour la survie de tous.

L'émotion saisit Eloïra en apprenant que le destin de la planète reposait sur les épaules d'un être tel que l'Ankou. Sans lui, l'univers sombrerait dans le *Néant*. Il était la clef de tout.

— Qui est-il ? Un prince *Dorka* ?

Lug hésita une fraction de seconde avant de commenter :

— Oui, d'une certaine manière. Tu as trouvé la réponse par toi-même. Garde le silence, Eloïra. Personne ne doit entendre parler de lui.

Tant de mystère entourait l'Ankou... Pourquoi ? Eloïra se retint d'interroger Lug, après tout, cela ne la concernait pas, tout du moins pas en cette époque-ci. Son but était de lever une malédiction, et c'est ce qu'elle allait faire. Après... elle rentrerait et affronterait l'Ankou du futur.

— N'oublie pas, les enfants devront t'accompagner jusqu'à la Montagne des Brumes, insista Lug, sa voix perçant les songes d'Eloïra, et la faisant sursauter comme elle prenait conscience d'un autre fait.

— Barabal et Larkin ! Où sont-ils ? s'écria-t-elle éperdue. Vont-ils bien ? Ont-ils été blessés ?

Lug leva les mains d'un geste apaisant.

— Ils sont dehors, sous la protection de la Dernière Née et ont passé tout leur temps à tes côtés, sur ces couchettes. Ils se promènent aux abords du lac, mais du côté de la cité, et non près des terres gelées. Ils ont eu plus de peur que de mal, Eloïra !

La jeune femme n'écouta pas l'appel de Lug. Dès qu'elle avait entendu les mots « promenade » et « lac », l'effroi l'avait saisie et elle s'était mise à courir vers la sortie de la tour.

Cette dernière se situait au cœur de la demeure des

dieux, Eloïra décida donc de s'engager dans le long couloir entièrement marbré qui menait tout droit vers la lumière. Elle pouvait très bien se tromper de direction et aboutir côté Nord, face aux montagnes, néanmoins son instinct la poussait à suivre la voie qu'elle avait empruntée.

Elle croisa nombre de déités qui la dévisagèrent de leurs regards violacés, étonnées certainement de la voir courir à perdre haleine, tandis qu'elles marchaient d'un pas lent et tranquille. Eloïra ne s'arrêta pour souffler que quand elle déboucha au Sud, en haut des escaliers qui descendaient vers la grande place de Galéa, le pont, la ville antique, les plaines protégées par le bouclier. Au loin, resplendissaient les pics neigeux d'un autre massif montagneux des Balkans, qui dans le futur s'appellerait : le massif du Rila

Tant de beauté étalée sous les yeux d'Eloïra… Son instinct ne lui avait pas fait défaut, par contre, son corps était à deux doigts de s'écrouler. Une fatigue intense la tenaillait, car elle avait surestimé ses forces. Elle sortait d'un long sommeil, ses chairs étaient à peine cicatrisées, à quoi s'attendait-elle donc ? Et maintenant, comment allait-elle rejoindre Elenwë et les enfants ?

— L'oiseau…

Loin derrière elle, sur la corniche de l'antre des dragons, la plume rouge s'éleva délicatement dans les airs, propulsée par le souffle d'un battement d'ailes, et se posa ensuite sur le haut de la coquille du dragonneau endormi. À peine le duvet écarlate effleura-t-il la coque rugueuse, que cette dernière se fendilla dans un bruit net et sonore.

Lug sourit de contentement et s'approcha pour murmurer à voix haute :

— Bien, tout se déroule à merveille.

Des hauteurs où évoluait l'oiseau, Eloïra repéra très facilement le petit groupe constitué de Barabal, Larkin et Elenwë qui se promenait près des berges claires du lac argenté. Elle battit doucement des ailes et piqua en descente pour se rapprocher d'eux. Il n'y avait là point de fatigue à se laisser porter par les vents pour descendre lentement, et l'oiseau se posa agilement sur le sable beige de la rive sans se faire voir du trio.

Larkin jouait avec un bâton à terrasser un monstre invisible, tandis que Barabal pleurait toutes les larmes du monde devant une minuscule flaque attenante au lac. Eloïra nota cependant tout de suite un fait étrange : ils avaient grandi ! Ils avaient gagné en apparence plus de deux ans, et avaient perdu les traits poupins qui allaient de pair avec la période dite du « bas âge ». Même leurs cheveux avaient gagné en longueur et arrivaient au-dessus de leur taille !

Les pleurs de Barabal s'intensifièrent et Elenwë qui se trouvait à quelques mètres de la blondinette se rapprocha d'elle.

— Pourquoi sanglotes-tu, petite ? demanda doucement Elenwë, tournant le dos à l'oiseau.

Les interminables mèches de soie s'enroulaient tel un voile vaporeux autour d'elle et Eloïra fut considérablement émue de se tenir si proche de celle qui deviendrait, dans un futur lointain, l'âme sœur de son frère Cameron.

Elle attendit de reprendre des forces avant de réintégrer son apparence humaine et écouta la réponse hachée de Barabal :

— Pas de cargote… ici être ! Pas faire, bonne potion… je peux ! Guérir Eloïra, je veux !

Les escargots… Les pauvres, heureusement, se trouvaient loin de la petite sorcière, bien à l'abri dans de la verdure humide. Même si leur sacrifice devait soi-disant sauver Eloïra, qui fut très émue de l'apprendre.

Qu'ils avaient de la chance d'être hors de portée, ces mollusques, une aubaine qu'Eloïra, Larkin, et Elenwë n'avaient pas, car les cris déchirants de Barabal vrillaient douloureusement leurs tympans.

— Calme-toi, chuchota Elenwë sans utiliser la télépathie et en se mettant au niveau de Barabal. J'ai une amie pour toi, tu devras prendre soin d'elle, tu me le promets ? Avec son aide, tu réaliseras nombre de prodiges.

— Oh fouiiiii, souffla la *Seanmhair* en essuyant sa morve du nez dans la manche longue de sa toge et en posant de grands yeux émerveillés et brillants de larmes sur la déesse.

— Ouvre la main, tourne-la vers le ciel...

Barabal obéit vivement à Elenwë qui, par la suite, plaça quelque chose au gros corps rond, vivant, et pourvu de huit longues pattes poilues, sur la paume de la petite.

Une araignée ! Et Barabal poussa un cri extasié tandis que sa nouvelle « amie » grimpait le long de son bras potelé pour venir se jucher sur son épaule.

— Il est important de lui donner un nom, chuchota encore la Dernière Née.

— Zizeule ! s'exclama la fillette sans perdre une seconde. Meilleure amie de moi, tu seras !

Eloïra reprit forme humaine en faisant en sorte d'être vêtue quand elle apparaîtrait aux yeux du groupe. En même temps que les enfants hoquetaient de surprise, avant de se jeter dans ses bras pour la serrer très fort contre eux, l'histoire de cet arachnide très spécial revint dans l'esprit de la jeune femme. Larkin et Barabal, âgés, se disputaient très souvent à son sujet. Néanmoins, il y avait quelques dissemblances quant au récit connu par Eloïra, car dans ses souvenirs, l'anecdote disait que la petite pleurait parce que Larkin lui avait volé des araignées, et non des escargots, et Elenwë surgissait des Sidhes – non pas de Galéa – pour offrir Zizeule, ou Bibeule. Car sur le nom donné à la bestiole, là non plus, les vieux magiciens n'étaient jamais d'accord.

Eloïra assistait donc à une scène, quelque peu différente, qui s'était réellement produite dans la vie de Barabal et Larkin. Mais... comment cela pouvait-il être possible ? Puisque tout s'était passé bien plus tard dans le temps ! C'était comme si certains évènements se réécrivaient à l'instant !

— Bonjour, fit Elenwë avec un grand sourire en s'avançant vers Eloïra qui tenait toujours les enfants dans ses bras. Vous avez repris des forces, c'est admirable, et quel bel oiseau vous faites !

Ainsi, Elenwë l'avait remarquée avant qu'elle ne reprenne forme humaine. Eloïra n'avait qu'une envie : serrer tendrement sa belle-sœur contre son cœur. Mais elle se retint, car la déesse ne comprendrait pas ce débordement d'affection comme cette familiarité excessive.

— Grâce à vous, et Cirth, fit-elle en retour. Je vous dois la vie, merci.

— Et je vous dois la mienne, ainsi, n'en parlons plus et faisons connaissance.

Elenwë n'était en rien condescendante, bien au contraire, ses paroles étaient certes concises, pourtant chargées de chaleur, et Eloïra était enchantée de faire sa rencontre en tant que déesse.

— Vous êtes une descendante des Kadwan, m'a-t-on dit, continua la Dernière Née sans attendre une réponse puisqu'elle poursuivit : ils se préparent à partir pour s'établir sur le continent où se trouve la marche de toutes les marches.

Stonehenge ! songea automatiquement Eloïra en pensant au récit de Cameron, sa quête l'ayant conduit à affronter le roi liche en ce haut lieu sacré.

Les Kadwan s'en allaient pour les îles anglo-celtes, ce qui signifiait également que la naissance du clan Saint Clare était en route !

— Ils s'en vont ? s'étonna-t-elle tout de même. Pourtant, il me semblait que vous, les déités, ne désiriez pas que les grandes familles quittent Galéa.

Elenwë hocha la tête en lui coulant un vif regard.

— C'est un fait, mais tout doit un jour toucher à sa fin. Et nous, les déités, arrivons au bout de notre chemin. Bientôt, nous investirons un autre monde, nous nous élèverons, et les lignées devront construire leur avenir sans nous. Tout cela, fit-elle encore en englobant les terres de Galéa d'un geste délicat de la main, disparaîtra. Les Fëanturi, les Kadwan, et les Muiredach sont au fait de ce qui va advenir, nous les avons prévenus alors que vous étiez en voie de guérison dans l'antre des dragons. Ils se préparent à créer leurs civilisations en sachant que nous serons toujours proches d'eux.

— Et ils réussiront, murmura Eloïra en songeant au futur.

— Vous me rassurez, je partirai ainsi l'esprit plus tranquille.

Non, elle ne s'en irait pas, se souvint Eloïra. Elle reviendrait auprès des hommes, présence invisible tout au long des siècles, évoluerait sur les courbes du temps, et un jour… elle conduirait Diane et Awena vers leurs âmes sœurs. Elenwë deviendrait la plus puissante des déités, aux pouvoirs incommensurables, et elle sacrifierait sa vie d'immortelle pour sauver Sophie-Élisa.

Les Saint Clare lui devaient tant, le monde du futur également. Et tout cela, la jeune femme devait le garder pour elle et ne surtout pas commettre d'impair.

Elenwë contemplait Larkin et Barabal qui chahutaient bruyamment. Eloïra fit de même et sourit, avant de s'étonner de voir la fillette bondir de peur dès qu'une vaguelette venait effleurer le rivage. Un effroi incommensurable se peignait sur les traits de son visage, vite effacé quand elle faisait face à Larkin pour lui jouer un mauvais tour.

— Sa terreur de l'eau est revenue, chuchota Eloïra.

— C'est parce qu'elle a failli se noyer. Le jour de l'attaque du *Dorka*, Kleyda, portant les enfants dans ses bras, s'était réfugiée à ma demande dans le lac argenté. Mais elle a surestimé ses forces, et à un moment donné, la petite lui a échappé et est tombée dans l'eau. Au moment même où vous combattiez le tigre noir, Barabal luttait pour faire surface. Je l'ai sauvée in extremis. Cependant, et j'en suis profondément désolée, elle n'aimera plus jamais le contact d'un liquide sur sa peau. Mais, pourquoi dites-vous que cette phobie est revenue ?

Non ! Là encore, l'histoire se réécrivait, et Eloïra venait de commettre une bévue !

— Parce que... euh... plus petite, elle a déjà eu un accident similaire et que... voyons, sa peur s'était envolée !

Mentir et rougir violemment. La déesse dévisageait Eloïra avec cet air, bien connu dans le futur, qui signifiait : je ne suis pas dupe. Et la jeune femme dut se détourner promptement pour échapper à Elenwë. Néanmoins, cette dernière n'en avait pas fini :

— Ces enfants... ils sont différents.

— Oui, ils le sont, acquiesça Eloïra en cherchant ses mots. Ils ont beaucoup grandi, ils changent vite, peut-être que cela va-t-il de pair avec leur malédiction ? Ils vont devenir des adultes, ils vont vieillir et vivre longtemps. Néanmoins, tous les six cents ans, ils redeviennent des enfants. Ils sont enfermés dans une sorte d'interminable boucle du temps, et je dois les libérer en brisant le sortilège.

— De cela, je suis au fait. Ce que je veux dire c'est qui sont-ils en réalité ?

La question d'Elenwë dérouta Eloïra. Qui ? Mais, ils étaient tout bonnement Barabal et Larkin ! Ses chers et vieux amis de toujours.

— Une sorcière et un grand druide, des personnes qui comptent énormément pour moi. Mais pourquoi dites-vous qu'ils sont différents ? Après tout, ils ont simplement rajeuni.

— Il y a plus que cela, ils sont là, et en même temps, ils ne le sont pas. Tout cela est très étrange. De plus, j'ai le vague sentiment de les connaître.

— Je... je ne pourrais vous aider, chuchota Eloïra dont le cœur battait d'affolement.

Elenwë avait-elle vu certaines choses dans son esprit ? Non, les portes étaient scellées. Peut-être alors, durant sa guérison ? Non, Eloïra pouvait compter sur l'intégrité de la déesse, jamais elle n'aurait violé ses pensées contre sa volonté. Pourtant, elle était si proche de la vérité, et en même temps si éloignée, car elle ne devait rencontrer Barabal et Larkin que bien après son Élévation ! Eloïra devait absolument faire diversion pour détourner la déesse de ce sujet brûlant.

— Ele... Élégante déesse, se corrigea-t-elle vivement, alors qu'elle avait failli prononcer son nom véritable, pourquoi tout le monde vous appelle-t-il la Dernière Née ?

Elenwë rit, d'un son riche et cristallin.

— Parce qu'il en est ainsi. Les déités ne sont pas nombreuses, pas plus d'une centaine, et ont toujours eu beaucoup de mal à concevoir entre elles. De plus, je suis la dernière enfant née de l'union d'une déesse et d'un dieu.

— Oh...

— Avant moi, et sur des milliards d'années, il n'y a eu que cinq mises au monde de sang pur. Ne voyez aucune désobligeance dans mes paroles. J'utilise simplement ce terme de « sang pur » pour mieux vous expliquer les choses.

Elenwë s'arrêta de marcher et se tourna vers le lac argenté. Elle semblait soudainement triste, et penchait doucement la tête sur le côté.

— Le murmure du vent m'apporte le tumulte d'un cœur saignant. Vous avez repoussé votre âme sœur... Cirth !

Eloïra porta la main à son propre cœur tandis que sa respiration se bloquait dans sa poitrine.

— Suivez mes conseils, Eloïra, allez le retrouver. Votre temps ensemble en cette ère est compté, et la chance de croiser celui ou celle qui nous est destiné de tout temps est trop mince pour que vous ne la saisissiez pas. Bientôt, vous partirez, et lui aussi. Mais avant, faites que les fils de vos auras se rejoignent. Prenez la main qu'il vous tend.

Encore une main tendue, songea Eloïra, troublée, avec beaucoup d'émotion et vacillant sur ses pieds.

Son rêve récurrent avec l'Ankou et les paroles sibyllines de la déesse venaient de la toucher de plein fouet.

— Je... je ne peux pas, souffla-t-elle au désespoir. Je ne le connais pas !

— Le temps de votre guérison vous a volé des moments cruciaux que vous auriez pu partager avec Cirth. Laissez-moi vous les rendre en vous faisant ressentir l'émoi qui habite désormais votre promis.

— Co... comment ?

Elenwë leva doucement la main et posa ses doigts fins à l'endroit où pulsait sourdement le cœur d'Eloïra. Une puissante chaleur se répandit alors dans son être et la jeune femme en ferma les yeux de bouleversement. Dans son esprit, les pensées et sentiments de Cirth chantaient l'amour qui l'avait envahi lui-même tandis qu'il était près d'elle, jour et nuit, tout au long de sa convalescence.

Amour, désir, passion... tout cela animait Cirth. Il avait soigné son corps, l'avait convoitée éperdument tandis qu'il dessinait les tatouages runiques sur sa peau veloutée. Il avait prié ardemment les dieux de garder en vie cette femme qui, il le savait désormais, était faite pour lui : sa promise. Il n'attendait plus que son réveil pour l'emporter dans ses bras, lui apprendre par les mots et les attouchements de ses doigts, comme de ses lèvres, combien il avait besoin et envie d'elle.

Et Eloïra l'avait ignoré, repoussé.

Mais maintenant, tout était différent, Elenwë lui avait fait un don extraordinaire : elle lui avait fait ressentir tout ce que Cirth éprouvait pour elle.

— Merci, murmura Eloïra en ouvrant les paupières et en battant des cils pour évacuer les larmes qui embuaient ses yeux.

Elenwë hocha simplement le menton en souriant gentiment.

Eloïra avait le souffle court et de la lave semblait avoir remplacé son sang dans ses veines. Il fallait qu'elle retrouve Cirth, cela devenait urgent et vital. Elle allait s'élancer, quand ses yeux se posèrent sur Barabal et Larkin qui jouaient non loin de là.

— Les enfants...

— Ils sont très bien avec moi, coupa Elenwë. De plus, ils ont le pouvoir de tenir Tulatah à distance respectable. Regardez...

Effectivement, la silhouette de la déesse à la longue chevelure rouge se découpait près d'une terrasse du cinquième palier, et malgré la distance, Eloïra perçut son regard haineux posé sur elle.

Eloïra avait mieux à faire que de penser à elle et s'étonna d'entendre le rire d'Elenwë. Avait-elle lu dans son esprit ?

— Allez, surprenez Cirth, ravissez-le, car la bataille pour le conquérir s'annonce ardue. Il est guerrier et vous fera payer le prix de la douleur que vous lui avez infligée.

Comment Elenwë avait-elle également connaissance de cela ? Elle n'était pas présente sur la corniche quand Eloïra avait déclaré à Cirth qu'elle s'en allait, et la jeune femme ne lui en avait pas touché mot !

Néanmoins, la déesse avait raison, il lui tardait d'être auprès du Fëanturi. Elle voulait savoir ce que c'était que d'être enfin dans les bras de son promis de tout temps.

Eloïra fit volte-face à nouveau, s'élança sur le sable de la rive, et grimpa un petit sentier menant sur la grande place de Galéa. Sous le regard derechef étonné des déités qui se promenaient, elle se métamorphosa en louve écarlate.

Elle poussa un long hurlement et se mit à courir avec célérité, le vent jouant dans sa douce fourrure, une euphorie grisante gagnant tous ses sens.

Dans quelques instants, elle débusquerait le lion argenté dans sa tanière. Elle agirait à la mode des Highlands : Eloïra Saint Clare allait conquérir Cirth Fëanturi !

Chapitre 17

Nous avons si peu de temps

La louve arriva à fond de train sous le porche de la demeure de Cirth et Eloïra, sans ralentir son allure, ouvrit par magie la porte d'entrée. Ce n'était certes pas un vulgaire panneau de bois blanc et verrouillé qui allait maintenant l'arrêter ! Elle freina des quatre pattes dans la cour intérieure et reprit son apparence de femme dans un panache de poussière en provenance des dalles du sol.

Largement essoufflée par sa course, elle se pencha en avant, ses longs cheveux roux défaits tombant de ses épaules à terre, posa les mains sur les genoux, et chercha à calmer sa respiration hachée. Elle eut un léger sourire ému en constatant que le bracelet d'Aerin était toujours noué autour de son poignet. Oui, mais voilà... c'était la seule chose que la louve, comme d'habitude, avait gardée sur elle ! Fallait-il réellement rester nue pour affronter Cirth ?

D'une certaine manière, cela aurait été un point fort et avantageux dans la bataille qu'elle comptait mener pour le conquérir. Mais là encore, la pudeur l'emporta, et Eloïra se vêtit instantanément d'un nouveau pagne plissé et d'un bandeau de poitrine, tous deux rouges.

— Vous êtes là ! s'écria la voix enchantée de Kleyda que le claquement de la porte d'entrée contre le mur du porche avait alertée.

Eloïra eut à peine le temps de se redresser que la jeune femme, parée de sa toge blanche et coiffée de son impeccable chignon natté blond, la prenait dans ses bras pour la serrer énergiquement.

— Vous allez bien, vous êtes sauve, et vous revenez pour lui, n'est-ce pas ? Je le savais ! s'exclama-t-elle encore en posant avec familiarité un baiser sonore sur la joue d'Eloïra.

Kleyda...

Eloïra avait l'impression, malgré les mauvais sentiments ressentis le soir de leur premier face-à-face, de retrouver une ancienne et chère amie. Dire que déjà, à ce moment-là, elle avait été jalouse de Kleyda, alors qu'elle venait de rencontrer Cirth. C'était donc vrai, dès que les âmes sœurs se trouvaient, les fils de leurs auras se liaient d'emblée.

— Je vais bien, je suis guérie et oui, je suis là pour lui, lança-t-elle joyeusement en s'efforçant de répondre aux questions en rafales de Kleyda. Où...

— Il est dans la salle d'eau, coupa la jeune femme en poussant Eloïra vers le séjour qui menait vers les cuisines et la pièce où se tapissait le lion. Et moi... j'ai des emplettes à faire au marché, j'en aurai au moins pour la journée ! Quant à Aldec, il n'est pas près de rentrer de sitôt non plus, il aide les Kadwan aux préparatifs de leur départ !

Ben voyons ! se dit Eloïra, amusée par le subterfuge à peine déguisé de Kleyda pour les laisser seuls, elle et Cirth.

Oui, cela l'égayait, mais dans le même temps, une extrême tension nerveuse s'emparait d'elle en songeant à Cirth.

Pas question de faire marche arrière ! Elenwë lui avait fait un cadeau inestimable, celui qu'elle aurait dû faire aux membres de sa famille : abréger l'interminable « cour » que les âmes sœurs se faisaient en s'adonnant au jeu du chat et de la souris avant de se tomber dans les bras.

Cela avait toujours agacé Eloïra, ce petit manège romantique ! Et d'ailleurs, combien de fois ne s'était-elle pas fait la réflexion que si cela lui arrivait, elle prendrait les devants et sauterait dans les bras de son promis ?

Alors, elle n'allait certainement pas gâcher ce présent maintenant ! Même si ce dernier était sur le point de la rendre folle, car ressentir un amour inconditionnel, d'un coup, comme ça, mettait son esprit et son cœur à rude épreuve. Elle n'avait côtoyé Cirth que quelques heures et elle l'aimait !

Eloïra en avait le tournis tandis qu'elle traversait silencieusement les cuisines, et pieds nus – elle avait omis de se chausser des sandales –, en direction de la salle d'eau. Elle ne s'aperçut même pas que Kleyda s'était éclipsée en douceur pour la laisser seule avec le *sëyrain* (prince).

Néanmoins, une réalité fusa dans son esprit et la tétanisa sur place : Cirth était dans la salle d'eau, l'avait informée Kleyda, ce qui signifiait très certainement qu'il prenait un bain… et qu'il était nu !

— Non, non, non, je ne peux pas arriver ainsi !

Ça, ce fut ce que la raison l'exhorta à dire à haute voix, mais son corps réagit différemment, et en quelques pas, Eloïra se retrouva sur le seuil jouxtant les cuisines de la tanière du lion, devant une porte entrouverte.

En fin de compte, Elenwë lui avait fait un cadeau empoisonné. Eloïra ne se sentait plus maîtresse de rien du tout. Ah ! Elle était belle la digne fille du farouche laird Darren Saint Clare, où était passé son courage ? Fuir ou avancer… tel était désormais son dilemme.

— Tu peux le faire, s'admonesta-t-elle en poussant du bout des doigts sur le panneau en bois, tandis que son cœur tambourinait sourdement à ses oreilles et dans sa poitrine.

Le feu aux joues, Eloïra déboucha dans la pièce carrelée et s'arrêta à nouveau. D'étonnement cette fois, car il n'y avait personne en cet endroit. La surface du bassin ondoyait encore comme si quelqu'un venait de le quitter, cependant il n'y avait nulle trace de la présence de Cirth.

Et voilà que la déception s'ajoutait au tourbillon des sentiments d'Eloïra. Amour, faiblesse, désir, courage, audace, renoncement, quel mauvais mélange que tout cela ! Elle allait faire demi-tour et revenir sur ses pas quand Cirth surgit des eaux, tel Poséidon de la mer.

Il n'était pas parti, il avait juste plongé, et dorénavant, il se tenait debout, de l'eau lui arrivant jusqu'au nombril et cascadant de ses épaules, alors qu'il passait les mains sur son visage aux paupières fermées ainsi que sur ses longs cheveux bruns, pour enlever l'excédent de liquide.

Dieux ! Cet homme était… magnifique ! D'une beauté sauvage, brute. Il était extrêmement viril, avait des épaules et un torse larges, et ses muscles aux lignes parfaites jouaient à chaque mouvement de ses bras, et zut… il la dévisageait maintenant de son regard vert et perçant.

Eloïra déglutit péniblement et crut voir un éclat de pur désir passer sur ses yeux avant qu'il ne s'efface et que les traits de Cirth n'affichent un froid détachement. Ensuite, et avec une désinvolture que la jeune femme lui aurait bien enviée, il lui tourna le dos et s'avança vers le rebord du bassin où se trouvait un savon. Le saisissant, il fit volte-face et passa ses doigts couverts de mousse sur les muscles tendus de son torse, et ce, de ses pectoraux à ses abdominaux magnifiquement proportionnés.

Eloïra en avait des papillons dans le ventre, sa température corporelle était montée en flèche, et elle ne quittait pas du regard le lent et hypnotique mouvement de ses mains. Dans un gémissement qu'elle ne put contenir, Eloïra songea qu'elle aurait voulu que ce soient ses propres doigts qui caressent cette peau sublimée par les tatouages runiques.

Occupée comme elle l'était, elle ne vit pas le sourire ravageur de Cirth, qui s'évanouit presque aussitôt tandis qu'il grondait sourdement :

— Je croyais que vous vous apprêtiez à partir.

Le savon tenu d'une main glissait plus bas, toujours plus, et les doigts libres le suivaient en une danse lente et envoûtante, tout comme le regard d'Eloïra.

Cirth avait dit quelque chose...

— Pardon ? fit-elle en se raclant la gorge.

Sa voix paraissait enrouée tout à coup et elle ne pouvait détourner le visage de la vision de rêve qui l'attirait comme un aimant. Là encore, un fin sourire étira les lèvres pleines de Cirth, pour disparaître tout aussi rapidement.

— Que faites-vous ici ?

— Je viens vous savonner... euh... parler avec vous ! se récria Eloïra en levant les yeux cette fois-ci et en se rattrapant comme elle le pouvait avec quelques mots stupides.

Et puis zut ! Si, elle voulait le savonner, le masser, le toucher !

Fille des Highlands, c'est à toi de jouer ! se dit-elle hardiment avant de carrer les épaules et de poser un regard décidé sur Cirth qui n'eut plus envie de sourire.

Oh non, du tout... Le corps du Fëanturi fut traversé par une pulsion sauvage, par un désir fulgurant, avivés par le feu qui couvait dans les yeux de la jeune femme. Il brûlait, et sous l'eau, hors du champ de vision d'Eloïra, son membre se dressait en pulsant douloureusement tandis que ses reins subissaient des spasmes de plus en plus forts.

Eloïra s'approcha à pas comptés du bassin, ondulant instinctivement des hanches, et ses lèvres s'ourlèrent d'un sourire lent et aguichant. Au fond d'elle, la jeune femme s'étonnait de son audace, elle qui ne connaissait rien aux jeux de l'amour, mais qui se délectait de voir Cirth écarquiller les yeux et savourait d'entendre sa respiration précipitée.

Il ne bougeait guère, son splendide corps était figé, tendu. Mais Eloïra ne s'y trompait pas, elle savait que tel le lion tapi en lui, il pouvait à tout moment bondir sur elle.

Doucement...

D'abord, ce fut le bandeau de poitrine qui tomba sur les dalles carrelées du sol, suivi par le pagne plissé rouge, et nue, Eloïra s'avança pour descendre les quelques marches qui disparaissaient sous l'eau. Cette dernière était froide et Eloïra s'étonna que son corps, au contact du liquide, n'émette aucune vapeur tant il n'était fait que de lave.

Cirth avait serré les poings, un muscle nerveux battait sur sa mâchoire, et il tremblait de s'astreindre à ne pas bouger. C'est elle qui devait faire le premier pas, chose qu'elle faisait à merveille. Elle également qui devait venir jusqu'à lui, ce dont elle ne se priva pas.

Il fut interloqué de l'entendre rire alors qu'elle libérait et saisissait délicatement le savon qu'il tenait dans son poing fermé. Le pauvre n'avait plus de forme... ou si, celle que lui avait donnée l'empreinte de la forte pression de ses doigts.

— Tournez-vous, murmura Eloïra, le feu aux joues de se savoir aussi proche de lui et se remplissant les poumons de son odeur unique et légèrement épicée.

Cirth n'avait aucune envie de quitter des yeux son corps aux courbes pleines et exquises. De ses seins ronds, haut perchés, aux pointes joliment rosées et tendues, à son ventre plat à la peau de pêche, jusqu'au buisson roux, à peine visible sous l'eau et qui masquait le chemin de l'antre de toutes les délices.

— Allez... tournez-vous, répéta Eloïra en faisant un cercle dans les airs avec son doigt pour appuyer ses propos.

Cirth grommela, abdiqua, et se tourna en posant les mains sur le rebord du bassin. Mieux valait les savoir là, car il était sur le point de lâcher le fauve qui était en lui pour faire sienne cette femme qu'il avait désirée comme un fou le temps d'une lunaison.

D'une prise légère, elle souleva sa longue chevelure brune et détrempée pour la basculer sur son épaule, puis passa doucement le savon sur la peau chaude et humide de son dos.

Ce n'était qu'un simple geste, et combien de fois Eloïra avait aidé à faire la toilette des plus petits du clan Saint Clare ? Cependant, jamais elle n'aurait songé aux connotations érotiques que cela pouvait entraîner. Et encore moins aux sensations qu'elle éprouverait au contact de l'homme qui était son promis.

Elle avait le souffle court, et malgré la présence de l'eau, partout autour d'eux, une moiteur chaude, ainsi que de lentes pulsations prirent naissance au cœur de sa féminité. Était-ce cela le désir ? Le besoin absolu de ne faire qu'un avec l'autre ?

Ses doigts descendaient et remontaient le long de son dos, elle sentait Cirth frissonner sous ses attouchements, et s'enhardissait sous le coup de son propre plaisir. Il était grand et la dépassait facilement de deux têtes. Eloïra aurait pu en être intimidée, mais le fait qu'il se tienne dos à elle lui conférait toute liberté de ses actes.

Elle s'amusa à suivre un tatouage qui naissait sur son omoplate gauche, descendait le côté de son flanc et se poursuivait vers son torse. Ils poussèrent tous deux un cri étranglé lorsque les doigts de la jeune femme touchèrent par inadvertance son téton érigé.

Cirth lui saisit brusquement la main, l'emprisonnant dans la sienne, et se tourna de profil pour la percevoir.

— Que cherchez-vous à faire ? gronda-t-il, la voix plus basse qu'à son habitude.

— À vous plaire, lui répondit-elle sans détour.

— Croyez-vous sincèrement avoir besoin de me séduire et de coucher avec moi pour que je vous accompagne à la Montagne des Brumes ?

Eloïra se figea, interloquée par sa question. Cirth pensait qu'elle le charmait pour le reconquérir à sa cause ?

L'imbécile… non, c'était elle qui l'était. Après tout, elle l'avait repoussé, lui avait dit qu'elle partirait. Oui, mais tout cela, c'était avant qu'Elenwë lui offre le don de l'amour. De toute manière, elle n'était pas une lâche, ni une couarde, elle irait jusqu'au bout de sa quête pour aider Barabal et Larkin.

Elle recommença à l'effleurer du bout des doigts et Cirth retint sa respiration en accentuant la pression sur sa main emprisonnée par la sienne. De toute évidence, il attendait une réponse.

— Je suis là pour vous, pour nous. Parce que le temps nous est compté, parce que vous êtes mon âme sœur et que le *Dorka* m'a volé plus de trente jours de votre présence. J'ai une quête à mener, je le ferai. Mais j'ai également un homme à aimer... Vous.

Cirth se retourna d'un bloc et plongea son regard vert dans le sien. Il lui saisit les bras et l'approcha de lui, ses seins ronds rencontrant la dureté chaude de sa peau.

— Que dites-vous ? souffla-t-il sans parvenir à la croire.

— Cirth Fëanturi, clama-t-elle d'une voix tremblante, mais forte de ce qu'elle éprouvait pour lui, de là où je viens, des Highlands, il est coutume que dès que nous rencontrions nos âmes sœurs, nous nous unissions à elles. Elenwë m'a fait le cadeau de me rendre les moments perdus, de me faire ressentir l'amour. Nos auras sont liées. Alors, ne gâchons pas un temps précieux. Soyez à moi, comme je suis à vous.

Cirth la tint encore une seconde sous le feu de son regard, et poussant un léger feulement, il se pencha sur elle pour l'embrasser passionnément. Le premier baiser d'Eloïra, qui ne sut comment réagir à l'invasion conquérante de sa langue qui cherchait désormais et avidement la sienne, et qui choisit de se laisser porter par son instinct.

Ici et maintenant, deux âmes sœurs allaient s'unir. Le passé et le futur fusionneraient en un instant.

Cirth et Eloïra s'étaient enfin rejoints.

Chapitre 18

Ma protégée

La guerrière des Highlands n'avait pas fait long feu. Ne restait plus, dans les bras de Cirth, qu'une Eloïra qui se sentait tout à la fois malhabile et impatiente de découvrir le plaisir.

Eloïra était inexpérimentée, et Cirth paraissait en savoir beaucoup plus qu'elle sur les jeux de l'amour. Combien de femmes avait-il possédées avant elle ?

Cette question déclencha un profond sentiment de jalousie en Eloïra, ce qui la conduisit à se montrer plus fougueuse vis-à-vis de Cirth. Elle allait lui faire oublier toutes ses autres aventures !

Tout en mêlant sa langue à la sienne, la caressant et la poussant en imitant Cirth, Eloïra se laissa aller plus totalement contre lui, et noua ses bras fins autour de son cou. La réponse du Fëanturi ne se fit pas attendre, il grogna de plaisir et approfondit son baiser. De langoureux, ce dernier se fit ardent. Il plongeait en elle et s'abreuvait de ses gémissements ténus, tandis que dans son dos, ses mains se faisaient plus possessives dans leur toucher, et descendaient vers ses fesses pour la plaquer plus fortement contre son membre érigé.

Eloïra hoqueta de le sentir si puissant et palpitant contre son ventre. Il ondulait du bassin en l'entraînant dans le rythme d'une lente et envoûtante danse des sens, tandis qu'il continuait de l'embrasser à lui couper le souffle.

Elle était soudain fiévreuse, et une impatience tangible habitait son corps. Quelque chose qu'elle n'avait jamais éprouvé auparavant enflait dans son ventre, et d'intenses élancements naquirent au sein de sa féminité. Des pulsions qui allaient s'amplifiant et agissaient comme une houle qui se propageait en elle, de son entrejambe à sa poitrine, pour finir par toucher son cœur. Eloïra avait chaud, se sentait fébrile, avide de découvertes... que seul Cirth pouvait lui apporter.

— Suis-je ton premier ? souffla-t-il en faisant glisser ses lèvres sur sa joue empourprée pour ensuite l'embrasser encore et encore, en petits effleurements infiniment sensuels, sur le front, le nez... et à nouveau la bouche.

Le premier quoi ? songea la jeune femme, à mille lieues de là, perdue dans le monde tourbillonnant de la passion.

Oh ! Eloïra bascula la tête en arrière, essayant de se soustraire à ses baisers, et plongea son regard aux pupilles dilatées par le désir dans le sien.

— Oui ! Bien sûr ! réussit-elle à s'exclamer.

L'espace d'un instant, il sourit tel un conquérant, et se pencha derechef sur elle pour l'embrasser avec une avidité redoublée. D'une main il la maintint contre lui, tandis que de l'autre, sous l'eau, il glissa sur la rondeur d'une fesse, la douceur veloutée de la cuisse, avant de venir se poser sur le buisson roux de son intimité.

Dans le même temps, alors qu'Eloïra était emportée par les sensations violentes qui résultaient de ces troublants attouchements, il la guidait en la poussant de son corps d'airain vers un des bords du bassin dépourvu de marches, et la plaquait contre le mur carrelé. Elle était prise entre lui et un pan de pierres lisses, et bizarrement, tous deux étaient aussi chauds l'un que l'autre, tout comme l'eau auparavant froide.

— Que... ? s'étonna Eloïra.

— Un peu de magie, juste pour notre confort, souffla

Cirth tout contre sa bouche, la pointe de sa langue redessinant le contour pulpeux de ses lèvres.

Eloïra sursauta quand ses doigts s'insinuèrent entre ses jambes, remontèrent vers son intimité, et que Cirth commença à la caresser doucement. Elle était troublée par ce geste, gênée, et en même temps, elle souhaitait en découvrir plus. Elle ondula à la rencontre de ses effleurements, geignit quand il trouva le bourgeon enflé et éminemment réceptif qui se dissimulait entre les pétales de son sexe.

Les spasmes de désir allaient en s'amplifiant et Eloïra poussa un petit cri inarticulé tandis que ses reins se contractaient à la fois voluptueusement et douloureusement. Cirth lui mordilla la base du cou, écarta ses jambes d'un genou pour mieux pouvoir la toucher, tout en appuyant son érection contre son ventre. Dieux que tout cela était excitant, euphorisant… pourtant, cela n'était toujours pas assez ! Mais que pouvait-il y avoir d'autre ? Qu'est-ce qui pourrait calmer le feu qui la dévorait, l'emportait en la faisant gémir et trembler des pieds à la tête ?

Eloïra se tendit, écarquilla les yeux, et enfonça ses ongles dans les épaules de Cirth. Il venait de la pénétrer d'un doigt et ses muscles intimes s'étaient violemment contractés autour de lui lors de cette invasion. Elle hoquetait pour retrouver son souffle tandis que son cœur pulsait tant qu'il lui semblait qu'il allait s'échapper de sa poitrine.

Cirth émit un feulement rauque et plongea son regard brûlant de désir dans le sien. Les traits de son beau visage étaient sublimés par la passion et l'envie dévastatrice qu'il avait d'elle.

— Tu es si étroite, moite… presque prête pour moi, grommela-t-il en faisant aller et venir son doigt dans son fourreau de soie tandis que de son pouce, il stimulait son clitoris gonflé de plaisir.

Pourquoi « presque » ? se dit Eloïra alors que la danse sensuelle des doigts de Cirth continuait, s'intensifiait, et provoquait des pics délicieux et de plus en plus aigus au plus profond de son ventre.

Il captura à nouveau ses lèvres, plus doucement. Son souffle précipité caressait la peau enfiévrée d'Eloïra, dont l'esprit n'arrivait plus à canaliser toutes les fulgurantes sensations envoyées par son corps, et qui se trouva sur le point de supplier Cirth d'arrêter.

— Cirth ! cria-t-elle en basculant la tête en arrière comme il introduisait un deuxième, puis un troisième doigt en elle, tout en la soulevant de son genou pour l'élever vers lui et sucer avidement la pointe dure de son sein.

Eloïra s'étouffa sous la houle des émotions qui déferla sur son être. Elle ne pouvait s'empêcher d'onduler du bassin pour partir à la rencontre de ses attouchements qui affolaient ses sens, comme elle ne voulait pas se soustraire à cette bouche qui tétait son sein en la faisant trembler violemment. Elle se raccrocha à Cirth et glissa les mains dans sa chevelure humide pour mieux le retenir contre elle.

Le feu s'était emparé de son corps, Eloïra n'était plus que lave en fusion, flamme mouvante dans le vent, et quelque chose approchait en vagues de plus en plus intenses, quelque chose qui allait à tout jamais la changer, elle en avait la certitude.

Eloïra haletait en s'arquant contre le mur carrelé du bassin et Cirth la suivait en écrasant de son torse ses seins gonflés de désir et en la capturant de ses lèvres affamées qui se posaient sur les siennes. Il grognait, elle gémissait, et en elle, ses doigts s'enfonçaient encore plus profondément, pour ressortir, et la reprendre à nouveau.

Elle était sur le point de vivre son premier orgasme, ne pouvait plus refouler ses cris de jouissance, mais Cirth interrompit soudainement son invasion.

— Pas comme ça, feula-t-il en la saisissant sous les fesses pour la surélever et en positionnant son sexe à l'orée de sa féminité, tandis qu'elle nouait instinctivement ses jambes autour de ses hanches.

Eloïra, au supplice, le sentit se placer entre ses cuisses

pour les écarter largement et hoqueta d'autant plus quand l'extrémité volumineuse de son membre s'insinua en elle. Une fulgurante onde électrique la traversa tout entière.

Cirth essayait par tous les moyens de se contrôler, de ne pas la prendre trop vite, trop puissamment. Il était le premier... et désirait être le seul. Il voulait la marquer de son empreinte, mais sans lui faire mal. Pourtant, douleur il y aurait. Cela était inéluctable, car elle était vierge, étroite, et terriblement contractée.

— Ohhh..., souffla-t-elle sans pouvoir se retenir d'onduler du bassin en le sentant en elle, et s'accrochant derechef à ses larges épaules, car l'appel du plaisir était bien plus grand que tout.

Cirth serra les dents, donna un coup de reins, et pénétra un peu plus dans son exquis fourreau. Il poussa un long râle en basculant la tête en arrière alors que les muscles intimes d'Eloïra se contractaient violemment autour de sa hampe, et que la jeune femme le griffait en émettant un gémissement ténu.

Elle s'était figée, tendue, jamais il ne pourrait entrer en elle dans de telles conditions. Alors, il se remit à caresser le bourgeon entre les pétales brûlants, et poussa à nouveau d'un puissant coup de reins dès qu'elle se détendit et s'ouvrit à lui.

Eloïra le sentait vibrer en elle. Il était dur comme un roc, épais et extrêmement large. Jamais elle ne pourrait l'accueillir en elle, et cependant, mouvement de hanches après mouvement de hanches, il s'enfonça plus profondément encore.

— Crie, serre-moi... laisse-moi t'empaler et te conduire à la félicité, murmura-t-il à chaque déplacement de son bassin.

Il entrait toujours plus en elle, allant plus loin, et écartant ses chairs contractées en provoquant des pics affolants de plaisir dans le ventre d'Eloïra. Pourtant, elle se figea à nouveau quand son sexe toucha la fragile barrière de son hymen.

Leurs souffles précipités, les deux amants se dévisagèrent éperdument, Eloïra presque suppliante, tandis que les traits de Cirth affichaient une soudaine détermination. Il se pencha sur elle, l'embrassa en plongeant la langue à la rencontre de la sienne et l'emporta sur une nouvelle vague de passion.

L'instant d'après, il s'accrocha à ses hanches, ondula doucement pour bouger légèrement en elle, ressortit, et revint à l'assaut par un phénoménal coup de boutoir qui la fit remonter contre le mur du bassin en même temps qu'elle criait.

La douleur fut vive... et s'évanouit rapidement. Sous les baisers et poussées de Cirth, Eloïra oublia tout et se laissa submerger par l'afflux incroyable des sensations qui déferlaient sur elle et en elle. Il s'arc-bouta encore et encore, allant loin et fortement dans son sexe, et se retirant avec une lenteur étudiée qui rendit bientôt folle Eloïra.

— Cirth... plus...

Malgré son propre désir, il rit doucement dans le creux de son cou, et grommela ensuite en la mordillant comme il la pénétrait puissamment.

Là, il se figea, continua de pousser au plus profond de son ventre comme s'il voulait la clouer de son membre et se plaqua au plus près de sa féminité. Il ondula, poussa encore sans jamais ressortir, et joua avec son clitoris comme de sa vigoureuse présence en elle. Eloïra fut alors engloutie sous un déferlement de plaisir, elle hurla sa jouissance sans pouvoir contrôler les mouvements impétueux de son corps, et Cirth, galvanisé par la vision de la jeune femme qui subissait son premier orgasme, tout comme par les contractions de ses muscles intimes autour de son sexe, lâcha bride et se déhancha comme un possédé pour la prendre encore et toujours jusqu'à ce que lui aussi cède à une foudroyante petite mort.

Tous deux recouvrèrent leur souffle lentement, leurs corps tremblants et imbriqués l'un dans l'autre. Eloïra avait l'impression d'évoluer dans un monde à part, elle se sentait légère et différente à la fois. Elle était devenue une femme à part entière.

— Ça va ? murmura Cirth à son oreille, sa respiration chaude et humide lui caressant la joue.

— Hum hum, ne put-elle que chuchoter, tant elle était dans l'incapacité d'exprimer ce qu'elle ressentait à voix haute.

— Tant mieux, rit Cirth en étonnant Eloïra. Car tu es liée à un fils d'une déesse et d'un magicien, et je suis loin d'être rassasié.

Non... ?

Pouvaient-ils recommencer tout de suite ? Plaisantait-il ?

Cirth était très sérieux, bien au contraire, et le lui prouva par quatre nouvelles fois où il emporta la jeune femme jusqu'aux cimes d'un plaisir absolu. Et ce ne fut que tard dans la nuit, Eloïra rompue de fatigue, que Cirth la porta à sa chambre qui n'était autre que celle qui jouxtait la pièce où étaient emmurés Gidon et Viviane.

Elle s'endormit en un instant, tandis que Cirth s'allongeait à ses côtés et caressait du bout des doigts la douceur de sa joue, ainsi que la soie de ses cheveux de feu. Jamais il n'avait connu cela avec une autre femme. Et pour cause, Eloïra était son âme sœur, celle qui lui était destinée.

Celle qui un jour prochain... partirait.

Le couple passa plus de deux jours enfermé dans la chambre de Cirth, ne se levant que pour aller se baigner dans la salle d'eau ou pour chercher les plateaux-repas que Kleyda déposait devant la porte.

Ils firent l'amour encore et encore, ne s'arrêtant que pour s'assoupir ou apprendre à se découvrir au travers d'anecdotes et de récits concernant leurs époques, Eloïra s'escrimant toujours à faire très attention de ne pas en dévoiler trop pour ne pas modifier le déroulement chronologique dans le temps. Elle n'avait, par exemple, pas parlé d'Elenwë, et encore moins des voyages qui avaient conduit Awena et Diane du futur dans le passé.

— Tu as une grande famille aimante et qui me semble exceptionnelle, Eloïra, fit Cirth après avoir écouté les histoires de la jeune femme concernant le clan Saint Clare et en la tutoyant désormais.

Ce qu'appréciait énormément Eloïra, car ainsi, elle avait réellement la sensation d'être encore plus proche de lui.

— Oui, sourit-elle, allongée tout contre son corps sur l'immense couche, la joue posée sur son torse là où battait son cœur, et caressant son ventre nu et musclé du bout des doigts.

Ils avaient paresseusement tiré un drap de lin sur leurs hanches et savouraient la légère brise aux parfums floraux qui glissait sur leur peau après avoir franchi les petites fenêtres. Le bruit de voix et de la vie grouillante au-dehors leur parvenait également aux oreilles, tandis que l'après-midi était bien entamée.

— Tu as paru étonné d'apprendre ce qu'était un « clan », et moi, je suis étonnée de te voir si peu entouré, où sont donc les gens qui composent ta lignée ? voulut savoir Eloïra.

— Ici, il n'y a pas de clan, les familles sont éparpillées un peu partout dans la ville et les Fëanturi cohabitent avec les Kadwan et les Muiredach. Mais je suis le Fëanturi du nord, comme il existe les Fëanturi de l'est, de l'ouest et du sud. Néanmoins, quand nous partirons de Galéa, les familles se regrouperont et à l'avenir, il est certain que nous donnerons naissance à des clans. Tu viens d'une époque éloignée, tes paroles m'en apportent donc la certitude.

Depuis qu'ils avaient évoqué l'existence d'Eloïra dans le futur, la jeune femme avait perçu un changement dans l'attitude de Cirth. Il paraissait plus distant, distrait. Comme si déjà, il se détachait d'elle. Au bout d'un long silence, Eloïra se laissa aller à parler tout haut en jouant avec une de ses longues mèches brunes, une pointe de tristesse transperçant dans sa voix :

— Cirth, où es-tu quand le silence s'installe entre nous ?

La main chaude du Fëanturi cessa de caresser son dos et ses doigts se crispèrent légèrement, avant qu'il ne pousse un profond soupir. Cirth était à moitié adossé à un oreiller touchant le mur et il passa son bras libre derrière la tête pour poser ensuite son regard vert sur le visage en forme de cœur qui se tendait vers lui.

— Lug, dit-il enfin d'un ton sombre, son comportement est différent depuis que vous êtes là.

— Et… est-ce un mal ? s'enquit Eloïra en posant son menton sur le torse de Cirth sans le quitter des yeux.

— Je ne sais, murmura Cirth d'un ton fataliste. Il est partout, s'intéresse à tout, la futilité qui le définissait a disparu. Lug a connaissance d'évènements qui, de toute évidence, le perturbent. Il dissimule ses pensées en ma présence, de même qu'il ne s'exprime plus qu'à voix haute. J'ai cette impression persistante d'avoir affaire à un autre dieu.

Et c'est le cas, se dit Eloïra en sachant que le Lug qui était dorénavant présent à Galéa – et qui avait fusionné avec son double du passé – était au fait de la chronologie des évènements à venir, et ce, sur des centaines de millénaires dans le futur.

Avait-elle le droit d'en faire part à Cirth ? Lui qui croyait – et Eloïra s'était bien retenue jusqu'alors de le détromper – que Lug avait répondu à un appel au secours, animé par un charme éminemment puissant, et avait voyagé du futur au passé pour enfin parvenir à Galéa.

Après tout, cela n'était plus qu'un secret de polichinelle puisque toutes les déités étaient au courant de ce fait, y compris l'horrible Tulatah, qui depuis, harcelait Lug pour qu'il lui donne la clef du voyage temporel.

— Je dois t'apprendre quelque chose, souffla-t-elle,

avant de lui transmettre le secret, et après l'avoir fait, elle reprit : Lug a la sapience des jours prochains, néanmoins, l'histoire se réécrit, j'ai déjà assisté à des faits qui auraient dû se produire dans l'avenir.

Là encore, Eloïra prit pour exemple l'histoire de l'araignée de Barabal, avant de reprendre :

— Lug ne divulgue pas qui il est réellement aux lignées, parce qu'il craint certainement d'interférer avec le cours des événements dans le temps, et à raison, car il a dû, tout comme moi, assister à des changements qui pourraient potentiellement avoir leur importance plus tard.

— Ce qui explique également, intervint Cirth, son acharnement à faire en sorte que les lignées se hâtent aux préparatifs pour le départ de Galéa, avançant pour cela la survenue très prochaine du grand moment de l'Élévation. Car il sait quand cela se produira.

Eloïra hocha affirmativement la tête, heureuse d'avoir partagé son savoir avec Cirth, et de constater, suite à cela, que le jeune homme paraissait plus détendu, même s'il gardait un visage sombre.

— Toi, dans tout cela, que représentes-tu pour lui ? finit-il par murmurer en fermant les paupières de moitié. Il a fait de toi ma protégée, il savait de toute évidence que tu étais mon âme sœur, et pour finir… je ne l'ai jamais vu aussi torturé que le jour où le *Dorka* t'a attaquée et qu'il t'a crue morte. J'ai dû me battre contre lui pour qu'il te laisse à moi et que je puisse te soigner, et il nous a ouvert l'antre des dragons pour que tu aies plus de chances de survivre alors que nulle autre personne, auparavant, n'a eu le droit à cette faveur. Pas même ma mère, qui était pourtant une déesse, et que Lug a abandonnée à son triste sort.

— Tu… tu le détestes pour cela, n'est-ce pas ? s'enquit Eloïra en se redressant pour s'agenouiller sur le matelas face à Cirth, magnifique dans sa nudité. Shona… c'était bien ainsi qu'elle s'appelait ?

Il cilla et se raidit visiblement.

— Comment le sais-tu ?

Il était temps pour Eloïra de lui parler de certaines autres choses qu'elle avait gardées pour elle.

— Te souviens-tu de la plume rouge ? Celle que tu m'as jetée à la figure avant de quitter l'antre des dragons ?

Cirth acquiesça et lui fit signe de continuer.

— Elle m'appartient ! Je veux dire qu'elle faisait partie de moi, reprit-elle comme Cirth paraissait ne pas comprendre où elle souhaitait en venir alors qu'il fronçait les sourcils.

Elle lui narra donc ce qui lui était arrivé lors de sa première nuit à Galéa, comment elle avait cru rêver s'être transformée en oiseau, avait volé jusqu'à la demeure des dieux pour, par hasard, intercepter la conversation télépathique entre Lug et Tulatah. Elle lui raconta que c'était à ce moment-là qu'elle les avait entendus dans son esprit parler de Shona. Elle évoqua la méchanceté de Tulatah, et comment Lug avait poussé cette dernière dans ses retranchements, comme s'il souhaitait qu'Eloïra soit au fait de la jalousie de Tulatah envers Shona, et de ses vues sur Cirth. Enfin, elle apprit au Fëanturi comment elle s'était réveillée et avait trouvé la plume rouge sur son oreiller, ce qui ne pouvait signifier qu'une seule chose…

— Tu peux également te transformer en oiseau, comprit Cirth en s'asseyant et en s'approchant d'elle pour lui saisir délicatement les bras.

Il paraissait abasourdi par cette révélation, la dévisageait comme s'il la découvrait pour la première fois. Et d'une certaine manière, c'était ça.

— Qui es-tu ? répéta-t-il comme pour lui-même, son beau visage aux traits virils se penchant sur celui de la jeune femme.

— Eloïra, juste… moi ! souffla-t-elle avec la peur au ventre de le perdre, alors qu'ils venaient à peine de se trouver, tant son attitude à son égard était soudain différente.

— Je suis le fils d'un magicien et d'une déesse, et je ne

peux abriter dans mon corps qu'un animal, le lion. Mais toi, qui as le sang aussi rouge que le mien, et qui n'es en rien une pur-sang, tu es une métamorphe multiple ! Alors, réponds-moi, qui es-tu ?

Eloïra était bouleversée.

— Enfant, Lug m'a sauvée de la mort alors que mon destin était de trépasser. Le *Chant* en avait décidé ainsi. Mon frère, Cameron, le savait, car tout comme moi, il avait également voyagé dans le temps… mais dans le futur. Il m'avait vue tomber d'un cheval et me rompre le cou l'année de mes six ans. Cameron est revenu dans le passé pour me secourir. J'ai échappé à l'accident grâce à lui, mais durant toute la journée qui a suivi, d'autres pièges funestes se sont élevés sur ma route. Encore et encore, mon frère les a déjoués, jusqu'au dernier, qu'il n'a pu éviter. Je suis tombée dans une crevasse, et c'est Lug qui m'a arrachée aux bras de l'An… oh… d'un monstre comme le *Dorka*, se reprit vivement Eloïra pour que Cirth n'entende pas parler du guerrier suprême de la Mort. Nous avons toutes et tous notre heure gravée sur le parchemin du temps, mais Cameron et Lug ont fait que la mienne change, et cela m'a transformée ! Dès lors, je suis devenue très puissante et j'ai réussi, l'année de mes six ans, à faire en sorte que les miens ne vieillissent jamais. Les Éléments se calquent sur mes émotions, depuis peu, je suis également une métamorphe, et… je suis toujours la proie de la mort.

Eloïra songea à l'Ankou qui l'attendait à son retour et une larme brûlante glissa sur sa joue. Cirth vint la cueillir de son pouce, l'embrassa fougueusement en la serrant dans ses bras, et la berça tandis que toute la peur et la tristesse qu'elle retenait en elle depuis tant d'années s'échappaient en pleurs incontrôlables.

— Tu ne t'en iras plus Eloïra, gronda Cirth en l'allongeant sur le lit pour se coucher à ses côtés, ses longs cheveux bruns basculant de ses larges épaules pour emprisonner leurs visages d'un rideau soyeux. Tu ne mourras pas, pas tant que j'aurai un souffle de vie en moi. Quand nous arriverons au bout de cette quête qui doit lever la malédiction qui pèse sur ceux que tu nommes Barabal et Larkin, tu les laisseras partir en compagnie de la magicienne emmurée avec Gidon… mais tu resteras.

Cirth l'embrassa à nouveau, possessivement, lui montrant par sa passion, son désir d'elle, ô combien il était sérieux dans ses propos.

Dans l'esprit d'Eloïra, les pensées s'entrechoquaient en même temps que l'espoir et le désir s'éveillaient dans son cœur et son corps. Se pouvait-il qu'elle puisse réellement demeurer dans le passé, à une autre époque que la sienne ? Sa mère Awena, Diane, tout comme Elenwë avaient fait ce choix pour rester auprès de leurs âmes sœurs. Le pouvait-elle également ? Mais alors… elle ne reverrait plus jamais les siens ? Oui, mais elle serait avec Cirth !

Dieux, elle était au supplice, sa tête allait éclater.

— Cirth, aime-moi, garde-moi, fais-moi tout oublier, s'il te plaît ! hoqueta-t-elle entre ses larmes en nouant les bras autour de son cou comme si elle était sur le point de se noyer.

Cirth déposa un tendre baiser sur son nez et colla doucement son front contre le sien.

— Tu es ma protégée, mon âme sœur. Sans toi, désormais, je ne pourrai vivre. Alors oui, je vais te garder, je vais t'aimer et te faire tout oublier… sauf ce qui est nous.

Cirth se coucha sur son corps, se tenant à bout de bras pour ne pas l'écraser de son poids, et se plaça entre ses cuisses. L'instant d'après, il la pénétrait d'un seul coup de reins et la possédait de sa bouche comme de son sexe.

Non, jamais personne ne la lui enlèverait. Eloïra resterait à Galéa, le suivrait sur les terres inconnues. Ils vieilliraient ensemble et auraient beaucoup d'enfants. La jeune femme avait dit que « certains passages de l'histoire se réécrivaient » et il en serait ainsi pour eux.

C'est avec cette confiance que Cirth lui fit l'amour.

Durant des heures il s'employa à la marquer de son sceau, à la faire hurler de plaisir et d'ivresse. Et à la fin de ce troisième jour, la nuit venant, Eloïra s'assoupit tout doucement, toujours blottie dans les bras de son amant. Mais tandis qu'elle allait fermer les paupières, elle posa à Cirth une dernière question :

— Pourquoi dis-tu que je suis ta protégée ?

— Parce que tu l'es. Lug en a décidé ainsi quand tu es arrivée, je l'ai accepté, et depuis, je bénis les dieux de ne pas t'avoir refusée. Être ma protégée, ici, à Galéa... veut signifier que tu es ma femme.

Eloïra ouvrit de grands yeux éberlués, mais sa fatigue était si forte qu'elle s'endormit en marmonnant après les révélations de Cirth. Le Fëanturi sourit avec tendresse, remonta le drap de lin sur leurs corps, et l'emprisonna contre lui.

Il serait le gardien de ses nuits, le guerrier de ses jours. Avec lui, Eloïra ne craindrait plus jamais rien. Sur ces fortes pensées, Cirth s'assoupit également, confiant en l'avenir qui s'annonçait de plus en plus clément, surtout maintenant que tous les non-dits s'étaient envolés.

Chapitre IX

L'entre-deux terres

Au matin du troisième jour, Eloïra finissait tranquillement son petit déjeuner alors que Cirth se trouvait toujours dans la salle d'eau, quand Kleyda arriva dans les cuisines. Elle paraissait très intimidée, avait les joues empourprées, et se tordait les mains de nervosité.

Eloïra suspendit son geste de porter un hanap de jus de fruits à sa bouche, et s'inquiéta l'espace d'une seconde de voir son amie dans cet état. L'instant d'après, elle en comprit la raison, quand Elenwë, toute de magnificence, entra dans la pièce à la suite de Kleyda, talonnée de Larkin et de Barabal.

Les enfants ! Eloïra les avait complètement oubliés ! Et apparemment, il n'était pas fréquent qu'une déesse foule les dalles de la demeure des Fëanturi.

La Dernière Née, comme à son habitude, était uniquement parée de son interminable chevelure ébène qui dissimulait avec parcimonie sa nudité. Elle avança de quelques pas tout de légèreté en direction d'Eloïra, alors que les enfants la devançaient en criant leur joie de retrouver la jeune femme et en se jetant dans ses jambes tandis qu'elle s'approchait à leur rencontre.

— Ils se languissaient de vous, sourit Elenwë qui contemplait l'heureux trio de son regard améthyste empli de tendresse et de bienveillance. Et Tulatah n'en pouvait plus de devoir supporter la présence de la fillette, ajouta-t-elle, un brin de malice dans la voix.

— Métamorphoses multiples ? se moqua Eloïra sur un ton complice.

— Oui, gloussa Elenwë. Je ne me suis jamais autant amusée et Tulatah n'a jamais autant hurlé. Elle vous déteste, soyez vigilante, la prévint-elle très sérieusement après un court silence, sans plus l'ombre d'un sourire.

Eloïra frissonna de la tête aux pieds. Elle savait que Tulatah était son ennemie, tout cela par jalousie, pour un homme qu'elle ne pouvait posséder… Cirth. Décidément, Eloïra préférait vraiment les dieux du futur, exempts de toute émotion.

Un mouvement dans son dos attira son attention, et la haute carrure athlétique de Cirth apparut sur le seuil jouxtant les cuisines de la salle d'eau, sa longue chevelure brune encore humide de son bain, et des gouttes s'accrochant sur la peau tendue de son torse et de son ventre musclé, comme d'habitude, exempts de toute chemise.

Il détailla les nouveaux venus de son vif regard vert et ses lèvres s'ourlèrent d'un demi-sourire. Il salua ensuite de la tête la déesse avant de s'approcher d'Eloïra et de lui ravir un baiser possessif.

— Beurk ! s'exclama Barabal en levant son petit visage, auréolé de bouclettes blondes, vers les amoureux. Pourquoi, dans ta bouche, sa langue, lui, mettre ? piailla-t-elle encore avec une moue écœurée.

Vu comme ça… autant pour le romantisme ! Eloïra rit et se pencha pour déposer un léger bisou sur son nez, avant de lui retourner :

— C'est quand même plus agréable que d'avoir un escargot dans la bouche !

— Plaît-il ? s'étonna Cirth en écarquillant les yeux.

Eloïra pouffa.

— Je t'expliquerai toute l'histoire… une autre fois.

— Oui, intervint Elenwë de sa chaude voix, car le temps presse et Lug me charge de vous enjoindre de partir au plus vite.

Les traits du visage de Cirth s'assombrirent et Eloïra serra sa grande main dans la sienne comme pour l'apaiser.

— Depuis quand a-t-il besoin d'une émissaire pour parler à sa place ? grommela-t-il tout de même.

La Dernière Née pencha la tête sur le côté sans se départir de son sourire. Apparemment, cela ne la touchait guère de voir que Cirth n'appréciait pas son divin père.

— Il n'en a jamais eu la nécessité. Il n'est pas céans, car je l'ai tout bonnement tenu à distance, pour qu'il vous laisse le temps de vous aimer. Sans cela, il n'aurait eu de cesse de rôder près de vous. Comme il savait que je conduisais les enfants ici, il m'a simplement fait promettre de vous transmettre son souhait.

— Nous étions sur le point de partir pour rejoindre l'entre-deux terres, lança Cirth en s'avançant d'un pas décidé vers le séjour menant à la cour intérieure, et en entraînant d'une poigne de fer Eloïra dans son sillage.

Ah bon ? Ils partaient maintenant ? s'étonna-t-elle in petto avant de demander à haute voix :

— Qu'est-ce que l'entre-deux terres ?

Cirth ne lui répondit pas tout de suite, laissant Kleyda lui donner le tablier à larges lanières de cuir épais qu'il attacha sur son pagne plissé. Pour la première fois, Eloïra le vit se munir d'une arme : une longue dague au pommeau de bronze ouvragé, qu'il glissa dans un fourreau à sa ceinture.

Les choses prenaient un tour hautement plus sérieux tout à coup.

— L'entre-deux terres, consentit-il à expliquer enfin, tout en liant ses cheveux en une queue de cheval sur la nuque à l'aide d'une sorte de catogan, est une zone neutre située à l'ouest et en retrait de la cité. Toujours sous la protection du bouclier de Galéa, mais différente par la température qui y règne. Il y fait plus froid qu'ici, mais nettement moins que sur les terres gelées. L'entre-deux nous sert de lieu de mise en quarantaine lorsqu'une épidémie survient, mais la plupart du temps, c'est là où nous nous rendons pour préparer nos corps à affronter la froidure hors de Galéa.

— Je vois, souffla Eloïra, désormais impatiente et désireuse d'en apprendre davantage.

— Je vous laisse, intervint Elenwë en faisant un signe gracieux de la main, et que le *Chant* veille sur vous jusqu'à votre retour et nos retrouvailles.

Elle faisait volte-face pour se diriger vers le porche d'entrée, quand soudainement, elle se figea et leva les yeux vers le corridor ouvert à l'étage supérieur de la demeure, là où se situaient les chambres.

— Une puissante magie est à l'œuvre ici... elle rend malade le petit homme. Dépêchez-vous de vous mettre en route.

Elenwë n'était-elle donc pas au fait du sort utilisé par Viviane pour protéger Gidon des ondes du temps ? Apparemment, non. Et la déesse ne se trompait pas sur un autre fait : Larkin était blanc comme un linge et respirait avec difficulté.

— Allons bon, fit Cirth d'un ton rauque avant de prendre dans ses bras le garçonnet, et ce, avec beaucoup de délicatesse. Partons !

Elenwë avait disparu et Kleyda leur fit au revoir, sans pouvoir dissimuler l'inquiétude qui la rongeait. Émotion qu'Eloïra partageait, car son instinct lui soufflait de quitter cette demeure au plus vite.

Quelques instants après, ils évoluaient sur les rues pavées de la ville.

— Marchez à droite ! ordonna Cirth, Larkin toujours dans ses bras, et Eloïra le suivant en tenant la main de Barabal.

— Oui chef, marmonna Eloïra qui s'agaçait du comportement ombrageux du Fëanturi qui n'était autre que son mari...

Ah zut ! Elle s'était promis de ne plus revenir sur ce

sujet ! Les coutumes ici étaient très différentes de celles du futur, et elle n'y pouvait désormais plus rien si Lug l'avait unie à Cirth dès qu'elle avait mis le pied à Galéa.

N'empêche, la signification du mot « protégée » au féminin n'avait rien à voir avec celle qu'on lui avait enseignée ! Cela avait amusé Cirth... pas elle, qui s'était acharnée à défendre sa position de femme libre de décider de son avenir.

C'est ainsi qu'ils s'étaient boudés pour la première fois, et qu'ils avaient fini l'un dans la salle d'eau, l'autre à se faire les nerfs sur son petit-déjeuner. Et ce n'était certainement pas le baiser possessif et ardent de Cirth, devant Elenwë et les petits, qui allait tout effacer !

Il y avait des gens qui flânaient partout autour d'eux, pour la plupart il s'agissait de femmes habillées de toges blanches et longues, souriantes et parlant avec volubilité, auprès desquelles chahutaient des enfants joyeux. La présence des hommes, au contraire, pouvait se compter sur les doigts de la main. Tous évoluaient sur la droite des rues tirées au cordeau, et sur le seul trottoir, mêmement à droite, qui les jouxtait. La partie gauche de la route était désertée et Eloïra maintint contre elle Barabal qui avait tendance à vouloir s'y diriger. Les entrées des demeures – similaires dans leur architecture à celle de Cirth – étaient toujours situées sur le côté droit des chemins, tout comme les échoppes des artisans, et les stands des marchands en tout genre. Il était évident que tous faisaient très attention à ne pas interrompre la marche, invisible le jour, des *läy's gwendeïs*.

— Mais il y a de toute façon un moment où l'on coupe leur avancée ! s'enquit Eloïra en réfléchissant à haute voix. Et les croisements des routes, on fait comment ?

— On emprunte les passerelles, lui répondit Cirth en désignant les ingénieux et incongrus ponts en bois munis d'escaliers.

Effectivement, il y en avait partout, à chaque carrefour,

et certaines maisons étaient reliées en hauteur par d'autres passerelles, qui allaient de corridors en portiques. C'était très astucieux et Eloïra admira le travail architectural de la ville qui était, de plus, d'une propreté exemplaire. Rien à voir avec la terre boueuse des chemins du village près du château Saint Clare !

Soudain, la foule se fit plus dense autour d'eux et bientôt, Eloïra se retrouva cernée d'enfants qui se bousculaient pour lui offrir des fleurs. Des femmes faisaient de même en lui tendant des bouts de voiles de soie de différentes couleurs.

Très intimidée, et Barabal commençant à donner des coups de pied aux autres bambins qui l'approchaient de trop près, Eloïra finit par se tourner vers Cirth pour lui jeter un regard suppliant.

Il lui retourna, pour la première fois de la journée, un vrai sourire qui magnifia la beauté masculine de son visage.

— Ils t'offrent des présents pour te remercier de les avoir sauvés du *Dorka*.

— Oh..., souffla-t-elle émue en saisissant voiles et fleurs, tout en s'efforçant de calmer le fauve Barabal qui écrasait tous les orteils à sa portée. Merci, fit-elle encore et encore, en essayant d'avancer dans les pas de Cirth qui ouvrait la foule en deux grâce à sa grande carrure.

Bientôt, les femmes et les enfants s'égaillèrent, et Eloïra éternua sous la masse florale odorante qu'elle retenait d'une main contre sa poitrine. Sans parler des voiles qu'une brise coquine rabattait sur ses yeux !

— Si j'étais plus libre, j'accourrais à ton secours, s'amusa Cirth d'une voix rauque et moqueuse à la fois. Larkin vient de s'endormir. Il semble se porter mieux.

En effet, Larkin s'était assoupi dans les bras du Fëanturi, et avait repris de belles couleurs. Que lui était-il arrivé dans la cour intérieure de la maison de Cirth ? Était-ce vraiment la magie à l'œuvre là-bas qui l'avait rendu malade, ou Barabal lui avait-elle joué un autre mauvais tour en lui faisant manger une cochonnerie ?

Eloïra en avait quelque peu assez de se poser des questions qui, somme toute, resteraient pour la plupart sans réponses.

— Pas rigolo être, ces scaliers ! ronchonna Barabal alors qu'ils descendaient les marches d'une énième passerelle.

Pour une fois, Eloïra qui commençait à être essoufflée et en nage, malgré sa légère tenue et ses cheveux nattés et rassemblés en chignon, était bien d'accord avec elle !

— On dit « des escaliers », chuchota-t-elle tout de même pour reprendre la petite dans sa prononciation.

— Scaliers ! Humpf ! claironna Barabal, enquiquinante à souhait... pour ne pas changer. Aux bras ! cria-t-elle tout de suite après en se mettant à pleurnicher.

Oh non ! Pitié... Eloïra n'avait plus de forces, et la fillette faisait vraiment son poids. D'ailleurs... n'avait-elle pas encore grandi ? Barabal faisait plus que les six ans qu'elle avait trois jours auparavant, tout comme Larkin ! Ils avaient maintenant l'aspect d'enfants de huit ou neuf ans !

— Nous arrivons, les prévint Cirth, ignorant du chaos qui se faisait dans les pensées d'Eloïra, tandis qu'ils quittaient les rues pavées de la ville pour traverser un immense pré à l'herbe grasse et foulée par de nombreuses allées et venues.

Devant eux se trouvait une gigantesque tente de forme ronde, à l'instar d'un igloo, intégralement couverte de fourrures, et de part et d'autre de laquelle s'échappait une interminable clôture en bois.

— La *tcheïba*[23] et les barrières marquent la frontière ouest entre Galéa et l'entre-deux terres, les informa encore Cirth.

Il continua d'avancer, sans se rendre compte qu'Eloïra venait de se figer. Par-delà la limite territoriale, elle devinait d'innombrables autres choses, que Cirth avait nommées

---

23 *Tcheïba : Tente en Langue Originelle de l'ère Céleïniale.*

tcheïbas, des mouvements d'hommes en masse, et... des animaux effarants par leur grande taille et leurs longues défenses recourbées vers le ciel... des...

— Mouma ! Mouma ! se mit à hurler Barabal en pédalant des genoux pour rejoindre Cirth et Larkin.

Enfin oui, pas tout à fait, c'étaient des mammouths, pas des moumas !

Le Fëanturi eut juste le temps d'attraper Barabal par le dos de sa toge tout en basculant Larkin sur son épaule et de là où elle se tenait, Eloïra l'entendit parler de sa voix rauque pour calmer la fillette, qui sauta sur son bras libre. C'est ainsi que Cirth se retrouva à porter les deux petits magiciens jusqu'à la frontière, comme s'ils ne pesaient pas plus lourd qu'une plume.

Il fera, à n'en pas douter, un merveilleux père, se dit Eloïra très émue par la scène, avant de se rendre compte du chemin où ses pensées la conduisaient.

Elle secoua la tête, libérant involontairement quelques mèches de son chignon, et s'adjura à ne plus songer à Cirth, au mariage, et encore moins aux enfants... Elle devait garder les idées claires pour la suite des événements et se préparer tout doucement à celle, douloureuse, et pour l'amour d'un homme, qu'elle ne rentrerait jamais plus dans les Highlands.

Chapitre 20
Le sëyrain Ardör

Eloïra s'approcha petit à petit de la *tcheïba* où Cirth et les enfants l'attendaient. Larkin avait rouvert les paupières et posait dorénavant un regard médusé sur la grande tente ronde recouverte de fourrures de bisons.

De là où Eloïra se tenait maintenant, elle ne voyait plus grand-chose de ce qui se déroulait dans l'entre-deux terres, mais percevait les mugissements des mammouths, les nombreuses voix des hommes, et le hennissement plus rassurant, car courant à son époque, de chevaux. De plus, de la fumée lui chatouillait les narines et lui piquait les yeux, celle qui s'échappait par un trou façonné à cette intention dans le sommet de l'édification.

— Il… il n'y a pas d'entrée, bégaya-t-elle comme elle était sur le point, et en avait la vive conscience, de franchir une étape décisive de sa quête.

Cirth reposa les enfants au sol, se redressa en lui adressant un sourire en coin, et d'une main, il souleva un pan en peau de bête qui dissimulait le passage vers l'intérieur.

Barabal fut la première à pénétrer dans la *tcheïba*, Larkin la suivit plus craintivement, et Eloïra se courba à son tour pour découvrir son nouvel environnement. L'instant d'après, une forte odeur de cuir, de fumée âcre et de musc lui chatouilla le nez. Le mélange n'était en rien désagréable, cependant, les fragrances étaient si intenses qu'elles en étaient envahissantes.

Cirth s'approcha dans son dos, la ceintura d'un bras autour de la taille et se pencha pour embrasser l'arrondi de son épaule nue. Eloïra en frissonna de la tête aux pieds et retint sa respiration comme elle sentait poindre un pic de désir au creux de son ventre.

— Bienvenue à l'entre-deux terres, chuchota-t-il tout près de son oreille, son souffle humide et chaud lui caressant la joue.

— Mer… merci. Je n'y vois goutte.

— Laisse tes yeux s'habituer, et d'ici peu, tu pourras constater de quoi est fait l'intérieur d'une *tcheïba*. C'est plus confortable et spacieux qu'on pourrait le penser.

De fait, le décor se révélait tout doucement grâce à l'ouverture du toit soutenu par des arceaux de bois. Le sol était couvert par de nombreux tapis tissés de fils de chanvre, sauf au centre de la tente où un foyer, cerné de grosses pierres, apportait une agréable chaleur et un semblant de luminosité. Cette *tcheïba*, néanmoins, n'était en rien une habitation, juste un genre de hall de passage. Pas de cuisines, de tables ou de bancs, et aucune couchette pour se reposer. Ici, il n'y avait que des malles contenant des vêtements de cuir, des manteaux en fourrures et des sortes de bottes épaisses en peaux de bêtes.

— Tu trouveras des tenues à vos tailles dans cette sacoche, lui apprit Cirth en désignant une imposante besace à moitié dissimulée par d'autres habits.

Il avait donc tout prévu, certainement peu de temps avant qu'elle ne vienne le retrouver chez lui. Seulement, un problème allait se poser, et un gros… non deux ! Premièrement, Barabal et Larkin avaient grandi, inutile de se leurrer en se forçant à croire que l'on avait rêvé ce fait. Deuxièmement, Eloïra ne supporterait pas de se vêtir de fourrures, et fit un signe négatif de la tête quand Cirth, après avoir fouillé dans la besace, lui tendit quelque chose qui ressemblait à des braies poilues.

Cirth vit la tristesse de la jeune femme s'afficher sur ses

traits, et loin de la juger, il comprit rapidement le pourquoi de son refus.

— Nous vivons, nous chassons, nous mangeons de la viande, Eloïra. Nous prions à chaque fois qu'une bête donne sa vie pour que nous puissions continuer d'exister, et nous la remercions en ne gâchant rien de ce que sa mort nous apporte. Nous ne tuons que quand nous en avons besoin, jamais plus qu'il ne le faut, et sans ces fourrures, nous ne pourrions voyager hors des protections de Galéa.

— Mais j'ai ma cape doublée de laine de mouton, ma robe de velours qui est tout aussi chaude et épaisse, mes bottes et mes bas, ils doivent être… chez toi, soupira-t-elle en fermant les paupières d'impuissance et en se passant une main lasse sur le front.

Cirth la prit dans ses bras et Eloïra suivit inconsciemment la ligne d'un tatouage qui courait sur son biceps et qui ressemblait étrangement à un motif celtique. Le Fëanturi lui avait appris qu'il symbolisait le lion qui dormait en lui, tout comme ceux qui sillonnaient désormais sa peau, représentaient et protégeaient la louve que la jeune femme abritait. D'ailleurs, Cirth l'avait prévenue que d'ici peu, il serait obligé d'en tracer d'autres, pour l'oiseau.

Soudainement, elle sursauta, leva le menton, et posa de grands yeux affolés sur lui.

— J'ai également laissé mon épée, *Gradzounoul'*, ainsi que la bourse de cuir de Merzhin qui devait me permettre de ramener le *Lïmbuée* avec nous !

— Chuttt, calme-toi Eloïra. Souviens-toi de qui tu es, chuchota Cirth en lui prenant le visage entre ses mains et en lui parlant jusqu'à ce qu'elle s'apaise. Tu es une fille des dieux, une détentrice de la magie absolue. Il te suffit de songer à eux, et ils viendront à toi, de la même manière que tu te vêts de ton pagne et de ton bandeau de poitrine dès que j'ai le dos tourné, ajouta-t-il un brin filou.

Eloïra émit un léger éclat de rire, ainsi donc, le coquin l'avait toujours à l'œil, même quand elle croyait qu'il ne la remarquait pas. Elle fut instantanément rassurée et reprit confiance en elle. Cirth avait raison, elle pouvait y arriver, ses dons étaient puissants.

Elle se concentra donc sur les objets et habits qu'elle avait énumérés un peu plus tôt et sentit la magie s'emparer de son être. C'était euphorisant, comme si elle était victime des effets d'une boisson alcoolisée douce et sucrée, mais tout en gardant le contrôle de ses pensées et de ses actes.

Les atours vinrent en premier, bas, chemise de corps, robe et cape remplacèrent ceux qu'elle portait sur elle, tandis que ses pieds gémissaient d'être à nouveau emprisonnés dans des bottes alors qu'ils avaient connu la liberté des sandales de cuir léger. Arrivèrent par la suite l'épée céleste et la bourse couverte de symboles runiques de Merzhin. Eloïra soupira de soulagement avant de se jeter dans les bras de Cirth pour ensuite s'accrocher à son cou et bombarder ses joues rugueuses d'une barbe naissante de baisers exubérants.

— Merci, oh merci ! C'est grâce à toi tout ça !

Il se mit à rire et la souleva dans ses bras pour la faire tournoyer dans les airs. Jamais Eloïra ne s'était sentie aussi heureuse qu'en cet instant précieux composé de tout petits riens.

Elle saisit le visage de Cirth à deux mains et l'embrassa fougueusement, plongeant sa langue à la rencontre de la sienne, et l'entendit pousser un feulement rauque. La passion s'éveillait et déjà, leurs corps se fondaient l'un contre l'autre, tandis que le désir explosait dans leurs veines.

— Beurk ! fit Barabal en cassant l'instant de félicité comme elle l'aurait fait d'un verre de cristal.

— Ah oui, ça beurk ! en rajouta Larkin qui s'était mis les mains sur les yeux, à la plus grande consternation d'Eloïra.

Mais enfin ! Combien de cycles de six cents ans avaient-ils vécus ces deux-là pour ne pas supporter la vision d'amoureux transis ?

— Vous ne direz plus ça quand vous serez à nouveau

trop vieux pour faire la même chose que nous ! ne put-elle s'empêcher de s'exclamer.

— Sommes-nous réellement obligés de les avoir constamment auprès de nous ? maugréa Cirth à son oreille tout en plaquant la preuve palpitante de son désir contre son ventre et en dardant sur elle un regard chaviré par son besoin de la posséder.

Eloïra oscilla entre humour et consternation et décida de prendre le tout avec beaucoup de philosophie.

— Oui, car je dois les protéger, et non pas me « marier » avec eux, murmura-t-elle en soulignant la différente connotation qu'avait ce mot pour leurs époques respectives. Mais la nuit, comme tous les enfants, ils dorment profondément.

— La nuit, grimaça comiquement Cirth avant de sourire jusqu'aux oreilles, que demander de mieux, surtout en cette saison sombre !

L'hiver avait ça de bien : des heures diurnes peu nombreuses au profit des nocturnes, ce qui égalait à plus de temps dans les bras de Cirth.

Eloïra afficha une moue gourmande et se laissa glisser à terre, légèrement étourdie par la vague des sens en ébullition qui l'avait emportée et qui n'avait pas disparu, loin de là.

— Habillez-vous, allez… hâtez-vous ! encouragea-t-elle Barabal et Larkin qui visiblement avaient entendu leur échange et se renfrognaient d'apprendre qu'ils iraient dormir tous les soirs dès que le dernier rayon du soleil serait couché. Les grands étaient trop injustes !

— Ne boude pas Baba, chuchota Eloïra en aidant la fillette à enfiler une sorte de chemise épaisse en fourrure de bison sur ses braies de cuir bien trop amples en fin de compte. Ce n'est pas toi qui piaffais d'impatience de voir les mammouths ?

— Ouiiiiiiiiii !

Là, ce furent les adultes qui durent se hâter de finir de

se préparer, car Barabal et Larkin avaient trouvé la sortie sous un autre pan de peau tannée. Cirth passa un ample manteau long de fourrure sur une chemise épaisse en lin et un pantalon de cuir diablement ajusté, et troqua ses sandales contre d'épaisses bottes. Apparemment, il leur avait fait peur pour rien : à part peut-être pour le manteau, sa tenue n'apparaissait pas plus chaude que celle d'Eloïra. Il ne devait pas faire si froid que cela sur l'entre-deux terres !

— Tu avais également remarqué que les enfants avaient grandi ? s'enquit Eloïra en finissant de harnacher *Gradzounoul'* sur son dos et en accrochant la bourse de cuir de Merzhin à sa ceinture, tandis que Cirth bouclait la sienne à sa taille en vérifiant que le fourreau qui maintenait sa longue dague était bien en place.

— Il faudrait être aveugle pour ne pas le constater, se moqua-t-il gentiment. Encore un effet dû à la malédiction qui les touche ?

— Sans doute, murmura Eloïra. Tu ne prends que cette arme ?

— Je n'ai besoin de rien d'autre, ma magie ou le lion feront le reste en cas de besoin.

Tous deux se dirigèrent vers l'issue qu'avaient empruntée les enfants pour se dépêcher de les rattraper.

Ils n'eurent aucun mal à les retrouver : les garnements étaient tétanisés par la vague de froid qui les avait saisis au sortir de la tente. Ils en soufflaient des panaches de buée et leurs nez avaient rougi en l'espace d'un instant.

— Oh ! couina Eloïra, qui rabattit sa capuche sur sa tête et s'emmitoufla sous sa cape. Ce qu'il fait froid ici !

— Et encore, s'amusa Cirth en les apercevant tous trois sautiller sur le limon pétrifié par la glace qui se craquelait sous leur poids, et en posant d'office une toque de fourrure sur la tête des enfants, vous n'avez rien vu ! Les terres gelées qui se situent plus à l'ouest, au pied des montagnes, c'est dix fois pire qu'en cet endroit.

Eloïra se dit qu'il plaisantait, même dans les Highlands,

elle n'avait jamais connu une telle froidure. Il *devait forcément* se gausser ! Pas moyen d'en apprendre plus pour le moment, car déjà de nombreux hommes, tous déguisés comme le « semi-yéti Cirth », se dirigeaient vers eux. L'un d'eux, au regard aussi noir que ses longs cheveux laissés libres de toute entrave et barrés d'une mèche argentée, capta instantanément l'attention d'Eloïra, qui frémit nerveusement sans pouvoir se contrôler.

Il était de haute stature, beau malgré la rudeur de ses traits, et était... le mal incarné. La jeune femme ressentait à l'instant le même malaise qui l'avait gagnée quand elle avait fait face aux faux prêtres druidiques. Pourtant... la louve en elle restait silencieuse, comme si la bête, pour une fois, ne percevait pas les ondes malveillantes émises par cette térébrante aura qui entourait l'homme sombre.

— *Sëyrain* Jordken, *sëyrain* Muir, *sëyrain* Ardör, salua Cirth en saisissant leur avant-bras dans une poigne virile et en finissant par celui qui préoccupait Eloïra : Ardör.

Tous des princes ? se dit-elle, tout de même fascinée d'avoir quatre grands seigneurs devant elle, avant de sursauter au son des voix graves et rocailleuses qui répondirent de concert au Fëanturi :

— *sëyrain* Cirth !

— Nous n'attendions plus que vous pour réveiller les sentinelles qui suivront notre convoi vers la Montagne des Brumes, l'informa celui qui se prénommait Jordken.

Impossible de savoir de quelle couleur étaient ses cheveux, le sommet de sa tête étant couvert d'une sorte de gros bonnet de fourrure, et les trois hommes tout comme Cirth, ne portaient pas cette ridicule barbichette tressée. Jordken était plus petit et trapu que Cirth et avait des yeux bleus animés de bonté, au contraire du dénommé Ardör qu'Eloïra évitait de dévisager, même si elle sentait son noir regard posé sur elle.

— *Sëyrains*, reprit Cirth en se tournant vers elle, je vous présente ma protégée, *mëidy* (dame) Eloïra. Jordken et

Muir avaient hâte de faire ta connaissance, dit-il encore, car ils sont des Kadwan, de la lignée de tes aïeux. Ils se sont tout de suite portés volontaires pour nous accompagner. Ardör, quant à lui, est un Muiredach, et il semblerait que lui aussi veuille nous suivre dans ce périple, grommela-t-il en posant un regard menaçant sur ce dernier.

D'accord, il était aisé de constater que Cirth et Ardör ne s'appréciaient guère. Une tension plus que palpable crépitait entre eux. Eloïra n'était donc pas la seule à avoir perçu l'aura malsaine de cet homme de la même carrure que Cirth.

— Je n'aurais manqué ce voyage pour rien au monde, susurra mielleusement Ardör d'une voix de baryton avant de dévisager froidement Eloïra. Être à votre service est un honneur.

Pourquoi avait-elle l'impression que les paroles d'Ardör signifiaient le contraire ?

— Jordken, Muir, faites visiter le campement à Eloïra, ordonna Cirth avant de faire signe à Ardör. Nous deux, nous allons « *discuter* » un peu.

— Avec plaisir, fit l'intéressé avec un sourire vicieux.

Eloïra regarda s'éloigner avec appréhension les deux hommes. Quelque chose lui disait qu'ils n'allaient pas seulement parlementer.

— Venez, *mëidy* Eloïra, enjoignit Muir, jeune homme d'une vingtaine d'années aux cheveux roux et aux yeux verts. Les enfants ? appela-t-il encore en faisant signe de le suivre, et tous se mirent en route à l'opposé du chemin que Cirth et Ardör avaient emprunté.

Eloïra soupira profondément, les sourcils froncés par l'inquiétude, mais emboîta tout de même le pas aux Kadwan.

Tulatah leur avait mené la vie dure à Galéa, et à n'en pas douter, Ardör allait faire de même en les accompagnant sur les terres gelées.

Leur existence ne pouvait-elle pas être plus simple, juste pour une fois ?

Eloïra décida de se changer les idées en posant une question qui la turlupinait depuis un instant :

— Y a-t-il de nombreux princes, *sëyrains*, à Galéa ? se reprit-elle comme elle constatait que les hommes ne saisissaient pas le sens de ses mots.

Voilà qu'après avoir affiché leur étonnement, ils se mirent à rire ! Mais qu'avait-elle dit de si drôle ?

— Oh oui, beaucoup ! répondit le jeune Muir sans se départir de sa mine amusée. Dans chaque famille qui a des enfants, à vrai dire. Tous les premiers fils et les premières filles sont des *sëyrains* et des *sëyrainisses*... les aînés ! Ce n'est pas le cas chez vous ?

Crotte ! Encore un mot qui ne signifie pas la même chose dans le temps ! s'affligea Eloïra en comprenant pourquoi sa question avait provoqué l'hilarité de Muir et Jordken.

Prince et princesse n'étaient en fait que des dénominations données aux premiers-nés !

— Euh... non, marmonna Eloïra alors que les deux hommes attendaient visiblement sa réponse. Ces termes sont uniquement attribués aux enfants des souverains qui règnent sur nos pays. Ce sont des titres de haut rang.

— Ah ? fit simplement Jordken. Et que sont les... souverains ?

— Des rois et des reines qui décident de tout pour leur peuple. Je pense qu'à Galéa, ce sont aux déités qu'échoit ce droit.

— Non, la contredit Muir. Eux n'ont aucune mainmise sur nous. Ils nous conseillent, nous orientent, nous protègent, mais ce sont les doyennes des lignées qui, grâce à leur immense sagesse et leur vécu, nous supervisent.

Pour le coup, Eloïra en écarquilla les yeux de surprise. Des femmes ?

— Mais oui, souffla-t-elle pour elle-même, le matriarcat[24] !

---

24 *Matriarcat : Système social dans lequel le rôle de la femme est plus*

Et parlant plus fort :

— Vais-je les rencontrer ?

Muir et Jordken ralentirent leur allure et échangèrent un regard gêné. Ce fut Jordken qui rétorqua, penaud :

— Non. Elles ont d'ailleurs fait passer le mot que nul ne doit vous côtoyer, à part les gens de la maison de Cirth et les personnes qui ont été désignées pour vous escorter jusqu'à la Montagne des Brumes.

— Mais pourquoi ? s'attrista Eloïra.

Elle constata qu'effectivement, il y avait beaucoup de monde non loin d'eux, qui s'activait autour de nombreuses autres tentes, tout en leur jetant des coups d'œil curieux. Néanmoins, aucun homme ne faisait mine d'approcher et tous finissaient par détourner leur attention.

— Pour ne pas influencer le cours du temps, lui apprit simplement Muir. Les doyennes ne sont déjà pas enchantées d'avoir dû accepter que Lug fasse de vous la protégée de Cirth, sans en avoir été concertées par avance. Elles sont angoissées et nerveuses de vous savoir ici et ont choisi les meilleurs guerriers des lignées pour que votre quête s'achève dans les plus brefs délais.

— Les femmes et les enfants sont pourtant venus vers moi ? Ils m'ont offert des fleurs et des voiles que j'ai déposés dans la *tcheïba* à la frontière des terres. Pourvu que vos doyennes ne leur en tiennent pas rigueur, s'inquiéta Eloïra.

— Ils n'ont rien à craindre, la rassura Jordken en réajustant l'angle de son étrange bonnet, qui avait tendance à glisser de sa tête. Ils vous ont remerciée, et de ce geste de reconnaissance, nul ne peut s'offusquer.

Les hommes se turent et reprirent leur marche et Eloïra les suivit sans plus faire attention à son environnement. Les doyennes allaient certainement lui poser problème si elle décidait de demeurer à Galéa auprès de Cirth. Jamais la jeune femme n'aurait songé qu'il était tellement compliqué de vivre en toute quiétude avec son âme sœur. Mais,

---

important que celui de l'homme.

comment avaient procédé sa mère et son arrière-grand-mère pour contrer tous ces tracas ? Si Awena et Diane y étaient parvenues, Eloïra y arriverait aussi !

Une autre odeur de fumée, bien plus âcre que celle qui s'échappait des foyers des *tcheïbas*, fit éternuer Eloïra, et elle bascula un peu sa capuche en arrière, pour chercher sa provenance. C'est alors qu'elle croisa le regard amical d'Aldec, le vieux guérisseur de la maison des Fëanturi. Sans ses yeux gris, jamais elle ne l'aurait reconnu sous la tonne de fourrure noire qui le recouvrait.

Aldec semblait très heureux de la retrouver, et Eloïra le fut également.

— *Mëidy* Eloïra ! J'étais impatient de vous revoir. Ma petite, vous me paraissez frigorifiée, les atours que vous portez ne vous protégeront en rien du froid ! Vous allez attraper la fièvre !

Et voilà qu'elle avait l'impression d'avoir été déplacée en un instant sur les terres Saint Clare, pour être gentiment grondée par le vieux Larkin.

— Larkin ? Barabal ? s'exclama-t-elle soudain en constatant qu'ils n'étaient plus à ses côtés.

Aldec, Jordken et Muir sourirent jusqu'aux oreilles et pointèrent du doigt une direction sur la droite de la jeune femme. Elle se tourna et ses yeux tombèrent sur les chenapans… comme sur les mammouths !

Dieux ! Ces bêtes étaient encore plus fascinantes et effrayantes de par leur grandeur qu'elle ne l'avait imaginé, et Larkin comme Barabal se tenaient bien trop près des pachydermes !

— N'ayez crainte, la rassura Aldec en lui maintenant le coude pour l'empêcher de s'élancer. Ces nobles créatures ne feront aucun mal aux petits, par contre, elles sentiront votre peur si vous vous approchez maintenant. Laissez-les faire connaissance, car d'ici peu, ces animaux vous suivront.

— Oh, ne put qu'acquiescer Eloïra avant de mettre la main sur sa bouche et de tousser comme de la fumée lui assaillait derechef le nez et la gorge. Mais qu'est-ce que…?

— Nous brûlons les corps des défunts, l'informa Aldec qui désigna une dizaine de bûchers dévorés par de hautes flammes, et deux autres où l'on venait d'allumer un foyer qui entraîna une profusion d'épaisses émanations à la fois blanches et jaunâtres.

Des incinérations, comme chez nous, songea Eloïra en priant pour l'âme des trépassés et en écarquillant les yeux quand ces derniers se posèrent sur ce qui ressemblait fortement à un gigantesque tumulus[25] couvert de pierres plates et grises, comme d'autant d'argile noire. Aldec, voyant sa surprise, se méprit et lui expliqua ce qu'Eloïra connaissait déjà :

— Autrefois, il y a bien longtemps de cela, nos anciens enterraient les morts sous les *Tulmouarés*[26]. Mais il est vite devenu délicat de continuer ainsi, car les corps étaient trop nombreux, et tout cela était également très dangereux, à cause des épidémies qui résultaient de ces enfouissements. Le feu purifie et rend la dignité à ceux qui s'en vont. Bien sûr, les doyennes autorisent l'embaumement, à condition que les corps ne soient pas contaminés par un virus et que les familles prennent soin de leurs momies.

Des momies ! Eloïra n'en revenait pas ! Awena lui avait raconté l'histoire des pharaons de la Grande Égypte que l'on recouvrait de bandelettes quelques jours après leur mort et avec tout ce que la jeune femme avait appris par le biais des visions de Lug, il n'y avait rien d'étonnant de trouver des momies à Galéa ! Ou une cité en forme de pyramide, et encore moins de découvrir des tumulus… et des mammouths.

Eloïra était soudainement très fatiguée et les trois jours passés auprès de Cirth n'avaient pas été très reposants. Néanmoins, de cela elle ne s'en plaindrait pas. Une petite

---

25 *Tumulus : Amas de terre ou de pierres que les anciens élevaient au-dessus des sépultures en guise de tombeau.*
26 *Tulmouarés : Tumulus en Langue Originelle.*

sieste serait tout de même la bienvenue.

— Pourriez-vous, s'il vous plaît, me conduire dans un endroit chaud ?

Et à Aldec de gronder gentiment Eloïra parce qu'il pensait qu'elle avait attrapé froid, tout en la conduisant vers une tente qui allait devenir sa demeure l'espace d'une nuit.

Chapitre 21

D'agacements en ébahissements

La tente où Eloïra et les enfants furent établis était spacieuse, accueillante, et astucieusement conçue : d'une pièce unique et ronde, elle pouvait se diviser en plusieurs parties séparées, grâce à des toiles de lin qui coulissaient par le haut, des bords jusqu'au centre, sur de larges tiges de roseaux placées en guise de poutres.

Là encore, d'épais tapis de chanvre recouvraient le sol, et au milieu de l'habitation, un foyer où brûlait un bon feu apportait toute la chaleur nécessaire pour le confort de chacun.

Muir et Jordken – et son inséparable bonnet de fourrure, à croire qu'il était cousu sur la tête du Kadwan – furent aux petits soins pour Eloïra, Barabal, et Larkin alors que les heures passaient, que la nuit s'installait, et que l'inquiétude gagnait la jeune femme de ne pas voir Cirth revenir. Souvent, elle se dirigeait jusqu'à l'entrée de la *tcheïba*, soulevait le pan de fourrures qui faisait office de porte, et restait là, à contempler les allées et venues des *läy's gwendeïs* si proches et bien visibles sous les rayons lunaires.

Mais où était Cirth ?

Ils se restaurèrent d'un succulent ragoût de bison et de galettes de pain, se racontèrent des histoires autour du feu, et Eloïra remercia vivement Muir quand ce dernier leur proposa d'apporter le nécessaire pour procéder à leurs ablutions avant de se reposer. C'était surtout Barabal qui en avait grand besoin, la fillette véhiculait la pire des puanteurs, des effluves qu'Eloïra se refusait catégoriquement à analyser. Muir leur indiqua également une petite sortie donnant sur une minuscule annexe de la tente, qui n'était autre que les toilettes, avant de s'échapper avec Jordken pour chercher de l'eau chaude.

Une fois seule avec les enfants, la jeune femme déploya quelques pans de lin pour créer trois pièces séparées : une chambre que partageraient Barabal et Larkin, un lieu qui servirait de salle d'eau, et un espace qui deviendrait son nid douillet... dès que Cirth reviendrait.

Barabal et Larkin chahutèrent joyeusement tout en déroulant leurs matelas, préalablement pliés tels des sacs de couchage, et se disputèrent par la suite l'endroit où ils allaient les placer. Qu'il était éreintant de jouer le rôle d'une mère, face à deux garnements aussi pleins de vie et de malice ! Et quelle corvée quand Eloïra dut dévêtir et laver Barabal qui hurlait à la mort dès qu'une minuscule goutte d'eau lui touchait le visage. Larkin, en brave garçon de dix ans maintenant, fit sa toilette tout seul, enfila une longue chemise de nuit qu'Eloïra avait sortie pour lui de la besace et l'embrassa sur la joue avant de regagner sa couchette.

La fillette finit par le suivre en traînant des pieds et en faisant le plus de bruit possible pour contrarier Larkin jusqu'au bout. Enfin, au bout d'un long moment, ils s'assoupirent, et Eloïra remercia une dernière fois Jordken et Muir qui venaient de changer et de réemplir d'eau chaude le large demi-tonneau recouvert de molleton qui faisait office de baignoire. Ce n'était pas la plus belle des baignoires, mais pour Eloïra, elle valait tout l'or du monde !

— Demain est un grand jour, dit Jordken en réajustant une énième fois son bonnet de fourrure, ce qui amusa grandement la jeune femme. Nous partirons au petit matin. Tâchez de vous reposer et ne vous inquiétez plus pour Cirth. Lui et Ardör *discutent* très souvent et cela peut durer longtemps. Que le *Chant* vous apporte une douce nuit, fit-il encore avant de prendre congé en compagnie de Muir.

— Et à vous de même, les remercia Eloïra en cachant un bâillement derrière sa main.

Que voulait insinuer Jordken en insistant sur le mot « discuter » ? Tout cela ne plaisait pas à Eloïra, mais elle choisit de suivre les conseils du Kadwan et se dirigea sur la pointe des pieds vers la partie « salle de bain ».

Quelques instants plus tard, elle savourait les bienfaits de l'eau chaude sur sa peau et commença à se détendre après s'être lavé et rincé les cheveux et le corps. De temps en temps, elle envoyait des ondes de magie pour réchauffer l'eau et la purifier de ses impuretés, et soupirait de bonheur en sentant ses muscles se décontracter lentement. Elle était sur le point de s'assoupir, les paupières fermées, alanguie malgré le peu de confort dans le demi-tonneau, quand elle sursauta comme des doigts fureteurs couraient sur le velouté de sa cuisse immergée.

— Cirth ! Par les Dieux ! hoqueta-t-elle en le découvrant accroupi près d'elle, vêtu de sa chemise désormais en lambeaux et qui laissait apparaître son torse nu, ses larges épaules, et son visage parsemés d'une multitude d'ecchymoses et de nettes coupures où du sang avait déjà coagulé.

De même, la peau autour de son œil gauche était tuméfiée et Cirth exhibait d'un air frondeur un magnifique coquard ! Le gredin ne semblait pas en souffrir le moins du monde tandis qu'il affichait un sourire gourmand et que sa main se plaçait possessivement dans le creux de l'entrejambe d'Eloïra.

— Tu es blessé ! gronda-t-elle pour ne pas céder à l'onde de désir qui s'emparait de son être, tout en essayant de se redresser dans son bain alors que Cirth la maintenait sous la caresse de ses doigts fureteurs. C'était donc de cela qu'il s'agissait ? Ta *discussion* avec Ardör n'était autre qu'une affaire de poings ?

— Embrasse-moi, plutôt que de me houspiller, souffla-t-il tout contre ses lèvres, sa langue goûtant leur douceur charnue.

Eloïra ne voulait pas capituler, elle lui tenait rigueur de s'être inquiétée inutilement pour lui alors qu'il se bagarrait dans un coin avec Ardör. Mais s'il continuait son petit jeu sensuel, elle oublierait tout pour ne songer qu'à son étourdissante envie de lui.

Elle écarta donc ses doigts et se redressa vivement pour se mettre debout dans le demi-tonneau, l'eau ruisselant sur son corps et sur ses courbes envoûtantes.

Mauvaise idée, se dit in petto Eloïra en voyant le feu de la passion s'allumer dans les yeux de Cirth, toujours agenouillé, le visage levé vers elle, et qui ressemblait maintenant à un fauve sur le point de bondir sur sa proie.

Elle frissonna de désir tandis que des ondes intenses et voluptueuses pulsaient au sein de sa féminité et remontaient dans son ventre. Mais Cirth se méprit en croyant qu'elle avait froid et alla rapidement se saisir d'un drap de lin propre qu'il enroula autour d'elle.

— Ce n'est pas le moment de tomber malade, grommela-t-il, éminemment protecteur, et la soulevant dans ses bras pour l'extraire de la baignoire.

Eloïra fut bouleversée de se sentir choyée ainsi, et oui, aimée, même si Cirth n'avait pas encore prononcé les mots qu'elle attendait. Elle noua les mains derrière sa nuque et posa un léger baiser sur sa paupière tuméfiée. Un flux impressionnant de magie se répandit alors en Eloïra et elle perçut le sursaut de Cirth tandis que son ecchymose, sous la caresse de ses lèvres, disparaissait pour laisser une peau saine, exempte de toute blessure.

— Que… que fais-tu ?

— Je prends soin de toi, chuchota Eloïra tandis que Cirth, fasciné, suivait du regard le frôlement du bout de son doigt sur une de ses coupures sur le bras, qui s'évanouit également comme si elle n'avait jamais existé.

— Tu es prodigieuse, murmura Cirth. Une telle magie est digne des dieux !

Non, pas des dieux, mais des Éléments qui faisaient partie d'Eloïra et qui lui conféraient tous les pouvoirs dont elle avait besoin. Comme celui de guérir son fier Fëanturi !

— Pose-moi s'il te plaît, lui demanda-t-elle dans un souffle, ce que fit Cirth à contrecœur et après avoir ronchonné, car il voulait la garder au plus près de lui.

Néanmoins, ce qui advint par la suite ne lui déplut en aucun cas. Eloïra noua la serviette autour de sa poitrine pour ensuite s'occuper de lui. Elle le débarrassa de sa chemise déchirée, l'envoya valser au loin, et plaça les mains sur la boucle de ceinture de son pantalon de cuir pour l'ouvrir avec agilité. Cirth sourit de contentement, quelque chose lui disait que ce qui allait suivre le satisferait énormément.

Eloïra le dépouilla de sa longue dague maintenue dans son fourreau, lui enleva ses bottes, et finit par faire glisser son pantalon le long de ses jambes musclées. Déjà, Cirth grommelait de désir retenu et son sexe, gorgé de sève, se dressait fièrement, libre de toute entrave. L'instant d'après, Eloïra hoquetait en prenant conscience de la preuve tangible de son envie d'elle.

Cirth leva les mains dans le but de se saisir d'Eloïra, mais celle-ci fit non de la tête avec un sourire mutin et pointa le doigt vers le large demi-tonneau.

— Au bain !

Cirth écarquilla les yeux, ne pouvant croire qu'elle lui demandait de se laver alors qu'il n'était que feu pour elle, prêt à la posséder sur le tapis de chanvre.

— Allez ! s'esclaffa-t-elle alors qu'il affichait la même bouille renfrognée qu'avait eue Barabal avant de faire sa toilette.

Il serra les poings et grogna sourdement avant d'enjamber le haut rebord de bois pour se tenir au centre de la « baignoire ». L'eau était délicieusement chaude et il fit mine de s'y asseoir quand Eloïra le surprit à nouveau :

— Non, reste debout, je vais m'occuper de toi.

Il ne demandait pas mieux ! Curieux, il la vit s'incliner, son souffle caressant un moment son membre érigé, ce qui le poussa à geindre une fois de plus. Il avait résisté aux coups vicieux d'Ardör, mais plierait très certainement sous la douce torture de la jeune femme.

Eloïra prit l'éponge qui flottait à la surface de l'eau et se mit en devoir d'effacer les traces de sang séché sur ses nombreuses coupures. À chaque fois, elle se penchait, effleurait sa peau tuméfiée du bout de ses doigts ou de ses lèvres, et faisait disparaître les lésions.

Quand elle s'attaqua à la fine estafilade qu'il avait sur le ventre, juste sous le nombril, Cirth sut qu'il n'allait pas pouvoir rester tranquille plus longtemps. Sans compter qu'elle saisissait son sexe dans ses mains douces et qu'il était certain qu'Ardör ne l'avait pas blessé à cet endroit-là !

Le feu courait dans ses veines. Cirth n'était plus que désir torride, pulsion sauvage, et mourait de faire sienne sa grande magicienne de femme.

Dans un feulement, il sortit de la baignoire et la captura dans ses bras, la soulevant pour la serrer tout contre lui et l'embrasser fougueusement. Il arracha le drap de lin qui le privait du toucher de sa peau et Eloïra enroula spontanément ses jambes autour de ses hanches.

Elle gémissait, ondulait contre lui, et Cirth approfondit son baiser, sa langue jouant à la rencontre de la sienne dans le velouté de sa bouche, en même temps qu'il plaçait son membre à l'entrée de son fourreau.

— Han, han ! Pas dormir, je fais ! fusa la voix étouffée de Barabal au travers des pans de tissu.

Non ! Mais non ! Eloïra et Cirth se figèrent dans leurs mouvements, essayant de retenir leurs respirations affolées, et ne voulant pas croire en ce qui se passait. Ils étaient tous deux immensément frustrés en comprenant qu'ils ne pourraient pas s'aimer tant que l'enfant serait éveillée.

— Chuttt Baba, réussit à marmonner Eloïra en reposant

les pieds par terre comme Cirth la laissait s'échapper de ses bras, et en collant son front moite sur ses pectoraux. Tu vas réveiller Larkin, la gronda-t-elle encore.

— Han, han ! Pas moi, vous oui !

Oh la petite peste !

Cirth et Eloïra échangèrent un regard lourd de menaces envers la Seanmhair, et se dirigèrent en maugréant vers la pièce qui ferait office de chambre pour eux. Ils prirent tout leur temps pour dérouler leur matelas, le couvrir d'un drap de lin et d'une courtepointe épaisse en laine de bison.

Ils s'allongèrent, patientèrent interminablement en se caressant en silence, étouffant leurs gémissements contre la peau ou les lèvres de l'autre. Ils attendirent encore, leurs corps en feu... pour être sûrs que Barabal soit enfin assoupie.

Certain que c'était le cas, Cirth se glissa sur Eloïra, se plaça vivement entre ses jambes et donna un puissant coup de reins pour être en elle, loin dans son ventre brûlant en lui arrachant un cri aigu.

— Han, han ! Toujours pas dormir, je fais ! beugla la petite voix honnie. Jouer avec vous je peux ?

— Non ! s'exclamèrent-ils de concert en croisant virtuellement les doigts pour que Barabal reste dans sa couchette.

— Je vais la tuer ! ne put se retenir de grommeler Cirth tandis qu'Eloïra était brusquement saisie d'un fou rire nerveux.

Cirth lui envoya un regard faussement chargé de reproches. Il se retira lentement de son fourreau et Eloïra s'étouffa dans son rire en ouvrant grand les yeux sous la fulgurante onde de plaisir qui résulta de son mouvement.

Cirth eut alors un sourire ravageur, lui embrassa le bout du nez et se coucha à ses côtés.

— Dommage ! lança-t-il, mutin. Ce sera pour une autre fois.

Pour le coup, Eloïra n'eut plus du tout envie de se

gausser, même si elle avait agi ainsi contre sa volonté et par nervosité. Elle avait besoin de Cirth, voulait faire l'amour avec lui !

Mais Barabal était là…

— Le repos nous fera le plus grand bien, marmonna encore Cirth en se coulant dans son dos et en posant son membre palpitant tout contre le sillon des fesses d'Eloïra, tandis qu'il l'emprisonnait sous le poids de son bras et de sa jambe.

Ah oui, ainsi serrés l'un contre l'autre, ils allaient évidemment bien dormir ! Après un long moment où l'on ne perçut plus que les mugissements atténués des mammouths au travers des panneaux de peau et les soupirs frustrés d'Eloïra et de Cirth, les amoureux s'assoupirent enfin en rêvant. Ils se retrouvèrent dans des songes torrides qui eurent le mérite d'occulter totalement la vision de l'Ankou dans l'esprit d'Eloïra.

C'est d'une humeur massacrante que les adultes plièrent leurs couchettes au petit matin. Cirth lançait régulièrement des regards noirs sur Barabal qui jouait plus au singe dans les pans de lin, plutôt que de les rabattre sagement le long des murs légers de la *tcheïba*, ainsi qu'il le lui avait été ordonné. Larkin, quant à lui, posait des yeux interloqués sur son entourage, ne comprenant pas du tout ce qui se passait, mais ressentant vivement l'atmosphère tendue qui régnait dans le lieu.

— Tout le monde est prêt ? demanda Eloïra en bataillant derechef pour enfiler un manteau de peau sur l'anguille Barabal qu'elle avait fini par arracher des rideaux qui menaçaient de tout faire s'écrouler.

Cirth et Larkin, emmitouflés dans d'autres habits de fourrures, le front moite de devoir patienter dans la chaleur de la tente, échangèrent un message silencieux et de concert, s'élancèrent pour sortir sans attendre les filles.

— Mais vas-tu te tenir tranquille ! gronda Eloïra d'un

ton hargneux, avant de s'en vouloir, comme Barabal la regardait avec de grands yeux tristes et soudainement larmoyants.

— Toi, plus m'aimer ?

Eloïra soupira longuement, et prit la petite dans ses bras.

— Oh si, bien au contraire. Tu sais bien que je t'adore ma Baba. Je suis juste… fatiguée.

— Dormir tu aurais dû. De jouer tard, pas bon, tu dis !

Ben voyons ! Oui, si une enquiquineuse de première les avait, Cirth et elle, laissés faire l'amour, Eloïra aurait certainement dormi comme un gros bébé par la suite. Mais tel n'en avait pas été le cas.

— Viens, il est l'heure de partir, grommela-t-elle en se redressant et en vérifiant que le harnachement qui maintenait son épée dans son dos était bien attaché.

Après quoi, elle soupira de consternation comme Barabal courait vers la sortie en poussant des hurlements stridents de joie.

— Mouma, mouma !

Oui, c'est cela, qu'elle aille donc embêter les mammouths, se dit Eloïra en s'extirpant des pans de la *tcheïba* et en levant les yeux sur la vie grouillante du dehors. Par chance, il y avait un soleil radieux tout comme un ciel bleu sans nuages. Les éléments étaient avec eux pour leur départ imminent.

Les hommes s'activaient de toute part dans une cohue qui paraissait étrangement coordonnée. Non loin de là où elle se tenait, un petit groupe s'était formé avec Cirth, Larkin, Muir, Jordken et… le vilain « pas vraiment moche » Ardör. Barabal, quant à elle, se trouvait près des mammouths en compagnie d'Aldec, une grande quantité d'herbe et de mousse dans les bras.

Pourvu qu'elle ne les empoisonne pas, se dit Eloïra, un demi-sourire sur les lèvres, avant de tourner son attention vers les hommes et Larkin.

Ardör contemplait Cirth d'un air à la fois renfrogné et ébahi. Et pour cause : Ardör n'avait pas été guéri des blessures que le Fëanturi lui avait infligées. Cirth souriait de toutes ses dents blanches pour narguer Ardör, qui lui, affichait un prodigieux coquard sur l'œil opposé d'où s'était trouvée l'ecchymose de Cirth. Tout le monde n'avait pas la chance d'avoir une magicienne guérisseuse pour femme !

— Les sentinelles arrivent, ainsi que Lug, annonçait Muir alors qu'Eloïra était maintenant assez proche du groupe pour percevoir leurs paroles.

— Il va utiliser le portail en premier pour être certain que nous, les Kadwan, ne craindrons rien lors de notre voyage de terre à terre, ajouta Jordken en se tournant vers une direction et avant que tous fassent de même.

De quel portail s'agit-il ? se demanda Eloïra avec curiosité, avant de suivre leur mouvement et d'écarquiller les yeux d'ébahissement.

Non loin du vieux tumulus, un cercle de pierres avait été érigé. Il n'était pas à cet endroit la veille encore, et avait dû être mis en place durant la nuit. Ainsi, les déités avaient utilisé leurs immenses pouvoirs pour faciliter le départ des lignées.

— D'où proviennent les pierres ? Le *Lïmbuée* est-il suffisamment existant en elles pour nous assurer toute protection ? s'enquit Cirth d'un ton inquiet alors qu'il ne s'était pas encore rendu compte de la présence d'Eloïra à ses côtés.

— D'après Aldec, reprit Jordken, ce seraient des pierres de cercles brisés qui auraient été récupérées sur d'autres continents. La magie y est encore bien présente et... constatez par vous-mêmes, voici venir Lug et les sentinelles.

Un immense tourbillon scintillant naquit dans le cercle, et petit à petit, les impressionnantes carrures de sept sentinelles prirent forme avant de se consolider tandis qu'elles entouraient un cerf de grande taille aux bois longs et tortueux. L'animal était tout de beauté et de force. Son pelage brun luisait sous les rayons du soleil, tout comme le torque en or qui ceignait son large cou. Il s'avança majestueusement pour sortir du portail, avant que les géants ne l'escortent en suivant son déplacement.

En quelques pas, Eloïra fut près de Cirth et, sans détourner son attention de la prodigieuse vision, lui saisit la main qu'il serra dans la sienne, tandis que les sentinelles et le roi cornu, Lug, s'approchaient de leur groupe.

— *Cernunnos*... ainsi donc, c'est bien lui, souffla Eloïra pour elle-même.

Cernunnos était en fin de compte un autre nom de Lug. C'était de la sorte que les Celtes gaulois l'appelaient. Leurs druides encourageaient l'adoration de Cernunnos, car pour eux, il était le dieu des richesses, de la virilité, des animaux, de la régénération de la vie en toute chose et le gardien des portes de l'autre monde : les Sidhes !

Le magnifique cerf dévisagea un instant Eloïra de son bel œil rond de couleur améthyste, avant que Lug ne reprenne la forme humaine qu'elle lui connaissait depuis son arrivée à Galéa.

— Tu parais étonnée de découvrir une des facettes animalières de Lug, murmura Cirth à l'oreille d'Eloïra. Ne l'avais-tu jamais aperçu en cerf ?

— Non, chuchota-t-elle en retour pour n'être entendue que de lui seul et en plongeant ses yeux dans les siens. C'est la première fois, mais dans le futur, d'autres que moi le savaient et l'appelaient Cernunnos, le dieu cornu.

Lug se racla la gorge pour attirer leur attention sur lui, et comprit par l'échange de paroles qu'il avait perçu entre les deux âmes sœurs – grâce à son ouïe extrêmement fine –, que son secret de voyage temporel avait été éventé. Tout du moins, en ce qui concernait Cirth. Lug n'en exprima aucun ressentiment, mais plutôt une sorte de soulagement qui se vit sur les traits de son visage, et lui comme Cirth se dévisagèrent sans acrimonie. Enfin, le Fëanturi et le dieu étaient en passe de faire la paix.

— Le portail est sécurisé, annonça Lug à la ronde, d'autres hommes s'étant rapprochés à son arrivée pour former une foule silencieuse autour d'eux. Vos familles vont pouvoir vous rejoindre, et dès que vous serez prêts, nous vous conduirons sur vos futures terres.

Les lignées, songea Eloïra, elles allaient toutes quitter l'extraordinaire confort de la ville de Galéa, pour affronter une existence plus primitive et des terres qui seraient, dans un premier temps, fortement inhospitalières. Leur vie allait radicalement changer. Étaient-ils tous préparés à cela ?

— Allons-nous également utiliser les pierres levées ? demanda-t-elle alors que les Kadwan s'éloignaient vers leur nouvelle tâche, Muir et Jordken restant au sein du groupe.

— Non Eloïra, répondit Lug sans paraître avoir froid, vêtu de son simple pagne plissé et de ses sandales. Dans l'endroit où vous devez vous rendre, au cœur de la Montagne des Brumes, il n'existe aucun autre cercle pour faire la liaison et nous ne pouvons en ériger un là-bas. Car le dragon noir, le grand *Dorka*, y a élu domicile. Son aura maléfique fait barrage à nos pouvoirs et détruirait n'importe quel portail en place.

— Mais alors, comment rejoindre cette montagne dans les temps ? s'écria Eloïra, car après tout, il ne leur restait plus que vingt-cinq jours ! Et dieux savaient combien d'heures allait prendre le chemin aller-retour !

Cirth rit et échangea un lourd, et premier regard complice avec Lug. Tous deux affichaient maintenant leur profonde hilarité.

Quoi ! Qu'est-ce qui pouvait bien les amuser ?

— Nos montures nous attendent, mon cœur, fit Cirth en désignant quelque chose dans le dos d'Eloïra.

Son cœur, justement, n'eut pas le temps de se gorger d'amour au son des premiers mots doux de Cirth, qu'il se figea dans sa poitrine en même temps qu'elle poussait un cri étranglé.

Cirth lui désignait les mammouths ! Eloïra savait que

ces bêtes allaient faire partie du voyage, mais jamais elle n'aurait songé qu'elle devrait faire la route sur leur dos !

— Oh... non ! balbutia-t-elle en pâlissant tandis que tous éclataient de rire, y compris Larkin.

Chapitre 22
Une révélation époustouflante

Eloïra, bon gré mal gré, et contrainte par la poigne à la fois forte et douce de Cirth, suivit le mouvement de leur groupe en direction des mammouths, où des hommes, montés sur de hautes plateformes, finissaient d'installer et de fixer des palanquins sur le dos des pachydermes.

La jeune femme écarta vivement les longues mèches rousses devant ses yeux pour mieux juger de ce qu'il en était : les nacelles, de toute évidence prévues pour quatre personnes, et placées sur d'épais tapis pour protéger les immenses bêtes de tout frottement avec la base, étaient couvertes de peaux et fourrures dans le but d'assurer un spartiate confort aux occupants.

Tout cela paraissait très bien. Oui, mais voilà, Eloïra ne se voyait pas du tout voyager dans une tente mouvante à treize pieds au-dessus de la terre ferme ! Oh ça non ! N'y avait-il donc pas de chevaux ? Pourtant, en arrivant hier dans la zone neutre, elle avait perçu leurs si reconnaissables hennissements !

Alors qu'ils dépassaient le campement où se trouvaient les alignements de *tcheïbas*, Eloïra poussa un petit cri de joie en découvrant une plaine faite de limon et d'herbe fatiguée, où galopaient des coursiers bien plus grands et râblés que ceux qu'elle avait l'habitude de côtoyer dans son époque. D'ailleurs, à vrai dire, elle n'avait jamais vu ce genre de chevaux. Ils étaient immenses, nerveux, tout de muscles, et la couleur de leur robe allait du noir, brun, au blanc le plus pur. Ils faisaient de toute évidence partie d'une race qui n'existerait plus dans le futur.

— Voilà ce dont j'ai besoin ! s'exclama Eloïra. Je suis une très bonne cavalière et…

— Non, coupa Cirth en la faisant grimacer de déception. Premièrement, tu n'es pas vêtue correctement pour voyager sur les terres gelées à dos de cheval, énumérat-il en désignant sa cape et sa robe rouges ainsi que ses bottes de cuir. Deuxièmement, les palanquins nous procureront un abri contre le froid et seront réchauffés par la chaleur corporelle des mammouths. La route est longue jusqu'à la gorge des murmures, et dans les nacelles, les enfants et toi pourrez vous reposer confortablement.

Eloïra se rendait bien compte qu'elle se comportait comme une fillette capricieuse, mais c'était plus fort qu'elle : les mammouths lui faisaient peur.

— Si cela peut te faire plaisir, ajouta Cirth en se penchant sur elle pour l'embrasser, sache que le tronçon de chemin qui nous mènera de notre dernier campement jusqu'au pied de la Montagne des Brumes, se fera à l'aide des chevaux.

Eloïra noua ses mains fines sur la nuque de Cirth pour le retenir encore un instant tout contre elle.

— Et combien de jours pour y parvenir ?
— Trois.

À leurs côtés, plusieurs hommes – des patrouilleurs qui revenaient des terres gelées, à ce que comprit Eloïra – faisaient leur rapport à Lug.

— La tempête des trente nuits n'est plus qu'un mauvais souvenir, disait un grand individu, chef du détachement, et qui portait sa longue barbichette noire tressée comme de coutume.

Il avait un nez aquilin, de petits yeux enfoncés dans leurs orbites et étirés en amande, et devait avoir passé la cinquantaine au vu des rides qui marquaient le coin de ses paupières comme de sa bouche.

— C'est comme si le temps et les éléments offraient leur clémence au Fëanturi du nord et à sa protégée, reprit l'homme d'un ton détaché. D'ailleurs, il n'a jamais fait aussi beau sur les terres gelées qu'en ces cinq derniers jours. Nous avons pu ouvrir la route jusqu'au premier campement de relais et en revenir rapidement, le tout, sans aucun problème. De plus, nous avons également constaté que la neige commence à fondre sur la piste menant à la gorge des murmures.

Eloïra fut frappée par les paroles du patrouilleur qui faisait mine de l'ignorer, mais qui ne pouvait s'empêcher, de temps à autre, de lui lancer de petits regards curieux. Il avait parlé d'une tempête de trente jours, et d'une soudaine accalmie. Ainsi, tout le temps de sa convalescence, les Éléments avaient torturé les terres et les monts comme s'ils souffraient qu'elle ait été gravement blessée et s'étaient vengés du *Dorka* en déversant leur colère, faite de froid, de vent, de neige et de glace hors des protections de Galéa.

Et maintenant qu'Eloïra était guérie, confiante en la vie, et éperdument amoureuse... les Éléments fusionnaient derechef avec elle et chantaient leur allégresse en colorant le ciel d'un bleu azuré et en écartant les nuages pour que le soleil inonde les plaines et les montagnes de sa chaleur.

Eloïra croisa le regard de Lug, tandis que l'homme terminait son rapport, et sut avec certitude qu'il avait songé à la même chose qu'elle.

— Ainsi, lança Lug l'air détaché, Cirth et Eloïra, vous êtes assurés de faire une bonne route. Que le *Chant* soit avec vous.

— *Awen*, fit le Fëanturi en saluant le dieu, avant de pousser une Eloïra récalcitrante vers les escaliers menant aux plateformes « d'embarquement ».

Lug ne put cacher son inquiétude et s'adressa une dernière fois à la jeune femme avant qu'elle ne s'en aille :

— J'ai promis à tes parents que tu rentrerais saine et sauve dans les Highlands, fais en sorte que je puisse tenir mon serment.

Eloïra déglutit et détourna son visage l'espace d'une seconde. Comment avouer à Lug qu'elle projetait de rester auprès de Cirth ? Ce dernier s'était brusquement assombri, le corps figé, et ses lèvres affichaient désormais un pli amer. Il n'était pas au fait des intentions d'Eloïra, mais le moment viendrait où elle lui en parlerait. Néanmoins, les doyennes et Lug allaient peut-être leur poser problème.

Chaque chose en son temps, se dit Eloïra en profitant du trouble de Cirth pour lui échapper, courir vers Lug, et poser impulsivement un baiser sur sa céleste joue.

— Je reviendrai, souffla-t-elle simplement avant de faire volte-face et de monter quatre à quatre les marches pour accéder à la plateforme et attendre sagement son tour pour prendre sa place dans le palanquin.

— Ramène-la, murmura Lug en direction de Cirth qui acquiesça simplement de la tête.

Lug et le Fëanturi échangèrent un dernier regard, et Cirth s'élança pour rejoindre Eloïra, Larkin et Barabal, qui étaient déjà installés dans la nacelle.

Le convoi se composait de quatre mammouths, deux portant le matériel pour monter une *tcheïba* et les provisions pour les hommes, comme pour les bêtes, et les deux autres supportant les palanquins : celui où se trouvait Eloïra, et celui où Muir, Ardör, et Jordken se disputaient des épaules l'étroit habitacle. Six chevaux et les sept sentinelles finissaient de former le cortège.

Le groupe se mit en marche, et Eloïra sut qu'elle ne tarderait pas à être malade quand le mouvement ample, lent, et chaloupé du pachyderme ballotta la nacelle dans tous les sens.

Barabal, quant à elle, semblait aux anges et avait soulevé un pan de peau pour faire de grands signes d'au revoir à ceux qu'ils laissaient derrière eux.

— Ne bouge pas comme ça, souffla Eloïra en direction de la Seanmhair, pour tout de suite porter la main à sa bouche comme un haut-le-cœur la saisissait.

— Pas bouger je fais, mais mouma... lui oui ! Ovvvooooiiiirrrr Aldec, cria-t-elle encore en se penchant vers l'extérieur.

— Tu devrais rentrer ton nez, petite, toi aussi Larkin, fit Cirth, nous allons franchir la frontière magique entre la zone neutre et les terres gelées, le froid va vous cingler le visage !

Eloïra avait complètement occulté Aldec, et sous le regard étonné de Cirth, elle bascula également le buste à l'extérieur de l'habitacle, bousculant un petit peu les enfants, pour faire de grands signes à Aldec qui lui répondit en redoublant son propre geste d'adieu, un immense sourire aux lèvres.

Puis soudain, tout disparut, et un froid intense enveloppa Eloïra. Ses cils semblèrent geler instantanément, alors que Barabal et Larkin, bien emmitouflés dans les fourrures qui les couvraient de la tête aux pieds, continuaient de faire coucou... mais à qui ?

Aldec n'était plus là, pas plus que l'entre-deux terres, ou la ville antique... ni Galéa ! Il n'y avait plus qu'une immense plaine blanche au pied d'une sombre chaîne de montagnes qui allait d'ouest en est, et à laquelle faisait face, au sud, une autre enfilade de monts escarpés.

— Où est passée Galéa ?

— Là ! lança Barabal en faisant signe vers le postérieur du mammouth, Larkin hochant joyeusement la tête.

Et voilà que Cirth se penchait également pour regarder en arrière, plaçant au passage la capuche d'Eloïra sur ses cheveux d'un geste autoritaire.

— Effectivement, Galéa est bien visible, assura-t-il en glissant à nouveau dans l'habitacle et en s'agenouillant au plus près de l'avant du palanquin, pour guider l'animal sur la direction à prendre. Fermez les pans ! gronda-t-il encore, ce qu'Eloïra se dépêcha de faire en tremblant et en soufflant des panaches de buée pour ensuite se coller tout contre son large dos protégé d'un manteau de fourrure et chercher la chaleur de son corps.

— Mais alors, pourquoi je ne peux plus l'apercevoir ? insista-t-elle en bafouillant, tant elle claquait des dents.

— Parce que seuls ceux qui sont nés à Galéa ont cette capacité, les autres doivent boire un élixir pour…

Cirth ne finit pas sa phrase. Lui comme Eloïra s'étaient figés sur place. Même les tremblements de froid qui agitaient le corps de la jeune femme avaient disparu ! Et pour cause : Cirth et Eloïra venaient de découvrir quelque chose d'extraordinaire, d'incroyable !

Tous deux, lentement et de concert, après avoir échangé un regard interloqué, se tournèrent vers Larkin et Barabal qui jouaient innocemment au jeu de pierre, feuille et ciseaux que leur avait appris Awena alors qu'ils étaient déjà des vieux grincheux qu'il fallait canaliser.

— Cela voudrait-il signifier…, commença Eloïra.

— Qu'ils sont natifs de Galéa, oui, termina Cirth avant de rire tout bas comme si la chose lui paraissait burlesque.

— Non !

— Je t'assure que c'est la plus plausible, et la seule des explications puisque ces petits peuvent apercevoir la cité, et non toi !

Tous deux se détournèrent des enfants pour ensuite glisser sur les genoux vers le panneau avant, à demi ouvert sur l'extérieur, et la scène de la tête du cortège qui avançait sur un sentier gelé et caillouteux qui sillonnait entre deux hautes murailles de neige. Ils se mirent à parler à voix basse, tels des conspirateurs, Barabal et Larkin poursuivant leur jeu sans se rendre compte de rien.

— Cela voudrait donc dire qu'ils sont de Galéa ! souffla Eloïra en se remémorant soudain les cris enchantés de mini Barabal devant les visions de Lug, au château Saint Clare, alors qu'elle découvrait les mammouths.

Elle les connaissait et hurlait leur nom : « mouma » !

— Oui, confirma Cirth en fronçant les sourcils et en plongeant son regard dans celui de la jeune femme. Néanmoins, je ne les ai jamais vus ! La ville a beau être grande, je me serais tout de même souvenu d'eux.

— Et s'ils n'étaient tout simplement pas encore nés ? Réflexion faite, même si les départs sont prévus pour dans pas longtemps, il se pourrait que cela prenne quelques années avant que toutes les lignées ne quittent Galéa ?

— Il y a de fortes chances pour que tu aies raison, murmura Cirth. Et dans ce cas, c'est très certainement à Galéa que quelqu'un leur a lancé cette malédiction. Mais qui, et pourquoi ?

Eloïra n'en revenait pas. Tout n'était donc pas qu'amour et beauté sur les terres des dieux. Une ombre malsaine se cachait au sein du peuple, une personne, ou une déité, qui aurait utilisé la magie noire pour enfermer Larkin et Barabal dans un cercle infini de régénérations, et qui avait eu l'intelligence d'occulter le souvenir de cet acte dans leurs pensées.

C'était… effarant !

— Te rends-tu compte, Cirth, qu'ils auraient subi plus de vingt-quatre cycles de six cents ans ?

— Le temps n'est pas de savoir qui leur a fait ça et pourquoi, mais de les délivrer, grommela Cirth. Quand ils le seront, peut-être recouvreront-ils la mémoire et pourront-ils dire qui les a emprisonnés sous ce charme.

Oui, mais seulement après avoir été libérés… en revenant dans le futur, songea Eloïra.

Et comme elle ne rentrerait pas, jamais elle ne le saurait.

Mais en restant, elle pourrait mener son enquête et un jour, elle trouverait ces enfants à Galéa. Néanmoins, elle ne pourrait rien empêcher, car alors, la chronologie des évènements dans le temps en serait totalement changée. Barabal, la vieille sorcière, tout comme le bon grand druide Larkin, devaient rencontrer Awena, Diane et les membres du

clan Saint Clare !
　　La malédiction devait donc s'accomplir.

Chapitre 23
Un long chemin

Au fur et à mesure que les heures passaient, rythmées par le lent mouvement ondulatoire des nacelles qui suivaient le pas des mammouths, le décor se mit peu à peu à changer, tout comme la température environnante.

À la grande stupeur de Cirth comme de Muir, Jordken, et le sombre Ardör, il leur fut même possible de rouler les fourrures des palanquins sur deux côtés, tant le soleil animait de sa chaleur les plaines immaculées où ils se trouvaient. Il faisait presque aussi bon que sur l'entre-deux terres, mais certes beaucoup moins qu'à Galéa.

Les hautes murailles de neige qui s'alignaient de part et d'autre de leur chemin étaient déjà loin, et Eloïra comme les enfants découvraient avec des regards émerveillés le tapis étincelant de blancheur qui s'étalait de droite et de gauche entre deux vertigineuses et interminables forteresses rocheuses. Au loin, ces deux immenses masses se rejoignaient et fermaient la plaine où évoluait le cortège.

— Ce n'est pas la fin, il existe une issue. Là où se touchent les montagnes, à leurs pieds, se trouve la gorge des murmures, indiqua Cirth en ayant aperçu le froncement de sourcils d'Eloïra et en comprenant où ses pensées l'avaient menée. C'est un long chemin à fond de cuve entre deux pans de roches, extrêmement dangereux parce qu'il y a souvent des éboulements de pierres ou de neige, et pourtant, c'est notre seule porte de sortie vers la Montagne des Brumes.

— N'aurions-nous pas pu y accéder directement en voyageant à dos de dragons ? lança Eloïra en songeant à son frère Cameron qui avait volé avec le Gardien des Éléments.

Cirth rit fortement et attira sur eux le regard curieux des hommes qui étaient installés dans la nacelle sur le mammouth devant eux.

— Nul ne chevauche un dragon ! Ils sont libres et doivent le rester !

Eloïra se mordilla la lèvre et retint les paroles qui cherchaient à lui échapper : bien sûr que si c'est possible, mon frère l'a fait, et avec l'accord d'un dragon blanc !

Oui, mais voilà, elle ne devait pas en parler. Soudain, son regard fut attiré par d'étranges formes sombres paraissant surgir de la neige.

— Qu'est-ce ? souffla-t-elle.

— Les ruines des habitations des lignées des bannis. Autrefois, la protection de Galéa arrivait jusqu'ici et englobait la Montagne des Brumes. Le départ des Moïas, des Méno's, des Chom's et des Egapp a considérablement affaibli la magie des dieux.

Tout à coup, Eloïra ne trouvait plus le paysage de toute beauté, mais ressentait une grande tristesse à voir tout ce gâchis. Il y avait tant de ruines, ainsi que des arbres morts aux branches noires et brisées tendues vers les cieux, et ce, sur des lieues à la ronde ! Cette désolation lui donna envie de pleurer.

À ce moment-là, une sentinelle les dépassa, et Eloïra se focalisa sur sa haute et magnifique silhouette de guerrier pour ne plus penser au passé. Le casque et la semi-cotte de mailles argentés resplendissaient sous le soleil, comme ses longs cheveux cendrés qui se balançaient dans son dos à chacune de ses foulées.

Et puis soudain, Eloïra retint sa respiration, ferma et ouvrit plusieurs fois les yeux pour être certaine de ne pas être victime d'une hallucination, et tira Cirth par la manche de son manteau de fourrure.

— Regarde ! s'écria-t-elle, à nouveau penchée au-dehors du palanquin, la tête vers le bas, et pointant son doigt vers le sol.

Cirth, amusé, bascula son buste vers l'extérieur et s'étonna :

— Que dois-je voir ?

— Mais ça ! Cette sentinelle est immense, et son poids doit être colossal, pourtant, il n'y a aucune trace de ses pas dans la neige qui borde le chemin ! Il… il ne s'enfonce pas !

Cirth rit de plus belle en reprenant les rênes du mammouth.

— C'est normal, ces guerriers ne sont animés que par la magie et le *Lïmbuée*. Ils ne pèsent rien, n'ont pas faim, n'ont pas soif, et peuvent marcher éternellement sans jamais se fatiguer.

— C'est incroyable, souffla encore Eloïra en posant les coudes sur le bord de la nacelle et en plaçant le menton dans ses paumes pour ne plus lâcher de son regard la magnifique et athlétique sentinelle. Le carquois rempli de flèches, comme l'arc fait de peuplier blanc, se balançaient également et doucement dans son dos.

Les yeux d'Eloïra dérivèrent vers l'épée de diamant maintenue sur la taille du « Titan », et un fulgurant souvenir lui revint à la mémoire :

— Pourquoi la lame devient-elle noire quand une sentinelle tue un *Dorka* ?

— Comment es-tu au fait de cela ? fit Cirth, interloqué, en reportant son attention sur Eloïra qu'il n'apercevait que de dos, sa longue chevelure rousse se mouvant sur sa cape rouge tel un voile de soie chatoyant.

— Le jour où le tigre m'a attaquée, juste avant de perdre connaissance, j'ai vu la lame de la sentinelle se planter dans le corps de la bête, comme je t'ai vu, enfin le lion, briser la nuque du *Dorka*.

Cirth ne voulait pas repenser à ce jour fatidique où il

avait manqué perdre son âme sœur, cela faisait remonter en lui une vague de rage et de peur qui avait bien failli le rendre fou. Néanmoins, il répondit tout de même, car il avait conscience que sa protégée utiliserait tous les stratagèmes possibles et existants pour arriver à ses fins :

— L'épée de diamant aspire l'âme damnée qui a investi et corrompu le corps d'un animal, ou d'un homme. C'est le seul moyen de détruire un *Dorka*. J'ai brisé la nuque du tigre, oui, mais je n'ai pas tué l'abjection qui l'habitait, c'est l'épée du géant qui l'a fait.

— Et que deviennent ces âmes noires par la suite ?

— Nous les emprisonnons dans un sort de séparations d'âmes. C'est un charme très…

— Je connais ! coupa Eloïra, son cœur battant brusquement et à vive allure, tandis que son souffle se bloquait dans sa poitrine.

Awena, Cameron comme Elenwë, avaient été les victimes de ce monstrueux sort et avaient réussi à en réchapper de justesse.

Cirth, intrigué, laissa tout de même la jeune femme à ses pensées pour reporter son attention sur les plaines environnantes. Cela faisait un moment qu'il avait l'impression d'être espionné, suivi. Néanmoins, il ne voyait rien à l'horizon, et les ruines des habitations des anciennes lignées étaient maintenant loin derrière eux. Encore deux heures, et le soleil se coucherait derrière les pics sombres des montagnes dont les ombres s'étalaient vers le convoi, comme pour les attraper dans leurs griffes. Il était plus que temps de monter leur bivouac.

Durant trois jours, le lent voyage vers la gorge des murmures, les pauses repas, et l'installation du campement le soir, marquèrent le quotidien de l'équipée. Eloïra en venait à s'ennuyer ferme, passant des heures dans la nacelle à jouer avec les enfants pour les divertir et à être prodigieusement frustrée de ne pas pouvoir être réellement dans les bras de son amant.

Le temps, la journée, était toujours aussi clément, mais dès que la nuit tombait, un froid saisissant les enveloppait, et tous se dépêchaient de couvrir les chevaux de fourrures, de monter la *tcheïba* qui abriterait l'ensemble du groupe – autant pour l'intimité du couple Cirth-Eloïra – tandis qu'au-dehors, les mammouths se postaient de part et d'autre de l'habitacle et que les sept sentinelles formaient un cercle tout autour du bivouac.

En se plaçant ainsi, elles élevaient une barrière protectrice et magique, qui empêcherait les *Dorka's* d'attaquer le campement. Cependant, leur magie attirait également les *läy's gwendeïs*, peu nombreuses sur les terres gelées, mais tout de même présentes et qui déambulaient devant les géants comme si elles cherchaient un passage… ou une aide.

Un secours qui les conduirait au Chant, s'était dit Eloïra avant de songer pour la première fois depuis longtemps à l'Ankou.

Dès qu'il serait là, toutes ces âmes errantes seraient enfin délivrées, apaisées, et le monde serait débarrassé des *läy's dorka's*. La jeune femme en arrivait presque à espérer ce jour et parvenait avec étonnement à voir en l'Ankou une sorte de libérateur.

— Les âmes blanches sont beaucoup moins nombreuses qu'au soir passé, murmura Eloïra, en revenant au présent, tandis qu'elle avait soulevé les fourrures protégeant l'entrée de la *tcheïba* pour apercevoir les fantômes qui allaient et venaient à l'extérieur.

Tous étaient bien à l'abri et au chaud dans la tente, les pans avaient été tirés et les enfants, après avoir bien chahuté jusqu'à pousser Ardör à s'écarter du groupe et à se barricader dans sa « partie » de l'habitacle, s'étaient enfin assoupis.

Cirth se plaça dans le dos de la jeune femme, la ceintura de ses bras et déploya ses mains sur son ventre. Posant le menton sur le sommet parfumé de sa tête, il contempla également les *läy's gwendeïs*, avant de soupirer tristement.

— L'une d'entre elles est peut-être ma mère, ou des personnes que j'ai aimées ou côtoyées. Plus nous nous approcherons de l'antre du dragon noir, moins tu en verras. Son aura malsaine les fait fuir, tout comme elles sont attirées par la magie pure et blanche des sentinelles.

C'était la première fois que Cirth évoquait aussi librement Shona, la déesse qui l'avait mis au monde.

— Combien d'autres attaques de *Dorka's* y a-t-il eu à Galéa ? Sans compter celles de ta mère et la mienne, voulut savoir la jeune femme, et priant pour qu'il n'en prenne pas ombrage.

— Aucune, répondit-il, après un long moment. Il n'y a eu que deux âmes damnées à avoir percé le bouclier magique de Galéa. Celle qui a tué une immortelle, et celle qui t'a attaquée.

Eloïra sursauta et tournoya dans ses bras pour essayer d'apercevoir le visage de la haute silhouette qui se découpait comme une ombre chinoise, Cirth se tenant dos à la lumière. En même temps qu'il avait prononcé ses paroles, et alors qu'Eloïra était saisie par une fulgurante pensée, le corps de Cirth s'était tendu et sa respiration momentanément bloquée.

— Deux, répéta-t-il, et à chaque fois, ce sont les femmes de ma vie qui sont visées.

La coïncidence était trop forte pour que les attaques n'aient pas été commanditées. Mais, qui aurait fait cela ?

— Tulatah, souffla Eloïra, ne voulant tout de même pas croire qu'une déesse aurait échafaudé un plan macabre pour se débarrasser de ses rivales.

— Ou Ardör, gronda Cirth en tournant son profil vers l'intérieur de la tente.

— Pour l'attaque qui me concerne, peut-être, mais c'est impossible pour celle qui a visé ta mère. Ardör devait être un enfant à cette époque-là. Et d'ailleurs, pourquoi aurait-il agi ainsi ?

— Parce qu'il est fou amoureux de Tulatah, mais que cette dernière n'a d'yeux que pour moi. Il est rongé par la jalousie et je sais qu'il cherche le moyen de me supprimer ou celui de me faire souffrir... comme il souffre de ne pas tenir la déesse qu'il aime dans ses bras.

— Ce sont deux nigauds ! s'exclama Eloïra, avant que Cirth ne lui pose une main sur la bouche en lui faisant comprendre par un signe de la tête de parler plus bas. Ils sont faits pour être ensemble. Jaloux, vicieux, envieux, ils ont tout pour se plaire.

Cirth rit et se pencha pour l'embrasser doucement, avant que son baiser ne se fasse de braise et que leurs corps ne se trouvent en une danse lente de désir où seuls ondulaient leurs bassins.

— On ne peut pas, grommela Cirth en posant son front contre celui d'Eloïra. Il nous faudra attendre d'être à Galéa pour être enfin ensemble. Et alors, je ne ferai qu'une bouchée de toi.

Eloïra fut en feu dans l'instant. Que les jours à venir allaient lui paraître longs, et encore plus en songeant à ceux du retour !

Néanmoins, dès le lendemain, elle n'aurait plus à supporter le balancement du palanquin sur le dos des mammouths, car le reste de la route se ferait à cheval. Très bientôt, le *Lïmbuée* serait dans sa sacoche de cuir, et sa quête serait enfin sur le point de s'achever.

— Allons nous coucher, fit Cirth en laissant retomber les pans de peaux de la porte pour ensuite entraîner Eloïra vers leur matelas, non loin d'un Muir et d'un Jordken qui faisaient semblant de dormir, la main posée sur leur épée, parés à tout combat, si besoin était.

— Il a encore gardé son bonnet de fourrure pour dormir, pouffa Eloïra en se couchant près de Cirth et en levant le menton dans la direction de Jordken. Pourquoi ne s'en sépare-t-il jamais ?

Cirth lui pinça gentiment les fesses au travers de sa

robe de velours rouge et de sa cape, avant d'émettre un rire bas.
— Je te le dirai demain ! Mais pour l'heure, dors.

Chapitre 24

Sous la glace

Tous étaient enfin sur le dos des chevaux. Barabal avec Eloïra, Larkin avec Cirth, et la jeune femme en aurait chanté de joie et d'allégresse si l'attitude nerveuse de Cirth ne l'avait pas inquiétée.

Depuis qu'ils avaient plié bagages, en ce quatrième matin baigné de soleil et d'une douceur invraisemblable – aux dires de Muir et de Jordken –, le Fëanturi ne cessait de lancer des regards vifs sur les plaines et les montagnes aux pics en dents de scie qui se dressaient désormais devant eux.

Quelque chose n'allait pas, et bizarrement, le destrier que montait Eloïra donnait également de forts signes de nervosité. Il renâclait et battait la neige caillouteuse de son sabot avant.

Mais, que se passait-il ?

Soudain, un mouvement dans le ciel attira l'attention de tous et Barabal fut la première à hurler :

— Un dagon !

Oui, un dragon… et rouge ! Le même – Eloïra en avait la certitude –, qu'elle avait observé dans les visions de Lug. Il évoluait assez haut, tournant en spirale comme il descendait dans leur direction, mais ne paraissait en aucun cas menaçant.

— Tulatah ! C'est elle ! vociféra Ardör, tandis qu'Eloïra enregistrait l'information en émettant un petit cri étouffé.

Que venait faire la déesse ici, et si loin de Galéa ? Tous devaient se poser la même question, et de son côté, Ardör avait visiblement pâli et bouillait littéralement sous le coup d'une sourde rage.

— Elle est folle ! cracha-t-il encore. Tous les dieux savent qu'au sortir des protections de Galéa, rien ne peut les préserver du trépas. Son aura de déité va, de plus, attirer le dragon noir !

Si Ardör était vraiment en colère, il était également mort de peur pour celle qu'il aimait, et il se figea derechef sur place, à l'instar des membres du groupe, quand un horrible rugissement parvint jusqu'à eux.

Le bruit parut faire trembler le sol, et des pans de neige se détachèrent des hauts versants montagneux.

— Tu as raison, gronda Cirth. Elle l'a attiré, et il vient droit sur nous ! hurla-t-il alors que les quatre mammouths qui avaient perçu le danger s'égaillaient en courant lourdement sur les plaines, saisis par l'effroi, tandis que les hommes, tout comme Eloïra, avaient un mal terrible à retenir leurs montures affolées.

Le dragon noir, de trois fois la taille du rouge, arriva par l'ouest, survolant les hauts pics sombres de la gorge des murmures, et se propulsant par de puissants battements d'ailes vers Tulatah qui avait amorcé un demi-tour.

— Elle ne parviendra jamais à lui échapper ! gronda Ardör, son destrier virevoltant et se cabrant sous lui comme pour se dégager de son poids afin de gagner sa liberté.

— Nous ne pouvons rien faire pour lui venir en aide, lança Cirth en tenant d'une main Larkin pour qu'il ne soit pas désarçonné par une ruade de son propre cheval.

Eloïra sentait la peur de la déesse, et percevait son

affolant battement de cœur. La magie des Éléments, en elle, enfla, se développa à tel point que des décharges électriques la parcoururent et firent sursauter Barabal de douleur.

— Il arrive sur nous ! s'époumona soudainement Muir.

Effectivement, le dragon noir avait changé de trajectoire et piquait pour descendre sur eux à une vitesse hallucinante. Ses ailes immenses, ressemblant assez à celles d'une chauve-souris, s'étaient collées à son corps aux écailles sombres pour gagner plus encore en rapidité. À nouveau, il poussa un formidable rugissement en ouvrant sa féroce gueule aux dents pointues, ce qui fit derechef trembler les plaines et les montagnes, et donna la chair de poule aux membres de l'équipée.

Tous éperonnèrent leurs montures et ces dernières, qui ne demandaient que ça, se mirent au triple galop en direction de la gorge des murmures, le seul endroit qui pourrait tous les sauver, car il s'agissait d'un étroit canyon auquel le dragon noir ne pourrait en aucun cas accéder.

Les sentinelles couraient elles aussi, entourant le groupe comme pour le protéger de leur présence, bien que contre une attaque en provenance du ciel, elles ne puissent être d'aucun secours, même en utilisant les flèches de leurs arcs.

— Mouma, mouma ! cria Barabal en gesticulant pour descendre du cheval, alors qu'Eloïra essayait, tant bien que mal, de la retenir.

L'enfant était une réelle anguille, et la torsion du bras d'Eloïra qui la maintenait devenait horriblement douloureuse. Jetant un coup d'œil en arrière, la jeune femme vit le dragon poursuivre les mammouths et d'un puissant souffle venant des tréfonds de son ventre maudit, il déversa sur les pauvres pachydermes un long panache de glace qui pétrifia les bêtes dans leur mouvement de fuite. Elles n'étaient plus que des statues de gel, leurs trompes s'élevant vers le ciel azuré, comme pour pousser un dernier cri figé pour l'éternité.

Tandis que Barabal hurlait et pleurait d'avoir perdu ces fantastiques animaux qu'elle aimait tant, le grand *Dorka* se détourna de ses victimes en faisant mine de s'approcher du groupe qui avait stoppé sa course à une centaine de mètres de l'entrée de la gorge.

Au même moment, le dragon rouge, comme surgi de nulle part, arriva dans le dos du grand *Dorka* et cracha une grande gerbe de flammes, qui ne fit qu'effleurer la bête maudite et aviver sa rage tandis qu'elle prenait immédiatement Tulatah en chasse.

— Non ! cria Ardör, la peur dans son cri angoissé touchant profondément le cœur d'Eloïra.

La magie des Éléments était de plus en plus forte, et la jeune femme sut instinctivement ce qu'elle devait faire. Elle fit avancer son cheval vers Ardör pour se positionner flanc à flanc avec son destrier.

— Ardör, prenez Barabal avec vous. Vous, Cirth, Muir, et Jordken allez mettre à l'abri les enfants. Moi, je vais rester et je m'occuperai de sauver la vie de votre aimée, Tulatah. Je vous en fais le serment.

Ardör plongea son regard noir dans celui de la jeune femme, un muscle battant nerveusement sur sa mâchoire. Il hésitait à lui faire confiance, mais avait-il le choix ? Tout magicien et enfant des dieux qu'il était, il se retrouvait dans l'incapacité de secourir la déesse. Enfin, il hocha la tête et prit Barabal dans son dos, ignorant royalement les cris de la fillette qui ne voulait pas être séparée d'Eloïra.

— Du calme Baba, on se retrouvera, je te le promets, chuchota-t-elle en caressant la joue humide de larmes de l'enfant.

— Eloïra, gronda sourdement Cirth. Je ne sais pas ce que tu comptes entreprendre, mais tu n'as aucune chance de réussir en cet endroit. Le *Dorka* vous tuera, toi et

Tulatah !

— J'ai un plan et la magie des Éléments est avec moi, répondit-elle en talonnant son cheval pour s'éloigner du groupe. Cirth, Ardör, s'il vous plaît, mettez les enfants à l'abri, je vous rejoindrai dès que possible.

C'est ainsi que Muir, Jordken, Ardör obtempèrent, visiblement à contrecœur, et poussèrent leurs montures au galop vers la gorge des murmures. Les sentinelles les suivirent, mais au lieu de disparaître comme eux dans l'étroite entrée sombre du canyon, elles se postèrent au pied de la montagne. Elles plantèrent leurs longues épées de diamant dans le sol à leurs pieds, pour ensuite se saisir de leurs arcs, et obliquèrent vers les dragons la pointe des flèches encochées dans les arcs.

Les guerriers géants couvriraient de leurs armes Eloïra et l'attendraient… tout comme Cirth. Car ce dernier, appuyé négligemment au pommeau de la selle de son destrier, ne semblait pas vouloir se conformer aux volontés de la jeune femme, et la dévisageait de toute sa hauteur, d'un air frondeur et éminemment déterminé.

— Bien, que faisons-nous à présent ? demanda-t-il comme s'il s'enquérait de la pluie et du beau temps, alors que dans le ciel, les rugissements des dragons redoublaient d'intensité.

Eloïra descendit souplement de cheval, mouvement que Cirth imita, et tous deux firent quelques pas en direction de l'est et du combat des reptiles volants.

— Je vais communiquer avec Tulatah et les Éléments, murmura Eloïra en écartant les bras à l'horizontale de son corps, basculant la tête en arrière, cheveux au vent, tandis qu'un tourbillon naissait à ses pieds bottés et s'élevait pour l'englober toute.

Cirth contempla ce bout de femme à la fois avec admiration et ahurissement. Jamais il n'avait rencontré un enfant des dieux avec de tels pouvoirs. Eloïra était louve, oiseau, guérisseuse et fusionnait avec la phénoménale puissance des Éléments. Le simple magicien guerrier et métamorphe qu'il était, et pourtant fils de Shona la déesse, ne pouvait que s'incliner devant une telle enchanteresse.

Dans le tourbillon de magie, la cape et la robe rouges se déployaient autour d'Eloïra à l'instar de voiles incandescents. Le pommeau de *Gradzounoul'* scintillait de mille feux, et les longs cheveux d'Eloïra se mouvaient tout autour d'elle comme des centaines de filaments ardents. Elle n'était plus que beauté céleste et magie à l'état brut.

M'entendez-vous ? fit Eloïra mentalement, ouvrant les portes de son esprit à Tulatah.

Ce n'est pas le moment, vociféra en retour la voix de la déesse avec toute l'acariâtreté qui la définissait.

Si vous voulez survivre, c'est pourtant maintenant, continua tranquillement Eloïra.

Les dragons zigzaguaient dans le ciel et s'approchaient des pans enneigés de la chaîne du Grand Balkan qui s'élevait au nord. Le *Dorka* était à toucher Tulatah qui perdait visiblement des forces et se fatiguait rapidement. D'ici peu, soit le souffle de glace du dragon noir la terrasserait, soit ce seraient ses longs crocs pointus qui se planteraient dans sa chair... et elle mourrait également, dans d'horribles souffrances.

Volez au plus près des versants, ordonna Eloïra.

Quelle stupidité avez-vous en tête ? cracha Tulatah en faisant pourtant volte-face dans le ciel pour obéir à la jeune femme et venir effleurer de ses ailes rouges les pentes abruptes et cotonneuses des montagnes.

Eloïra ne put s'empêcher de rire et Cirth, dans son dos, attendit sa réponse tout comme la déesse, car il suivait la silencieuse conversation en essayant de deviner les projets de sa belle.

Quelle stupidité, avez-vous dit ? Eh bien, mais celle de vous sauver la vie ! lança effrontément Eloïra, heureuse de pouvoir moucher Tulatah, même si ce n'était certes pas le moment.

La déesse rugit dans son esprit et déclencha une douleur aiguë sous le crâne de la jeune femme qui tint bon pour ne pas se laisser déconcentrer. Elle attendit que le dragon noir se place juste derrière Tulatah, lui aussi, effleurant de ses ailes les flancs blancs des montagnes, et pria doucement les Éléments de ne faire qu'un avec elle.

La terre se mit à trembler, des vents surgirent de toute part en soulevant des vagues de poudre de neige et de glace, et là-haut, alors que le grand *Dorka* ouvrait sa gueule féroce pour croquer Tulatah, un immense panneau immaculé se détacha des pentes rocheuses pour se fracasser sur le dos et les ailes noires du monstre, le déstabilisant dans sa course et l'envoyant tournebouler dans le ciel.

Fuyez ! Retournez à Galéa ! hurla alors Eloïra, toujours dans sa tête, en espérant que la déesse lui obéisse, car elle avait épuisé une bonne partie de ses forces à canaliser son énergie sur l'avalanche salvatrice et ne pourrait la secourir une seconde fois.

Tulatah prit de l'altitude pour enfin obliquer vers l'est, en direction des terres protégées. Elle disparut rapidement à la vue de Cirth et d'Eloïra, sans émettre un seul remerciement pour celle qui avait sauvé sa céleste peau.

— Eloïra ! cria soudain Cirth, tandis que le tourbillon magique qui entourait la jeune femme s'évanouissait. Il faut fuir !

Le dragon noir, toujours déstabilisé dans sa course, certainement sonné par le choc de l'avalanche, était en train de tomber en se dirigeant tout droit sur eux. Dans le même temps, les chevaux se cabrèrent et s'échappèrent dans la plaine blanche sans se soucier aucunement de laisser en plan leurs cavaliers.

— Nous n'arriverons jamais jusqu'à la gorge,

s'exclama Eloïra en prenant la main que Cirth lui tendait et en s'élançant vers les sentinelles qui les attendaient en projetant dans les airs une pluie de flèches scintillantes.

Le grand *Dorka* s'écrasa sur la roche à plus de trois cents mètres du canyon et provoqua à son tour des éboulements de pierres et de glace qui allaient clore l'entrée du passage, ou ensevelir ceux qui tenteraient d'y parvenir. Pourtant, Cirth et Eloïra n'avaient pas le choix, ils devaient retrouver leur groupe et atteindre la Montagne des Brumes.

— Fais appel à la louve ! lança Cirth avant qu'il ne se métamorphose en une seconde en ce sublime lion argenté que la jeune femme n'avait aperçu qu'une seule fois.

L'instant d'après, et plus rapidement que jamais, la louve écarlate courait dans les pas du fauve et slalomait pour éviter les mortelles chutes de pierres venant des hauteurs.

Les sentinelles avaient harnaché sur elles leurs armes de jet, comme les épées de diamant, et tenaient les pans de la montagne à bout de bras, utilisant pour ce faire leur propre et extraordinaire magie. En agissant ainsi, elles stabilisaient la base de la gorge pour permettre aux métamorphes de parvenir à se glisser dans le sinueux chemin. Quand ce fut chose faite, les géants suivirent le lion et la louve écarlate dans leur fuite endiablée, tandis que des tonnes de roches s'écroulaient derrière eux, scellant ainsi l'unique passage de retour.

Chapitre 25

L'antre du grand *Dorka*

Combien de temps dura la course effrénée du lion, de la louve et des sentinelles ? Eloïra ne le sut pas. Tout ce dont elle était sûre est que ses muscles commençaient à se tétaniser de douleur, que ses poumons allaient exploser tant ils étaient en feu, et que la fatigue allait avoir raison de son corps.

La menace des éboulements était écartée, mais il était vital et nécessaire de rejoindre le groupe au plus vite. Enfin, au bout du long sentier sombre, parsemé de cailloux coupants qui blessèrent les coussinets des pattes des métamorphes, apparut un semblant de luminosité qui gagna peu à peu en intensité alors qu'ils approchaient de la sortie.

Ils déboulèrent dans une petite plaine incurvée cernée par des pans abrupts et montagneux. La vallée était tapissée de roches tombées des hauteurs, de neige poudreuse et d'arbres morts aux branches recourbées comme des griffes.

L'endroit était loin d'être accueillant, une aura malsaine planait ici-bas. Ce fut pourtant au centre de ce lieu que la louve vint s'écrouler en arrivant devant une tente de fortune, faite des couvertures de peaux qui protégeaient les chevaux, et que Muir, Jordken et Ardör s'étaient dépêchés d'édifier.

— Eloïra ! crièrent en chœur Barabal et Larkin, courant pour ensuite se jeter sur la louve écarlate qui trouva un semblant de forces pour leur lécher affectueusement le visage.

D'accord, c'était loin d'être de gentils et agréables bisous qu'Eloïra aurait pu attribuer sous sa forme humaine, mais les deux garnements ne lui avaient donné aucun moment de répit pour redevenir une femme.

— Poussez-vous les petits, laissez-la respirer, intervint Muir, sa tignasse rousse hirsute comme s'il n'avait cessé de passer les mains dedans, et en prenant sous chacun de ses bras les corps gigotant de Barabal et Larkin.

Cirth, de son côté, avait déjà mué et avait enfilé sur sa peau nue le long manteau que Jordken venait de lui lancer. L'instant suivant, pieds nus dans la neige, il s'agenouillait auprès du canidé pour lui parler calmement de sa voix rauque, tout en caressant sa fourrure poisseuse de transpiration, l'aidant ainsi à maîtriser son souffle précipité.

— Tu as été formidable, chuchota-t-il encore en posant sa main ensanglantée par de longues estafilades sur le poitrail de l'animal et lui transmettre sa force en ondes magiques. Ardör, donne-moi cette couverture, là… merci !

Eloïra sentit la chaleur se répandre dans son être et perçut les changements de son corps tandis que la louve s'effaçait et que les courbes féminines prenaient le relais, bien à l'abri sous le plaid en laine de bison.

Cirth l'enroula dans le tissu avec des gestes précautionneux et la souleva ensuite pour la porter sous la petite tente. En chemin, Eloïra lui fit un signe pour l'arrêter, tandis que son regard bleu nuit plongeait dans celui d'Ardör, visiblement toujours aussi inquiet pour Tulatah.

— Votre aimée est sauve, murmura Eloïra d'une voix brisée par la fatigue. Dès que nous serons de retour à Galéa, faites-moi plaisir, allez la kidnapper à la mode des Highlands. C'est ainsi que nos hommes agissent quand ils veulent une promise.

Pour la première fois, Ardör eut un léger sourire, et les traits harmonieux et auparavant durs de son visage s'illuminèrent. L'aura malsaine qui l'entourait s'évanouit complètement et il fit deux pas pour prendre avec délicatesse la main blessée de la jeune femme.

— Je vous serai redevable pour la vie, souffla le Muiredach en la saluant d'un signe de tête et en posant le poing sur le cœur, avant de s'écarter pour que Cirth continue son chemin.

Eloïra s'endormit rapidement, bercée par le son des voix des hommes et le murmure des enfants. Larkin cajolait Barabal, et la petite se laissant faire, si triste d'avoir perdu ses « moumas », mais tellement heureuse d'avoir retrouvé Eloïra.

Il lui fallut bien une nuit pour se remettre de son aventure, et au petit matin, elle se réveilla pour se rendre compte qu'elle était seule sous la spartiate tente, et que son ventre gargouillait fortement alors que les effluves appétissants d'une viande rôtie lui parvenaient aux narines.

Elle souleva la couverture volumineuse qui la protégeait du froid et constata qu'elle était toujours nue en dessous, ses habits comme son épée magique ainsi que la sacoche de Merzhin devaient se trouver ensevelis sous la neige et la roche, de l'autre côté de la gorge des murmures. Allait-elle pouvoir les faire venir à elle ? De plus, elle aurait tout donné pour avoir un broc d'eau chaude et faire une mini-toilette, après avoir été faire ses besoins… car sur ce point-là, il y avait également urgence !

Une haute silhouette obstrua un instant l'entrée de la tente, et Cirth fit son apparition, vêtu d'un pantalon en cuir, d'une chemise épaisse en lin, de ses bottes et d'un manteau de fourrure. Il avait ses longs cheveux bruns aux mèches dorées libres de toute attache et ses lèvres étaient incurvées en un sourire lumineux, éclat qui se transmit à ses yeux verts, amoureusement posés sur Eloïra.

Dieux, que cet homme est beau ! se dit-elle, le cœur battant la chamade car il était à elle.

Il apportait un linge et une outre qui dégageait une légère fumée dans la fraîcheur ambiante, et marqua un arrêt, avant de s'approcher pour s'agenouiller à ses côtés.

— Je t'amène de quoi te laver, chuchota-t-il après avoir posé un baiser sur ses lèvres, geste bien trop rapide au goût d'Eloïra. Et Muir a fait fondre de la neige pour que tu aies de l'eau chaude.

Eloïra fut immensément touchée d'apprendre que les hommes étaient aux petits soins pour elle et des larmes incongrues lui montèrent aux yeux.

— Je suis heureuse que tout le monde soit sain et sauf, se dépêcha-t-elle de dire pour que Cirth ne s'inquiète pas.

— Moi également, répondit Cirth d'une voix rauque en imbibant un tissu d'eau chaude pour ensuite le passer délicatement sur le visage de la belle. Tu as faim, ma parole ! s'esclaffa-t-il en percevant les borborygmes intempestifs qu'émettait le ventre de la jeune femme.

— C'est l'odeur de la viande rôtie, lança-t-elle, ses prunelles brillant de convoitise.

— Ainsi, ce n'est donc pas de moi que tu as faim, mais du délicieux lapin qu'Ardör a chassé pour toi et qu'il a cuisiné en ragoût, se moqua Cirth.

— Ardör ? s'étonna Eloïra en écarquillant les yeux pour ensuite gémir de bonheur et de plaisir mêlés comme Cirth passait doucement le linge humide sur la rondeur d'une épaule, avant de glisser vers un sein à la pointe érigée.

— Il n'est plus le même depuis que tu as sauvé Tulatah, grommela-t-il, plus par dépit de ne pouvoir posséder sa femme, que pour les mots qu'il venait de prononcer. Il sourit, reprit-il, ne s'offusque plus de mes boutades, je viens de perdre mon meilleur ennemi à cause de toi ! Avec qui vais-je pouvoir « discuter » maintenant ?

Eloïra rit de bon cœur et noua les mains derrière son cou, sous la douceur de ses cheveux de soie.

— Je le préfère ainsi, bien que te soigner... me plût énormément.

Une lueur ardente passa dans le regard de Cirth au souvenir des caresses et des baisers d'Eloïra quand elle l'avait guéri de ses plaies. Il feula de frustration et s'empara de ses lèvres avec passion, sa langue allant et venant contre la sienne avec fougue et puissance, avide de lui montrer à quel point il la désirait.

Mais ce n'était pas le lieu, ni le moment.

— Termine de te laver, il faut que je fasse un tour, marmonna-t-il en s'enfuyant.

— Lâche ! s'écria Eloïra en le voyant sortir de l'abri, consciente que s'il était resté à ses côtés, ils auraient fini par faire l'amour sans se soucier des enfants et des hommes qui baguenaudaient autour de la tente.

Après avoir fait une succincte toilette, Eloïra se concentra de toutes ses forces et appela les effets et objets dont elle avait le plus besoin. À nouveau, comme pour son arrivée à l'entre-deux terres, ses vêtements, ses bottes, son épée magique, comme la bourse de Merzhin, se matérialisèrent sur sa couverture. Quelques instants plus tard, habillée de pied en cap, elle sortit de la tente en nouant ses mèches emmêlées en une longue et lourde natte, et sourit à Ardör qui s'approchait d'elle en tenant une sorte de bol fumant.

— C'est... c'est pour vous, murmura-t-il en bafouillant et en s'empourprant comme un adolescent tout en lui rendant son sourire.

L'homme était véritablement métamorphosé ! Il en devenait touchant et Eloïra pressentit qu'elle pourrait lier une grande amitié avec lui, maintenant que la jalousie s'était effacée et qu'il ne voyait plus en elle et en Cirth des ennemis.

— Merci Ardör, fit-elle en le saluant et en prenant le contenant.

Elle goûta du bout des lèvres le ragoût, composé plus d'eau que de viande, mais qui était éminemment savoureux.

— J'ai ajouté quelques plantes aromatiques que j'ai cueillies dans le coin, marmonna-t-il encore en faisant un geste vers la vallée encaissée et sombre où ils se trouvaient.

— Hum... c'est succulent.

Dans le dos d'Ardör, Muir et Jordken pouffaient en silence, très amusés par son changement d'attitude et en même temps soulagés que tout se déroule ainsi. Le groupe aurait besoin de cohésion pour les heures à venir. Car le danger rôdait, et la quête était loin d'être achevée.

Eloïra trouva un endroit pour se soulager, et revint sur ses pas finir son repas en s'asseyant sur une vieille bûche, non loin d'un bon feu que Jordken alimentait de temps en temps.

Le Kadwan alla retrouver Cirth, Muir et Ardör, qui se tenaient à l'écart du bivouac, et qui attisèrent la curiosité d'Eloïra quand elle les vit s'agenouiller au sol en posant les mains bien à plat sur la terre gelée.

Que faisaient-ils ? Une prière ?

Eloïra se dépêcha de les rejoindre et étouffa un petit cri ébahi quand peu à peu la neige disparut pour laisser la place à une herbe haute et grasse qui se mit à pousser sur une dizaine de mètres à la ronde. C'était époustouflant ! Les magiciens venaient de recréer assez de vie et de verdure pour... pourquoi au fait ?

— Les chevaux auront-ils de quoi se nourrir à satiété ? s'enquit Muir en se grattant le sommet de la tête et en emmêlant de plus belle sa tignasse rousse, tout en répondant à la silencieuse question que se posait Eloïra.

— Ils en auront pour quelques jours, mais nous serons revenus d'ici là, commenta Cirth. Pour l'eau, ils lécheront la neige, je leur fais confiance, ils sont débrouillards.

— Nous pourrions faire une brèche dans la glace qui recouvre le petit ruisseau, suggéra Ardör en se redressant comme les autres hommes et en frottant les genoux de son pantalon pour faire disparaître les restes de terre gelée qui s'y accrochaient.

Eloïra détourna les yeux du groupe, et chercha ladite rivière dans cette obscure vallée. Ce devait être le grand et fin chemin de glace qui coupait en deux la plaine incurvée et qui courait entre les roches, les arbres morts, et des ruines couvertes de lichen et de mousse roussie par le froid.

— Qu'étaient ces ruines ? s'enquit-elle à haute voix tandis que les hommes revenaient sur leurs pas, dans sa direction.

Cirth leva les yeux vers les flancs circulaires des montagnes, là où une multitude d'autres vestiges de constructions anciennes s'accrochaient encore.

— Ici se tenait une magnifique cité composée de quartz, de marbre et de *Lïmbuée*, raconta-t-il sombrement, ses yeux verts allant et venant sur la désolation du paysage. Elle était la demeure des dragons blancs, les plus puissantes créatures que les dieux aient jamais créées. Lors de la guerre des lignées, les protections de Galéa allant s'amenuisant, cette cité est tombée peu à peu en poussière, la magie l'ayant en totalité désertée. De nos jours, elle comme les dragons blancs ne sont plus que des murmures dans le vent, tout cela ne vit plus qu'au travers des légendes anciennes que nous racontons à nos enfants.

Eloïra s'attarda encore un instant, perdue dans la contemplation des ruines sombres. Elle n'arrivait pas à s'imaginer une cité de lumière érigée dans cette fosse aux allures de cimetière.

Poussant un soupir triste, elle se détourna et revint vers le centre du campement où Jordken s'attelait à éteindre le feu. Il le faisait si bien, n'hésitant pas à se pencher pour jeter de la neige sur les bûches encore fumantes, qu'il en perdit son ridicule bonnet de fourrure.

Ce qu'Eloïra découvrit alors la figea sur place de surprise, et Jordken croisa son regard en rougissant jusqu'aux oreilles, tout en ramassant vivement le tas de poils qu'il reposa de travers sur son crâne chauve à la peau tatouée.

Le Kadwan paraissait très embarrassé, et fuyait le regard d'Eloïra qui s'avança vers lui en souriant gentiment.

— Il est magnifique ce tatouage ! Pourrais-je le voir à

nouveau ? Que représente-t-il ?

Jordken cilla de ses yeux bleus et ouvrit la bouche sans pouvoir émettre une parole, il semblait prodigieusement étonné par le comportement détaché de la jeune femme.

— Mon... mon tatouage ? Euh... l'ours qui est en moi. Vous... vous n'êtes pas rebutée par mon manque de chevelure ?

— Oh Dieux non ! s'esclaffa Eloïra. Je trouve cela très viril au contraire et cela vous va bien. Beaucoup d'hommes de mon clan, dans le futur, se rasent le crâne comme vous ! Et les femmes adorent ça, ajouta-t-elle en lançant un clin d'œil qui estomaqua de plus belle Jordken.

— Vrai ? Un signe de virilité, dites-vous ? Si je pouvais vous suivre dans le futur, pour sûr que je le ferais ! s'exclama-t-il avant de s'écarter, la mine effarée tandis qu'un sourire se dessinait sur ses lèvres et qu'il s'esclaffait en secouant négativement la tête.

— En voilà un autre que tu as gagné à ta cause, chuchota Cirth dans le dos d'Eloïra, la faisant sursauter de surprise. Bien qu'il t'apprécie beaucoup, et ce, depuis votre rencontre.

— Pourquoi ? s'enquit-elle en se laissant aller contre son torse, sans se retourner et en levant la tête vers son beau visage.

— La chevelure des hommes, sur les terres de Galéa, représente leur virilité, leur force et leur courage. Ceux qui comme Jordken ont le crâne glabre, sont assurés de ne jamais trouver femme. C'est pour cela qu'il ne quitte pas ce que tu appelles un bonnet.

— Quelle stupidité ! Les femmes de ton époque me paraissent brusquement très futiles si elles s'arrêtent à cela.

Cirth émit un rire profond et embrassa le sommet de sa tête avant de la lâcher pour retourner vers le bivouac. Eloïra pirouetta et suivit ses pas pour aller aider le groupe qui s'attelait au rangement.

— Chatouiller, elle me fait ! couina Barabal.

La petite jouait avec son araignée qui avait voyagé comme une clandestine, certainement dissimulée dans les habits de l'enfant. Pas étonnant qu'elle la chatouillait ! De plus, qu'est-ce que l'arachnide avait également grandi ! Il prenait toute la main de la fillette.

— Il est temps de se mettre en route, annonça Cirth en attachant un paquetage sur son dos. Nous emprunterons les galeries souterraines pour nous rendre au cœur de la Montagne des Brumes.

— Qui est où ? voulut savoir Eloïra.

Cirth indiqua de son doigt tendu le plus haut des versants qui cernaient la minuscule vallée où ils se tenaient. La jeune femme avait l'impression de se trouver au centre d'une gigantesque couronne de roches, dont les pointes s'élevaient telles des dagues noires vers un morceau de ciel bleu.

— Croyez-vous que le dragon noir est mort ? demanda encore Eloïra, en se mettant en route pour suivre le groupe, Cirth à sa tête.

— Il l'est déjà, mais ne le sera vraiment que quand les sentinelles ou vous, avec l'aide de l'épée céleste, le transpercerez de vos lames. Les âmes noires seront aspirées, et ce que fut l'ancien dragon blanc sera libéré, lui répondit Jordken qui marchait la tête droite à ses côtés et sans son maudit bonnet.

Il souriait béatement, l'air plus heureux que jamais !

— Il est peut-être blessé, continua Eloïra en masquant son amusement. Ou sinon, il nous aurait retrouvés en cet endroit, non ?

Ce fut Muir qui lui rétorqua :

— Aucune chance au vu de sa grande taille. Il n'aurait pas pu descendre, car il n'y a pas de place ici pour qu'il déploie ses ailes. Nous étions hors de danger en ce lieu, mais nous ne le serons plus dans l'antre du dragon noir, au cœur de la montagne.

Eloïra frissonna involontairement. Ainsi donc, ils

devraient se battre pour atteindre la pierre de *Lïmbuée*, et s'ils survivaient, comment allaient-ils rentrer maintenant que le sentier dans la gorge des murmures était scellé ?

— Existe-t-il un autre passage que la gorge pour se rendre à Galéa ?

Eloïra avait conscience qu'elle pouvait être un tantinet agaçante avec ses questions, mais elle voulait savoir. Ardör lança un regard vers les pans nord des montagnes, et un pli amer assombrit à nouveau son beau visage quand il répondit :

— Il y a un sentier, mais peu de ceux qui l'ont emprunté sont revenus à Galéa. Il est escarpé, semé d'embûches, et par endroits il est coupé sur plus d'un mètre et donne sur le vide.

Cirth haussa un sourcil étonné et Ardör, en retour, leva les épaules d'un air fataliste avant de grommeler :

— Oui, bon… j'ai essayé, et j'ai fait demi-tour.

Tous rirent de bon cœur, et Ardör joignit sa voix à la tonalité rocailleuse à l'ensemble, et là encore, inopinément, le souvenir de l'Ankou fusa dans l'esprit d'Eloïra.

Se pouvait-il qu'Ardör soit le futur Ankou ?

— Tenez les petits, lança Jordken en tendant deux étranges bâtons constitués du bois mort des arbres, à la pointe desquels il avait enchâssé des pierres blanches de quartz. Je sais que la magie est en vous, je la sens. Ces bâtons d'enchanteurs vous permettront de faire votre apprentissage. Utilisez-les à bon escient.

Et voilà que les mini Larkin et Barabal commençaient à ressembler à ceux qu'ils deviendraient plus tard. Quant au « bon escient », Eloïra était loin d'avoir la même confiance que Jordken.

Preuve en fut de l'arbre qui prit feu quand Barabal lui lança un sort, avant de s'écrier en boudant furieusement :

— Des feuilles, faire pousser, je voulais !

— C'est loupé, marmonna Eloïra en faisant un geste de la main et en étouffant les flammes par magie.

Tout au long du chemin qui les conduisit jusqu'à

l'entrée des grottes souterraines, la jeune femme ne cessa de réparer les bêtises de la fillette, au plus grand amusement de tous, sauf de Larkin qui se retrouva avec des cheveux érigés et aussi fumants que s'il venait de réchapper d'un incendie.
— Juste le coiffer, je voulais !
— Encore loupé…

Chapitre 26
Au cœur de la Montagne des Brumes

L'entrée de la galerie souterraine n'était qu'une fissure d'à peine un mètre de large à la base, et approximativement de trois mètres de hauteur, le tout allant s'amenuisant en direction du ciel.

Les hommes, Eloïra et les enfants, passèrent sans trop de difficultés. Par contre, les sept sentinelles durent se coucher au sol et ramper pour pouvoir accéder à l'intérieur.

La première partie de la grotte, immense de plafond, était chichement éclairée par la lumière laiteuse provenant de la vallée, et dans un fût recouvert de toiles d'araignées et de poussière, à gauche de l'issue, le groupe débusqua plusieurs torches d'un temps ancien.

— Cela fait belle lurette que personne n'est venu ici, murmura Muir, comme pour excuser les siens de la décrépitude de l'endroit.

— Depuis que nous avons un dragon noir aux fesses, se moqua Ardör en suivant Cirth et en se saisissant du manche d'une torche, avant d'embraser son extrémité pleine de poix visqueuse, étrangement intacte et active.

Les flammes illuminèrent les restes de reliefs plats d'anciens murs de marbre blanc, salis par la quantité de mousse et de résidus humides qui les recouvrait.

— Cela devait être très beau autrefois, murmura Eloïra avec un soupçon de regret dans la voix, tandis qu'ils s'avançaient dans les flaques d'eau éparses et glissantes qui tapissaient le sol aux dalles brisées ou gondolées.

— D'après les aïeux et les légendes, effectivement, répondit Cirth. Nous, nous avons toujours connu ce lieu dans cet état. C'est ici que nous devenions des guerriers, tous ceux qui ont réussi à atteindre la grotte et à en revenir vivants.

Muir, Jordken et Ardör approuvèrent en marmonnant sombrement. Ainsi donc, les jeunes hommes de Galéa avaient à prouver leur bravoure en affrontant le froid des terres gelées et les dangers qui s'élevaient sur leur route jusqu'à la Montagne des Brumes. Il s'agissait là ni plus ni moins, d'un dangereux parcours initiatique. Combien d'entre eux n'étaient pas revenus ?

— Beaucoup, grommela Cirth, un muscle nerveux battant sur sa mâchoire, et répondant à la question muette d'Eloïra en la faisant sursauter de surprise, car elle était certaine d'avoir fermé les portes de son esprit. Nous ne demandons plus à nos jeunes de pratiquer cette ancienne coutume barbare, reprit-il en agitant sa torche devant lui et en brûlant les nombreux fils de soie des araignées qui bloquaient le passage.

Pendant des heures, ils avancèrent en faisant très attention où ils posaient leurs pieds. Des parties entières de chemin s'étaient effondrées, et par moments, il n'existait plus qu'une mince corniche au-dessus du vide, pour relier une partie du sentier à une autre. Ils ne firent qu'une courte pause pour se désaltérer et mangèrent de la viande de bison séchée, maigre repas qui eut tout de même le mérite de leur rendre quelques forces.

À ce moment-là, alors qu'ils reprenaient la route, Eloïra, poussée par la curiosité, posa une autre question :

— Jordken, vous êtes un ours en tant que métamorphe. Cirth, lui, est un lion argenté. Et vous, Ardör et Muir ?

— Mon animal est un renard, répondit Muir en faisant une grimace dépitée qui fit rire l'ensemble du groupe. Tout petit, mais rapide, ajouta-t-il en riant de bon cœur avec Eloïra et les hommes.

— Et moi, je suis une panthère noire, intervint Ardör. Mais je ne me transforme que très rarement, car beaucoup me prennent pour un *Dorka* du fait de ma sombre fourrure. Ma fesse gauche se souvient encore d'une flèche qu'un imbécile a lancée en se méprenant sur mon compte !

Et les autres de se gausser de plus belle. Ils marchèrent ainsi, durant un temps, dans une extrême bonne humeur, jusqu'à ce que le silence se fasse tandis qu'ils approchaient du cœur de la montagne. Alors, une tension palpable s'installa dans le groupe, et pour une fois, même Barabal se tut.

— Je me sens nauséeuse, chuchota soudainement Eloïra, son estomac se tordant en spasmes nerveux.

— Comme nous tous, murmura Muir. Le dragon noir a réintégré son repère, c'est son aura malfaisante qui nous rend malades. Ce que j'aimerais être comme eux, ajouta-t-il en montrant les sept sentinelles qui évoluaient souplement à quelques mètres devant eux. Ne rien ressentir, ni peur, ni froid, ni faim… rien.

— Cela serait dommage, rétorqua Eloïra, car c'est le propre des êtres vivants, et tout ce que nous prenons pour des désagréments ne sont en fait que des preuves existentielles, à l'instar des sentiments d'amour, de joie. Un juste équilibre avant de ne plus « rien » ressentir, au jour de notre trépas.

Cirth hocha la tête et lança un regard admiratif sur sa jeune et belle femme pleine de sagesse. Quelques instants plus tard, il leva le poing pour faire signe au groupe de stopper son avancée. Devant, les sentinelles s'étaient figées, pour ensuite se plaquer au mur rocheux qui s'élevait le long du chemin.

Elles étaient à l'affût, certaines avaient les mains posées

sur le pommeau de leur épée de diamant, d'autres s'étaient saisies de leur arc et avaient encoché leurs flèches sur la corde de l'arme à projectiles.

L'heure était donc venue, ils étaient arrivés au cœur de la Montagne des Brumes... dans l'antre du dragon noir.

— Il va falloir éteindre les torches ! Vous, les enfants, vous restez ici, et quoi qu'il se passe, vous ne bougez pas ! ordonna Cirth à voix basse.

— Han, han, fit Barabal, ce qui pouvait tout aussi bien signifier : non.

— Oui, Cirth, répondit plus sagement Larkin.

— Allons-y, dit encore Cirth après avoir étouffé son flambeau et en faisant un mouvement de la main pour que tous le suivent. Eloïra, aucune imprudence, promis ? ajouta-t-il un plongeant ses yeux verts dans ceux de la jeune femme, encore visibles grâce à la chiche luminosité des quartz enchantés des bâtons de Barabal et Larkin.

— Si tu me fais la même promesse, alors oui, chuchota-t-elle en retour, avant de lui lancer un clin d'œil pour tenter d'effacer l'inquiétude qui s'affichait sur son beau visage.

— Loupé ! couina Barabal, fine d'esprit, en reprenant le mot qu'Eloïra lui avait lancé à chaque fois qu'elle avait raté un sort dans la vallée, et qui vit s'assombrir plus encore le guerrier Fëanturi.

— Chipie, souffla Eloïra, avant de suivre les hommes le plus silencieusement possible, tout en imitant le moindre de leurs gestes.

Bientôt ils s'allongèrent sur le sol caillouteux et rampèrent vers le bord d'un immense précipice. De là où ils se trouvaient, ils purent apercevoir dans les profondeurs de l'abîme la grande forme du dragon noir qui paraissait dormir. Il était observable grâce à la clarté jaune orangé qu'émettait une grosse roche centrale sur laquelle sillonnaient des rainures scintillantes d'or liquide, les mêmes que celles, plus fines, qui couraient sur les corps de marbre bleuté des sentinelles.

— C'est le cœur de la Montagne des Brumes, la dernière source de *Lïmbuée* solidifié, murmura Cirth en répondant encore une fois à une question que se posait Eloïra. C'était le souffle des dieux, celui qui a animé toute la création. Dans les temps anciens, le monde en regorgeait. Mais la magie se tarit peu à peu, le *Lïmbuée* disparaît des pierres, et c'est tout ce qu'il reste.

— Voilà donc ce pour quoi j'ai voyagé dans le temps, fit Eloïra. Nous avons de la chance, le dragon semble assoupi.

Ardör, allongé tout contre elle, tandis que Cirth était placé sur son autre côté, grommela dans sa barbe avant de gronder :

— Il se régénère, vous avez dû lui porter un rude coup à la gorge des murmures ! Il aspire la puissance du *Lïmbuée* pour se ressourcer et d'ici peu, il percevra également notre magie et passera à l'attaque. Nous devons profiter de son état somnolent pour avoir l'avantage sur lui.

— Le problème, c'est comment ! intervint Muir. S'il vient à s'éveiller alors que nous amorçons notre descente, nous serons morts avant d'avoir touché le sol.

Eloïra chercha et évalua dans son esprit toutes les solutions imaginables pour supprimer la bête avant que ce ne soit elle qui les tue. Le plus simple, déjà, aurait été d'immobiliser au sol le dragon pour qu'ensuite la jeune femme et les sentinelles puissent la pourfendre de leurs épées. Oui… mais comment rendre la chose possible ? Il aurait fallu des quantités invraisemblables de cordes, et le groupe n'en possédait qu'une !

Eloïra sursauta comme quelque chose lui chatouillait soudainement le haut de la main, claqua de ses doigts libres pour faire naître un peu de luminosité, et grimaça en apercevant la dizaine de petites araignées qui évoluaient rapidement sur sa peau.

Pouah ! Des araignées, comme Zizeule, ou Bibeule… avec des fils de soie…

La solution était là ! Et Eloïra se mit à rire tout

doucement devant sa simplicité, avant que Cirth ne pose ses doigts sur sa bouche en lui faisant un signe négatif de la tête et ne souffle la magie luminescente qu'Eloïra avait invoquée, l'éteignant à l'instar de la flamme d'une bougie.

Allait-il la laisser parler, oui ?

— J'ai une idée ! Mais pour cela, je vais avoir besoin de Barabal et de son araignée !

— Qu'as-tu donc à l'esprit ? fit Cirth.

— Nous allons utiliser la magie et l'araignée des terres de Galéa, celle que Barabal nomme Zizeule. Elle deviendra ainsi la reine de tous les arachnides présents en cet endroit. Imagine, dit-elle encore, des millions d'araignées obéissant à leur souveraine et tissant des milliers de fils de soie pour emprisonner le dragon sous une sorte d'immense cocon !

Les hommes et Cirth se dévisagèrent en hochant la tête alors qu'une lueur d'espoir venait illuminer leurs yeux.

— Penses-tu que cela soit réalisable ? voulut s'assurer Cirth.

— J'en suis certaine ! Le plus dur sera de demander à Barabal qu'elle me prête son amie. J'y vais, nous n'avons pas de temps à perdre. La suite sera un jeu d'enfant !

Eh bien non, Barabal fut très heureuse que Zizeule devienne *Sa Gracieuse Majesté* des grottes de « toute la montagne » comme elle le clama, et l'araignée monta sur la main d'Eloïra comme une reine accédant à son trône.

De retour sur ses pas, rampant à nouveau pour se poster au bord du précipice qu'éclairait la roche de *Lïmbuée*, Eloïra se mit à parler à l'araignée en utilisant la magie pour se faire comprendre et lui transmit le souffle des Éléments qui permettrait à Zizeule de régner sur tous les arachnides.

Le charme opéra, l'appel de la souveraine fut entendu, et de part et d'autre de l'immense cavité, des bruits de grouillements et de sifflements parvinrent aux oreilles du groupe qui retenait sa respiration dans l'attente de la suite des évènements.

Jamais Eloïra n'aurait songé que des grottes

souterraines puissent accueillir autant d'araignées. Elles vinrent de partout, de différentes tailles, de la plus petite à la plus grande, et dévalèrent les parois du précipice pour rejoindre le tapis mouvant et noir composé de centaines de milliers d'autres de leur espèce.

— Le bruit va alerter le grand *Dorka*, marmonna Ardör en pinçant les lèvres, son attention dirigée vers la queue de ce dernier qui commençait à bouger doucement.

La tension était palpable, et tous eurent les nerfs mis à rude épreuve durant tout le temps que prirent les araignées à recouvrir le dragon noir de fils de soie blancs qu'elles finirent par fixer aux roches pour le maintenir au sol. Bientôt, et avec une rapidité confondante, le grand *Dorka* ne fut plus visible que par son immense gueule aux larges narines et aux écailles noires, le reste de son grand corps disparaissant sous la couche épaisse d'un cocon.

— C'est le moment de descendre, annonça Cirth en se débarrassant de son manteau et en attachant une extrémité de corde à une proche paroi pour ensuite lancer l'autre extrémité dans le vide. Silence jusqu'en bas, notre but et de couvrir Eloïra pendant qu'elle se saisira d'un morceau de *Lïmbuée*, de faire distraction s'il le faut, et dès que nous en aurons la possibilité, de tuer cette monstruosité une fois pour toutes.

Il fut le premier à se laisser glisser le long de la corde, et ce, sur plus de quarante-neuf pieds de hauteur. Eloïra vint en seconde position, puis Ardör, Muir, et enfin Jordken.

Le sol était jonché de la multitude d'araignées qui répondaient à l'appel de leur reine et qui se dépêchaient d'atteindre leur proie pour continuer de l'étouffer sous leur soie.

Eloïra serra les dents, et s'avança en demandant mentalement pardon à Zizeule de devoir sacrifier des centaines de ses sujets en marchant dessus. Les sentinelles ne firent pas mieux, car elles s'élancèrent et sautèrent du haut de la corniche pour se rétablir gracieusement sur le tapis mouvant... Ah ben non, les arachnides bougeaient encore sous leurs pas tandis que les grands guerriers de pierre et de magie se déployaient tout autour de la montagne sombre qu'était le dragon noir, avant de sortir leurs épées de diamant de leurs fourreaux.

Est-ce que ce fut leur arrivée qui réveilla le grand *Dorka*, ou le bruit de la lame céleste, *Gradzounoul'*, qui en un coup vif décrocha un morceau de *Lïmbuée* de la roche lumineuse ? Personne ne le sut réellement, néanmoins, la maudite bête avait ouvert ses larges paupières étirées et dardait sur son environnement ses yeux rouges aux pupilles verticales, luisantes d'un mal absolu.

Le dragon poussa un sourd rugissement, sa tête, libre des fils de soie, bougea brusquement de gauche à droite, tandis qu'il tentait de soulever son immense corps de sous le poids du tissu visqueux. Et, à l'effroi de tous, il y parvint, en arrachant les liens lactés et gluants qui le rattachaient aux roches, et en faisant passer le cocon à l'état d'insignifiante couverture blanche.

— Sentinelles ! Maintenez-le au sol ! hurla Cirth en se déplaçant avec célérité non loin de la gueule du dragon et en l'attaquant dès qu'il put par des projectiles de magie pure ou de la lame tranchante de son épée.

Muir, Jordken et Ardör agissaient à l'identique, essayant d'attirer sur eux l'ire du monstre et ainsi procurer la chance à Eloïra, et aux géants, de parvenir jusqu'à la bête pour la pourfendre.

Retenant son souffle et sans perdre un instant, la jeune femme se pencha vivement pour ramasser le morceau de *Lïmbuée* scintillant. Elle le fit glisser dans la sacoche en cuir de Merzhin qu'elle avait attachée sur la ceinture à sa taille et tira sur les liens avant de les nouer, pour bien fermer le tout.

De leur côté, les grands guerriers avaient répondu aux ordres de Cirth. Ils avaient délaissé leurs épées de diamant, avaient saisi les pans de soie du cocon et, de toute leur force titanesque, les avaient tirés jusqu'à terre pour bloquer les mouvements du grand *Dorka*. Ainsi, ils réussirent à immobiliser son colossal corps – véritable montagne de rage, cependant il était dorénavant impossible pour eux d'utiliser leurs lames, et encore moins leurs arcs.

C'était sur Eloïra, désormais, que la vie de tous reposait.

— Il va cracher ! vociféra Muir en courant pour éviter le souffle de glace du dragon, et en échappant de peu aux crocs aiguisés de son immense et féroce gueule.

— Boucliers ! cria Cirth en invoquant la magie pour se mettre à l'abri dans une bulle protectrice, alors que le panache gelé se répandait autour de lui pour napper les pans de l'abîme d'un manteau de givre épais et luisant.

Eloïra contourna la roche céleste, s'élança et sauta courageusement sur le cocon, avant de s'accrocher aux fils gluants. Elle se hissa et grimpa laborieusement vers le dos du grand *Dorka* qu'elle sentait bouger sous elle. Arrivée au sommet, Eloïra hurla d'épouvante comme les écailles dorsales et tranchantes du reptile ailé perforaient le cocon au risque de l'embrocher et son cri de terreur détourna l'attention de Cirth.

Il l'appela, mort d'inquiétude, et le dragon noir choisit cet instant de distraction pour attaquer à nouveau, gonflant son poitrail avant de cracher son fiel sur le Fëanturi.

— Non ! gronda Ardör qui s'élança vers Cirth au moment où le souffle de glace allait l'atteindre et qui propulsa son ancien rival à plusieurs dizaines de mètres, hors de danger, par une onde puissante de magie.

— Ardör ! crièrent d'effroi Muir et Jordken, avant de se tétaniser sous la vision du Muiredach, son grand corps figé pour l'éternité sous un linceul de gel.

Il venait de donner sa vie pour sauver Cirth qui rugit sa douleur au ciel en se redressant, avant de se jeter derechef à l'assaut de la bête maudite. Il frappa encore et encore les écailles de son large cou, sans jamais le blesser un instant, et déversa dans sa gueule des foudres de magie, et là encore, sans que le monstre ne souffre d'aucune plaie. La fureur gagna également Muir et Jordken qui agirent à l'instar de Cirth et se battirent avec toute la rage et la peine qui les habitaient.

La gueule du monstre bougeait dans tous les sens, et Eloïra dut s'accrocher sur son dos pour ensuite ramper sur son immense cou dans le but d'atteindre sa tête. Elle pleurait d'avoir perdu Ardör, essuyait ses larmes de colère, tout en persévérant dans son avancée et en faisant attention d'éviter les écailles aiguisées.

Bientôt, le cocon ne serait plus qu'un tas de charpie, la terreur noire serait libérée, mais avant… La jeune femme devait se trouver au sommet de son crâne, pour enfin y enfoncer sa lame céleste.

— Reine des araignées, ordonne à tes sujets de m'attacher à la bête, murmura Eloïra en s'accrochant aux écailles qui lui blessèrent une énième fois les mains, en faisant couler son sang sur la noirceur du *Dorka*.

Un autre mouvement brusque, un autre rugissement, et le cri déchirant d'un homme à l'agonie. Le grand *Dorka* venait d'atteindre Jordken de la pointe d'un de ses crocs, pour ensuite le propulser dans les airs d'un prodigieux coup de gueule.

— Non ! hurla Eloïra à travers ses larmes. Assez ! Tu ne tueras jamais plus personne !

Les arachnides avaient obéi à leur reine, et avaient tissé leurs fils autour des jambes de la jeune femme pour la lier à une partie de la tête aux crêtes saillantes du dragon noir. Ce dernier, sentant le danger, réussit à se redresser sur ses pattes tout en se débarrassant du reste de cocon et des sentinelles. Il allongeait déjà ses ailes, Eloïra n'avait plus une seconde à perdre.

Grâce aux liens qui la stabilisaient sur la tête du grand *Dorka*, Eloïra put saisir le pommeau de *Gradzounoul'* pour ensuite orienter la lame vers le bas, avant de la plonger dans son crâne.

— À vous, sentinelles ! cria-t-elle encore, son appel se perdant dans le long rugissement du monstre noir dont le corps s'effondrait pour convulser sur le sol.

Les immenses guerriers agirent de concert, et plantèrent leurs lames dans les côtes de l'horrible créature. Peu à peu les diamants devinrent noirs, tandis qu'ils aspiraient les âmes damnées du corps de l'ancien dragon blanc, et Eloïra, toujours agrippée au pommeau de *Gradzounoul'*, appuya rageusement une dernière fois, pour que la lame s'enfonce jusqu'à la garde.

Enfin, après quelques soubresauts nerveux, la tête du dragon s'écroula également au sol, où il poussa un ultime gémissement rauque.

Tout était fini… mais à quel prix ?

Partie 3
~ La fin d'une histoire ~

Chapitre 27

Adieux

Le corps d'Eloïra n'était plus que souffrance. Du sang coulait de ses nombreuses coupures sur sa chair à l'intérieur des cuisses, sur ses jambes, comme sur la paume de ses mains, et elle avait du mal à récupérer son souffle qui s'était bloqué dans sa poitrine lors du choc de sa chute quand la gueule du monstre s'était effondrée, son buste ayant violemment rebondi sur le sommet de la tête du dragon noir.

Ses doigts étaient tétanisés autour du pommeau de *Gradzounoul'* et elle ne pouvait contrôler les frissons nerveux qui la secouaient de la tête aux pieds. Ses paupières closes ne purent endiguer le flot de larmes qui s'échappa pour sillonner ses joues.

Eloïra savait qu'en ouvrant les yeux, la dure réalité la frapperait de plein fouet, et désirait de toutes ses forces détacher son esprit de cette fin de bataille au goût amer de victoire.

Amer… car Ardör était mort, et Eloïra subodorait que Jordken n'avait pas survécu à l'attaque du grand *Dorka*. Elle l'avait vu être transpercé par un des crocs saillants de sa féroce gueule.

— Oh Dieux, sanglota-t-elle, la tête posée sur ses avant-bras tremblants.

Deux larges mains chaudes se placèrent de part et d'autre de sa taille, coururent sur son dos, et Cirth lui saisit délicatement le visage pour la tourner dans sa direction. Il avait escaladé la montagne d'écailles pour rejoindre Eloïra, son cœur battant furieusement dans sa cage thoracique sous le coup d'une terreur sans nom, en la croyant grièvement blessée. Ce n'était pas le cas heureusement, mais elle souffrait de multiples plaies et était en état de choc.

— Chut, là mon amour, tout va bien, tu es en vie.

En même temps qu'il lui parlait d'une voix douce et apaisante, il découpait de sa dague les fils de soie qui la reliaient encore au monstre. L'instant suivant, il enroulait un bras autour de sa taille et la soulevait précautionneusement pour la plaquer dos contre son torse puissant.

— Nous allons descendre, accroche-toi à moi.

— At… attends, hoqueta-t-elle en tendant une main vers le pommeau de l'épée céleste et en bandant ses muscles pour la dégager du crâne du grand *Dorka*.

Le bruit spongieux et de coquille brisée, alors que la lame était extraite de la bête, retourna les entrailles d'Eloïra qui sentit qu'elle était sur le point de vomir. Elle se força à respirer calmement et se laissa emporter dans les bras forts et protecteurs de Cirth. D'un bond, il s'élança dans le vide, se mit d'aplomb sur le sol rocheux en pliant les genoux, avant de se redresser souplement et de marcher avec son précieux fardeau en direction de Muir qui était agenouillé près du corps de Jordken.

Cirth relâcha Eloïra qui mit quelques secondes à se stabiliser sur ses jambes flageolantes avant d'accourir auprès du Kadwan que Muir avait couché sur le côté droit. Jordken était inconscient et du sang coulait en abondance d'une horrible plaie dans son dos. Eloïra déchira un morceau de sa robe élimée pour ensuite l'appliquer sur la blessure et appuya fortement pour la compresser.

— Il perd trop de sang ! gémit-elle tout en faisant appel aux éléments pour qu'ils lui donnent la magie nécessaire pour soigner Jordken. Cirth, peux-tu te joindre à moi pour le secourir ?

Le Fëanturi fit un signe négatif de la tête avant que sa

voix rauque aux intonations affligées ne coupe le soudain silence :

— Je ne suis pas un guérisseur. Dans l'antre des dragons, ce sont la Dernière Née et le souffle des créatures ailées qui t'ont sauvée. Je n'ai pu que te transmettre mon énergie vitale pour que tu survives et dessiner des protections runiques sur ton corps.

— Et sans cela, je serais morte également. Épaule-moi de ta magie et j'essayerai de faire au mieux.

C'était la première fois qu'Eloïra était confrontée à une telle blessure. Le rein gauche du guerrier était touché et la veine rénale avait été sectionnée. Eloïra, soutenue par la magie de Cirth et des Éléments, fit son possible pour cautériser la veine, mais, malgré tout, Jordken allait avoir besoin des dieux et de leurs pouvoirs pour survivre. Le temps pressait... et la route du retour allait prendre des jours ! Jamais Jordken ne vivrait aussi longtemps, ce n'était d'ailleurs plus qu'une question d'heures, peut-être même de minutes.

— Il faut trouver le moyen de rentrer à Galéa au plus vite ! s'exclama Eloïra en dardant un regard impuissant sur Cirth et Muir qui se tenaient silencieux à ses côtés.

Les deux hommes étaient rongés par l'inquiétude, et l'espoir qui les avait animés en pensant que la jeune femme arriverait à guérir Jordken, s'effaça peu à peu de leurs traits.

— Je... je ne peux faire mieux !

— Tu as fait tout ce qui était en ton pouvoir, mon amour, murmura Cirth en l'entourant de ses bras. Jordken et Ardör ont combattu vaillamment, ils connaissaient les risques. Tu n'as rien à te reprocher.

— Descendre, on veut ! hurla la voix de Barabal du haut de la cavité, son cri résonnant en écho dans les abîmes sombres qu'éclairaient chichement la roche de *Lïmbuée* et une torche que Muir avait embrasée.

— Je vais m'occuper des enfants, fit ce dernier en se raclant la gorge pour masquer sa peine, pour ensuite s'éloigner et remonter la corde le long de la paroi.

— Il me faut quelque chose pour bander le torse de Jordken, reprit Eloïra.

Ardör était mort, néanmoins, cela n'était pas encore le cas du Kadwan, et tant qu'il y aurait une étincelle de vie en lui, Eloïra n'abandonnerait pas. Cirth le comprit et partit chercher des lambeaux de tissu de soie avant de revenir sur ses pas et de les tendre à la jeune femme, toujours agenouillée près du blessé.

— Cela fera-t-il l'affaire ?

— Très certainement, les guérisseurs du clan Saint Clare utilisent souvent les toiles d'araignées en guise de compresses.

Une boule de tristesse se bloqua dans la gorge d'Eloïra en songeant à sa famille, dans le futur, ce qui l'empêcha de parler plus. Elle s'attela donc, avec l'aide de Cirth, à bander le dos de Jordken tout en réfléchissant frénétiquement au moyen de le sauver.

— Si je me transformais en oiseau, combien de temps me faudrait-il pour arriver à Galéa ?

— Une éternité, répondit Cirth sombrement, et sans un natif des terres enchantées, tu ne retrouveras jamais la cité des dieux. Sans compter que le froid te tuera à la première nuit tombée et qu'il te manque les défenses runiques pour protéger l'oiseau.

— Je ne veux pas croire qu'il n'y ait aucune solution ! Jordken ne peut pas mourir ici !

— Eloïra, soupira Cirth avec impuissance, j'entends son cœur, et les battements se ralentissent dangereusement. Il faut te faire à l'idée qu'il ne rentrera pas.

Cirth avait raison, bien sûr. Même s'ils trouvaient le moyen de retourner à Galéa, et de cela elle n'en doutait pas, Jordken serait trépassé depuis longtemps. Ainsi donc, quoi qu'elle fasse, il n'y avait plus d'espoir.

Eloïra se remit debout et jeta un coup d'œil en direction du linceul de glace qui maintenait Ardör contre la paroi de l'abîme. En quelques pas elle fut devant lui et essuya une larme brûlante qui coulait sur sa joue.

Il semblait dormir sous cette vitre de givre, aussi transparente qu'un verre épais. Il avait les paupières fermées, les beaux traits de son visage paraissaient apaisés, et sa peau semblait aussi lisse et blanche… que celle de l'Ankou ! Eloïra écarquilla les yeux et ouvrit la bouche sans pouvoir retenir son cri étranglé. Ardör, ainsi prisonnier d'une gangue de gel, avec ses longs cheveux noirs et sa mèche argentée qui auréolaient son visage, ressemblait à s'y méprendre au guerrier suprême de la Mort. Dire qu'elle s'était déjà fait cette même réflexion plus d'une fois ! Mais là, comment douter encore ? Il ne lui manquait que son armure sombre et sa demi-couronne composées d'écailles…

— De dragon noir ! hoqueta-t-elle en se détournant d'Ardör pour contempler la macabre montagne reptilienne.

Tout était là, sous ses yeux, et d'ici peu, l'Ankou allait se réveiller pour que le monde des morts comme celui des Sidhes fassent leur avènement.

— Que dis-tu ? voulut savoir Cirth qui l'avait suivie et était resté en retrait, pensant que la jeune femme rendait hommage à Ardör une dernière fois avant de faire ses adieux.

Eloïra secoua la tête, son corps étant soudain parcouru de frissons incoercibles.

— Rien du tout, chuchota-t-elle.

Mais au fond d'elle, une sourde colère montait en houle de plus en plus intense. Une colère dirigée vers Lug, car le dieu savait qui était l'Ankou ! Ardör avait donc été sacrifié pour le bien du monde, et le bourreau désigné pour ce faire avait été Eloïra. Non en lui donnant la mort de ses propres mains, mais en le conduisant droit dans le cœur de la Montagne des Brumes, directement à son trépas.

Lug avait décidé du destin du grand guerrier Muiredach, et une fois de plus, la jeune femme avait été son pion ! Mais, plus jamais il ne se servirait d'elle et plus jamais elle ne tuerait, que ce soient des traîtres d'hommes ou des créatures malfaisantes.

Les yeux d'Eloïra se posèrent sur *Gradzounoul'* couchée sur le sol à quelques pas d'elle et de Cirth, et la rage s'empara de son être tandis que résonnaient dans l'abîme les répercussions d'un violent orage qui grondait à l'extérieur, comme les Éléments se déchaînaient en écho aux émotions d'Eloïra.

— Oh oui, que la fureur m'emporte, et qu'elle atteigne Lug, le roi des sales conspirations ! Que les Éléments soient ma voix, qu'elle vibre jusqu'à Galéa ! Jamais plus ! Non, jamais plus il ne se servira de moi !

— Eloïra ! appela fortement Cirth, très inquiet pour sa belle qui était maintenant enveloppée d'un halo rouge.

Il ne comprenait pas ce qu'il se passait, mais il subodorait que Lug, puisqu'Eloïra avait cité son nom, était à l'origine de son extrême et effarant courroux.

Avec une rapidité confondante, et avant qu'il ne puisse s'élancer pour la prendre dans ses bras, Cirth la vit saisir *Gradzounoul'* pour ensuite courir vers la roche de *Lïmbuée*. Les sentinelles, qui n'avaient plus bougé depuis la mise à mort du dragon, s'approchèrent de la jeune femme et l'encerclèrent en fichant la pointe de leurs lames de diamant noir dans le sol cailloux. Ils ne voulaient aucun mal à Eloïra, ils l'accompagnaient simplement dans son choix, ce que Cirth comprit avec effarement.

Mais qu'avait-elle derrière la tête ?

— Plus jamais, répéta Eloïra d'une voix ayant la puissance de mille échos, ce qui fit trembler les parois de l'abîme alors que Muir descendait avec les enfants ficelés sur son dos.

Tous furent au fond de la grande fosse en un temps record, et comme fascinés, Barabal, Larkin, Muir et Cirth se rapprochèrent du cercle formé par les sentinelles. En son centre, Eloïra élevait l'épée céleste à bout de bras, lame dirigée vers le bas, et dans un cri de rage, elle la planta dans la roche de *Lïmbuée* d'où jaillirent des étincelles de magie pure.

— En ce jour, je te libère de moi. À toi de te trouver un nouveau maître, ici ou ailleurs, à qui tu répondras si, et seulement si sa cause est juste et vertueuse ! *Awen*[27] !

— *Awen*, murmura de concert le reste du groupe.

Brusquement, les forces d'Eloïra l'abandonnèrent, et elle fit quelques pas en arrière avant de se retourner pour sortir du cercle formé par les sentinelles.

Cirth accourut vers elle et la prit dans ses bras au moment où elle allait s'écrouler au sol.

— Je comprends ta peine et je la partage, chuchota-t-il en plongeant son regard vert et scintillant dans le sien et en penchant la tête en avant pour l'embrasser tendrement. Maintenant, laisse la colère s'en aller pour que Jordken et Ardör puissent reposer en paix.

— Ohhh ! couina soudainement Barabal, en attirant sur elle l'attention de tous, puis sur la ronde des géants qu'elle désignait de l'extrémité de son bâton.

Les sept sentinelles avaient levé leurs lames vers le ciel et au centre de leur formation, un tourbillon luminescent s'élevait maintenant autour de la roche de *Lïmbuée* et de l'épée céleste fichée en son sommet. Eloïra retint son souffle, tout comme Cirth dont elle sentait les muscles se bander autour d'elle. Et l'instant d'après, tout s'évanouit... à part les grands guerriers.

— Où sont parties la roche et l'épée ? hoqueta Eloïra, les yeux écarquillés et crispant ses doigts sur la nuque de Cirth.

— Tu as fait le souhait que la lame chantante trouve son nouveau maître, dit Cirth avec fascination, et c'est ce qu'elle a fait ! Elle a rejoint les chemins du temps dans un fourreau de *Lïmbuée*, jusqu'à ce que ce nouveau maître, et lui seul vienne la libérer !

---

27 *Awen : Le « Tout », aussi appelé « Éther » chez les Grecs anciens. Énoncé en fin de prière druidique.*

— Mais comment ? Il n'y a là aucun cercle de pierres pour... oh ! Par les dieux !

— Les sentinelles *SONT* le cercle sacré, répondit Cirth en émettant à voix haute l'évidence qui avait fusé dans l'esprit d'Eloïra, avant de rire d'effarement.

— Cirth ! Te rends-tu compte de ce que cela veut signifier ? Nous allons pouvoir transporter Jordken à Galéa ! Et tout de suite !

Eloïra sentit ses forces revenir sous le coup de la vague d'espoir qui la submergeait. Il fallait agir vite, et Cirth la déposa au sol avant de l'entraîner vers le Kadwan.

La jeune femme plaça le bout de ses doigts sur le cou de Jordken et retint son souffle comme elle cherchait à percevoir les pulsations de sa jugulaire. Oui, il était vivant, même si son cœur battait faiblement.

— Que deviendront les sentinelles une fois que nous serons partis, et les chevaux qui sont prisonniers de la vallée ? demanda Eloïra tandis que Cirth faisait signe à Muir pour qu'il l'aide à transporter le blessé.

Cirth prit Eloïra dans ses bras et la serra tout contre lui en posant ses lèvres sur la douceur pulpeuse et charnue des siennes. Lentement, il lui caressa le dos, comme pour l'apaiser, et finit par sourire en s'écartant pour la contempler avec une flamme ardente dans les yeux.

— Tu es unique, toujours prête à t'inquiéter du bien-être et de la sécurité de tous. Les sentinelles resteront ici, nous reviendrons les chercher, ainsi que le corps d'Ardör, dès que cela sera possible. Tout comme les chevaux. Je t'aime, Eloïra Saint Clare.

Et il la planta là, se détournant d'elle avant de porter avec délicatesse Jordken au centre de la ronde des Géants. Non ! Il ne pouvait pas lui annoncer qu'il l'aimait, et faire comme s'il n'avait rien dit !

Là encore, ce n'était pas le bon moment pour lui répondre, lui sauter dans les bras, lui faire l'amour, l'aimer pour l'éternité. Cependant Eloïra rêvait de lui dire les mots qui faisaient vibrer tous les cœurs des Highlands, et le sien au moment présent : *Tha goal agam ort*[28], Cirth.

---

28 *Tha goal agam ort* : *Je t'aime en gaélique écossais.*

Chapitre 28

Dites-moi, Lug

Tous firent leurs adieux à Ardör dans un silence recueilli. Tous, sauf Eloïra, la mine sombre, qui savait que très bientôt, le Muiredach reviendrait sous les traits de l'Ankou. La jeune femme avait conscience que ce monde avait besoin du guerrier suprême de la Mort, que sans lui, les dieux, les hommes et tout ce qui existait sur la terre étaient voués à un funeste destin, cependant, elle ne pouvait s'empêcher de ressentir de la colère.

Ardör avait changé, de dangereux et emporté, il était devenu avenant et respirait la joie de vivre. Il avait beaucoup espéré de son retour à Galéa pour enfin faire connaître ses sentiments à Tulatah, sûr de parvenir à gagner son cœur d'immortelle. Mais tout cela lui serait désormais refusé. Était-ce juste, de sacrifier un homme pour le bien de centaines de milliers d'autres ?

— Eloïra, nous devons partir, murmura Cirth en s'approchant d'elle, l'enveloppant de sa chaude présence, tandis que la jeune femme avait plaqué les doigts sur le linceul glacé qui recouvrait Ardör. Nous reviendrons le chercher, si cela est possible, ajouta Cirth dans le but de l'apaiser.

Eloïra pinça les lèvres, mais garda le silence et prit la main que Cirth lui tendait avant de se diriger avec lui vers le cercle formé par les sentinelles.

Jordken était plus pâle que jamais et sa poitrine se

soulevait avec difficulté. Oui, il était temps de partir, pour qu'au moins un homme survive et réalise ses rêves.

Eloïra toucha sa ceinture pour s'assurer que la bourse en cuir contenant le morceau de *Lïmbuée* était toujours en place, et rassérénée, elle jeta un dernier regard triste autour d'elle. Les nombreuses araignées des grottes souterraines avaient disparu, laissant derrière elles des charpies éparpillées de fils de soie. Bibeule avait recouvré son poste sur l'épaule de Barabal, qui était tout heureuse d'avoir retrouvé son amie et fière des prodiges qu'elle avait accomplis. Quant à Muir et Larkin, ils attendaient, agenouillés près du corps de Jordken, et lançant des coups d'œil craintifs sur les immenses guerriers.

Eloïra comprit qu'ils avaient peur que le cercle, ainsi formé, ne fonctionne pas. Peur, plus pour Jordken que pour eux qui parviendraient, d'une manière ou d'une autre, à trouver le moyen de rentrer à Galéa.

— J'ai toute confiance en la magie des géants, les rassura Eloïra en prenant la main de Barabal pour l'entraîner au centre de la ronde des imposantes sentinelles qui dardaient sur le groupe, au travers du loup de leurs casques coniques, leurs prunelles de diamant.

Cirth s'écarta un instant et les salua en inclinant la tête pour ensuite poser le poing sur son cœur. Son pantalon en cuir tout comme sa chemise en lin étaient déchirés en de nombreux endroits, et des taches de sang s'étalaient là où les tissus avaient été lacérés. Eloïra, à ce moment-là, prit réellement conscience de l'immense chance qu'elle avait, car Cirth aurait pu perdre également la vie ! Un hoquet irrépressible de chagrin lui échappa et elle posa ses doigts tremblants sur ses lèvres.

— Malade tu es ? couina Barabal en levant son visage auréolé de sa longue tignasse d'un blond terne de crasse.

Eloïra sourit et se pencha pour lui embrasser le bout du nez.

— Sois rassurée, Baba, je ne suis pas souffrante. Que

dirais-tu si nous rentrions ?

— Au château ? glapit joyeusement la fillette.

— Non, souffla Eloïra en marquant le coup. À Galéa, et maintenant, ajouta-t-elle en se redressant pour faire signe aux sentinelles, et avant de leur murmurer : Merci à vous.

Une nouvelle fois, les guerriers géants levèrent leurs épées vers les voûtes rocheuses et sombres, et un fort tourbillon de magie se déploya autour du groupe. Le vortex photogène des chemins du temps s'ouvrit et des bourrasques énergétiques les encerclèrent tandis que le sol caillouteux se dématérialisait sous leurs pieds.

Bientôt, et de manière déroutante, tout s'arrêta et l'équipée se retrouva enveloppée d'une chaleur presque accablante et éblouie par une intense luminosité. Dans l'air flottaient de douces fragrances de fleurs et d'arbres fruitiers, et Eloïra eut la certitude qu'ils se trouvaient sur la grande place de la demeure des dieux.

À tâtons, tandis que ses yeux s'habituaient à l'envahissante clarté, Eloïra localisa la jugulaire de Jordken et retint sa respiration dans l'attente d'une pulsation.

— Il vit toujours ! s'exclama-t-elle en percevant les infimes battements de son cœur. Lug ! se mit-elle alors à hurler de toutes ses forces, Barabal et Larkin mêlant furieusement leurs voix aiguës à la sienne.

Enfin accoutumés à la luminosité environnante, tous virent arriver sur eux une nuée de grands oiseaux qu'un dragon vert accompagnait. Les volatiles prirent rapidement forme en se posant sur les dalles de marbre et Lug comme d'autres déités, hommes et femmes, s'élancèrent jusqu'au groupe dont ils dispersèrent les membres sans plus de cérémonie pour s'affairer autour de Jordken.

— Attention ! s'écria Eloïra tandis que les dieux bougeaient le corps du blessé pour le disposer sur une sorte de brancard en toile épaisse qui venait d'apparaître par magie.

— Ne t'inquiète pas, mon amour, intervint Cirth dans

son dos en plaçant ses mains chaudes sur ses épaules pour la garder contre lui. Ils savent ce qu'ils font.

L'instant d'après, le grand dragon vert saisissait délicatement dans ses griffes recourbées la civière de Jordken et s'envolait à nouveau dans de puissants battements d'ailes. Toutes les déités présentes se métamorphosèrent derechef en oiseaux et suivirent le reptile jusqu'au sommet de la cité pyramidale, où ils disparurent.

Sur la vaste place, ne restaient plus que Muir, Barabal, Larkin, Cirth et Eloïra, et Lug qui s'avançait maintenant vers eux, son regard améthyste voilé par l'inquiétude.

— Que s'est-il passé ? Où est Ardör ?

Eloïra s'étouffa presque d'ahurissement. Mais quel bon comédien ! Comme s'il n'était pas au courant de ce qu'il était advenu du Muiredach !

— Vous… vous ! vociféra d'abord Eloïra, avant de détourner son visage de Lug et de lui faire un signe de la main comme elle reprenait sèchement : Habillez-vous s'il vous plaît, je ne pourrai pas vous parler tant que vous baladerez vos bijoux de famille sous mes yeux comme dirait mon frère Cameron !

Elle entendit Lug grommeler sourdement et attendit un instant avant de lui refaire face. Au moins, il s'était vêtu de son pagne, même s'il avait dédaigné les sandales pour rester pieds nus.

— Dès que les chemins du temps ont été activés, attaqua Lug la mine sévère, nous avons tout de suite su que Jordken était mourant, il n'était point la peine de hurler sur la place publique de Galéa pour nous en faire part. Maintenant, allez-vous me dire ce qui s'est passé dans la Montagne des Brumes ?

— Ce qu'il s'est passé ? répéta amèrement Eloïra en se rapprochant de Lug pour pointer un doigt accusateur sur son torse. Mais, simplement ce que vous vouliez qu'il se produise ! Nous avons le *Lïmbuée*, la quête peut être considérée comme accomplie, et vous… vous aurez votre guerrier suprême de la…

— Eloïra ! tonna Lug en la coupant sur sa lancée, sa voix résonnant de mille échos.

Lug paraissait furieux, mais Eloïra n'en avait que faire, car elle aussi sentait la rage enfler en elle en ondes incandescentes. Déjà, au-delà du dôme de protection, une nouvelle tempête grondait, alimentée par la force des Éléments déchaînés qui se calquaient sur son courroux.

— Lug, il faut également conduire Larkin dans l'antre des dragons, intervint Cirth qui portait dans ses bras le garçon qui avait été saisi d'un malaise et qui respirait avec beaucoup de difficulté.

Par les Dieux non ! Un mort, un blessé grave, et maintenant Larkin qui souffrait d'un mal inconnu, tout cela était trop pour Eloïra qui se mit à trembler de la tête aux pieds dans ses vêtements déchirés. Elle s'approcha de Larkin, et posa la main sur son front pour lui communiquer sa magie tandis que Cirth allongeait l'enfant au sol et se métamorphosait en un gigantesque lion argenté.

Eloïra, aidée de Lug, plaça le petit à califourchon sur le dos du félin et ils l'attachèrent avec des liens de lin que le dieu fit apparaître. L'instant d'après, Cirth rugit et s'élança avec célérité vers les nombreuses volées de marches pour bientôt disparaître à son tour dans la demeure.

Barabal pleurait à chaudes larmes et Eloïra la prit tout contre elle tandis que Muir hochait la tête et leur faisait un signe de la main pour ensuite se diriger vers la ville antique dans le but de rejoindre les siens et de faire son rapport aux doyennes.

— Viens, Eloïra, murmura avec une soudaine prévenance Lug en lui saisissant le coude. Pour les prochains et derniers jours où vous vivrez dans cette époque, tu seras logée dans ma demeure. Toi et les tiens êtes épuisés et blessés, nous allons prendre soin de vous tous.

Eloïra se laissa faire, elle n'avait plus l'énergie de se battre. Son corps lui paraissait aussi lourd que du plomb, et des frissons nerveux ne cessaient de la secouer en la faisant claquer des dents. Les derniers évènements avaient eu raison de ses forces, mais pas du peu de volonté qui lui restait.

— J'accepte de vous accompagner, Lug, mais à la seule condition que vous veniez bientôt me retrouver pour parler d'Ardör.

Lug hocha la tête, et lui fit signe de le suivre. La seconde d'après, il soulevait et emportait dans ses bras Barabal pour marcher vivement vers la cité. La fillette, épuisée, posa sa joue sur l'épaule du dieu et laissa pendre sa petite main dans le vide, sans pour autant lâcher son bâton de magicienne. Pour un peu, Eloïra aurait pu s'attendrir devant cette scène. Mais pour cela, il aurait fallu avoir le cœur chaud, et le sien, au moment présent, n'était plus que glace.

Lug conduisit Eloïra et Barabal dans des appartements au quatrième palier de la grande demeure. Ceux-ci donnaient plein sud, sur la nuit qui avait recouvert les terres protégées, les lumières lointaines des maisons de la ville des lignées, et sur les milliers de fantômes qui déambulaient comme à leur habitude à la recherche d'un chemin qui les guiderait au *Chant*.

Le décor des pièces était riche de voiles, de dorures et de meubles aux finitions raffinées. Il y avait là une grande salle où trônait une table sur laquelle avaient été disposées des corbeilles de fruits et des cruches contenant de l'eau ou des jus sucrés. Les parties adjacentes n'étaient autres que deux chambres et une immense salle de bain dont le bassin central était empli d'une eau chaude au vu des volutes qui s'échappaient de sa surface.

— Vous serez bien ici, murmura Lug pour ne pas réveiller Barabal qui bavait abondamment sur son épaule et ronflait tout doucement, à l'instar du ronronnement d'un chat. Je vais la coucher, la toilette sera pour demain, même si elle aurait mérité de sentir meilleur, essaya encore de plaisanter Lug.

Mais Eloïra ne sourit pas, et le suivit d'un pas las et hésitant. C'était comme si la jeune femme avait l'esprit détaché de son corps. Et quelque part, c'était ça. Une heure auparavant, elle était dans le fond d'un abîme sombre et insalubre, et maintenant, elle évoluait dans ce qui aurait pu ressembler aux Sidhes.

— Viens t'asseoir, ordonna gentiment Lug en dirigeant Eloïra vers un fauteuil près de la grande table de la salle, où il lui servit un hanap de jus de fruits.

Sa docilité et son mutisme inquiétèrent prodigieusement Lug qui lui ouvrit les doigts pour placer le contenant dans ses mains. Là encore, Eloïra resta silencieuse, les yeux rougis et perdus dans le vague. Elle n'était plus que le fantôme d'elle-même, et des égratignures au sang coagulé sillonnaient ses hautes pommettes comme le bas de son visage.

Lug poussa un profond soupir et releva son menton pour l'obliger à le contempler. Là, dans le reflet de son âme qu'étaient ses yeux, il put voir l'ombre de la tristesse qui voilait son esprit.

— Parle-moi, chuchota-t-il en s'asseyant tout près d'elle sur un autre fauteuil.

Les lèvres de la jeune femme tremblèrent, elle retint son souffle plusieurs fois, et des larmes embuèrent son bon regard bleu nuit.

— Vous auriez dû me dire… pour… Ardör, réussit-elle à prononcer d'une voix ténue.

Lug cacha son étonnement, et attendit qu'elle s'exprime plus encore.

— Je lui ai fait miroiter un avenir avec Tulatah, parce qu'il l'aime… il *l'aimait*, se reprit-elle en se souvenant qu'il était décédé, et qu'elle ne pouvait plus parler d'Ardör qu'au passé. Il avait changé, c'était un homme bien. Mais il est mort, et vous étiez au fait que cela devait arriver. Car il est l'Ankou que vous attendiez !

— Eloïra, tu avais connaissance du danger qui vous guettait, rétorqua Lug en choisissant ses mots. Ardör comme Cirth, Muir et Jordken le savaient également. De plus, ta présence en cette époque provoque des altérations dans le continuum espace-temps.

— Le quoi ? coupa Eloïra, interdite.

— L'évolution du cours de l'histoire, expliqua Lug. Certaines choses qui ne devaient pas se passer se sont produites. Le destin d'Ardör n'était pas encore scellé, tout comme la blessure de Jordken ne devait pas advenir. Mais cela n'est en aucun cas de ta faute, et encore moins de la mienne ! Il fallait que tu remontes le temps, que tu ailles chercher le *Lïmbuée*, et que ces hommes t'accompagnent. Tout comme l'attaque du *Dorka* dont tu as été victime, je ne pouvais en rien prévoir ce qui se passerait dans la Montagne des Brumes.

Eloïra cilla et battit des paupières en serrant fortement les doigts autour du hanap d'or.

— Vous ne pouviez vraiment pas être au courant des évènements qui se sont produits ?

— Non, et comme tu le sais, tant que je serai prisonnier de mon enveloppe charnelle, je ne pourrai voyager dans le temps et constater les changements qui pourraient découler de nos agissements présents. Il existe des inconnues. Mais ton clan, comme toi actuellement, avez toujours réussi à contourner tout cela, et en bien. Ardör aura son destin…

— Mais il est mort et est destiné à devenir l'Ankou, comment pouvez-vous parler de destin ? coupa Eloïra.

— Non, il vit, fit Lug au grand effarement de la jeune femme. Là encore, tu te trompes. Je suis le seul dieu assez puissant qui ai pu le constater quand le lien des cercles s'est ouvert, les autres déités ne le savent pas. Ardör vit, répéta-t-il, la magie présente dans son sang l'a mis en hibernation sous la glace.

— Mais alors, rien n'est perdu ? Nous pouvons partir le chercher et le libérer de cette prison gelée ?

Lug ne répondit pas et se contenta de secouer la tête négativement, tout en détournant le regard. Le dieu paraissait si triste tout d'un coup que les restes de colère qu'avait éprouvée Eloïra se dissipèrent en un instant.

— Bien sûr que non, vous n'irez pas le relâcher, car c'est lui qui doit *vous* affranchir, comme il le fera de toutes les *läy's gwendeïs*. C'est aussi pour cela qu'il est revenu vers moi dans mon époque, en tant qu'Ankou, parce qu'il sentait que je pourrais lui apprendre tout ce que sa mémoire a occulté. Mais, je ne savais rien à ce moment-là, pas comme maintenant.

Là encore, et étrangement, Lug la laissa parler sans affirmer ou contredire ses paroles, et un silence s'installa, qu'Eloïra vint briser d'une voix forte et assurée :

— Je ne rentrerai pas, Lug. J'ai décidé de rester auprès de Cirth à Galéa. Et vous m'aiderez, vous me devez bien ça. Vous allez faire en sorte que les doyennes m'acceptent ! Car après tout, vous m'avez bien mariée à Cirth dès mon arrivée, non ? De ce fait, il m'est tout à fait impossible de quitter mon âme sœur.

Pour le coup, Lug en écarquilla les yeux d'ahurissement et se retrouva bouche bée devant ce bout de femme plus que déterminée.

— Eloïra ? intervint la voix rauque et électrisante de Cirth.

Chapitre 29

Amëy'na lëyna

Ni Eloïra et encore moins Lug, visiblement déstabilisé par l'annonce de la jeune femme, n'avaient entendu Cirth pousser les deux imposants battants en peuplier blanc de l'entrée des appartements.

Depuis combien de temps était-il là ? Qu'avait-il perçu de leur conversation ? Sa haute carrure athlétique se découpait dans l'encadrement de la porte. Il était toujours habillé de son pantalon et de sa chemise déchirés et tachés de son sang, ses bottes étaient maculées de boue noire, ses longues mèches brunes aux reflets dorés auraient mérité qu'Eloïra les coiffe du bout de ses doigts, et il portait sur elle un regard à la fois interdit et ardent.

Lentement, Eloïra posa son hanap intact sur la table, se leva de son fauteuil, et fit quelques pas hésitants à sa rencontre. Elle aurait voulu lui annoncer sa décision dans un autre contexte, être belle et parfumée et non sale, les cheveux hirsutes, et en haillons. Mais le destin, encore une fois, en avait décidé autrement.

En trois foulées, il fut sur elle et saisit ses avant-bras dans une poigne chaude et électrisante. Il ne parlait toujours pas, mais ses yeux verts ourlés de longs cils sombres criaient sa silencieuse question.

— Je reste à Galéa, Cirth, murmura Eloïra. Si tu veux bien de moi à tes côtés en cette époque.

Là encore, il ne dit rien, mais poussa un sourd

grognement de félin et la souleva pour la plaquer contre lui, pour ensuite prendre ses lèvres en un baiser torride. Combien de temps dura cette extraordinaire fusion des êtres que seule une passion commune peut animer ? Eloïra n'en sut rien, car dans ces moments-là, le temps, justement, s'évanouissait complètement.

Cirth relâcha sa bouche et la serra plus encore contre son grand corps d'airain et tremblant d'émotion.

— *Amëy'na lëyna*, Eloïra, souffla-t-il dans ses cheveux avant de la reposer doucement au sol pour plonger derechef son regard dans le sien.

La jeune femme ne comprit pas les paroles de Cirth, et fronça les sourcils en se demandant pourquoi, quelquefois, la Langue Originelle ne trouvait pas de traduction dans son esprit.

— Cela veut dire : Je t'aime, intervint Lug dans le dos des amants en les ramenant au temps présent et en faisant sursauter Eloïra d'émoi.

— *Amëy'na lëyna*, souffla-t-elle à son tour en détachant les mots pour les prononcer correctement, le cœur battant la chamade suite à l'annonce de Cirth, et de la plus belle des manières qu'il soit : dans le premier langage commun aux dieux et aux hommes.

Lug se racla la gorge et apparut dans le champ de vision des amoureux.

— Je vais vous laisser vous reposer, déclara-t-il en faisant mine de sortir.

Ah non ! Il ne se défilerait pas comme ça, il n'avait toujours pas répondu à Eloïra !

— M'aiderez-vous à demeurer céans ? s'écria-t-elle en s'échappant des bras de Cirth pour se tourner vers Lug.

Le dieu se tendit visiblement, resta de dos en carrant ses larges épaules couvertes de sa chevelure cendrée, et obliqua simplement son profil dans sa direction.

— Oui, je le ferai Eloïra. Les doyennes ne vous poseront aucun problème.

Pourquoi avait-il l'air si triste ? Eloïra ne comprenait pas cette onde de peine qui venait jusqu'à elle. Lug aurait dû être heureux pour elle et pour Cirth ! Alors qu'il allait partir, une autre pensée importante fusa dans son esprit. Et là, Lug risquait de se mettre en colère, mais tant pis, Eloïra avait fait un choix.

— J'ai… hum… Je me suis également débarrassée de *Gradzounoul'* en l'envoyant sur les chemins du temps à la recherche d'un nouveau maître.

Voilà, un poids de moins sur la conscience ! Et ne disait-on pas « Faute avouée est à moitié pardonnée » ? Quelle ne fut pas sa surprise en entendant Lug rire doucement.

— Tu as très bien fait et Merzhin sera au rendez-vous dans le temps pour guider le jeune Arthur Pendragon vers l'épée chantante. Lui seul pourra la retirer du fourreau de pierre qui la garde, car comme tu l'as souhaité… Arthur est un homme *juste* et est animé par une cause *vertueuse*.

Et Lug s'en alla, aussi simplement que cela, laissant Eloïra bouche bée à son tour, et victime d'un trouble indicible qui la fit frissonner de la tête aux pieds comme elle réalisait ce que les paroles de Lug voulaient signifier.

— J'avais… Excalibur dans les mains, chuchota-t-elle ébahie, avant de rire nerveusement.

L'instant d'après, ses forces l'abandonnèrent et elle serait tombée sur les dalles de marbres du sol si Cirth ne l'avait pas capturée et emportée dans ses bras protecteurs après avoir fermé les portes d'un bon coup de talon botté.

La tête nichée tout contre son épaule, bercée par sa démarche féline alors qu'il la conduisait vers la salle d'eau, Eloïra se focalisa sur les traits masculins et virils de son beau visage. Cirth était son point d'ancrage, le seul qui pouvait ramener son esprit du pays des songes tourbillonnants où il avait été propulsé.

— Je ne veux pas savoir qui est Arthur ou celui que Lug nomme Merzhin et dont je t'ai déjà entendu parler, dit

Cirth de sa voix rauque avant de baisser les yeux sur elle comme il la déposait à trois pas du bassin et tout en la gardant près de lui. Répète-moi seulement... que tu restes avec moi.

Son grand corps tout en muscles vibrait. De quoi ? De désir ou de la peur de la perdre alors qu'elle était à lui pour l'éternité ? Croyait-il qu'elle n'avait annoncé son intention de demeurer à Galéa que dans l'unique but d'exaspérer Lug pour se venger de ce que ce dernier lui avait fait subir ?

Eloïra entrecroisa ses doigts à ceux de Cirth, bascula la tête en arrière et, la voix chargée d'émotion, laissa son cœur parler :

— Je ne pourrai plus jamais respirer sans toi, ni apercevoir un lever de soleil sans ta présence à mes côtés, et si un jour tu devais disparaître, alors le monde entier s'effondrerait et je m'abandonnerais volontiers dans sa chute. Tu es tout ce que j'attendais, ce que je n'osais désirer. Je suis triste de ne plus revoir ma famille, cependant, je sais qu'ils me comprendront, car les miens connaissent l'amour véritable, celui qu'il ne faut surtout pas laisser échapper. *Tha gaol agam ort*[29], Cirth.

— Je ne saurais pas t'exprimer par des mots ce que je ressens, chuchota-t-il à son tour en ayant deviné que les étranges paroles qu'elle avait prononcées clamaient son amour pour lui. Alors, laisse-moi te montrer par mes mains, par mes lèvres et mon corps, combien tu fais partie de moi, maintenant et à jamais, car *amëy'na lëyna* de toute mon âme, de tout mon être.

Les yeux d'Eloïra s'embuèrent de larmes d'émotion et elle ferma les paupières au moment où les lèvres de Cirth se posèrent sur les siennes, les écartant du bout de la langue, avant de plonger en elle avec passion et avidité.

Déjà, de ses doigts impatients, il tirait sur les tissus déchirés qui la vêtaient encore, affamé de sentir sa peau nue contre la sienne. Mais soudain, il sursauta en entendant le

---

29   *Tha goal agam ort : Je t'aime en gaélique écossais.*

gémissement douloureux que la jeune femme poussa.

Cirth l'éloigna un peu de lui et alors qu'elle se trouvait à moitié déshabillée sous son regard de braise, il put constater l'ampleur de ses blessures. Un muscle nerveux se mit à battre sur sa mâchoire comme il finissait de la délester des tissus et s'agenouillait devant elle en grommelant de rage à l'encontre de l'immonde grand *Dorka* qu'il aurait bien tué une seconde fois ! La peau douce entre les jambes de la jeune femme n'était que plaies et larges griffures dues au frottement des écailles du dragon qu'elle avait chevauché. Son buste au niveau des côtes, juste sous la rondeur de ses seins miraculeusement épargnés, était couvert d'ecchymoses que ses fins tatouages ne pouvaient dissimuler, et l'intérieur de ses mains fines était boursouflé sous la quantité de coupures et d'égratignures.

— Il faut te soigner, Eloïra. Je vais t'aider.

— Nous sommes dans le même état, mon amour, et d'ici quelques jours tout cela ne sera plus qu'un mauvais souvenir.

Cirth se redressa et la contempla de sa haute taille tout en se débarrassant vivement de ses propres habits. Bientôt, ils se retrouvèrent nus tous les deux et il la souleva derechef dans ses bras pour l'emmener dans le bassin où l'eau délicieusement chaude fit gémir de plaisir la jeune femme.

— Je reviens de l'antre des dragons, reprit Cirth alors qu'Eloïra écarquillait les yeux en découvrant que son corps était exempt de toute blessure tandis que le liquide faisait disparaître ce qu'il restait de sang coagulé. Leurs souffles comme les soins prodigués par les dieux m'ont guéri. Larkin et Jordken sont également en voie de guérison et sont sous bonne surveillance. Maintenant, c'est à moi de m'occuper de toi.

Et Cirth tint parole, il nettoya sa peau en passant une éponge savonneuse, lui communiqua sa force vitale pour qu'elle ait assez d'énergie pour refermer par magie les nombreuses plaies qui sillonnaient son corps, et finit par lui laver et rincer les cheveux en la massant longuement.

Il fit les choses tellement bien qu'Eloïra s'endormit debout contre son torse, et Cirth sourit en la ceinturant avant de la porter à nouveau. Il embrassa son bout du nez, ses paupières closes, et ses lèvres si douces et charnues. Il l'essuya également et alla la déposer sur le grand lit aux draps de soie. Là encore, il sourit devant le charmant spectacle de sa merveilleuse nudité et gronda de frustration en sentant le désir s'emparer de ses reins comme de son sang.

Cirth savait ce qu'il lui restait à faire tandis que sa dulcinée récupérait des forces dans le sommeil : repartir prendre un bon bain ! Ce qu'il fit en prenant soin de glacer l'eau pour refroidir ses ardeurs et en grommelant plus encore quand il constata que son appétence physique pour Eloïra demeurait malgré tout intacte.

Eloïra lui avait dit qu'elle l'aimait, et les mots qu'elle avait prononcés dans sa langue natale, ainsi que dans la Langue Originelle, ne cessaient de résonner dans l'esprit de Cirth, couché tout contre le corps chaud et tout en courbes de sa femme. Elle lui tournait le dos et s'était lovée contre lui plus d'une fois en se trémoussant et en geignant de délices. Cirth en était réduit à maudire son sexe érigé qui palpitait furieusement au bas de son ventre.

Après un long soupir de frustration, alors que la nuit enveloppait encore Galéa, Cirth céda à ses pulsions et enfouit son nez dans la douceur parfumée des cheveux d'Eloïra. Il laissa sa main vagabonder sur la courbe de son épaule, le long de son flanc, effleura du bout des doigts la cambrure de sa taille, flâna lentement sur l'arrondi nacré d'une fesse, et fit glisser ses doigts vers le soyeux buisson roux à la jointure de ses jambes.

Cirth étouffa le rire qui montait en lui, car il savait qu'Eloïra était éveillée. Elle s'était tendue sous ses attouchements, sa peau était couverte de chair de poule, et elle retenait sa respiration. Combien de temps allait-elle faire semblant de dormir ? Cirth était impatient de le savoir.

Eloïra, de son côté, mordait la soie de sa taie d'oreiller pour ne pas laisser percevoir le moindre de ses gémissements. Elle ne voulait pas que Cirth sache qu'elle était éveillée et qu'il arrête ces délicieuses et ardentes caresses par peur de la fatiguer.

Seulement, quand ses doigts se mirent à effleurer la moiteur de son intimité, elle ne put plus contenir le petit cri ténu qui s'échappa de ses lèvres. Une vague de désir déferla sur elle, et au diable le sommeil alors qu'elle souhaitait ne faire plus qu'un avec son âme sœur.

Cirth rit et l'allongea sur le ventre pour se coucher à moitié sur elle, sans pour autant l'écraser de son poids.

— Je m'interrogeais sur le temps que tu prendrais à faire semblant de dormir, susurra-t-il en écartant ses mèches rousses de son cou de cygne et en l'embrassant sur le haut de l'épaule, ce qui la fit frissonner violemment.

— Cirth ! s'écria Eloïra en essayant de se retourner, mais en étant empêchée par Cirth qui la maintenait clouée au matelas soyeux.

— Chut, laisse-toi faire.

Ils n'avaient encore jamais fait l'amour dans cette position et Eloïra se demanda l'espace d'un instant s'il était vraiment possible de s'unir ainsi. Cirth faisait glisser ses lèvres de son cou sur sa colonne vertébrale et descendit plus bas, au niveau de la cambrure de ses reins qu'il incendiait en mordillant légèrement la peau.

Eloïra n'était plus que houle, la passion enflait en elle et chavirait tout sur son passage. Elle s'arqua plus encore lorsque Cirth la pénétra d'un doigt, puis de deux, et se remit à la caresser en allant et venant sur la chaleur de son intimité.

— J'ai trop envie de toi, grommela-t-il soudain en se plaçant entre ses cuisses et en se tenant sur les avant-bras tandis qu'il positionnait son bassin pour la prendre ensuite d'un puissant coup de reins.

La redoutable poussée de Cirth fit remonter Eloïra sur la couche, et elle serra les poings sur les draps tout en mordant derechef dans la taie d'oreiller. Elle le sentait si fort, si fougueux en elle tandis qu'il ressortait pour revenir plus hardiment et toujours plus loin dans son ventre.

Cirth s'agenouilla en lui saisissant les hanches pour la porter plus haut contre lui, il glissa son propre oreiller sous elle, et feula comme ses muscles intimes se contractaient follement autour de son membre. De là où il se trouvait, il voyait leurs corps s'unir, et cette vision le galvanisa, et fit monter en lui une envie de la marquer à vie, de la posséder sauvagement.

Eloïra l'encouragea en se tortillant et en se cambrant à sa rencontre, et Cirth la maintint plus fortement pour s'enfoncer en elle toujours plus loin, dans la chaleur brûlante de son fourreau. Et la passion les prit sur ses ailes, ils s'envolèrent toujours plus haut, les spasmes du plaisir les poussant vers des cimes inexplorées et prodigieusement éblouissantes de volupté. La jouissance les cueillit alors que leurs cris de félicité se mêlaient en une ode d'amour et petit à petit, le monde se remit à tourner sur son axe, tandis que Cirth et Eloïra se couchaient face à face, les yeux dans les yeux, leurs souffles précipités s'effleurant, se calmant, jusqu'à l'apaisement total des corps.

Enfin, le sommeil vint, aux premières lueurs du matin.

Chapitre 30

Les courbes du temps

Il était bien tard en cette fin de matinée, lorsque Cirth, Eloïra et Barabal – qui s'était réveillée sous les traits d'une jeune fille de quatorze ans, au plus grand ahurissement des amoureux – se présentèrent sur la vaste terrasse de l'antre des dragons, pour s'enquérir de la santé de Larkin et de Jordken.

Et là, une autre surprise les attendait, car comme Barabal, Larkin avait également évolué : il était devenu un adolescent et s'exprimait désormais avec des changements de timbre dans sa voix qui allait de l'aigu au plus grave, ce qui amusa énormément Barabal.

— Avaler un chat, il a fait ? se gaussa-t-elle ouvertement de sa mue.

— Et toi ? s'écria Larkin, habillé d'une chemise sans manches et d'un pagne plissé en lin, et sautant du lit surélevé qu'il occupait sur la corniche pour se diriger pieds nus vers la *Seanmhair* qu'il détailla moqueusement de sa haute taille. Ce n'est pas bien de dissimuler des fruits sous sa tunique, dans le but d'avoir de la poitrine et faire croire que tu es une femme !

Les yeux noirs de Barabal lancèrent des éclairs.

— Pas de fruits, mettre je fais ! Vrais ils sont !

— Alors la nature ne t'a pas gâtée, ils ont à peine la dimension de cerises !

— On se calme ! intervint Eloïra en levant les mains

dans un signe de paix, le mouvement de ses bras faisant bouger harmonieusement les voiles de sa somptueuse robe rouge et ses longs cheveux dansant au rythme du souffle des dragons. Vous n'allez tout de même pas passer la dizaine de jours qu'il vous reste à Galéa en vous chamaillant ! Je suis heureuse de constater que tu te portes bien, Larkin, ajouta-t-elle en se tournant vers lui, alors qu'il la dépassait maintenant d'une tête.

Il afficha un air confus avant de lui sourire gentiment.

— La Dernière Née m'a dit que je devais souffrir du même mal qui affecte votre père, Gidon, annonça-t-il en levant les yeux sur Cirth. Si je demeure ici, tout se passera bien. La cité des dieux me protège des ondes du temps.

— Pourquoi, pas être malade, je suis ? couina Barabal en jetant dans son dos ses blonds cheveux emmêlés.

— Parce que même la maladie te fuit, grommela Larkin avant de pincer les lèvres comme Eloïra le fustigeait du regard.

— Je ne pourrais te l'expliquer, fit-elle en répondant à l'étrange question de la *Seanmhair*.

Étrange et déroutante question, car oui, comment se faisait-il que ni Eloïra ni Barabal ne soient victimes du mal du temps ? Tout en réfléchissant à cela, Eloïra prit soudainement conscience du nombre incroyable de couchettes qui avait été disposées sur la vaste terrasse, et toutes étaient occupées par des hommes et des femmes.

— Que... que se passe-t-il ici ? bafouilla-t-elle en ouvrant de grands yeux.

Cirth, uniquement vêtu de son pagne et de ses sandales, évoluait déjà entre les lits, et fronçait les sourcils à chaque fois qu'il posait son regard sur un visage endormi.

La voix reconnaissable de Lug dans le dos d'Eloïra, et apparaissant toujours comme par magie, lui répondit :

— Ce sont des déités, ma famille. Ils se sont placés en phase de sommeil, car, comme je te l'avais auparavant expliqué, ils se meurent. Leur esprit est par trop puissant pour que leur enveloppe corporelle puisse encore les contenir plus longtemps. Désormais, seule l'Élévation pourra les sauver... nous sauver tous.

Eloïra plongea son regard bleu nuit dans celui améthyste de Lug, et y lut un tel navrement[30], qu'elle en eut la gorge nouée d'émotion.

— Des immortels vont trépasser, n'est-ce pas ? chuchota-t-elle en penchant la tête sur le côté. Vous le savez, vous l'avez déjà vécu.

— Oui Eloïra, nombre des miens n'atteindront pas l'Élévation. Mais grâce à l'Ankou, beaucoup s'en sortiront indemnes et pourront rejoindre les Sidhes. Cela se passera quelques jours après le départ de Larkin, Barabal et... Viviane.

Son temps d'hésitation déplut à Eloïra. Il avait failli citer son nom, elle en était certaine !

— Les doyennes refusent ma présence, c'est cela ? lança-t-elle tout de go, préférant en parler tout de suite plutôt que de tourner autour du pot.

Lug laissa glisser son regard vers les dragons qui évoluaient majestueusement dans le cœur de Galéa et pinça les lèvres tandis qu'une tension grandissante envahissait Eloïra.

— Elles n'ont statué de rien, murmura-t-il enfin en saluant Cirth qui s'en revenait vers eux. Les doyennes vous attendent dans la salle du conseil, car elles désirent faire connaissance avec toi avant de se prononcer sur le fait que tu demeures à Galéa après le départ des tiens.

— Nous les rejoindrons, annonça Cirth de sa voix rauque, mais avant, Eloïra et moi aimerions voir Jordken.

— Eloïra ? s'enquit Larkin, en la faisant se retourner vers l'adolescent qui la dévisageait de ses grands yeux sombres. Tu... tu ne rentres pas dans les Highlands ?

Oh misère, la jeune femme aurait dû parler et préparer les enfants pour ne pas qu'ils l'apprennent ainsi.

---

30 *Navrement : Grande tristesse.*

— Quoi ? s'étouffa presque Barabal.

— C'est exact, je ne ferai pas le voyage avec vous, annonça-t-elle simplement. J'ai trouvé mon âme sœur, et si les souvenirs de vos anciennes existences vous sont quelque peu revenus, alors, vous êtes au fait que je ne peux le quitter. Cirth et moi sommes liés et je l'aime.

— Quelques souvenances sont, à n'en pas douter, revenues. Je sais que j'ai été un vieux grand druide, et ce, plusieurs fois dans le temps, comme je sais que cette affreuse sorcière me gâchait régulièrement la vie, dit Larkin, mais en lançant un clin d'œil complice à Barabal avant qu'elle ne se mette en colère. Néanmoins, reprit-il, tout reste tellement confus.

Larkin parlait effectivement comme un sage, et non plus comme l'adolescent qui se tenait devant Eloïra qui sursauta quand Cirth prit la parole à son tour en s'adressant aux deux magiciens :

— Avez-vous des remémorations de vos vies à Galéa ?

La question sembla beaucoup perturber Larkin et Barabal qui se dévisagèrent l'un et l'autre en ouvrant la bouche sans émettre un mot.

— Vous risquez de les ébranler, intervint Lug, le visage brusquement tendu et les poings serrés.

— Non, nous ne connaissions pas Galéa avant d'arriver ici avec toi, répondit Larkin, ses yeux allant de Cirth à Eloïra tout en fronçant les sourcils d'étonnement, et Barabal, à ses côtés, hocha la tête pour confirmer ses dires.

— Mais tu te souvenais des mammouths, insista Eloïra à l'attention de la *Seanmhair* et en faisant fi de Lug qui grommelait son mécontentement.

— Han han ! fit Barabal en haussant les épaules dans un signe d'ignorance.

— Laissez ces jeunes gens et venez voir Jordken, gronda sourdement Lug en les devançant et en slalomant entre les nombreuses couchettes.

Cirth et Eloïra échangèrent un regard dubitatif et

songeur. Tous deux n'appréciaient pas le comportement de Lug, mais choisirent de marcher dans ses pas. Il se trouverait un autre moment pour parler avec Larkin et Barabal, et il était à souhaiter que leur mémoire revienne également, dans la mesure où ils étaient des natifs de la cité des dieux ! De cela, il n'y avait aucun doute. Et même si leur malédiction ne devait pas être évitée, pour le bon déroulement du futur, celui ou celle qui les avait maudits devait être découvert, car il était à craindre que cette même personne soit à l'origine des attaques des *Dorka's* sur Shona et Eloïra.

Jordken était alité non loin de la rambarde donnant sur le vide et les allées et venues des dragons. Il dormait, les traits de son visage paraissaient paisibles, et sa respiration était lente et régulière.

— Il est sauvé, annonça Lug. Nous le maintenons en sommeil tant que les plaies ne seront pas totalement cicatrisées, comme il en a été de même pour toi, Eloïra.

La jeune femme hocha la tête, rejeta une de ses longues mèches rousses sur son épaule, et posa la main sur celle de Jordken. Elle sourit et se pencha pour effleurer de ses lèvres sa joue rugueuse.

— À votre réveil, Jordken, je serai là, souffla-t-elle en se redressant et en laissant la place à Cirth.

L'instant suivant, elle porta son regard sur l'immense corniche et sembla chercher quelqu'un ou quelque chose.

— Où est l'œuf du dragonneau ? s'enquit-elle, comme Lug s'approchait.

— Les dragons blancs sont les gardiens des éléments, répondit Lug d'un ton léger. Et grâce à toi, l'œuf a éclos.

Eloïra sursauta de surprise et pirouetta de moitié pour faire face à Lug dont les yeux étaient illuminés de minuscules éclats.

— Que voulez-vous dire ?

— Tu fusionnes avec les Éléments, ils font partie de toi. Tes pouvoirs ont donné la vie à cette petite créature.

— Où est-il maintenant ? souffla Eloïra en frissonnant

d'émotion.

— Je l'ai installé dans un nouveau berceau de magie où il dormira jusqu'à ce que ton frère le réveille.

— Cameron ? Le... le dragon blanc est *notre* Gardien des Éléments ? hoqueta-t-elle en portant la main sur sa poitrine où son cœur battait plus fortement. Mais cela ne se peut ! J'effectue pour la première fois un voyage dans le temps et le dragon de mon époque n'a donc pas pu vivre grâce à moi !

Lug secoua la tête.

— L'histoire est complexe, les voyages temporels modifient certains événements, tandis que d'autres ne peuvent être vus avant qu'ils ne surviennent, expliqua-t-il, ses derniers mots ayant rapport à l'attaque du *Dorka,* dont Eloïra avait été victime. Dans une autre courbe du temps, quelqu'un aurait libéré le Gardien des Éléments de sa coquille, et une déité aurait donné l'épée céleste à Merzhin pour qu'Arthur Pendragon mène sa quête. Après quoi, elle nous serait revenue pour que nous l'offrions à Cameron. Maintenant, allez retrouver les doyennes, elles vous attendent avec impatience, ajouta Lug en se tournant vers Cirth qui avait suivi leur conversation dans un silence tendu.

Chapitre 31

Les doyennes

— Lug nous cache encore quelque chose d'important, marmonna Eloïra, la main dans celle, chaude et énergique, de Cirth.

Le couple arrivait devant les portes de la salle du grand conseil, située à l'avant-dernier palier de la demeure des dieux, Larkin et Barabal les suivant en silence.

Cirth prit la jeune femme par les épaules et la retourna face à lui. Les beaux yeux verts du Fëanturi reflétaient la même sourde inquiétude que celle d'Eloïra.

— Ses explications n'ont aucune logique, admit-il, un muscle nerveux battant sur sa mâchoire tandis qu'il pinçait les lèvres en un pli amer. Néanmoins, mon amour, tant que nous serons ensemble, rien ne nous arrivera. Je te protégerai à jamais, même s'il faut que je lutte contre le dieu de tous les dieux pour cela.

Eloïra sourit légèrement et bascula la tête en arrière tandis qu'il se penchait vers elle pour prendre sa bouche en un baiser langoureux, tout de douceur. Elle frissonna lorsqu'il glissa les doigts dans ses longs cheveux pour ensuite les poser de part et d'autre de son cou gracile, largement découvert grâce au col en V de sa somptueuse robe qui révélait également la naissance de ses seins.

— Je vais te faire part de ce que je crois réellement, murmura Cirth très sérieusement. Tu devais remonter le temps pour venir à Galéa, car l'histoire ne se réécrit pas, mais suit logiquement son cours. Tu as déjà fait cela et nous nous sommes antérieurement retrouvés dans le temps, insista-t-il alors qu'Eloïra affichait son trouble car ce que disait Cirth faisait écho à ses pensées. Bien sûr, quelques points peuvent évoluer différemment, reprit-il, et je ne doute pas que Lug n'était pas au courant de l'attaque du *Dorka* te concernant, mais pour le reste, tout était prévu, attendu que tout a déjà été vécu.

Eloïra émit un petit cri étranglé. Cirth avait raison, elle le savait, mais alors pourquoi Lug faisait-il tant de mystères ? Ardör reviendrait sous les traits de l'Ankou, l'épée céleste voyagerait dans le temps pour trouver Arthur, puis Cameron, le Gardien des Éléments serait pareillement au rendez-vous de la quête de son frère, et la malédiction concernant Barabal et Larkin allait prendre fin. Tout se regroupait et prouvait que le cours de l'histoire dépendait des actions d'Eloïra.

— Pourtant, je devais mourir à l'âge de six ans, chuchota Eloïra, le regard dans le vague. Et Lug m'a secourue…

— Parce que cela était également écrit, dit Cirth, imperturbable. Ton destin n'était pas de rallier le convoi des *läy's gwendeïs*, mais de grandir pour retourner à Galéa.

Non, pas de rejoindre les âmes blanches, mais le *Chant*, et Eloïra aurait été accompagnée par l'Ankou, mais cela, Cirth ne pouvait pas le savoir.

— Quand tout sera fini, que mes amis seront rentrés dans les Highlands, il faudra que je te parle de quelque chose de très important et je sais que tu garderas pour toi l'histoire que je te narrerai.

Cirth fronça les sourcils et allait lui répondre quand les immenses portes immaculées de la salle du conseil s'ouvrirent pour révéler la sculpturale silhouette de Tulatah.

Elle sourit de méchanceté, avant de hoqueter pour se plier en deux, et de se métamorphoser dans un cycle infernal en tous les animaux que son corps abritait. Sauf le dragon rouge, au plus grand soulagement de tous.

Barabal dépassa Cirth et Eloïra et se mit à ricaner en dansant de joie devant la déesse… ou ses créatures.

— Pas l'aimer, je peux ! couina la *Seanmhair*. Vilaine femme, elle est ! Humpf !

Cirth grommela et s'élança pour saisir la jeune sorcière qu'il emporta rapidement dans le cœur de la salle, s'éloignant le plus possible de Tulatah qui, personne ne savait comment, n'arrivait pas à contrôler ses phases de mutations en présence de Barabal.

— Va avec eux, dit Eloïra à Larkin qui hésitait sur la conduite à tenir et qui finit par lui obéir, alors que Tulatah rugissait en reprenant forme humaine.

En un clin d'œil, la déesse se vêtit de voiles transparents couleur chair, et jeta rageusement sa longue chevelure cinabre dans son dos avant d'avancer furieusement vers Eloïra.

— Vous et votre petite équipe aurez bientôt plié bagages ! vociféra-t-elle, des lueurs rouges altérant la nuance améthyste de son céleste regard. Et alors, tout rentrera dans l'ordre. Car vous partirez, Eloïra, insista-t-elle méchamment. Vous aurez beau faire, beau dire, rien ne pourra empêcher votre retour dans le futur. Et je vous fais une promesse : vous courrez pour vous en aller, cracha-t-elle avec un fiel qui fit naître un long frisson glacé dans le dos d'Eloïra.

Serrant les poings pour ne pas gifler cette maléfique… chose, Eloïra avança d'un pas, puis d'un autre, pour se retrouver au plus près de Tulatah qui parut momentanément décontenancée par son courage. Jamais personne n'avait tenu tête à une déité !

— Je vous plains Tulatah, lâcha Eloïra d'une voix forte et claire. Votre jalousie vous a tellement aveuglée que vous êtes passée à côté de l'amour véritable. Car, oui, sachez qu'Ardör, ce magnifique guerrier au grand cœur, vous aimait de toute son âme. Il comptait vous le dire en rentrant à

Galéa. Mais maintenant, il est trop tard, attendu qu'il ne reviendra pas. Vous avez tout perdu.

Tulatah sembla accuser le coup, elle chancela sur ses jambes, tandis que son visage affichait un fort trouble. Pour une fois, elle avait l'air sincère, et la méchanceté qui la caractérisait s'était effacée pour faire place à un profond émoi.

— Ardör... m'aimait ? gémit-elle. Il voulait de moi ? Mon Ardör ? Oh... mon tendre, mon merveilleux amour, bafouilla-t-elle encore en se dandinant d'avant en arrière sur ses pieds et en enserrant convulsivement son torse de ses bras.

Eloïra n'en revenait pas ! Tulatah était tout bonnement folle ! Elle réagissait comme une simple d'esprit, ce que prouvaient ses sautes d'humeur et son comportement emporté.

Et brusquement, la physionomie de la déesse changea à nouveau, toute la méchanceté du monde se grava sur son visage et elle sembla montrer les dents, comme si elle était sur le point de bondir sur Eloïra pour la mordre.

— Vous l'avez tué ! C'est de votre faute si l'amour de ma vie est mort ! Vous en payerez le prix ! éructa-t-elle en s'élançant sur Eloïra, avant que Cirth ne la ceinture d'un bras contre lui et la maintienne fortement.

— Va-t'en ! tonna soudainement la voix de Lug, tandis que Tulatah paraissait se tasser sur elle-même, frappée de plein fouet par les ondes énergétiques nées du courroux du dieu.

Cirth la relâcha en la repoussant comme s'il s'était brûlé les doigts. Tulatah tangua et jeta un ultime regard haineux sur Eloïra, avant de s'enfuir en hurlant et en courant dans le long corridor qui aboutissait sur l'extérieur de la grande demeure pyramidale.

L'instant d'après, Cirth était auprès d'Eloïra et la berçait contre lui en attendant que les frissons nerveux qui la secouaient s'effacent.

— Elle est malade, soupira Lug de lassitude en s'approchant du couple. Ce n'est pas pour l'excuser, mais Tulatah ne contrôle plus ses émotions, elle arrive au point de rupture. Si elle ne se met pas en phase de sommeil jusqu'à l'Élévation, elle risque d'en mourir.

Eloïra posa ses mains tremblantes sur le torse de Cirth, s'écarta et chercha le regard de Lug.

— C'est ce que nous appelons de la démence ou encore de la folie. Cette déesse est dangereuse. Vous devriez, je ne sais pas moi : l'assommer pour la placer ensuite en hibernation ?

Malgré la situation, Lug ne put s'empêcher de rire, tandis que Cirth souriait en secouant la tête, amusé par la solution radicale proposée par son petit bout de femme.

— Si cela était envisageable, rétorqua Lug en croisant les bras, nous l'aurions fait depuis longtemps. Mais c'est impossible, car nous ne pouvons contraindre les nôtres à agir contre leur volonté.

— Oui, mais dans le cas présent, cela concerne une déesse qui n'a plus toutes ses facultés psychiques ! N'auriez-vous pas une petite potion qui l'endormirait ? insista encore Eloïra.

— Bon élixir, faire je peux ! caqueta Barabal qui s'était faufilée entre eux et qui trépignait de joie en se frottant malicieusement les mains.

Eloïra rit en songeant aux immondes « potions » de la Barabal qu'elle connaissait.

— Bon poison, oui ? pouffa-t-elle sans se rendre compte qu'autour d'elle un silence religieux s'était instauré.

Et pour cause, trois femmes très âgées, les cheveux longs et d'un blanc neigeux, vêtues en toute simplicité de toges amples immaculées, venaient de s'approcher du petit groupe formé par Cirth, Lug, Barabal et Eloïra. Les doyennes… Eloïra en avala son rire de travers et se mit à tousser derrière sa main. Qu'allaient-elles penser d'elle après cette échauffourée avec Tulatah ?

Lug et Cirth se postèrent de part et d'autre d'Eloïra. Présences fortes et rassurantes pour elle qui s'efforçait de paraître calme et détachée devant ces femmes, car son avenir avec son âme sœur allait se jouer maintenant.

Pourtant, les doyennes n'avaient rien d'effrayant : elles étaient frêles de stature, de nombreuses rides sillonnaient leurs visages et attestaient de leur long vécu. Cependant, leurs auras étaient puissantes et en imposaient à plus d'un, y compris à Lug qui avait adopté une posture éminemment respectueuse.

Elles auraient pu être de la même fratrie, tant elles se ressemblaient physiquement, et peut-être l'avaient-elles été avant de devenir les matriarches des Kadwan, des Fëanturi et des Muiredach. Lentement, comme un rayon de soleil filtrant au travers de lourds nuages de pluie, des sourires se dessinèrent sur leurs fines lèvres, et des éclats de vie illuminèrent leurs yeux noisette qui détaillaient Eloïra sans la moindre acrimonie.

Enfin, après un long silence, les doyennes s'avancèrent d'un pas en direction d'Eloïra et chacune à son tour, elles se présentèrent :

— Je suis Élaènore, de la lignée des Fëanturi, dit d'une voix douce celle qui se trouvait à la gauche d'Eloïra. Pour avoir conquis le cœur de notre plus grand guerrier, Cirth, et pour le courage et la détermination dont tu as fait preuve pour secourir ceux qui ont voyagé dans le temps avec toi, je te souhaite la bienvenue dans ma famille.

Pour le coup, Eloïra ouvrit la bouche sans pouvoir émettre un mot, tant elle était bouleversée par les paroles de la doyenne. Élaènore venait-elle de l'accueillir dans son clan ? Un pas de géant s'était soudain accompli, mais il restait l'avis de deux autres matriarches pour que le destin d'Eloïra soit de demeurer auprès de Cirth.

— Je me nomme Mazoe, de la lignée des Kadwan, fit à son tour celle qui se tenait au milieu. Tu as sauvé mes arrière-petits-fils de sang, Muir et Jordken, sans hésiter un instant à utiliser ton flux vital et à te mettre en danger pour ce faire, pour cela, je t'ouvre les bras et te souhaite la bienvenue parmi nous.

Le cœur d'Eloïra battait follement dans sa poitrine. Elle hocha la tête pour remercier Mazoe et serra ses mains moites tout en portant le regard à droite, sur la dernière doyenne qui la dévisageait soudain d'un air impassible.

— Je suis Yulia, mère de la lignée des Muiredach. Ardör t'a suivie dans ta quête, et n'en est pas revenu. Gidon Fëanturi est emprisonné dans une bulle du temps pour survivre aux ondes magiques qui découlent du choc des époques, et l'un des tiens est touché par la même affection. Tu représentes un risque pour nos communautés, celui de changer, par ton épistémè[31], le cours de nos évolutions historiques respectives.

Chaque parole émise par Yulia était un aiguillon douloureux qui faisait mouche et blessait Eloïra. Elle savait que le sang avait déserté son visage et que son souffle s'était bloqué dans sa poitrine dans l'attente de la suite des évènements.

Le corps d'airain de Cirth, à ses côtés, s'était raidi, et son faciès affichait un masque dur et impénétrable. Eloïra ressentait dans chaque pore de sa peau la sourde tension qui l'habitait, elle était victime des mêmes émotions que lui et avait peur. Car il apparaissait clairement que la doyenne des Muiredach n'était en rien encline à la voir demeurer à Galéa, et sans son accord, allait-elle pouvoir braver l'interdiction de rester et de vivre auprès de Cirth ?

Ce fut dans un état second qu'Eloïra écouta la suite du discours de Yulia :

— Tu es une enfant des dieux aux pouvoirs extraordinaires et stupéfiants... et jusqu'à présent, tu les as toujours utilisés à bon escient. Tu as sauvé la Dernière Née, nos enfants, et nos femmes du *Dorka* au péril de ta propre

---

31 *Épistémè : Ensemble des connaissances permettant les diverses formes de sciences à une époque donnée.*

vie et il est certain qu'Ardör serait également à nos côtés si tu avais pu le secourir. Ces actes désintéressés et vertueux ont montré la belle personne que tu es. Et il y a peu, tu n'as pas plié devant la cruauté de Tulatah, tu es la première à lui avoir tenu tête ainsi. Lug nous a par ailleurs certifié que ta présence unique ne nuira en rien à la santé et au retour de Gidon. Les ondes du temps s'évanouiront avec le départ de tes amis. De crainte, je n'en ai plus, mon estime t'est acquise, et je t'accueille parmi nous, les bras ouverts.

Ce que Yulia fit en souriant et en tendant ses mains vers Eloïra qui les saisit en frémissant d'émoi. L'instant d'après, les trois femmes l'encerclaient, telles des mères tendresse, pour la couvrir de paroles bienveillantes et de gestes d'affection.

Eloïra, fortement ébranlée en comprenant qu'elle venait d'être admise par les doyennes, laissa couler quelques larmes tout en les essuyant du bout des doigts, et réussit à rendre leur sourire aux matriarches.

— Douce enfant, il n'est plus temps de pleurer, mais plutôt de festoyer, intervint Yulia en passant sa main ridée dans les cheveux d'Eloïra. Il est l'heure de vous unir, Cirth et toi, devant les lignées et les dieux.

Un mariage ? Ici, à Galéa ? Eloïra en eut le tournis et Cirth vint se placer dans son dos pour la soutenir d'un bras passé autour de sa taille. Les jambes de la jeune femme donnaient de forts signes de faiblesse et elle tourna légèrement la tête pour poser sa joue sur le torse musclé de Cirth, juste là où son cœur battait à coups effrénés.

Enfin, ils allaient pouvoir vivre ensemble jusqu'à la fin de leurs jours, et ne plus jamais se quitter, même dans l'éternité.

Chapitre 32
Union à Galéa

Les doyennes se détournèrent du jeune couple pour pénétrer dans la salle du conseil, Lug les suivit en lançant un clin d'œil complice à Cirth et Eloïra. Enfin, eux-mêmes s'avancèrent pour arriver dans la vaste pièce lumineuse, Barabal les talonnant en chantonnant... faux.

Là les attendait une vingtaine d'autres déités toutes de beauté, dans leurs robes de voiles pour les dames, et leurs pagnes plissés pour les hommes. Bride, la bien-aimée de Lug figurait au nombre, tout comme Elenwë, leur fille, toujours aussi éblouissante tandis qu'elle était uniquement, et entièrement, vêtue de sa longue chevelure ébène, et au plus grand plaisir d'Eloïra et de Cirth, Kleyda, Muir et Aldec étaient également présents. Leur union avait donc été prévue à l'avance et les doyennes avaient simplement mis à l'épreuve la jeune femme.

Mais brusquement, Eloïra ne put s'empêcher d'éprouver une vive pointe de mélancolie, car, de ceux qu'elle chérissait – sa famille –, ne serait à ses côtés pour son mariage que la future femme de Cameron. Malgré tout, voir Elenwë auprès de soi, c'était comme être en partie avec les siens. Et avec un soupçon de chance et, si les souvenirs lui revenaient dans le futur, la déesse narrerait à Awena et Darren l'histoire de ce jour somptueux où leur fille Eloïra Saint Clare s'était unie au puissant Cirth Fëanturi.

Ce fut forte de cette idée qu'Eloïra retrouva un peu de joie et leva les yeux sur le décor environnant. La salle du conseil était immense et prenait toute la superficie de l'avant-dernier palier de Galéa, le dernier n'étant composé que d'un chapeau de marbre pyramidal, tendu vers le ciel. Elle était divisée en deux parties, la première était meublée par une gigantesque table ronde entourée de hauts fauteuils en peuplier blanc, quant à la seconde… c'était tout bonnement une merveille !

Elle était ouverte sur l'extérieur, à l'instar d'une fastueuse terrasse, et aménagée en un somptueux jardin verdoyant. Les dalles de marbre immaculées au sol jouaient à cache-cache avec des bandes d'herbe rase ou des parterres floraux. Les colonnes qui s'élevaient le long des murs étaient couvertes de lierre, de jasmin pourpre ou neigeux, de clématites carminées, et de rosiers sauvages dont les délicats pétales veloutés répandaient leur douce et riche fragrance.

Ce fut vers cet endroit paradisiaque que les doyennes, les déités, Kleyda, Muir et Aldec se dirigèrent pour s'aligner en demi-cercle et Lug fit signe à Eloïra et Cirth pour les inviter à s'approcher.

En retrait du couple, Larkin et Barabal se dandinaient en ne sachant visiblement pas quoi faire, et Eloïra leur enjoignit d'un geste de la main d'emboîter leurs pas jusqu'à se positionner au centre de la demi-ronde formée.

D'intenses vibrations en provenance des dalles du sol, et qui montèrent ensuite dans les membres d'Eloïra, la firent s'étonner, et elle regarda ses pieds chaussés de sandales en faisant la grimace.

— Un tremblement de terre ? s'exclama-t-elle en relevant le menton pour s'adresser à Cirth.

Il rit et secoua la tête d'un air négatif.

— Non, nous sommes au-dessus du centre de Galéa et de l'antre des dragons. Ce que tu perçois n'est autre que le vrombissement causé par leurs déplacements en atteignant l'issue de sortie qui doit se situer sous nos pieds.

Et comme pour appuyer les propos de Cirth, un magistral dragon bleu apparut, les ailes déployées dans son envol, juste derrière la rambarde de la terrasse, avant de bifurquer dans le ciel et de disparaître de leur champ de vision.

— Magnifique, souffla Eloïra que Yulia ramena au temps présent en lui faisant signe de se concentrer sur la cérémonie.

Studieuse, Eloïra obéit sagement, car après tout, il s'agissait tout de même là de son mariage !

Une déesse inconnue fit jaillir une flamme dans ses mains et alla se placer au sud. Un autre dieu matérialisa une coupe emplie d'eau et se dirigea vers l'ouest. Elenwë se pencha et saisit de ses doigts une pleine poignée de terre dans le jardin situé à ses pieds, pour ensuite faire quelque pas et s'arrêter au nord, enfin Lug fit apparaître la plume d'un oiseau et alla se positionner à l'est. Ainsi disposées aux quatre points cardinaux, ces déités en appelaient à la présence des Éléments pour placer le couple des futurs mariés sous leur protection.

Cirth prit la main tremblante d'Eloïra et la serra tendrement dans la sienne en plongeant son beau regard dans le sien. Il y avait tant d'amour dans ses yeux verts, tant de confiance et de promesses d'un avenir heureux, que la jeune femme ne put s'empêcher de hoqueter d'émotion.

Les longues mèches brunes aux reflets dorés de Cirth se mouvaient dans la brise de ce début d'après-midi de félicité. Il sourit à Eloïra et se pencha sur elle pour poser un léger baiser sur ses lèvres entrouvertes, avant de lui murmurer de sa voix rauque :

— Un jour, peut-être, les dieux nous accorderont le droit de réunir nos familles. Et alors, nous nous unirons une seconde fois devant eux. Mon père Gidon sera là, et tes parents se tiendront à tes côtés. J'ai foi en ce rêve, pour toi, pour nous, en priant pour qu'il se réalise.

— Et j'ajoute mes vœux aux tiens, chuchota Eloïra en

serrant plus fortement sa main. Ainsi, notre bonheur sera parfait.

Les doyennes s'avancèrent pour se placer devant eux. Elles récitèrent des mélopées dans une langue dont Eloïra ne put saisir le sens, mais elle ressentit les vibrations magiques que véhiculaient les mots anciens.

Les matriarches priaient pour que leur union soit longue et fructueuse, et pour que les enfants qui naîtraient de ce couple soient en bonne santé. Ensuite, elles se turent en souriant et leur firent signe. Eloïra comprit que le moment de prononcer leurs vœux était arrivé. Cirth se racla la gorge et parla le premier.

Un élan de tendresse fusa dans le cœur d'Eloïra quand elle se rendit compte à quel point son colosse de futur mari était ému. Il en avait presque les larmes aux yeux et sa forte respiration faisait vibrer son large torse couvert de tatouages runiques.

— Je revenais des terres gelées, il n'y a pas si longtemps de cela, quand une puissante onde de magie m'a touché et a embrasé mon être. J'ai su en un instant, alors que je m'élançais comme un fou vers Galéa, qu'un événement exceptionnel allait bouleverser mon existence. Et cet événement, ce fut toi, mon âme sœur, la femme que de tout temps j'attendais, et qui enfin était apparue devant moi. Je t'ai aimée au premier regard, t'ai désirée à mes côtés pour les années à venir et l'éternité après cela. Jamais plus je ne pourrai vivre sans toi. Tu es désormais gravée dans mon être et dans mon cœur. *Amëy'na lëyna* (je t'aime), Eloïra.

— *Awen*, clamèrent de concert toutes les personnes présentes autour d'eux, la voix caquetante de Barabal criant encore plus fortement sa joie pour Cirth et Eloïra.

La jeune femme dut reprendre son souffle plusieurs fois, fermant de temps en temps les paupières sur ses lumineux yeux bleu nuit pour endiguer le flux de ses larmes, tant elle était bouleversée par les paroles de Cirth.

Enfin, après avoir respiré profondément, tandis que la

brise revenait jouer avec les voiles vaporeux de sa longue robe rouge et les mèches rousses de ses cheveux, elle laissa parler son cœur :

— Je n'ai jamais cessé de rêver d'un avenir plein d'amour, d'un moment où la mort ne serait pas à mes trousses, et où l'obscurité s'enfuirait devant un jour ensoleillé qui durerait mille ans. Là, je savais que m'attendait le bonheur, même s'il n'avait pas de forme, pas de visage, qu'il n'était qu'une chose inexplicable qui emballait mes songes en me faisant espérer le meilleur. J'ai voyagé dans le temps, et tu es apparu. Je t'ai certainement aimé tout de suite, ce que le cadeau de la Dernière Née m'a prouvé, mais j'avais si peur, que je t'ai ignoré. Je ne suis plus du tout effrayée par tout ce que j'éprouve pour toi, Cirth, par toutes ces émotions qui me bouleversent et me procurent réellement la sensation de vivre. Tu es mon air, mon sang, mon âme sœur. *Tha goal agam ort*, Cirth, finit par murmurer Eloïra avant de nouer les bras derrière son cou pour le forcer à se pencher et lui prendre les lèvres en un baiser ravageur.

Les mots pouvaient être beaux, mais les exprimer par des actes leur donnait toute la consistance qui leur manquait. C'est tout juste s'ils entendirent leur entourage clamer un « *Awen* » retentissant, tout comme les rires complices qui coururent dans l'assistance, tant Cirth et Eloïra étaient emportés sur les ailes de la passion.

Ils étaient unis pour la vie, devant les déités, leurs amis, et les doyennes, plus rien, jamais, ne pourrait les séparer.

— Hum, hum ! fit Élaènore en leur tapotant les épaules pour attirer leur attention sur elle.

Eloïra s'empourpra joliment en se détachant de Cirth après s'être rendu compte des nombreux regards gentiment amusés posés sur eux, et fit face à la matriarche des Fëanturi.

— Vos échanges, mes enfants.

Eloïra sursauta d'étonnement, mais n'était-ce pas ce qu'ils venaient de faire ? Quelle ne fut pas sa surprise de voir

Cirth sortir d'une petite besace maintenue à sa ceinture, une magnifique bague ouvragée en or et sertie d'une pierre ambrée lumineuse.

— Je t'offre la bague de mariage de ma mère, Shona. Je sais qu'elle, ainsi que mon père, aurait été heureuse et honorée qu'elle te revienne. Avec cet anneau, je te prends pour femme.

Et Cirth glissa l'alliance à son annulaire gauche, tandis qu'Eloïra était partagée entre euphorie et consternation. Elle n'avait aucun anneau à donner à Cirth ! Jamais, d'ailleurs, elle n'aurait songé à être unie en ce jour. Non ! Elle devait trouver une solution !

Les yeux d'Eloïra se posèrent alors sur le bracelet porte-bonheur qu'Aerin, sa nièce de douze ans, lui avait offert avant son départ des Highlands. Il représentait tant d'amour, qu'Eloïra sut instantanément quoi faire. Elle le fit glisser de son poignet en faisant coulisser les liens, et le noua ensuite sur celui de Cirth qui connaissait l'histoire de ce fin bijou de cuir et qui ne cacha pas son émotion, ses lèvres sensuelles mimant un silencieux « merci ».

— Avec ce bracelet porte-bonheur, cadeau d'une personne aimée dont je chérirai toujours le souvenir, je te prends pour mari.

Là encore, ils se jetèrent dans les bras l'un de l'autre, sous une pluie de pétales venue du ciel, tandis que de leur côté, les doyennes durent à nouveau batailler pour les séparer.

Il restait encore l'union du *main jeûne*[32] et Yulia, Élaènore comme Mazoe se dépêchèrent de nouer les doigts des amoureux avec des tissus du clan des Fëanturi, et de s'exclamer en chœur :

— Devant les dieux et les lignées, vous êtes unis !

---

32 *Le main jeûne : Très ancienne union qui consistait à lier les couples devant les dieux, leurs familles, ou leurs clans. Des rubans ou du lierre entouraient leurs mains, paumes levées vers le ciel, et symbolisaient ainsi le cercle de l'infini et de l'amour éternel.*

L'espace d'une seconde suspendue dans le temps, Eloïra crut voir les visages de ses parents, Awena et Darren, comme ceux de Cameron, Logan, Sophie-Élisa, Diane et Iain, et le reste de sa famille. Ils souriaient aux anges, heureux de son bonheur, et ils s'effacèrent lentement pour que la réalité reprenne ses droits.

— Un jour mon amour, chuchota Cirth qui avait suivi les pensées d'Eloïra, nous trouverons le moyen de les faire venir auprès de nous.

Il y avait tant de certitude dans ce vert regard lumineux, que la jeune femme balaya sa tristesse de ses pensées et se jeta à nouveau dans les bras de son fort guerrier qui la souleva dans les airs pour la faire tournoyer follement.

— Faim j'ai ! Manger je veux ! cria Barabal tandis que Larkin faisait faussement mine de l'assommer avec son bâton de mage.

Tous rirent et allèrent vers la grande table ronde où des mets et des boissons apparurent par magie. Un festin grandiose attendait les mariés comme ceux qui les entouraient, et tous se régalèrent dans la bonne humeur. Sauf Barabal, qui grognait de devoir se faire les dents sur des fruits, du pain plat, du fromage et des légumes… les dieux ne se nourrissant pas de chair morte.

— Saucisses grillées, je veux ! hurla-t-elle derechef, des larmes de crocodile coulant sur ses joues.

— Demain, je t'en apporterai, lança Kleyda en faisant un clin d'œil.

Et Barabal de sautiller sur ses fesses, alors qu'elle était assise sur un grand fauteuil non loin de Lug qui secouait la tête d'une dérision amusée.

— Vraiment ? Grosses ? Grasses ? De jus, pleines ?

— Oui, souffla encore Kleyda en riant derrière sa main comme les déités pâlissaient à vue d'œil et qu'Aldec s'étouffait en sirotant sa liqueur fruitée.

Pour un peu, Eloïra se serait presque crue revenue chez elle, dans les Highlands. Et la journée se passa ainsi, entre bonne humeur et bêtises de Barabal, avant que tous ne se quittent et que la Dernière Née ne prenne les enfants avec elle, pour offrir à Eloïra et Cirth la nuit de noces dont ils rêvaient.

Tout à leur bonheur, les amoureux ne virent pas l'immense tristesse qui s'afficha sur le visage de Lug, ni son abattement quand il se dirigea à pas comptés vers la terrasse de la salle du conseil, s'arrêtant près de la rambarde qui donnait sur le somptueux panorama des terres protégées que la nuit recouvrait peu à peu de son lourd manteau sombre.

— Les choses doivent suivre leur cours, marmonna-t-il pour lui-même.

Chapitre 33

Au revoir Galéa

Cirth et Eloïra filèrent le parfait amour durant la dernière dizaine de jours où ils séjournèrent dans la demeure des dieux. De nuit de noces, ils en eurent tous les soirs, dès qu'ils se retrouvaient seuls dans leur chambre et faisaient l'amour jusqu'aux petites lueurs du matin. Ils n'en avaient jamais assez, leur appétit l'un de l'autre allant grandissant, aiguisé par les proches séparations.

Et cet amour ils le vécurent dans une félicité absolue, car plus jamais ils ne revirent Tulatah et pensèrent qu'elle avait fini par se mettre en phase de sommeil pour atteindre l'Élévation. Cette maléfique déesse ne manquait apparemment à personne, sauf à Barabal, qui ne savait plus qui embêter et se transforma en chasseresse de chats, avec l'aide de son araignée, ces petits félins paraissant les seuls à bien réagir à ses nouvelles potions. Car le fait de se retrouver sans poils ne semblait aucunement les déranger. Après tout, peut-être que la *Seanmhair* allait créer une nouvelle race de chats ?

Tandis qu'Eloïra restait à Galéa auprès de Barabal et Larkin, qui ne devaient en aucun cas se rendre dans la ville, Cirth s'en allait tous les matins et ne revenait que tard le soir. Il passait son temps à aider les lignées pour acheminer leurs effets sur l'entre-deux terres, au cercle de pierres levées récemment érigé, alors que les premiers convois des Muiredach, sous la tutelle de leur doyenne Yulia, prenaient la route céleste vers des continents étrangers, après de poignants adieux.

Eloïra savait ce que ces gens ressentaient. Elle-même avait quitté ses chères Highlands pour ne jamais y revenir. C'était un véritable déchirement du cœur et de l'esprit. Tous abandonnaient une vie cossue, sous la protection des déités, et devraient dorénavant faire face à l'inconnu et à la construction de leur propre civilisation. Ils avaient pour eux le courage et la volonté de réussir un nouvel avenir, et les enseignements des dieux tout comme la magie dans leur sang seraient de bons soutiens.

Ils y arriveraient, Eloïra n'en doutait pas, même si beaucoup se détourneraient de leurs croyances à leur tour, par choix, ou par soumission devant des conquérants barbares qui, s'ils ne le faisaient pas, les éradiqueraient.

Eloïra et Cirth partiraient avec le dernier convoi, peu de temps après les Kadwan et leur matriarche Mazoe. La destination finale des Fëanturi avait été soigneusement sélectionnée par la doyenne, Élaènore, qui avait porté son dévolu sur des terres qu'Eloïra connaissait très bien : la Bretagne, sur le futur royaume de France ! La jeune femme avait souri avec un pincement au cœur en songeant à Awena qui avait grandi à Brest, une ville située à la pointe rocheuse de ces terres qui plongeaient dans l'océan Atlantique. Ainsi, la boucle serait bouclée, la fille marcherait bien à l'avance sur les pas de sa mère.

Nous étions maintenant en milieu de matinée de la veille du départ de Larkin, Barabal et Viviane pour le futur, et Eloïra ne pouvait s'empêcher de ressentir une intense nervosité.

Tout allait bien se passer, Lug lui avait assuré que la magicienne MacTulkien pourrait rejoindre le cercle sacré sur la place de Galéa et que Gidon serait maintenu sous la protection du sort jusqu'à ce que le groupe disparaisse, les ondes du temps s'évanouissant avec eux et tout danger pour le père de Cirth avec elles.

Eloïra avait d'ores et déjà pardonné à Viviane ce qu'elle avait considéré tout d'abord comme une traîtrise. Avec le temps, elle savait bien que la magicienne n'aurait pas pu procéder autrement, au risque de voir mourir Gidon. Elle avait grandement joué son rôle dans cette quête qui lèverait la malédiction des cycles de six cents ans sur Barabal et Larkin. Le plus dur serait d'annoncer à Viviane la décision d'Eloïra de demeurer en cette époque, comme celle de lui parler de son mariage…

Oh la la, que tout cela était compliqué à gérer ! Et ne surtout pas penser à cette famille aimante dans les Highlands… non, surtout pas !

Eloïra donna de grands coups sur la courtepointe qu'elle venait de tendre pour la centième fois sur le lit de la chambre qu'elle partageait avec Cirth, quand des éclats de voix graves lui parvinrent aux oreilles.

Que se passait-il ? Elle se dépêcha de sortir de la pièce dans une envolée froufroutante des voiles rouges de sa robe, ses cheveux se mouvant dans son dos telle une rivière d'or orangé, et ses sandales claquant sur le marbre blanc des dalles du sol à chacune de ses rapides foulées.

L'éclat de rire chaud de Cirth l'atteignit bien avant qu'elle ne le découvre dans la salle à manger, tandis qu'il faisait face à un Jordken hilare et un rouquin Muir, comme à son habitude hirsute.

Les hommes paraissaient plus qu'heureux de se retrouver et Eloïra, après s'être figée sur ses pas, s'élança également à la rencontre de ses amis.

— Muir, Jordken ! Enfin ! Les déités t'ont laissé t'échapper ? s'amusa-t-elle en prenant les doigts tendus du grand Kadwan qu'elle tutoyait allégrement depuis son réveil quelques jours plus tôt et qui ne portait désormais plus son immonde bonnet de fourrure, affichant ainsi avec fierté son crâne chauve.

— Toujours aussi ravissante, la complimenta Jordken en embrassant le dessus de sa main et en jetant un œil coquin vers Cirth qui masqua mal un pic de jalousie. Eh oui, les dieux n'ont pu faire autrement que de me permettre de rejoindre les miens, car nous partons en fin d'après-midi. C'est notre moment !

Le cœur d'Eloïra marqua un temps d'arrêt et son sourire se figea sur ses lèvres.

— Déjà ? Tellement vite ? chuchota-t-elle en lançant un regard effaré à Muir, puis à Cirth qui confirmèrent tous deux d'un hochement de tête les paroles de Jordken.

— Oui, mais il y a une bonne nouvelle, trépigna à son tour Muir avec la jeunesse de ses vingt ans, ce qui amusa Eloïra en y songeant, elle qui avait un an de moins que lui. Lug nous a assuré qu'une fois que nous aurons protégé nos nouvelles terres avec les runes du pouvoir, nous pourrons rendre visite aux autres lignées grâce aux cercles !

Cirth fronça les sourcils, croisa les bras sur son torse nu, et se tourna vers Eloïra.

— Est-ce faisable ?

— Oui, répondit-elle simplement en se rappelant que dans l'avenir, les MacTulkien et les Saint Clare utiliseraient ce même procédé pour se voir le plus souvent possible.

— Je comprends que tu ne puisses nous en dire plus, fit Jordken, ses yeux gris emplis d'éclats lumineux en songeant à la grande aventure qui les attendait, lui, Muir et les siens. Et je suis rasséréné par ton affirmation. Notre doyenne, Mazoe, est déjà sur l'entre-deux terres pour superviser le départ, elle m'a chargé de te transmettre ses meilleurs sentiments, jusqu'à nos futures retrouvailles.

— Nos retrouvailles, répéta Eloïra tandis que ce maudit mauvais pressentiment revenait l'assaillir et qui se força à cacher son inquiétude derrière un sourire radieux qui fit briller ses yeux bleu nuit sous ses longs cils sombres. Que les dieux soient avec vous, mes amis, et avec Mazoe. Embrassez-la de ma part, même si, je suis certaine, elle trouvera ce geste déplacé. Il vient du cœur, elle ne pourra le refuser.

— Nous ferons ainsi *mëidy* (dame) Eloïra, s'esclaffa Jordken en poussant un cri de joie en voyant surgir Barabal et Larkin qui n'avaient plus grandi et paraissaient toujours avoir quatorze ans.

Pendant quelques instants encore, l'ancien groupe de la quête d'Eloïra chahuta en parlant de tout et de rien pour ne pas apporter trop de tristesse aux adieux qui arrivèrent malgré tout. Car le temps n'arrêtait jamais sa course et qu'il était vain de se battre contre lui !

Ainsi s'éloignèrent Muir et Jordken, leurs lumineux sourires à jamais figés dans l'esprit d'Eloïra qui après leur départ ne put s'empêcher de les pleurer en se réfugiant dans la force tranquille et tendre des bras de Cirth.

— Nous nous retrouverons tous, chuchota-t-il à son oreille en parlant des autres lignées. Et aujourd'hui, je reste auprès de toi. Nous allons passer les heures à venir ensemble et nous rendre à l'antre des dragons, car les enfants veulent faire leurs adieux aux créatures.

— Ouiiiiii ! cria Barabal en courant déjà vers la sortie, son araignée tressautant comiquement sur son épaule à chacun de ses pas et son bâton raclant le sol derrière elle.

Étrangement, la journée prit fin sans qu'à un seul instant Lug ne se montrât comme à son habitude, et il fut très difficile d'envoyer au lit Barabal et Larkin qui ne pouvaient plus masquer leur tristesse de devoir se séparer d'Eloïra.

Tout devait se dérouler aux premières lueurs de la matinée, pour qu'ils rejoignent les Highlands le jour de *Samhuinn*, date incontournable à laquelle devait être levée la malédiction.

Le silence remplaçant les pleurs des enfants parut brusquement bien lourd à porter et Eloïra se réfugia dans la chambre pour s'asseoir pesamment sur le bord du matelas où Cirth vint la retrouver au sortir de son bain, simplement vêtu de son pagne plissé et ses longues mèches brunes humides reposant sur ses larges épaules.

— C'est... c'est si difficile, Cirth, hoqueta Eloïra en laissant couler les larmes qu'elle retenait depuis des heures. Se dire que je ne les reverrai plus jamais, que je n'entendrai plus leurs voix. C'est...

Un sanglot l'empêcha de parler plus et Cirth la serra tout en la berçant contre son torse et en effleurant de légers baisers sur son visage.

— Ce sacrifice est peut-être trop lourd pour toi, mon aimée, murmura-t-il en prenant sa tête entre ses mains pour la forcer à le regarder.

Eloïra écarquilla les yeux en se rendant compte de ce que Cirth faisait pour elle, par amour : il lui offrait une porte de sortie !

Croyait-il réellement qu'elle le quitterait maintenant ? Mais, elle en mourrait ! Il était sa vie, son avenir, son tout ! Même si elle chérissait les siens au plus haut point, elle savait que sans Cirth elle ne survivrait pas longtemps dans le futur.

— Je t'aime ! Je t'aime Cirth et je suis certaine de faire le bon choix en demeurant à tes côtés. Je suis liée à toi...

La passion s'animait déjà dans leurs corps, le désir brûlait dans leurs veines et leurs lèvres se cherchèrent pour se souder en un baiser sauvage. Leurs langues se mêlèrent et s'épousèrent avec toute la folie des sens qui les habitait.

Cirth allongea Eloïra sur le lit, souleva d'une main fébrile sa robe pour la remonter sur ses cuisses veloutées qu'il écarta et où il se positionna dans un grognement affamé.

Et alors qu'ils allaient s'unir, le bruit de forts battements sur la porte des appartements suspendit leurs gestes en les poussant à gémir de frustration.

— Je ne sais pas qui est le mauvais plaisantin qui vient nous déranger, mais je vais l'expédier rapidement, gronda Cirth en se redressant et en grimaçant comiquement comme il baissait les yeux sur le devant de son pagne plissé que tendait une formidable érection.

Il réussit à faire rire Eloïra qui lui tira la langue et lui jeta un oreiller de plumes tandis qu'il serrait les poings et s'en allait régler son compte à la personne qui continuait de tambouriner à leur porte.

Eloïra entendit le son de voix masculines, puis ce fut le silence, et Cirth revint dans la chambre en affichant une mine sombre et crispée. Ses yeux verts semblaient lancer des éclairs et évitaient ceux de la jeune femme.

— Que se passe-t-il ? s'écria-t-elle, n'y tenant plus.

— C'est Tulatah, elle est mourante et me fait quérir, car elle veut me parler, grommela Cirth en enfilant ses sandales et en fermant la boucle de sa ceinture en cuir pour ajuster le fourreau de sa dague.

Tout cela ne disait rien qui vaille à Eloïra qui s'extirpa du lit et se posta sous le nez de Cirth.

— N'y va pas, c'est un piège, je le sens !

— Il y a de fortes chances pour que tu aies raison, répliqua Cirth, mais si cela n'est pas le cas, je me dois d'aller la trouver. Toi, tu restes dans nos appartements, et après mon départ, tu verrouilles les portes.

Déjà, il faisait volte-face et atteignait le corridor.

— Je viens avec toi ! insista Eloïra en le talonnant.

— Certainement pas, tu m'attends ici, je n'en aurai pas pour longtemps.

Et il disparut tandis que le mauvais pressentiment de la jeune femme se faisait plus intense que jamais. Cette maudite déesse était-elle réellement mourante ? Pourquoi avait-elle fait appeler Cirth ?

Eloïra finit par l'écouter et ferma les portes derrière lui. Elle alla dans leur chambre et s'allongea sur la courtepointe en prenant l'oreiller de son âme sœur contre elle pour sentir son odeur unique, épicée et légèrement musquée.

Malgré sa profonde anxiété, et à sa plus grande consternation quand elle s'en rendit compte bien plus tard, Eloïra s'endormit pour se réveiller seule, tandis que les lueurs laiteuses d'un soleil levant envahissaient la pièce.

Cirth n'était pas revenu ! Et la peur gagna Eloïra qui s'élança en rejetant ses cheveux dans son dos. Elle savait où se situaient les appartements de Tulatah, non loin des siens, et tambourina à son tour sur les portes en appelant Cirth.

Quelques secondes après, un frisson glacé la parcourut quand elle entendit le rire sardonique de la déesse, et les battants de peuplier blanc s'ouvrirent sur son corps nu et son sourire cruel.

— Vous êtes encore là ? susurra-t-elle méchamment, profondément hautaine.

Eloïra ne se laissa pas déstabiliser, carra les épaules et attaqua tout de suite oralement son ennemie :

— Vous me semblez bien portante pour une mourante ! Maintenant, dites-moi où est Cirth !

Tulatah haussa joliment ses sourcils et pencha la tête sur le côté en pouffant comme une gamine.

— Mais… dans mon lit bien sûr !

Le cœur d'Eloïra s'arrêta de pulser comme sa respiration se bloquait dans sa poitrine. Cette maléfique déité avait un de ces toupets ! Mais quelle ne fut pas sa surprise quand d'un mouvement du bras, Tulatah poussa plus encore le battant qui s'écarta pour qu'Eloïra puisse apercevoir le lit aux draps ravagés où reposait… Cirth.

— Non… non, hoqueta-t-elle en s'avançant et en trébuchant à moitié sur ses jambes flageolantes.

Et cependant, c'était bien le magnifique corps éminemment masculin et nu de Cirth qui était allongé sur les draps rouges, sa maudite couleur fétiche. Il était sur le ventre, son visage endormi tourné vers elle, une jambe poilue remontée comme s'il l'avait posée sur le corps de Tulatah avant qu'elle ne se lève pour ouvrir la porte, et qu'elle soit restée dans cette position par la suite.

— Non, souffla encore Eloïra qui ne pouvait pourtant qu'admettre la trahison de Cirth.

Elle tremblait de la tête aux pieds et Tulatah s'approcha

d'elle en lui murmurant de sa voix mielleuse dans l'oreille :

— Il n'a jamais été à vous, je vous l'avais bien dit. Et maintenant comme je vous l'avais également prédit : courez... courez, répéta-t-elle avant de rire aux éclats comme Eloïra lui obéissait pour fuir l'affreux spectacle de Cirth dans le lit de Tulatah, dans les bras de Tulatah... faisant l'amour à Tulatah !

Elle fuyait, ses larmes l'empêchant de voir où elle se dirigeait et ses sanglots l'étouffaient en lui déchirant la poitrine. Oh, Cirth ! Comment avait-il pu lui faire ça, leur faire ça ? Dire qu'elle avait failli tout abandonner pour lui.

À présent, tout était fini et Eloïra avait si mal, terriblement mal.

Elle rentrerait donc dans les Highlands, et elle partirait avec l'Ankou, car désormais, seule la mort pourrait la délivrer de la souffrance qui lui lacérait le corps et l'esprit.

Chapitre 34

Brisée

Eloïra ne sut comment elle arriva dans ses appartements où l'odeur de Cirth était partout, comme s'il la poursuivait de sa fantomatique présence. Elle hurla pour se défaire de lui et s'élança dans la chambre des enfants. Mais ils étaient partis, les draps de leurs lits semblant abandonnés au pied des couchettes.

Non !

Ne la voyant pas, ils ne l'avaient pas attendue, et ils devaient déjà se trouver au cercle sacré pour retourner dans les Highlands. Et pourquoi auraient-ils agi ainsi ? Puisqu'elle devait rester à Galéa avec Cirth !

Pleurant de plus belle, Eloïra se mit à courir de nouveau pour rejoindre le vaste couloir menant vers l'extérieur et la longue volée de marches qui descendait vers la grande place.

Là encore, elle les dévala comme dans un rêve, sans savoir comment elle parvint sur la place sans se rompre le cou, tant ses larmes l'empêchaient d'apercevoir correctement quoi que ce soit. Alors qu'elle distinguait les silhouettes de Larkin et Barabal non loin du cercle sacré, deux autres personnes apparurent dans son champ de vision : Viviane et Lug.

— Eloïra ? s'écria la magicienne MacTulkien en avisant la jeune femme dans un si triste état et qui était visiblement traumatisée.

Lug à ses côtés ne bougea pas, affichant un froid détachement, comme si ce qui arrivait à Eloïra ne le touchait pas.

— Partons… oh par pitié, allons-nous en ! hoqueta Eloïra en tombant littéralement dans les bras de Viviane qui parvint à la maintenir debout et qui la soutint jusqu'au cercle où Barabal et Larkin les entourèrent rapidement en laissant tomber leurs bâtons de magiciens.

Le jeune sorcier tenait la sacoche de cuir de Merzhin contenant la pierre de *Lïmbuée* et avait bu une potion concoctée par la Dernière Née pour qu'il puisse prendre congé sans être victime des ondes du temps.

— Quoi elle a ? s'enquit Barabal tandis qu'Eloïra s'effondrait à genoux à leurs pieds, son visage enfoui dans ses mains et son corps secoué de sanglots déchirants.

— Rien, répondit Lug d'un ton monocorde en se joignant à eux. Les pierres s'animent, les vôtres sont en train de prier dans le futur pour ouvrir le chemin du temps. C'est le moment de nous dire au revoir. Mais pour un court instant, car nous nous reverrons dans les Highlands, quand vous me retrouverez.

Viviane hocha la tête, ses yeux exprimant toute son inquiétude pour la jeune femme qui était anéantie. Elle s'agenouilla pour l'entourer de ses bras, comme le firent Barabal et Larkin et le tourbillon magique, prémices de leur départ, commença à s'élever autour d'eux tandis que Lug marchait à reculons pour sortir du cercle.

Alors, le rire de Tulatah résonna sur la place, un rire malsain qui parut retentir encore et encore. Eloïra leva les yeux vers la demeure des dieux et aperçut sa détestable silhouette à mi-hauteur de la vaste cité blanche. Elle se gaussait comme une démente, ce qu'elle était, de cela Eloïra n'en doutait plus, et une rage sans nom naquit en elle. Avant de partir, elle aurait voulu tuer cette horreur !

Et puis soudain, un formidable rugissement se fit également entendre et apparut, non loin de Tulatah, un immense et magnifique lion argenté... Cirth en métamorphe.

Ce dernier s'élança pour descendre les marches, en rugissant derechef, mais le vortex du temps dilua son image, et Eloïra fut emportée dans une chute lumineuse et sans fin, tandis que disparaissait Galéa. Les dalles sous elle se dématérialisèrent d'un coup, pour qu'un sol se reforme quelques instants après, alors qu'ils arrivaient dans les Highlands... quatorze mille quatre cent trente-six ans plus tard.

Là encore, à part la sensation de pesanteur qui faisait suite au déplacement dans le temps, personne ne fut malade. Un froid réfrigérant les enveloppa brusquement et ils levèrent les yeux sur le paysage hivernal des Highlands. Ils étaient rentrés à la maison, sur les terres Saint Clare !

Ils se trouvaient dans le Cercle des Dieux, toujours agenouillés sur la neige glacée, et commençaient à grelotter dans leurs légers habits de Galéa. Sauf Eloïra, qui malgré la finesse des voiles de sa robe rouge étalée autour d'elle telles des ailes de papillon brisées, ne ressentait plus rien et avait soudainement les yeux aussi secs qu'un loch gelé.

— Ils sont là ! hurla la voix reconnaissable entre mille de Logan, alors que les silhouettes de plusieurs personnes se mouvaient derrière les menhirs.

Comme dans un rêve, Eloïra vit apparaître Awena et Darren, Diane et Iain, Cameron et Elenwë, Sophie-Élisa et Logan... et le beau Merzhin dans les bras duquel Viviane alla se jeter en poussant des cris de joie. Un couple, au moins, était à nouveau réuni.

Barabal et Larkin suivirent la *bana-bhuidseach* MacTulkien et s'élancèrent vers leurs amis qui s'esclaffèrent de les voir si jeunots, mais bien plus grands que le jour de leur départ des Highlands, alors qu'ils avaient à peine quatre ans.

Et Eloïra resta là, affaissée dans la neige, à contempler cette scène de retrouvailles comme une spectatrice, détachée de tout, sans pouvoir éprouver une once de sentiment. Tout en elle était mort, à part la louve écarlate qui gémissait de souffrance, et qui ne demandait plus qu'à se métamorphoser pour se précipiter dans le vent, courir sur les plaines gelées, et noyer sa détresse dans l'épuisement le plus total.

— Eloïra, chuchota la douce voix cristalline d'Awena, en s'accroupissant à ses côtés dans sa robe de velours verte, après avoir enlevé sa cape pour la draper sur les épaules nues de sa fille.

Et voilà qu'apparaissaient les visages anxieux des siens, qui s'étaient certainement attendus à de plus joyeuses retrouvailles.

— Il s'est produit quelque chose au moment du départ, annonça Viviane l'air sombre. Lug ne paraissait pas étonné, et ne m'a rien révélé.

— Nous sommes au fait de ce qui s'est passé, murmura Awena en prenant dans sa main les doigts glacés d'Eloïra et en contemplant d'un sourire triste l'anneau à la pierre d'ambre scintillante de Cirth. Elenwë nous a relaté son union avec un Fëanturi, et quelques souvenirs vagues et sombres qu'elle avait quant au départ précipité de notre fille.

Une sourde rage enfla en Eloïra en posant les yeux sur son alliance, comme en percevant les paroles de sa mère. Ainsi, Elenwë avait eu des remémorations, et la jeune femme savait qu'avant de s'en aller des Highlands, l'ancienne déesse en avait mêmement eu.

De colère, Eloïra essaya de se défaire de l'anneau, mais ses doigts étaient par trop gonflés. Elle leva ensuite un regard incriminant sur Elenwë qui parut accuser le coup et s'accroupit également à ses côtés, comme pour lui parler.

Mais Eloïra ne voulait plus rien entendre ! On lui avait trop dit, ou pas assez !

— Où est Lug ? réussit-elle à marteler en détachant chaque parole et en crachant presque le nom du dieu.

Darren, habillé de sa tenue de Highlander, une lourde cape sur le dos, s'approcha à son tour. Il avait le visage tendu et ses yeux bleu nuit lançaient des éclairs.

— Nous ne l'avons pas revu depuis votre départ, il y a de cela un an. Mais compte sur moi, *mo caileag* (ma fille), pour lui faire passer les pires moments de son immortalité.

— *Aye* ! approuva férocement Cameron, la mine aussi sombre que Darren et la main posée sur le pommeau de sa claymore.

— Lug aura certainement une explication à tout cela, intervint Elenwë d'un ton éminemment embarrassé. Je sais qu'il me manque des souvenirs d'importance, la malédiction qui touche Barabal et Larkin en est la clef, et mon père…

— Deviendra une seconde mère pour toi, gronda Cameron en marchant d'un pas décidé vers son cheval, quand je lui aurai coupé ses célestes couilles et que je les lui aurai fait manger !

— Cameron ! s'écria Awena, outrée par les mots de son fils, mais qui se dit in petto qu'elle aurait bien agi ainsi également.

— Il a raison ! vociféra Darren, Iain acquiesçant fortement à ses côtés, avant qu'ils ne quittent le cercle à leur tour et imitent Cameron en sautant sur le dos de leurs montures. Je sais où il est, ajouta Darren, à la Cascade des Faës. Et nous allons régler nos différends.

Les Highlanders partaient à la guerre, mais celle-ci n'était pas pour eux…

— Non, grommela soudain Eloïra. Lug m'a brisée, c'est à moi qu'il rendra des comptes !

Alors elle laissa le canidé prendre le dessus, son corps mua en quelques secondes, et avant que sa famille ou les chevaux ne puissent faire un seul mouvement, la louve écarlate s'élança sur la pente de la colline où se trouvait le Cercle des Dieux, la dévala, et courut avec célérité vers l'orée de la forêt en contrebas pour bifurquer vers le chemin menant à la cascade.

Elle y retrouverait Lug… et l'Ankou.

Tous deux l'attendaient, elle en était certaine, et dorénavant elle était prête à les affronter.

Eloïra n'avait plus rien à perdre.

Et tandis que la louve se déplaçait à toute allure, sa fourrure rouge se détachant sur la blancheur des sols enneigés, une tempête se forma au-dessus des terres Saint Clare, aussi dévastatrice que la rage qui animait Eloïra, les éléments se déchaînant en échos à ses sentiments.

Chapitre 35
Malédictions

Tandis que le vent, la neige, et les nuages noirs d'un orage monstrueux déversaient des pluies de grêle sur les terres Saint Clare, Eloïra atteignait enfin le bout de sa destinée.

Elle arriva à la Cascade des Faës, marqua un temps d'arrêt en dardant ses yeux ambrés de canidé sur le lieu enchanté divisé en deux parties : de neige et de glace au niveau du bassin et de la chute d'eau, et de verdure florale ensoleillée sur les rives qui les jouxtaient.

Le froid pour l'Ankou, la chaleur pour Lug. Les deux entités se faisaient face, et semblaient effectivement l'attendre. Dans un bel ensemble, elles tournèrent leurs faciès vers Eloïra, qui mua en femme en un centième de seconde et marcha vers eux les pieds nus, tout en se vêtant par magie de sa robe aux voiles rouges.

Un vif coup d'œil courroucé sur sa main gauche lui révéla que la bague de Cirth était toujours à son annulaire. Pourtant, en se métamorphosant en louve, Eloïra avait espéré s'en débarrasser.

— Ainsi, nous voilà à nouveau tous les trois réunis, susurra-t-elle en s'avançant vers l'Ankou et Lug qui avait réintégré son enveloppe éthérée, et qui ne ressemblait plus en rien au magnifique homme qu'il avait été. Il était assurément écrit que tout se terminerait le jour de nos retrouvailles, ajouta-t-elle d'un ton froid.

— Rien ne se finira aujourd'hui, rétorqua Lug, en ayant tout de même gardé cette voix grave qu'Eloïra était arrivée à honnir.

— Oh, mais si, coupa-t-elle. Je viens de perdre mon mari, parce qu'il m'a trahie, comme vous, comme Viviane, comme tant d'autres.

— De quel mari parles-tu, femme ! gronda la voix rocailleuse de l'Ankou, ses yeux noirs s'animant de reflets rouge sang, alors que sa cape sombre se déployait autour de lui tels des nuages enténébrés.

— De celui à qui Lug m'a offerte, tout en sachant qu'un jour, il me tromperait, me briserait le cœur. Mais, attendez votre tour... Ardör, car quand j'en aurai fini avec Lug, je vous suivrai et vous narrerai ce que fut votre passé. J'en mourrai, cela est ma destinée, néanmoins j'accueillerai cette fin comme une délivrance.

— Eloïra ! couina la voix d'Awena, tandis que les membres du clan, ainsi que Larkin et Barabal, arrivaient également dans le lieu enchanté... enfin plus en totalité, puisque la moitié de l'endroit était devenue le royaume de l'Ankou.

Ce dernier avait fait un pas vers Eloïra, la glace du bassin crissant sous son poids tandis qu'un souffle de givre atteignait le visage de la jeune femme à l'instar d'une gifle.

— Ardör... ce nom me rappelle quelque chose ! gronda-t-il.

Eloïra ricana en haussant les épaules, les tatouages sur ses bras semblant soudainement s'animer.

— Et pour cause...

— Assez ! tonna Lug en attirant la rage d'Eloïra sur lui.

— Plus jamais vous ne me direz ce mot. Plus jamais vous ne déciderez pour moi ou les miens. Vous n'êtes pas un dieu, mais un poison.

— Tu te trompes, Eloïra, contra Lug avec un soupir las. Tout ce qui s'est produit est l'œuvre de malédictions qui ne sont en aucun cas de mon fait. Cependant, je ne pouvais rien changer, car l'histoire devait suivre son cours au risque de perturber le continuum espace-temps. J'ai agi souvent contre mon gré, j'ai dissimulé des vérités, j'ai même menti, mais toujours en songeant à ce jour, qui est enfin arrivé, où tout serait réparé. Des sacrifices et des peines, le bonheur peut renaître.

Eloïra renifla méchamment. Comme Cirth avait eu raison ! Cirth…

Le chagrin revint dans son esprit en pensant à lui, et son cœur qu'elle croyait mort se remit à saigner de douleur.

— Qui… qui est cet homme de noir vêtu ? bafouilla Diane, dans le dos d'Eloïra tout en se serrant contre Iain qui passa un bras protecteur autour de ses épaules.

— La mort, répondit simplement Eloïra.

Lug lévita dans sa direction et se tint face à elle.

— Te rends-tu compte que chaque membre de ta famille voit l'Ankou ? Et cela ne te fait pas peur ? Tu es affectée par la même maladie qui a touché les déités avant leur Élévation. La magie, si puissante en toi, est en train de te consumer. As-tu serré l'un de tes proches dans tes bras ? As-tu éprouvé un peu d'amour pour eux et la joie de les retrouver ? Sais-tu que les Éléments se déchaînent hors de ce lieu sacré et sont sur le point de détruire vos terres ?

Eloïra cilla. Chaque mot prononcé par Lug l'atteignit de plein fouet, car tout était vrai, et pourtant… elle ne ressentait effectivement plus aucune empathie. Il n'y avait plus que la rage et le besoin de faire mal.

— Il est temps que tout cela prenne fin, que les malédictions soient levées. Larkin ? appela à nouveau Lug. Viens près de moi, et Barabal également, l'heure de reprendre en main vos destinées est arrivée. Enfants Saint Clare, Viviane et Merzhin, n'ayez pas peur, ma magie vous protégera de l'Ankou, et vous tous devez être présents pour assister à cet instant de délivrance.

Dans un état second, Eloïra vit ses proches se mouvoir

en la frôlant du bout des doigts, ou encore d'un regard. Personne ne la jugeait, et tous semblaient s'inquiéter pour elle, comme le beau Merzhin qui afficha un sourire rassurant avant de prendre place aux côtés de Lug et de Viviane.

Darren, Cameron, Iain et Logan firent de même, remettant à plus tard leur envie d'offrir un plat céleste à Lug, et Diane, Sophie-Élisa et Awena se positionnèrent près de leurs Highlanders de maris.

Tous n'attendaient plus qu'Eloïra qui s'avança à son tour pour se tenir entre Larkin et Barabal. La malédiction devait être levée. Et là, quelque chose fusa dans son esprit, avant que la jeune femme ne gronde :

— *Les* malédictions ? Il ne s'agit pourtant que de celle de Barabal et de Larkin, alors pourquoi avez-vous dit « *les* » ?

Tous les regards convergèrent vers Lug.

— Commençons, et d'ici peu, vous aurez toutes et tous vos réponses.

Barabal tendit ses doigts à Eloïra qui saisit ceux de Larkin, et les deux enfants posèrent leurs mains libres sur celle de Lug qui tenait la pierre de *Lïmbuée*, plus scintillante que jamais.

Derrière le dos d'Eloïra, l'Ankou grognait d'impatience, et le froid qu'il véhiculait venait l'effleurer en la faisant frissonner de la tête aux pieds.

— Pour que la malédiction qui touche ces êtres soit levée, il faut, Eloïra, que tu consentes à donner la magie des Éléments qui est en toi, annonça Lug. Ainsi, tout sera enfin possible et la tempête qui fait rage sur les terres se dissipera.

Eloïra réfléchit un instant, et se dit que de toute façon, là où l'Ankou allait la conduire, la magie ne lui serait plus d'aucune utilité.

— La louve et l'oiseau resteront en toi, ajouta Lug, comme si cela pouvait avoir de l'importance.

Mais plus rien n'en avait !

— Dépêchez-vous, grommela Eloïra.

Alors Lug se mit à parler dans une langue très ancienne, peut-être était-ce même la Langue Originelle que la jeune femme ne comprenait plus, puisqu'elle était revenue sur ses terres, et qu'ici tout le monde discutait en *gàidhlig*. Elle sentit la magie enfler en elle en ondes puissantes et énergétiques, pour ensuite courir dans ses veines, sous sa peau, et quitter son corps pour atteindre Barabal et Larkin qui se tendirent sous la vigueur du phénoménal flux.

La voix de Lug se fit plus forte, ses paroles résonnèrent comme des échos et la pierre de *Lïmbuée* s'anima à l'instar d'une boule de feu aux reflets d'une telle intensité, qu'il fut impossible de poser les regards dessus. C'était comme de vouloir observer le soleil, et de se brûler les rétines.

Eloïra préféra fermer les yeux et perçut les pulsations de son cœur effréné en même temps que toutes les émotions revenaient la tourmenter : amour, joie, peine, bonheur, souffrance. Tout était là et l'étouffait, car le souvenir de Cirth l'assaillait plus fortement, plus dévastateur.

Les mains de Barabal et Larkin changèrent, grandirent, et quelqu'un émit un cri étouffé non loin d'Eloïra qui battit des paupières avant d'ouvrir les yeux et de constater que la pierre de *Lïmbuée* ne ressemblait plus qu'à une roche noire et sans vie.

Mais ce n'était pas elle que tous détaillaient avec des mines effarées, tous sauf Elenwë dont les traits paraissaient étrangement apaisés, et Eloïra se rendit compte que de chaque côté d'elle, ne se tenaient plus deux enfants, mais deux adultes. L'un ayant une longue chevelure poivre et sel, l'autre… des mèches rouges et soyeuses !

Virevoltant sur ses pieds, Eloïra fit face à… Tulatah ! Non ! Son pire cauchemar revenait la hanter, ou alors… elle était là pour que la jeune femme puisse réaliser sa vengeance en lui plongeant une dague dans le cœur.

La déesse se tenait effectivement devant elle, vêtue d'une simple toge blanche, ses longs cheveux rouges sagement tirés en arrière, et la main dans celle d'Eloïra.

C'était bien elle, mais en même temps, quelque chose avait changé. Il n'y avait plus de haine dans ses yeux améthyste, ses lèvres affichaient un sourire d'une douce tendresse, plus aucune aura maléfique ne s'élevait autour d'elle.

— Tulatah, cracha tout de même Eloïra en faisant mine de s'élancer sur elle, avant que deux poignes fortes ne la saisissent aux épaules pour la maintenir et qu'elle tourne son visage à demi vers l'arrière dans le but de connaître l'identité de l'impudent qui la privait de tout mouvement.

Ce n'était pas Larkin, ni le jeune et encore moins le vieux. C'était un homme certes âgé, mais encore très bien charpenté, et ressemblant étrangement à Cirth, sauf en ce qui concernait cette ridicule barbiche tressée !

Et là, Eloïra se souvint de lui, car dans le passé, elle l'avait déjà aperçu une fois, tandis qu'il était alité dans sa chambre.

— Gi… Gidon ? bafouilla-t-elle tandis qu'elle était victime d'un violent tournis, tant elle était ébranlée par ce qu'elle voyait, et elle se serait écroulée si le père de Cirth ne l'avait pas maintenue.

— C'est… c'est bien lui, confirma Viviane en s'exprimant avec autant de difficultés qu'Eloïra, les yeux écarquillés sur l'homme qu'elle avait veillé durant deux mois dans une bulle du temps.

— Que se passe-t-il céans ? gronda sourdement Darren, qui fronçait les sourcils comme sa tendre femme, en détaillant les deux personnes inconnues qui avaient pris la place de Larkin et Barabal. Où sont nos magiciens ?

— Ici, répondit Tulatah, sa voix dépourvue de toute méchanceté apparaissant douce et chaude comme un souffle printanier. Je suis Barabal-Tulatah, j'ai les remémorations de la déesse que j'ai été ainsi que celles des nombreuses existences de la *Seanmhair* que je fus également.

— Et je suis Larkin-Gidon, le père de Cirth, et j'ai également aussi souvenance de toutes mes vies et de ce que j'ai été auparavant.

Un silence pesant s'installa, même l'Ankou semblait figé en une sombre statue, ses yeux noirs se voilant d'éclats verts au fur et à mesure que la situation évoluait.

Lug s'était peu à peu reculé, laissant Tulatah, Gidon, et Eloïra se faire face, jusqu'à ce que la vérité souffle sur le courroux de la jeune femme et que toute rage déserte son corps.

— Comment est-ce possible ? chuchota Eloïra qui ne pouvait s'empêcher de trembler devant l'énormité de la conjoncture, alors que le surplus de magie qui avait quitté son corps ne faisait plus rempart contre la violence de ses émotions.

— Quelqu'un pourrait-il m'expliquer ce qu'il se passe ici ? gronda Iain qui s'était jusque-là tenu à l'écart et qui fit un pas vers l'étrange trio.

Gidon hocha la tête, sa barbiche se balançant comiquement suite à ce mouvement. Il sourit à l'assemblée, porta son regard sur Lug, et pour finir sur Eloïra.

— Je ne ressemble plus physiquement à ce bon vieux grand druide qui vous a accompagnés dans tant de péripéties, pourtant, je suis bien lui. Maintenant que Tulatah et moi-même sommes affranchis de la malédiction, je vais pouvoir tout vous révéler et Tulatah s'expliquera également. Le jour où j'ai enfin été libéré du sort qui m'a protégé des ondes du temps à votre arrivée à Galéa, et alors que vous étiez déjà partis depuis quelques heures pour rejoindre les Highlands, je me suis rendu à la cité des dieux. C'est là que j'ai appris par Lug tout ce qui s'était produit durant mon long sommeil. J'ai également su ce que Tulatah avait fait, tandis qu'elle était victime des affres de ses trop grandes connaissances et de ses pouvoirs qui ne pouvaient plus être maintenus dans une enveloppe charnelle, ce qui la privait ainsi de toute maîtrise de ses agissements. Elle a fait en sorte de vous briser, toi Eloïra, et mon fils Cirth.

À ce moment-là, l'Ankou grommela en émettant un long son rocailleux et Gidon se força à l'ignorer, mais un muscle nerveux se mit à battre sur sa mâchoire, tic si semblable à celui de Cirth, que cela ébranla plus encore Eloïra.

— Elle a couché avec lui, oui ! Et j'ai trouvé Cirth dormant dans son lit, cracha-t-elle en faisant face à Tulatah qui afficha une profonde affliction.

— Je l'ai ensorcelé, annonça-t-elle tout de go avant de voir pâlir Eloïra et de reprendre son courage pour continuer. J'étais malade et tellement jalouse de vous, de ce que vous ressentiez l'un pour l'autre. Je l'ai fait venir dans mes appartements, j'ai joué la mourante, et avant qu'il ne puisse s'en douter, je lui ai lancé un charme du sommeil. Après, il a été facile de le déshabiller et de l'étendre sur ma couche. J'ai attendu que tu viennes, et je t'ai fait croire qu'il avait passé la nuit dans mes bras.

Eloïra hoqueta, au désespoir, alors que les paroles de Tulatah touchaient son esprit en lui faisant comprendre à quel point elle s'était fourvoyée. Cirth ne l'avait jamais trompée, et elle l'avait quitté.

— Oh... par les Dieux, gémit-elle en s'écroulant sur l'herbe tendre du lieu enchanté, Awena courant pour ensuite s'agenouiller auprès d'elle et la bercer tout contre elle, comme quand elle était petite. Oh, maman, ça fait si mal !

— Oui mon cœur, je le sais, murmura Awena en lui prodiguant toute sa force et son amour par sa présence.

Gidon se racla la gorge, tandis que Tulatah lui faisait un signe de tête pour qu'il prenne la parole.

— J'ai puni Tulatah pour ça, et pour tout ce qu'elle avait fait par le passé, même si elle n'était pas maîtresse de ses pensées et de ses actes. Sa jalousie a involontairement attiré les *Dorka's* sur Shona et sur toi, Eloïra, et sa méchanceté l'a poussée à commettre... hum... Tulatah t'en fera part elle-même. Mais son terrible geste m'a décidé à lancer la punition des « cycles infinis » sur elle et ainsi, en perdant la mémoire, elle put vivre dans la peau d'une simple femme et apprit à évoluer parmi les hommes qu'elle avait tant blessés.

Mais une malédiction a un prix, et Lug a dû me jeter le même sortilège pour contrecarrer la balance du bien et du mal. C'est ainsi que Tulatah et Gidon sont devenus Barabal et Larkin, encore et encore. Jusqu'au jour de nos délivrances.

Eloïra les écoutait, dans un état second, et se rendit compte que l'Ankou s'était approché d'eux en voyant l'herbe blanchir et ses pousses se raidir sous le givre à quelques pas de l'endroit où elle et Awena se tenaient.

— J'ai fait quelque chose de plus terrible encore que de te séparer de ton âme sœur et d'attirer involontairement les *Dorka's*, murmura Tulatah à l'adresse de la jeune femme qui lui tournait le dos, assise sur le sol, sa mère à ses côtés. J'ai également lancé une malédiction, celle pour laquelle Gidon m'a punie, la première magie noire de tous les temps... Et c'est Cirth qui en a été la victime.

Eloïra sursauta violemment et leva le visage sur Tulatah qui la dévisageait avec beaucoup de peine et de remords. Mais soudain, contre toute attente, un sourire lumineux ourla les lèvres de l'ancienne déesse, l'ancienne Barabal, qui s'agenouilla à son tour pour faire face à Eloïra et souffler :

— Mais je peux tout réparer. Et il est temps de libérer Cirth de sa malédiction.

Cette femme, qui a été ma chère Baba et en même temps ma pire ennemie, est-elle à nouveau devenue folle ? se dit Eloïra, hallucinée.

Chapitre 36

Adieu Barabal

— Que voulez-vous dire ? gémit Eloïra en se redressant péniblement sur ses jambes, Awena la soutenant pour ce faire, et Darren venant l'épauler pour que sa fille puisse garder l'équilibre.

Tulatah regarda tour à tour ces trois personnes qu'elle avait aimées de tout son cœur en tant que Barabal, et encore maintenant qu'elle était redevenue une déesse déchue, libérée de sa démence.

Elle avait aidé à mettre au monde Awena, qui avait été le plus beau des bébés et quelques années plus tard, elle l'avait vue revenir dans le passé avec le concours invisible d'Elenwë, sous les traits d'une magnifique jeune femme rousse et pleine de vie.

— Tu m'as fait embrasser des grenouilles ! ne put s'empêcher de s'esclaffer Tulatah en s'adressant à Awena qui porta la main sur ses lèvres pour étouffer un hoquet ému. Et toi, Darren ! Je t'ai vu grandir également pour devenir un remarquable laird des Highlands, tu es ma fierté ! Cameron ? Pourquoi m'as-tu jetée d'une fenêtre à plus de treize pieds de haut ? Non, ne t'excuse pas, les rebonds sur le matelas gonflable furent un pur moment de merveille. Diane… Iain, je n'ai jamais mangé le cochon nommé Wilshire, c'est un loup qui s'en est chargé. Sophie-Élisa, Logan, Gidon, et toi Elenwë… Par les Dieux, que vous allez tous me manquer !

Et Tulatah fondit en larmes, tandis que les membres du

clan s'approchaient d'elle, n'apercevant plus que leur très chère Barabal et comprenant qu'avant la fin de cette journée de *Samhuinn*, elle disparaîtrait à jamais de leurs existences.

Même Eloïra fut touchée en plein cœur. Tulatah avait fait de nombreuses erreurs, l'avait trompée et privée de son âme sœur pour la vie, mais c'était également Barabal ! Celle qui l'avait sauvée de l'Ankou en tombant à sa place dans les douves, celle qui lui avait appris à faire des potions immondes et à se tordre de rire en voyant ce qu'elles produisaient sur ses petits camarades du village. Sa Baba !

Après quelques échanges très émus avec les Saint Clare, Tulatah s'approcha d'Eloïra et lui tendit des doigts tremblants avant de s'adresser à elle :

— Je vais réparer mes dernières erreurs, *mo chridhe* (mon cœur), viens, suis-moi !

Eloïra prit timidement la main tendue et se laissa guider face à l'Ankou, ses pieds nus effleurant la limite glacée qui donnait sur le semi-monde du guerrier suprême de la Mort.

— Barabal... euh, Tulatah, il faut que je te dise. Ardör *est* l'Ankou, murmura Eloïra, la tête baissée sur ses pieds, sans pouvoir s'adresser directement à la déesse.

Tulatah rit d'un son clair et secoua la main d'Eloïra dans la sienne. Cette dernière leva le menton et dévisagea la déesse sur les joues de laquelle coulaient encore quelques larmes.

— Où vas-tu chercher toutes ces bêtises ? s'amusa Tulatah avec beaucoup de tendresse. Contemple l'Ankou, Eloïra, et dis-moi ce que tu vois.

La jeune femme lui obéit, le cœur palpitant, et plongea son regard dans celui du guerrier suprême de la Mort qui se tenait à un mètre d'elle.

Il était si magnifique malgré la noirceur qui l'entourait. Une grande entité vêtue d'une armure noire et la tête ornée d'une demi-couronne intégralement constituée à partir des écailles du grand *Dorka* qu'elle avait tué. Ses longs cheveux sombres, à moitié argentés, ondulaient autour de son visage aux traits lisses, et ses yeux verts bordés de cils noirs la dévisageaient comme si elle était le plus beau des trésors.

Des yeux verts... ceux de Cirth ! L'Ankou n'était pas Ardör... mais Cirth !

— Oh ! s'étouffa-t-elle tandis qu'un violent frisson secouait son corps et qu'elle lâchait brusquement la main de Tulatah pour plaquer les doigts sur son ventre, comme si elle venait de recevoir un coup de poing.

Dans un état second, Eloïra entendit Tulatah reprendre la parole :

— Il est temps de lever une autre malédiction. Celle pour laquelle Gidon m'a punie et en a payé le prix également. Après ton départ de Galéa, Cirth s'est retourné contre moi, fou de douleur de t'avoir perdue. Il aurait pu me tuer si Lug n'était pas intervenu et a fini par clamer qu'il te rejoindrait en utilisant les chemins du temps. Dans ma démence, je n'ai pas pu le supporter. Alors, j'ai jeté sur lui le premier sort de magie noire de tous les temps, je l'ai transformé en passeur d'âmes... en Ankou. Pour moi, ce fut une des plus grandes jouissances, car ainsi, jamais il ne pourrait te retrouver, à part au jour de ton trépas, pour te conduire jusqu'au *Chant*. Pour les déités et l'univers, ce fut l'avènement qui nous permit de créer les Sidhes et pour mes pairs, de procéder à l'Élévation. Mais pour Cirth, ce fut le début d'un interminable calvaire dans le royaume des morts, le troisième monde. Aujourd'hui, son supplice touche à sa fin, car je me dois de prendre sa place et de te rendre ton promis. Il perdra le souvenir de cette longue période d'errance, et te retrouvera comme s'il venait de te quitter à l'instant dans vos appartements de Galéa, oubliant également ce que je lui ai fait, y compris le moment de ton départ. Je vous devais ce cadeau, avant de m'en aller.

Eloïra en suffoquait presque et se retourna vers Lug qu'elle incendia du regard. Il savait, il avait toujours su que l'Ankou n'était pas Ardör. Et elle se souvint également qu'il ne l'avait jamais dit, ni contredit, la laissant croire ce qu'elle voulait !

— Je ne pouvais pas te prévenir, Eloïra, dit Lug. Si je l'avais fait, tu ne serais pas partie, il n'y aurait pas eu de malédiction, pas d'Ankou… plus rien. L'univers serait tombé dans le Néant. Je t'ai dit il y a peu « des peines renaîtra le bonheur », et c'est vrai. Le tien t'attend.

Tout ce malheur… Néanmoins, Lug avait raison. Eloïra avait du mal à l'assimiler au moment présent, mais un jour, avec le temps, elle y parviendrait, et lentement, elle refit face à l'Ankou.

Plus elle le contemplait, plus elle voyait Cirth. Elle ne comprenait pas comment elle n'avait pas deviné que son promis, son âme sœur, se tenait devant elle depuis toutes ces années. Pourtant, elle l'avait reconnu lors de ce jour funeste, quand elle était fillette, et qu'elle lui avait tendu la main. Puis les souvenirs s'étaient estompés, jusqu'à ce qu'il vienne à nouveau la trouver deux mois plus tôt, un an s'agissant du cours du temps dans les Highlands.

L'Ankou ne bougeait toujours pas, quelque part dans son esprit, lui aussi essayait de comprendre les mots de celle qui s'appelait Tulatah. Ce dont il était néanmoins certain, c'était qu'il avait plus que jamais besoin de tenir cette humaine, Eloïra, dans ses bras.

La drôle de femme aux cheveux rouges s'avança vers lui, et il poussa un sourd rugissement en bandant ses muscles, prêt à sauter au cou de cet être qui l'approchait de trop près. L'instant d'après, Tulatah saisissait avec vivacité ses deux mains au travers de ses gants épais de cuir de dragon, et une intense onde de magie le parcourut en le faisant hurler de douleur.

La souffrance… il avait déjà ressenti cela dans sa chair.

Peu à peu, quelque chose changea en lui, une énergie opaque déserta ses veines pour se réfugier dans le corps de la déesse qui ne le lâchait pas. Et la douleur l'assaillit derechef, le faisant à nouveau geindre puissamment en basculant la tête en arrière. Bientôt, l'Ankou s'effondra à genoux sur la surface gelée du lac, et éprouva sa froide morsure tandis que ses poumons se gonflaient d'un souffle tiède et saccadé.

— Cirth ! cria la voix de celle qui n'avait jamais quitté ses pensées, au fur et à mesure que les souvenirs de son ancienne vie en tant qu'homme lui revenaient et que ceux qui concernaient son existence d'Ankou se volatilisaient.

Mais tout était encore si confus !

Un corps chaud et tremblant se jeta dans ses bras, des mains douces et caressantes lui effleurèrent le visage, les cheveux, le cou, et son torse nu dépourvu de l'armure qu'il avait portée durant de longs millénaires.

— Cirth, murmura Eloïra… sa femme, en plongeant son magnifique regard bleu nuit dans le sien.

Il l'écrasa contre lui en s'emparant de sa bouche comme un affamé. Il la punissait de l'avoir quitté, il la chérissait de l'avoir délivré… mais de quoi, au juste ?

— Mes petits, fit la voix de Tulatah, mais brusquement dissemblable, rocailleuse, ce qui attira l'attention du couple sur elle et l'ébahissement de Cirth.

Où étaient-ils, lui et Eloïra ? Où était la cité des dieux ? Et pourquoi Tulatah apparaissait-elle aussi différente ?

Pour Eloïra, loin de la confusion de Cirth, ce qu'elle découvrait de l'ancienne déesse marquait un point final à tout ce qui s'était produit. Tulatah n'était plus vraiment Tulatah, et assurément plus du tout Barabal, mais ressemblait à l'Ankou, dans une version très féminine.

La lourde armure d'écailles noires moulait les courbes galbées et parfaites de son corps, la demi-couronne reposait maintenant sur son front, et de part et d'autre de son visage à la peau blanche et lisse, se mouvait sa somptueuse crinière rouge. Ses yeux étaient un mélange d'améthyste et d'ébène, mais elle avait gardé ce sourire tendre qu'elle affichait quelques instants auparavant.

— Si vous ne voulez pas faire un plongeon dans le bassin de la Cascade des Faës après mon départ, je vous suggère de pousser vos petites fesses de cet endroit, car la glace va fondre. Et faites-moi plaisir... aimez-vous, à la folie, pour l'éternité, et que de cet amour naissent des tas de bébés. J'adore les enfants, et je me suis beaucoup amusée à jouer au *Bodach na Nollaig*[33]. Soyez tous heureux, ajouta-t-elle en se tournant vers les membres du clan, son vieil ami Gidon, Viviane et Merzhin, ainsi que Lug qui se tenait toujours en retrait. Et s'il vous plaît, n'en veuillez plus à Lug, car il n'a fait que corriger mes erreurs et ne pouvait absolument pas faire autrement que de vous cacher certains détails. S'il l'avait fait, s'il avait écouté son cœur, nous ne serions pas là aujourd'hui.

Cirth, qui n'était plus vêtu que de braies sombres et les pieds nus, souleva Eloïra dans ses bras pour l'emmener vers les rives verdoyantes, loin du royaume de la nouvelle guerrière suprême de la Mort. Il posait autour de lui des regards ébahis et resta bouche bée en découvrant son père tout sourire et libéré du sort de protection de Viviane, à quelques pas de lui.

Mais où était-il ? Un moment il allait faire l'amour à Eloïra, l'instant d'après il se retrouvait sur une banquise, sa femme l'embrassant avidement et le caressant follement comme si elle ne l'avait pas vu depuis des siècles ! Et qui étaient tous ces gens habillés de drôles de pagnes à carreaux pour les hommes, et d'atours identiques à ceux que portait Eloïra à son arrivée à Galéa ?

Derrière son dos, Tulatah se raclait la gorge en se tapotant le menton du bout de son index :

— Mais, il me faut un nouveau nom ! Que vous ne prononcerez pas, bien sûr, au risque de me voir venir vous chercher avant l'heure ! Pourquoi pas... Lilith ? J'ai toujours aimé ce prénom. Oui, cela sonne bien. Lilith, reine du monde des morts !

— Pardon ? ne put s'empêcher de s'exclamer Cirth en faisant volte-face vers elle, son précieux fardeau toujours

---

33 *Bodach na Nollaig : Père Noël en gaélique écossais.*

serré dans les bras.

Mais c'est que Tulatah s'amuse ! Ou bien donne-t-elle le change pour que son départ soit moins difficile à vivre ? se dit Eloïra, en se lovant plus contre Cirth qui semblait dérouté.

Dès qu'elle en aurait la possibilité, elle lui raconterait toute l'histoire. Et Dieux que cela allait être long !

— Encore une chose, s'exclama Tulatah-Barabal-Lilith, vous vieillirez mes petits. Le sort de jouvence d'Eloïra n'agira plus. Vous aurez un jour les cheveux blancs, vous perdrez vos dents comme cela m'est arrivé, et vous marcherez avec une canne et des bas de laine tombant en plis sur vos chevilles.

Eloïra s'esclaffa et lança :

— Je t'aime ma Baba ! Je ne garderai en moi que nos meilleurs souvenirs.

Cirth sursauta et posa sur son âme sœur un regard effaré. Oui, comment pouvait-il comprendre les mots d'affection qu'elle envoyait à Tulatah, alors que les deux femmes se détestaient ? Vraiment, les explications s'annonçaient très longues !

Tulatah, ou Lilith, arrêta de faire son clown et sourit tendrement à Eloïra, avant de grimacer et de s'exclamer fortement :

— *Och !* Moi aussi, t'aimer, je fais ! Humpf ! Et maintenant… adieu. Il me reste quelqu'un à aller visiter.

L'instant d'après, elle s'évanouissait à la vue de tous, et le givre comme la neige qui recouvraient une partie de la Cascade des Faës disparurent à leur tour pour rendre au lieu enchanté toute sa beauté verdoyante et sa chaleur unique.

— Quelqu'un va-t-il me dire, une bonne fois pour toutes, ce qu'il se passe ici ? Et d'ailleurs, quel est cet endroit ? gronda Cirth en fronçant les sourcils et en posant Eloïra au sol, avant de croiser les bras sur son large torse en une attitude terriblement ombrageuse.

Ouh la la…

Eloïra se demanda s'il ne serait pas plus facile de lui dire tout simplement : « Tu es dans les Highlands, et je t'aime, cela ne te suffit-il pas ? »

Mais bien évidemment, cela allait être largement plus compliqué que cela.

Chapitre 37

Faille Cirth !

Ce fut Gidon-Larkin qui sortit Eloïra de la difficulté des explications, et la jeune femme sourit peu de temps après en découvrant les talents de menteur éhonté de son beau-père.

— Cirth ! fit-il en s'approchant de son fils pour marquer un moment d'arrêt ému, avant de le prendre dans ses bras en une virile accolade. Je suis si heureux de te revoir. Tu nous as fait si peur !

Ah bon ? se dit Eloïra en ouvrant de grands yeux alors que Cirth fronçait plus encore les sourcils.

— Et pourquoi ? grommela ce dernier, son regard allant d'Eloïra à Gidon, puis dans leur dos, sur les membres du clan Saint Clare, la céleste silhouette de Lug qu'il ne reconnaissait pas et qu'il prit pour une âme blanche, Viviane et Merzhin, qui assistaient silencieusement et curieusement aux retrouvailles du trio.

— Parce que tu es tombé malade, pardi ! s'exclama Gidon avec beaucoup d'assurance. Tu as été touché par les ondes du temps également, et dès mon réveil, alors que le groupe d'amis de ta charmante femme se préparait à partir, Lug (celui-ci émit un fort raclement de sa gorge éthérée en faisant écarquiller les yeux de Cirth) nous a annoncé que le seul moyen de te sauver était de remonter le temps pour l'époque d'Eloïra. Ce que nous avons fait.

— Pour… nous sommes… où ? bafouilla Cirth, les bras tombant de part et d'autre de son torse et son beau regard dérivant sur le panorama environnant.

— Dans les Highlands, en l'an 1436 ! Et nous nous trouvons dans un endroit enchanté qui porte le nom de...

— Cascade des Faës, coupa Cirth en se rappelant les histoires que lui avait narrées Eloïra sur son époque et en marchant d'un air déterminé vers la haute silhouette évanescente de Lug. Vous n'êtes pas une *läy gwendei* ! Qui êtes-vous ?

— Je suis Lug, répondit simplement la déité, avant que Cirth ne parte à reculons d'ébahissement en trébuchant à moitié sur ses pas.

— Cirth, intervint à nouveau Gidon en posant une main forte sur l'épaule de son fils. Des explications, tu en auras, autant que tu le désires. Mais sache que beaucoup de choses ont changé en plusieurs millénaires. Les dieux ont fait leur Élévation, tu as devant toi l'exemple de ce qu'ils sont devenus, des enveloppes immatérielles, et il existe à présent trois mondes : les Sidhes, celui des hommes, et le royaume des Morts dont Tulatah délivrée de sa démence, et encore heureux, est la gardienne. Les âmes blanches ont trouvé le repos, les damnées sont pourchassées et détruites.

Cirth secoua la tête et posa un œil vif sur son père :

— Comment es-tu au courant de tout cela, si nous sommes à peine arrivés ?

— Parce que j'ai assez vécu pour connaître toute l'histoire. Fils, ce jeune garçon, Larkin... c'était moi, et Barabal... était Tulatah. Nous avons été maudits dans une différente courbe du temps, et Eloïra nous a affranchis à l'instant en nous donnant une grande partie de sa magie. Ne la regarde pas avec tant de courroux, elle ne vient que de le découvrir également, juste avant ton réveil. Longtemps, nous avons évolué sous de dissemblables identités, sans savoir qui nous étions réellement par manque de souvenirs, nos existences étant emprisonnées dans des cycles infernaux de six cents ans. Pour résumer, tout va bien ! Maintenant, c'est à ton tour de faire connaissance avec cette époque. Je serai là pour t'aider, ainsi que ta douce femme. D'autres questions viendront certainement dans ton esprit et nous y répondrons autant que possible. Pour l'heure, je vais me retirer et vous laisser seuls, Eloïra et toi. Car nous (en faisant volte-face vers le clan), nous avons une célébration de *Samhuinn* à faire, je suis encore le vieux grand-druide de ce clan, et je n'admettrai aucune absence ! En route !

Et Gidon passa sous le nez de son fils et devant les Saint Clare hilares. Oui, c'était bien Larkin qui était là, avec sa légendaire autorité de vieux bougon même si physiquement, il était bien différent. Viviane et Merzhin le talonnèrent, mais les Highlanders et leurs épouses se rapprochèrent de Cirth pour lui souhaiter la bienvenue :

— *Fàilte*[34], lança Darren en jaugeant son gendre qui faisait une taille égale à la sienne. Si tu rends *mo caileag* (ma fille) heureuse, tu deviendras un autre *mac* pour moi. Mais si tu la fais pleurer...

— Je l'aime et jamais je ne la ferai souffrir, gronda Cirth en bandant ses muscles devant Darren, prêt à se battre pour garder Eloïra.

Le laird sourit, une fossette creusant l'intérieur de ses joues, et il envoya une forte claque sur l'épaule du Fëanturi.

— Je n'en doute plus, murmura Darren de sa voix rauque, Awena souriant également, mais timidement à ses côtés, et saluant Cirth d'un simple hochement de tête.

Et les présentations continuèrent, très viriles s'agissant des hommes, et affectionnées et charmantes concernant les femmes. C'était le chaud et le froid qui soufflait sur Cirth qui finit par s'en amuser. Cette famille lui plaisait déjà ! Et il y avait fort à penser que Cameron serait un très bon adversaire pour « discuter » très souvent avec lui.

Mais brusquement, le sourire de Cirth disparut. Elenwë était sortie de sa cachette derrière la haute carrure de Cameron, ses cheveux ébène attachés en un lourd chignon sur sa nuque, et habillée comme les autres dames d'une cape,

---

34 *Fàilte : Bienvenue en gaélique écossais*

d'une robe épaisse en velours, et de bottes.

— Dernière Née ? hoqueta Cirth tandis qu'Eloïra venait se placer près de lui et entrelaçait ses doigts aux siens tout en caressant d'un regard ému le bracelet d'Aerin noué autour de son poignet.

Même en tant qu'Ankou, il ne l'avait jamais quitté.

— Ici, on m'appelle Elenwë, annonça-t-elle en ramenant Eloïra au présent. L'histoire est également longue mon ami, et les nuits de veillées me donneront l'occasion de te la narrer. Je ne suis plus une déesse, mais ta belle-sœur en tant que femme de Cameron.

Sans ajouter un mot de plus, elle fit un geste de la main, et marcha dans les pas de son mari qui passait devant Lug en ricanant :

— Vous avez de la chance, Lug ! Mon *athair* (père), Iain, Logan et moi-même avions prévu de vous offrir un mets de choix à notre table ce soir… un plat divin. Mais cela sera certainement pour une prochaine fois.

Et Darren, Logan et Iain d'éclater de rire en songeant aux « célestes coucougnettes en sauce » de la déité. Oui, pour le coup, Lug avait eu chaud, très chaud. Car les Highlanders Saint Clare auraient trouvé le moyen de le débusquer à une époque où il n'aurait pas atteint l'Élévation, et ramener leur trophée. Et ce, dans l'optique où Lug les aurait encore grugés, mais comme tel n'était pas le cas, Lug et ses bijoux de famille allaient être en sécurité pour un temps.

— Il est grand, costaud, et très bien proportionné, disait Iain à Diane, tout en marchant et en jetant par-dessus son épaule des coups d'œil évaluateurs sur Cirth. Il me le faut dans mon équipe pour *l'harpastum* prochain ! Avec sa force, nous ratatinerons Darren, Cameron et Logan comme des crêpes !

— Oui, bonne idée, mon amour. Mais laissons ce couple se redécouvrir pour l'instant, s'amusa Diane en poussant son colosse de mari tout guilleret sur la trace des autres.

Lug s'approcha également et contempla Cirth et Eloïra de ses yeux laiteux et lumineux.

— L'histoire se finit bien. Les erreurs ont été réparées. Je vous ai fait souffrir mes enfants, mais tel était le prix à payer pour que vous vous retrouviez en cette époque.

Eloïra lui aurait bien filé un grand coup de pied dans son tibia s'il en avait eu. Pour un peu, malgré ses gentilles paroles, il aurait gaffé et mis à terre le mensonge éhonté de Gidon.

Mais Cirth était intelligent et subodorait qu'on lui cachait quelques secrets. Ce que savait également Eloïra qui se promit de tout lui raconter dans les moindres détails, y compris la manière dont elle l'avait quitté en croyant qu'il l'avait trompée. Néanmoins, cela serait pour un autre jour.

Elle voulait savourer sa présence, s'assurer que tout était réel en le touchant, l'embrassant, et en se serrant contre lui.

— Adieu Cirth et Eloïra.

L'instant d'après, la haute silhouette lumineuse de Lug disparaissait sous la chute d'eau, et ne resta plus que le chant des oiseaux, comme le bruit puissant de l'eau dévalant les roches pour plonger dans le bassin.

Tout en ce lieu était paradisiaque. Un écrin de pure beauté au grand bonheur de Cirth et Eloïra.

— Je me suis endormi alors que nous allions faire l'amour, grommela Cirth comme pour s'excuser et en grimaçant un sourire. Et voilà que je me réveille à ton époque, complètement désorienté mais prodigieusement heureux d'y être avec toi.

Baissant la tête, il ricana en apercevant le pantalon en cuir noir qui moulait comme une seconde peau ses jambes musclées, et joua à bouger ses doigts de pieds nus.

— Dire que j'ai fait la connaissance de ta famille dans cet accoutrement, marmonna-t-il amusé, et relevant les yeux pour les poser sur Eloïra : tes parents me plaisent déjà beaucoup.

Eloïra s'esclaffa, et se haussa sur la pointe des pieds pour lui tendre les lèvres.

— Embrasse-moi, Cirth, et fêtons dignement ta venue dans les Highlands... chez toi ! *Amëy'na lëyna*...

Un éclat ardent brûla sur les prunelles de Cirth et il la plaqua à l'étouffer contre son torse.

— *Amëy'na lëyna, Eloïra,* répondit-il en prenant possession de sa bouche ardemment, comme s'il ne l'avait plus fait depuis des siècles, un désir sauvage le submergeant dans le même temps.

Il allait l'allonger au sol, la prendre corps et âme, mais sa belle le repoussa, les joues empourprées par la passion et le souffle court.

— Non mon amour, pas ici, pas maintenant. Nous devons nous joindre au clan pour la cérémonie de *Samhuinn*, réussit à murmurer Eloïra malgré la vague de désir qu'elle éprouvait également. Mais dès que la nuit sera tombée, nous serons enfin réunis. Que dirais-tu d'une balade sur les terres en laissant parler nos animaux, avant de retrouver les nôtres ? ajouta-t-elle mutine.

La seconde suivante, la magnifique louve écarlate poussait un cri d'allégresse vers les cimes en attendant que le lion argenté la rejoigne, ce qu'il fit. Et tous deux s'élancèrent sur les sentiers boisés pour ensuite sortir au grand jour, et courir sur les sols enneigés illuminés par la présence d'un soleil roi dans un ciel bleu azuré, sans plus une trace de tempête à l'horizon.

Si, à quelque distance de là, beaucoup de gens furent apeurés en percevant de forts rugissements de félin comme de longs hurlements de loup, les Saint Clare, Gidon, Viviane et Merzhin se mirent à rire tout bas, en se bousculant du coude comme des garnements, tout en poursuivant les prières de l'une des quatre grandes fêtes druidiques du clan.

Le bonheur était présent, vivifiant, absolu.

Enfin !

Épilogue

Cirth Fëanturi trouva vite ses marques au sein du clan Saint Clare comme en cette époque avancée, et devint un grand guerrier highlander, à la plus grande fierté de sa jeune femme, Eloïra.

Un soir, alors que tous deux étaient allongés nus dans leur chambre au château et rompus de félicité après avoir fait l'amour, elle lui raconta la véritable histoire le concernant, sans rien omettre de ce qui s'était réellement passé, y compris le moment où elle l'avait quitté en croyant qu'il l'avait trompée avec Tulatah.

— Je ne peux t'en vouloir, mon amour, avait murmuré Cirth en déposant un baiser sur son front. Merci, j'avais besoin de connaître la vérité pour qu'il n'y ait plus aucune zone d'ombre entre nous.

Et les jours qui suivirent furent les plus heureux de leur vie. Peu de temps après cela et leur arrivée de Galéa, ils s'unirent dans le Cercle des Dieux, devant leurs proches et le Gardien des Éléments... le magnifique dragon blanc qui, grâce à la jeune femme, avait éclos quelques millénaires dans le passé pour s'assoupir en attendant que Cameron vienne le chercher.

La fête dura des jours et des jours, et comme à leur habitude, les femmes Saint Clare durent plus d'une fois sortir leurs hommes éméchés du poulailler où ils étaient en train de cuver leur whisky. Lug et sa bien-aimée Bride, comme d'autres déités, revinrent souvent se joindre au clan. Ils venaient en visite, restaient un moment, et s'en allaient pour retrouver les Sidhes. Des liens d'amitié très forts s'étaient noués entre eux et les hommes, et la magie paraissait en être plus puissante que jamais.

Cirth, alors que le printemps s'était installé, joua effectivement dans l'équipe de Iain à l'harpastum, et à la joie du patriarche encore très bien portant du clan, ils aplatirent « comme des crêpes » leurs adversaires Cameron, Darren et Logan.

La vie était belle, riche de rires et d'amour, qu'un tout petit bout vint encore plus égayer de sa présence : Eloïra donna naissance à une fille, huit mois après son retour de Galéa. L'accouchement se passa dans les meilleures conditions, Cirth refusant de quitter Eloïra et étant à ses côtés jusqu'à entendre les premiers vagissements de son enfant. Ils l'appelèrent Shona, et elle eut pour marraine Aerin et pour parrain... Lug.

Ainsi s'achevait la belle et longue histoire d'une partie des membres du clan Saint Clare. Des légendes gaéliques – encore narrées à ce jour – parlèrent d'un immense lion argenté courant aux côtés d'une somptueuse louve rouge sur les plaines vallonnées et verdoyantes des Highlands, en disant que le bonheur était donné à tous ceux qui avaient eu la chance de les apercevoir.

Quelque part sur le chemin du passé, la toute nouvelle reine du monde des Morts arrêta sa course et s'approcha d'un linceul de glace en chantonnant.

Sous l'épaisseur de givre intact reposait un grand et somptueux guerrier endormi... mais plus pour très longtemps. Lilith-Tulatah-Barabal avait gardé le souvenir d'une conversation très intéressante entre Eloïra et Lug, un jour où le dieu avait affirmé qu'un certain Muiredach n'était pas mort, alors qu'ils la croyaient sagement endormie dans sa chambre.

Un autre moment grandiose était arrivé, et Lilith sourit avec enchantement, tout en faisant crisser de son ongle la

fine surface de gelée blanche.
— Toc, toc, toc... Il est l'heure, mon Ardör... de te réveiller !

Note Auteur

Un auteur ne serait rien sans ses lecteurs... sans vous, je ne serais pas. Un beau jour, je me suis réveillée romancière, grâce à vous.

J'ai grandi, mûri, évolué et toujours, vous m'avez portée. Je vous dois tout, à vous, mes lecteurs. De mon cœur, un immense remerciement.

Je remercie également mon comité de lecture et Solange, pour toutes les heures que nous avons passées à concocter ce dernier tome de la saga.

Encore une fois, merci à vous, chers lecteurs, et n'hésitez pas à donner vos avis.

Tendresse

Linda

www.ingramcontent.com/pod-product-compliance
Lightning Source LLC
LaVergne TN
LVHW040132080526
838202LV00042B/2873